Robert Corvus
Sternenbrücke

Robert Corvus

STERNEN BRÜCKE

Roman

PIPER

Entdecke die Welt der Piper Science Fiction:
Piper Science-Fiction.de

Wenn Ihnen dieser Roman gefallen hat, schreiben Sie uns unter Nennung des Titels »Sternenbrücke« an *empfehlungen@piper.de*, und wir empfehlen Ihnen gerne vergleichbare Bücher.

Von Robert Corvus liegen im Piper Verlag vor:
Feuer der Leere
Das Imago-Projekt
Die Schwertfeuer-Saga (Serie)
Gezeiten der Macht (Serie)
Sternenbrücke

Originalausgabe
ISBN 978-3-492-70626-1
© Piper Verlag GmbH, München 2022
Satz: Fotosatz Amann, Memmingen
Gesetzt aus der Dante
Druck und Bindung: CPI Books GmbH, Leck
Printed in the EU

Wider die Leere

Fürst Yul genoss die Frische, die sich mit dem Platzen der Traube in seinem Mund ausbreitete. Er kaute mit geschlossenen Lidern und hinter dem Kopf verschränkten Händen. Die Süße kitzelte auf seiner Zungenspitze, zugleich prickelte Säure an den Seiten. Eine Präzision, die seine Sinneswahrnehmungen in der Realität niemals erreichten. Dort klebten sie in den Beschränkungen des Fleisches fest, am Körper, den der Zufall zum Zeitpunkt von Yuls Geburt aus der endlos brodelnden Suppe chaotischer Evolution an die Oberfläche gespült hatte.

Hier nicht. Lächelnd öffnete Yul die Augen. Was er hier sah, roch, schmeckte oder sonst wie wahrnahm, fand seine Grenzen lediglich in seiner Fähigkeit, einem Codemonger zu vermitteln, was er sich wünschte. Und natürlich im Gewicht seines Balancechips. Auch wenn in seiner Wunschwelt jeder eine funktionslose, schneeweiße Raute in der Stirnhaut trug, reichte die Macht des Geldes bis hierher.

Mittlerweile entsprach der Raum, in dem Yul seinen Imbiss einnahm, perfekt seinen Vorstellungen. Er befand sich auf halber Höhe des Schlosses, fünfzig Meter hoch über dem Meer. Die Abendsonne versank hinter dem Horizont. Ihr tieforangegefarbenes Licht schuf einen Keil aus Gold auf den ruhig webenden Wellen des Ozeans. Yul liebte den Blick in die uferlose Weite. An der Westseite des Zimmers verbanden nur fünf Säulen aus weißem, geriffeltem Stein Boden und Decke. Ungehindert wehte der Seewind herein und umfächelte Yuls Gesicht mit Feuchtigkeit und Salzgeruch. Ein paar Möwen flogen in einiger Entfernung vorüber. Ihr weißes Gefieder hob sich vom wolkenlosen Himmel ab, der allmählich von einem dunklen Blau ins Violett wechselte. Solange sich die Vögel nicht allzu schnell seitwärts bewegten, ähnelten sie beleuchteten Raumschiffen in der Dunkelheit des Alls.

Yul merkte, wie sein Lächeln erstarrte. Der Gedanke an Raumer fühlte sich an, als streichelte ihn die rissige Hand einer alten Frau.

Er lehnte sich zurück, blickte hinauf zur Decke und überlegte, ob er die Möwen aus diesem Teil seiner Wunschwelt entfernen sollte. Mit der Veränderung der Decke war er zufrieden. Sie glänzte noch wie Chrom, spiegelte aber nichts mehr. Anfangs hatte das Wechselspiel mit dem Fußboden, der ebenfalls aus Chrom bestand, für endlose Spiegelungen in Spiegelungen in Spiegelungen gesorgt. Der Codemonger hatte vorausgesehen, dass dieser Effekt Yul bei den Wanderungen durch sein damals noch leeres Schloss in den Wahnsinn treiben würde. Es hatte ihn nur ein Grinsen und einen kurzen Programmbefehl gekostet, um alles auf jeweils ein einziges Spiegelbild zu reduzieren, aber auch das hatte Yul noch irritiert. Er mochte den indifferenten Glanz des Chroms, frei von allen Reflexionen, und so war es jetzt auch. Es lohnte sich, seine Träume ständig zu verbessern.

Sollten die Möwen über dem westlichen Ozean also verschwinden?

Vielleicht wäre es besser, eine andere Farbe für den Himmel bei Sonnenuntergang zu wählen. Etwas heller. Es verlieh Yuls Gedanken Leichtigkeit, wenn er den Vogelflug beobachtete. Und Leichtigkeit konnte er wahrlich gebrauchen.

Ein Winseln erbat seine Aufmerksamkeit.

Yul sah neben seinen Sessel. Pilgrim saß auf dem Chromboden und blickte ihn mit seinen schwarzen Knopfaugen an. Der Goldton seines lockigen Fells war nur einen Hauch dunkler als das Wasser, das die untergehende Sonne entflammte. Der Hund wedelte mit dem kurzen Schwanz, der dadurch über den staubfreien Boden wischte, und leckte seine Lefzen.

Yul beugte sich vor und klaubte eine gerollte Scheibe von der Schinkenplatte. »Magst du das?«

Pilgrim schnappte, als müsste er seine Beute aus der Luft fangen.

Lachend warf Yul ihm den Schinken zu.

Während der Hund zufrieden schmatzte, wanderte Yuls Blick über die Teller, Schalen und Platten auf dem ovalen Tisch. Mandarinenstücke, geschälte und zerteilte Bananen, Haselnusskerne, Trauben, Mandeln, Himbeeren, Käsewürfel. Nichts wurde in dieser Wunschwelt matschig oder gar schimmlig, alles blieb frisch. Unentschlossen ließ er seine Finger tanzen, um dann ein Viertel von einem Apfel zu wählen und sich wieder zurückzulehnen.

Er sah den Sessel zu seiner Rechten an. »Was sollen wir mit den Möwen machen?«

Kein Körnchen Staub war auf der hölzernen Sitzgelegenheit zu erkennen. Natürlich nicht, in ihrer Zeit als Laborassistentin in der Chipfertigung hatte Iona eine Abneigung gegen Unreinheiten entwickelt. In Chrome Castle gab es nichts, das ihr missfallen hätte.

Der Wind zupfte an der roten Seide des Schals, der auf den Lehnen des Sessels lag. Ein Kleidungsstück, das nicht gemacht war, um Kälte abzuhalten, sondern um Eleganz zu unterstreichen.

»Und was meinst du?«, wandte sich Yul an Pilgrim.

Der Hund leckte sein Fell. In Momenten wie diesem fragte sich Yul, ob es möglich war, dass sich eine Katze in Pilgrims Ahnenlinie eingeschlichen hatte.

Leise seufzend sah er wieder hinaus zu den Möwen. Diese Entscheidung würde er allein fällen müssen. Wie jeden Entschluss, der seine Wunschwelt betraf.

Offenbar interpretierte das Programm Yuls Untätigkeit als Langeweile. Es schuf mit einem Boten Abhilfe, der abgehetzt in den Raum stürzte. Der blonde Jüngling mit dem Pagenschnitt war ein generisches Design, an dem Yul noch keine Individualisierung vorgenommen hatte. Helle Haut, natürlich die weiße Raute in der Stirn, ein blauer Wappenrock, der über dem Herzen die stilisierten Halbleiterbahnen zeigte, die überall in Chrome Castle zu sehen waren, eine enge Hose, Schuhe mit hochgebogenen Spitzen. Er fiel auf seine knochigen Knie. »Das Nichts bestürmt uns! Rettet uns, Herr!«

»Natürlich.« Mit mäßiger Begeisterung drückte sich Yul an den Lehnen hoch. »Lauf zu Frauchen, Pilgrim!«, forderte er den Hund auf. »Du bist die letzte Verteidigung, wenn alle anderen scheitern.«

Obwohl das goldgelockte Tier allenfalls dadurch gefährlich werden konnte, dass sein Bettelblick einen zu Tränen rührte, nahm es seine Beschützeraufgabe ernst. Es sprang auf und lief durch die offen stehende Tür davon.

Yul beachtete den Diener nicht weiter. Im Gegensatz zu Iona fiel es ihm schwer, offensichtlich künstlichen Konstrukten mit Respekt zu begegnen oder sie gar wie Personen zu behandeln. Um eine Verbindung aufzubauen, brauchte Yul die Illusion der Einmaligkeit, die kleine Fehler und andere Besonderheiten erschufen.

—

Mit weiten Schritten eilte Fürst Yul durch Gänge und Säle, in denen weiße Säulen die Chromdecken stützten. Die Wände bestanden aus schwarzem Basalt. Schlanke Fenster öffneten den Blick auf den Ozean oder das Gebirge, dessen schneebedeckte Gipfel im letzten Sonnenlicht zu brennen schienen, während die steilen Bergflanken bereits Schatten warfen. Auf den Treppen nahm er drei Stufen mit jedem Schritt. Seine Absätze knallten auf dem Chrom wie Hammerschläge, ein gleichmäßiger Takt wie bei einem Metronom. In seiner Wunschwelt ermüdete Yul auch nicht, nachdem sich seine weiche Stoffkleidung in eine Rüstung aus glänzendem Stahl verwandelt hatte.

Er passierte Gemälde, deren Rahmen wie Halbleiterbahnen gemustert waren. Sie fassten Szenen aus Ionas Leben ein, die wie Ölbilder anmuteten. Wie sie den Vortrag aufzeichnete, der ihr die Professur einbrachte. Wie sie mit verschränkten Armen den Prototypen eines Hochleistungsrechners auf den Schrott schickte, weil die Kommunikation der verbauten Siliziumhirne – trotz der Entwicklungskosten im Wert von einer Tonne Rhodium – Streitfälle unzureichend löste. Wie sie der akademischen Welt den Rücken kehrte und ihren ersten kommerziellen Auftrag als Interpretin für künstliche Intelligenzen annahm. Wie sie mit Pilgrim spielte. Wie sie Yul heiratete. So groß, dass nur ihre Gesichter und Ionas rechte Hand auf dem Bild Platz fanden: wie sie Yuls Wange streichelte. Er erinnerte sich an Hunderte unterschiedliche Arten, auf die sie das getan hatte, und noch jetzt spürte er bei der Erinnerung ein wohliges Kribbeln im Nacken.

Mit einem Schild am linken Unterarm und einem silberglänzenden Schwert in der rechten Faust trat Yul auf den östlichen Wehrgang. Über den Bergen funkelten Sterne in einem samtschwarzen Himmel. Sie erschienen fern, kalt und hart wie Diamanten, unbeeindruckt vom Geschick ihrer sterblichen Bewunderer, unverrückbar für die Ewigkeit.

Außer in einem Bereich im Nordosten. Dort verschluckte eine undurchdringliche Finsternis die Himmelslichter. Eine Verzerrung umgab sie, als zerknitterten die räumlichen Dimensionen gleich einem Tischtuch, wenn sie vorüberzog. Das blieb auch so, als sie herabsank und den Gipfel eines Bergs verdeckte: Erst erzitterte die Spitze des Massivs, wackelte wie in heißer Luft, dann verschluckte die Schwärze den Schnee und den Fels. Über ihr erschienen die Sterne wieder in unerschütterlicher Ruhe.

Yul war der einzige Verteidiger von Chrome Castle, er stand allein gegen die Leere. So wollte er es. Er sprang auf eine Zinne und breitete die Arme aus. »Komm her und stell dich!«

Die Finsternis nahm Formen an, auch wenn Yul sie nicht mit letzter Sicherheit erfassen konnte: Schwingen, Klauen, ein peitschender Schweif, ein lang gezogener Schädel mit einem riesigen Maul, in dem gebogene Hauer drohten, alles so dunkel, dass selbst der Nachthimmel zwischen den Sternen im Vergleich dazu hell erschien. Yul erahnte die Konturen mehr, als dass er sie sah.

»Hier bin ich!« Donnernd schlug er die Schwertklinge gegen den Schild. »Komm her, wenn du dich traust!«

Die Leere nahm die Herausforderung an. Ihr blieb keine Wahl, sie war darauf programmiert. Mit weiten Schwingenschlägen kam sie heran. Rasch wuchs sie an, verschluckte und verzerrte immer größere Bereiche der hinter ihr liegenden Landschaft, während sie sich näherte.

Yul sprang von Zinne zu Zinne, um den Abschnitt zu erreichen, in dem der Feind das einhundert Meter hohe Bollwerk angreifen würde. Tief unter sich sah er das Glitzern silbrigen Wassers im Burggraben, dahinter die im Grau des verdämmernden Tages liegenden Hügel. Von hier oben aus betrachtet waren die Kirschbäume, unter deren Kronen eine berittene Jagdgesellschaft Zuflucht fand, so klein, dass man sie mit einem Finger verdecken konnte.

»Na komm schon!«, rief Yul. »Komm her, wenn du dich traust, du ... Nichts!«

Die Leere tauchte ab. Sie täuschte an, zehn Meter unter ihm die Festungsmauer zu rammen. Im letzten Moment, als die Verzerrung bereits den weiß verputzten Stein erreichte, aber kurz vor dem Kontakt mit der massiven Schwärze, riss sie ihre Flugbahn steil nach oben. Ein Stück vor Yul schlugen ihre Schwingen gegen einen schlanken Turm.

Als explodierte eine Granate, spritzten Steinsplitter in alle Richtungen. In der schwarzen Leere verschwanden sie einfach, so wie ein Lichtstrahl im Vakuum erlosch. Trümmerstückchen prasselten auf die Brustplatte und den Helm von Yuls Rüstung, andere schlugen gegen die Dachaufbauten oder zerrissen die üppigen Beete voller Blumen, die hier oben blühten.

Yul fehlte die Zeit, den Schaden zu bedauern. Mit einem Aufschrei stürzte er sich auf die finstere Wesenheit, die mit ausgebreiteten Schwingen auf den Wehrgang sprang. Er rammte den Schild gegen das aufgerissene Maul, das der schlangenartige Hals auf ihn zustieß. Der Atem der Bestie wehte ihm entgegen, eiskalt wie eine einsame Winternacht. Die Wucht des Aufpralls hätte ihn umgeworfen, wenn Yul nicht so erfahren gewesen wäre, den Impuls zu nutzen, um sich um die eigene Achse zu drehen und seinem Gegner entgegenzuwirbeln. Er stieß das Schwert vor. Die Spitze tauchte in die indifferente Finsternis des Leibes.

Die Leere warf den Kopf zurück und brüllte zum Himmel hinauf, als wollte sie einen Richter anrufen, der die Blasphemie ahndete, dass so ein kümmerlicher Mensch sie verwundete. Sie schlug die Schwingen zusammen, sodass sie Yul umhüllten. Es war wie eine Umarmung durch das Nichts, ein Angebot, ihn der Welt mit all ihren Mühen zu entreißen.

Trotz der Nähe erkannte Yul seinen Gegner nur schemenhaft. Maul, Zähne, Tatzen ... wie eine Ansammlung von Schattenrissen. Die Verzerrung ließ ihn schwindeln.

Er drang vor, stieß mit dem Schild, hackte mit der Klinge. Fühlte, wie er auf Widerstand traf.

Kälte strömte ihm aus jeder Wunde entgegen, die er schlug. Sie schmerzte beim Luftholen. Er wagte nicht, den Griff um das Schwert auch nur für einen kurzen Moment zu lockern, weil er fürchtete, die Faust danach nicht mehr kraftvoll schließen zu können.

Eine Schwinge, ein Bein oder der Schweif – etwas traf ihn mit solcher Wucht, dass es ihn von den Füßen hob, er fünf Meter weit flog, gegen eine Zinne prallte und scheppernd auf den Boden krachte.

Sofort rappelte er sich auf, war aber zu langsam, um den nächsten Schlag zu parieren. Die Attacke traf seine Rüstung an der rechten Flanke. Ein helles Knallen zeugte davon, dass eines der Scharniere brach.

Yul drehte sich, um die angeschlagene Seite vom Gegner wegzudrehen und diesen mit dem Schild auf Distanz zu halten.

Doch die Leere bewies ihre Agilität. Er hörte ihre Schwingen über sich schlagen, Dunkelheit fiel auf ihn, und im nächsten Moment hockte sie auf den Zinnen. Sie schnappte nach ihm.

Der Schild kam zu spät. Zielsicher fand das Maul den fingerbreiten Spalt, der sich im Harnisch öffnete. Entschlossen rissen die Zähne. Die Brustplatte löste sich. Sie hing nur noch an den Scharnieren der linken Seite. Halb aufgeklappt war sie mehr Hindernis als Schutz. Eisiger Atem traf ungehemmt auf Yuls Körper, kroch auch unter der Halskrause in den Helm hinein.

Er hatte Angst, aber er hatte gelernt, sie nicht über sein Handeln bestimmen zu lassen.

Im Gegenteil! Als das zahnbewehrte Maul erneut vorzuckte, gab Yul nicht nach. Er wich gerade genug aus, dass es an ihm vorbeischoss, und sprang seinerseits auf den Gegner zu, mit der rechten, der ungeschützten Seite voran.

Das brachte seinen Schwertarm neben den dünnen Hals.

Bei allen wichtigen Dingen gewährte das Leben nur eine einzige Chance. Yul schlug zu, so fest er konnte. Tief hackte er die Klinge in den Nacken.

Er konnte den Kopf nicht abtrennen, aber es reichte. Schlaff stürzte das Ungeheuer zu Boden.

Auch im Tod war es nur ungenau zu erkennen. Kalte Finsternis, formloses Grauen, die Negierung von Yuls Träumen.

Das Schwert steckte in der Wunde fest. Halbherzig versuchte Yul, es freizuziehen. Er gab es auf, ließ dem besiegten Gegner die Waffe und trat einen Schritt zurück.

Erst in einigem Abstand bemerkte er, dass er zitterte. Unbestimmbares, unfassbares Grauen aus der Leere des Weltalls lag dort vor ihm. Ja, solcherart waren die Feinde, denen er sich stellen musste. In seiner Wunschwelt wurden sie immerhin greifbar genug, um sie bekämpfen und besiegen zu können.

Er sah zum beschädigten Turm hinüber. Auch einige Zinnen und der Dachaufbau mit der Sternwarte hatten gelitten. Yul entschied, sie nicht mit einem Reset auf die Ausgangskonfiguration zurückzusetzen. Er wollte die Reparatur der Schäden miterleben. Vielleicht wäre das wie eine Heilung.

Überhaupt würde das seiner Wunschwelt mehr Dichte geben. Die meisten künstlichen Wirklichkeiten waren zu fertig, zu statisch. Nur selten wurde etwas aufgebaut oder ging kaputt und musste wiederhergestellt werden. Ein weiteres Detail, das er ergänzen würde, wenn er genug Geld dafür hätte. Noch vor der Individualisierung der Nebenfiguren.

Er begriff, dass sein Zittern erst nachließe, wenn er das erschlagene Monstrum nicht mehr sehen müsste. Obwohl er die Regeln des Programms kannte, gab es etwas in seinem Innern, das dem Sieg misstraute und befürchtete, der überwundene Gegner könnte sich wieder erheben.

Freudlos schüttelte Yul den Kopf. Er machte sich an den Abstieg.

—

Auf der Treppe verschwand die Rüstung, während die Kleidung aus Samt und fein gewebter Wolle zurückkehrte. An ihr waren keine Beschädigungen zu erkennen, und der Panzer wäre beim nächsten Einsatz ebenfalls wieder in tadellosem Zustand. Widersinnigerweise machte das Yul unzufrieden.

Er erreichte ein Zimmer, das ein Spieltisch beinahe vollständig ausfüllte. Mit Stäben und Fäden konnten zwei Spieler Magnete über die bemalte Fläche bewegen und dadurch Holzkugeln anstoßen oder Hindernisse in ihre Bahn schieben. Das Ziel bestand darin, die Kugeln in Vertiefungen an der gegenüberliegenden Tischseite zu versenken. In Chrome Castle gab es ausschließlich Spiele, die für zwei Spieler vorgesehen waren.

Ein Feuer knisterte in einem Kamin. Im Schein der Flammen sah Yul gerade noch den Zipfel eines roten Seidenschals im Dunkel der Tür zu seiner Rechten verschwinden.

Von dort kam Pilgrim hechelnd in den Raum gelaufen.

Mit einem Lächeln, das sich bitter anfühlte, ging Yul in die Hocke und lud den Hund in seine Arme ein. Die kleine Zunge leckte sein Gesicht ab.

Yul nahm den Kopf zurück und streichelte das Fell. »Du bist immer im Auftrag der Königin unterwegs, was, Pilgrim? Wollen wir sie suchen?« Er wuschelte durch die goldfarbenen Locken. »Wir werden sie nicht finden, weißt du? Nie, wenn ich dabei bin.«

Als wollte Pilgrim dieser Aussage widersprechen, blickte er zu der dunklen Tür.

»Es ist noch zu früh dafür«, erklärte Yul. »Für Iona brauche ich einen viel schwereren Balancechip, als ich jemals gehabt habe. Und dann muss ich einen Codemonger finden, der mehr Künstler als Handwerker ist. Bis dahin werde ich mit dir vorliebnehmen.«

Er tauchte die Nase in das Fell.

Und zuckte zurück.

Fragend blickte der Hund ihn an.

Yul runzelte die Stirn und setzte das Tier ab. Er sah in die Richtung, wo der Schal verschwunden war. »Du warst doch mit ihr zusammen…«

Pilgrim machte Platz und leckte sich die Lefzen.

Was war das schon wieder für eine Schlamperei?

»Ausstieg!«, rief Yul.

»Möchtest du den aktuellen Status deiner Wunschwelt speichern?«, fragte eine körperlose Frauenstimme, die bestimmt irgendein Konzernpsychologe danach ausgesucht hatte, dass sie beruhigend wirkte und keine Aggressionen weckte.

So etwas zeitigte bei Yul den gegenteiligen Effekt. »Ausstieg!«, rief er. »Was ist denn daran so schwer zu verstehen? Ich will aussteigen! Sofort!«

»Soll der Status gesichert werden?«, fragte die Stimme. »Ohne Sicherung wird deine Wunschwelt beim nächsten Besuch wieder so erscheinen wie zu Beginn des aktuellen Laufs.«

»Das ist mir klar! Und ich will aussteigen. Ich will weder,

dass du mir vorher einen bläst, noch will ich erklärt bekommen, was jeder Neuling nach dem ersten Besuch weiß, noch will ich hier weiter meine Zeit vertrödeln.« Er trat unter die Tischplatte, sodass die Spielelemente durcheinanderflogen. »Ausstieg! Sofort! Zurück ins Fleisch! Jetzt!«

Chrome Castle verschwand.

Was Yul Debarra an den billigen Traumalkoven im *Lizzard's* besonders hasste, war der Druck, den der Chipleser auf die Stirn ausübte, während das Bewusstsein aus der Wunschwelt ins Fleisch zurückkehrte. Zwar war es in seinem Sinne, dass ihm die nicht verbrauchte Reservierung von Rhodiumgramm-Äquivalenten wieder gutgeschrieben wurde, aber die Prozedur fühlte sich an, als zielte jemand mit einem Bolzenschussgerät auf sein Frontalhirn. Das einzig Positive daran war, dass es davon ablenkte, wie sich die Schläuche, die den Nährstoff- und Flüssigkeitshaushalt regulierten, aus Adern und Intimbereichen zurückzogen. Wobei diese Ablenkung nicht funktionierte, wenn man daran dachte, dass man gerade abgelenkt wurde.

Der Chipleser klappte weg.

»Du hast zwei Tage, sieben Stunden und drei Minuten in der Wunschwelt verbracht«, informierte ihn die weiblich klingende Administrationsstimme. »Du befindest dich im *Lizzard's Den*, Libreville, Ostatlantische Konföderation, Afrika, Erde.«

»Du solltest auch noch erwähnen, dass sich die Erde im Solsystem befindet«, murrte Yul. »Für diejenigen, deren Hirn totales Mus ist. Bestimmt eure besten Kunden.«

»Heute ist Samstag, der fünfte November 2518. Die Ortszeit ist einundzwanzig Uhr, dreiundvierzig Minuten.«

»Und wie viele Sekunden?«

Die widerlich sanfte Stimme blieb die Antwort schuldig. Sie gab nur die Informationen weiter, die ihre Abschlussroutine vorgab. »Das Restguthaben auf deinem Balancechip beträgt dreihundertsiebenundzwanzig Milligramm Rhodium-Äquivalent.«

»Na toll.« Yul würde keinen Codemonger finden, der dafür eine brauchbare Erweiterung seiner Wunschwelt vornähme. Das würde kaum reichen, um sich einen Monat in Suppenküchen zu ernähren. Solchen, bei denen man nicht so genau wusste, ob einem das Fleisch für die Einlage eine halbe Stunde zuvor quiekend und bepelzt in der Gosse begegnet war.

Der Formschaum, der während des Traums Druckstellen verhinderte, weichte auf. Yul kreiste die Schultern, um den Blutfluss anzuregen. In einem besseren Alkoven hätte das eine Massagefunktion übernommen. Aber in einem besseren Alkoven wäre Yuls Balancechip jetzt noch leichter als dreihundertsiebenundzwanzig Milligramm Rhodium-Äquivalent gewesen.

Der Deckel klappte nach vorne hoch. Grünes Deckenlicht beschien die Kabine, in der neben dem Alkoven auch eine Kommode aus halbtransparentem Hartplastik stand, deren Schlösser sich mit einem hellen Klacken entriegelten.

Der Muskelschmerz, der das Anziehen der Beine begleitete, war nicht der Rede wert. Yul setzte sich auf, drehte sich und stellte die Füße auf den Boden. Er gönnte sich einen Moment, um vor seine Zehen zu starren. Schwarze Fliesen, keine Spur von Chrom. Er war zurück.

»Wir hoffen, dein Erlebnis war angenehm«, sagte die Stimme, die hier ebenso körperlos blieb wie in der Wunschwelt. »Es würde uns freuen, dir bald wieder zu Diensten zu sein. Bitte denke an deinen Codekristall.«

»Ich denke an nichts anderes.« Er wartete, bis die Halterung vollständig aus der Innenseite des Alkovendeckels gefahren war, und entnahm die wasserblaue Pyramide. In der Handfläche spürte er ihre in Facetten gearbeitete Form, die klaren Kanten und die Spitze, aber kein Gewicht. Träume wogen nichts, auch wenn Erinnerungen so schwer auf der Brust lasten konnten, dass sie einen erstickten.

Yul erhob sich. Er stellte den Codekristall auf die Kommode. Der Anflug eines schlechten Gewissens regte sich, während er die Geschäftskleidung aus dem obersten Fach nahm. Seine Tochter hatte sich wirklich Gedanken gemacht. Das schräg von der linken Hüfte zur rechten Schulter schließende Jackett ließ das Violett des Hemds erkennen. Nicht nur am Röhrenkragen, der zwar eng an Yuls Hals lag, aber nicht in die Haut schnitt. Auch die Länge der Ärmel war genau bemessen, sodass noch ein Stück des Hemds darunter hervorkam. Die schlichte schwarze Hose war einfacher gestaltet, zwar auf Yul zugeschnitten, aber aus recyceltem Stoff gefertigt. Neue Schuhe hätten das Budget überfordert. Yul stieg in die Boots, deren Schäfte bis zur Hälfte der Waden heraufreichten.

Er kontrollierte, dass die Kommode leer war, und steckte den Codekristall in die Innentasche auf der linken Seite des Jacketts, bevor er die Magnetleiste des Kleidungsstücks schloss.

Yul presste die Zähne aufeinander. Sicher, *Lizzard's Den* war keine Nobeleinrichtung, aber wenn er Ionas Duft teuer in seine Wunschwelt hatte hineinprogrammieren lassen, dann wollte er ihn, verdammt noch mal, auch riechen! Er hätte in Pilgrims Fell haften müssen. Eine solche Schlamperei würde Yul nicht hinnehmen.

Er stellte sich vor den Ausgang der Kabine. »Öffnen!« Ein Distanzleser verifizierte seine Identität anhand des Balancechips in seiner Stirn. Die Tür glitt zur Seite.

—

»Hier ist er drauf!« Yul Debarra streckte Lizz den Codekristall entgegen, den er zwischen Daumen und Zeigefinger hielt. »Der Duft, den ich riechen will. Ich habe ein Vermögen dafür bezahlt!«

»Ach.« Genervt sah Lizz ihn an. Dass die Besitzerin des *Lizzard's Den* waagerechte Linien aus Kobalt implantiert hatte – beiderseits der türkis schimmernden Raute ihres Balancechips –, machte sie nicht nur alterslos, sondern verstärkte auch ihr Stirnrunzeln. »Und wieso hast du nicht erst das halbe Gramm abgedrückt, das du mir schuldest?«

»Das tut überhaupt nichts zur Sache, und das weißt du!«, rief Yul. »Du kriegst das Geld nächstes Jahr. So ist es abgemacht.«

Sie verschränkte die Arme vor der Brust. »Und wann nächstes Jahr?« Lizz trug ein ärmelloses Hemd, dessen Farbe wechselte. Im Moment leuchtete es pink, was gut zu ihrer braunen Haut passte. Ebenso wie die verchromten Augen. Vielleicht hatte sie sich für die Kobaltstreifen in der Stirn entschieden, weil ihre Augen nur einen einzigen Ausdruck kannten.

Yul zog den Kristall zurück, bevor Lizz auf die Idee käme, ihn als Pfand zu fordern. »Nächstes Jahr eben.«

»Na gut.« Sie lehnte sich auf den Tresen, in den die geschuppte Struktur einer Echsenhaut geprägt war. »Bis dahin will ich keine Beschwerden hören.«

»Vielleicht sind die olfaktorischen Reizgeber nicht richtig eingestellt.« Unbestimmt zeigte er auf die Kabine, die er benutzt hatte. Reinigungsmaschinen versprühten Desinfektionsmittel, um sie auf den nächsten Kunden vorzubereiten. Drei Türen weiter waren sie schon fertig, ein grünes Licht signalisierte die Bereitschaft des Traumalkovens. Zwölf davon gab es im *Lizzard's,* verteilt auf zwei Stockwerke. Die meisten waren belegt.

»Hattest du ansonsten auch Schwierigkeiten beim Riechen?«, erkundigte sich Lizz.

Er dachte an den Duft von Salz, den der Seewind herangeweht hatte. »Ich glaube nicht.«

»Dein Codemonger hat dich gelinkt«, vermutete Lizz. »Der Duft ist nicht in der Wunschwelt.«

»Aber wir sind Hunderte Geruchsproben durchgegangen!«, protestierte Yul.

Lizz zuckte mit den Achseln. »Vielleicht ein Versehen beim Codieren.«

»Das glaube ich nicht.« Entschlossen schüttelte Yul den Kopf. »Ich stand daneben, als er die Sequenz eingespielt hat. Er hat die neueste Generation Kalibrierer verwendet.«

»Etwa Platinum KF-13?«

»Genau! Höchste Datenrate, doppelte Redundanz. Da geht nichts verloren.«

»Mag sein«, sagte Lizz gedehnt. »Aber um die in meinen Alkoven auszulesen, musst du extra zahlen.«

»Was?«, rief Yul. »Wieso das denn?«

»Weil es hier steht.« Lizz wischte auf dem Sensorfeld des Tresens herum. Ein halb durchsichtiges Hologramm erschien. Darin raste ein Text vorbei, bis er an einer giftgelb hinterlegten Passage einfror. »Die Nutzungsbedingungen, die jeder Kunde akzeptiert.«

»Mag ja sein!« Verärgert wischte Yul durch das Lichtbild, das die Geste jedoch ignorierte. »Was kostet das?«

»Darüber reden wir«, Lizz grinste schief, »wenn dein Schuldenstand auf null ist.«

»Jetzt fang nicht wieder damit an! Du bist nicht die Einzige, die eine Traumherberge betreibt.«

»Ach? Es gibt noch mehr in Libreville?«

»Ein paar Hundert!«

»Was du nicht sagst!«

»Ich kann jederzeit woanders hingehen.«

Mit großer Geste deutete sie auf den Ausgang. »Ich werde dich nicht daran hindern.«

—

»Bring ihn schnell ins Trockene.« Mit sichtlichem Widerwillen drückte die pausbäckige Mitarbeiterin des *Dog's Heart*-Shelters Pilgrim in Yul Debarras Arme. »Das ist kein Wetter, bei dem sich ein Hund draußen aufhalten sollte.«

Yul brummte seine Zustimmung. Für ihn interessierte sich die Tierschützerin offensichtlich nicht. Ihr Mitgefühl beschränkte sich auf Lebewesen, die sich auf vier Pfoten bewegten. Aber Yul wollte sich nicht beschweren. Das *Dog's Heart* lag in Nachbarschaft zum *Lizzard's Den,* und hier war nicht nur die Unterbringung, sondern auch das Hundefutter kostenlos. Für das Wohl der Tiere fanden sich immer reiche Spender.

Die Pflegerin zog die Brauen zusammen. Vielleicht wollte sie Yul daran erinnern, dass auch der strömende Regen das Shelter nicht zu einer Unterkunft für menschliche Taugenichtse machte. Oder ihr missfiel, wie überschwänglich Pilgrim sein Herrchen begrüßte. Unablässig leckte die kleine Zunge über Yuls Wangen.

Er nickte der Frau zu, drehte sich um und trat auf die Straße. Jenseits des Vordachs fiel der Regen so dicht, dass die Neonreklamen der Stadt verschwammen. Dies war nicht die beste Gegend, die Wassermassen überforderten Rinnen und Gullys. Die Straße war ein zehn Zentimeter tiefer Bach, der an den Stellen, wo der Bordstein gebrochen war, über die Ufer trat und den Bürgersteig überflutete. Einen Junkie schien das nicht zu stören, er lag in seinem Schlafsack an eine Hauswand gedrückt. Vielleicht war er tot.

Pilgrim ruckte in Yuls Armen.

»Willst du wirklich auf eigenen Beinen gehen, alter Freund?«

Im Gegensatz zum Fell seines Abbilds in Yuls Wunschwelt ergraute Pilgrims Haar zusehends. Dennoch regte sich die Leidenschaft für Wasser noch mit der gleichen Energie wie in Welpenjahren.

»Ist ja gut.« Lächelnd ging Yul in die Hocke und setzte seinen vierbeinigen Freund ab.

Sofort rannte Pilgrim auf die Straße, wo ihm das Wasser bis zum Bauch reichte, und sprang umher. Sein fröhliches Bellen ging beinahe im Prasseln und Plätschern des Regens unter.

»Libreville ist wirklich die richtige Stadt für dich.« Yul aktivierte das Regenschutzfeld. Projektoren in den Schultern seines Jacketts leiteten den Niederschlag glockenförmig ab. Allerdings nur, wenn er sich nicht zu rasch bewegte; auch diese Apparaturen waren kostengünstig gewählt. Auf Bodenhöhe waren sie ohnehin nutzlos. Yul war froh über seine zwar klobigen, aber robusten und wasserdichten Schuhe.

Er blickte hinüber zum *Lizzard's Den* mit seiner Leuchtreklame, auf der sich eine krokodilartige Echse schützend um ein Gelege aus Traumalkoven wand. Yul hoffte, Lizz nicht dauerhaft verärgert zu haben. Sie hatte beinahe ein Pfund Rhodium-Äquivalent an ihm verdient. Woanders wäre es schwieriger, an Traumzeit zu gelangen. Und jedes Milligramm, das er dafür ausgeben musste, fehlte ihm, um einen Codemonger seine Wunschwelt ausbauen zu lassen. Nicht zum ersten Mal überlegte er, ob es besser wäre, selbst Programmieren zu lernen. Aber das war Ionas Domäne gewesen. Sie hatte es geliebt, Silizium zu analysieren, während seine Stärke darin lag, das komplexe Zusammenspiel zu erfassen, das ein Herz schlagen und eine Lunge atmen ließ.

Er lächelte freudlos. Ein Arzt führte einen Kampf, der von

Beginn an verloren war. Am Ende starb jeder. Man konnte die Niederlage lediglich ein wenig hinauszögern. Oft noch nicht einmal das.

Yul spürte die Leere im Magen. Obwohl ein Traumalkoven seinen Gast mit allem Lebensnotwendigen versorgte, fühlte sich der Körper unwohl, wenn der Verdauungstrakt nichts zu tun hatte. Die Instinkte des Savannenjägers erwiesen sich als dem Wissen des Stadtbewohners überlegen.

»Willst du auch etwas mampfen, Kumpel?«

Pilgrim freute sich am Regen. Er sprang im Kreis herum und wedelte mit dem Schwanz.

»Na los. Der Appetit kommt beim Essen.«

Sie wanderten zwischen den Wolkenkratzern hindurch, die davon zeugten, dass auch dieses Viertel einmal lohnend für Investoren gewesen war. Dass nur noch die oberen Stockwerke gleichmäßig beleuchtet und mit Neonreklamen versehen waren, bewies, dass diese Phase der Stadtentwicklung schon ein Jahrzehnt zurücklag. Dort oben wanden sich die transparenten Schlangen der Röhrenbahn um die Bauwerke, als wären sie Fesseln für die Beine gefangener Rehe, deren Körper sich in der Dunkelheit der Wolken verloren. Wer sich ein Apartment oberhalb des fünfzehnten Stocks leisten konnte, verfiel nur dann auf den Gedanken, sich auf das Straßenniveau hinabzubegeben, wenn ihn Abenteuerlust packte. Deswegen konnten sich hier unten Läden wie das *Lizzard's Den* und das *Dog's Heart* einmieten. Oder das *Noodlempire,* das Yul ansteuerte.

―

Die Suppenküche öffnete, kurz bevor die Spätschicht in den meisten Fabriken endete, und schloss erst nach Ende der Nachtschicht. »Nudelbox mit Hühnchen«, bestellte Yul Debarra.

Während Ulumba ihm den Chipleser an die Stirn hielt, zogen ihre abgebrochenen Schneidezähne wieder einmal seinen Blick an. »Da solltest du wirklich etwas machen lassen.« Er gestikulierte vor seinem eigenen Mund. »Ist nicht gut, wenn die Kanten offen liegen.«

»Na klar. Wenn du jeden Tag zehnmal zum Essen kommst, kann ich mir das Überkronen vielleicht leisten.«

Er fragte sich, ob er ihr raten sollte, die Stümpfe auszureißen. Aber er wusste nicht, welche Drogen sie nahm. Das grüne Schimmern in ihren Augen deutete auf Ghost-Zero hin, und das hemmte die Gerinnung. Da konnten ein paar ausgerissene Zähne dazu führen, dass man durch den Mund verblutete. Er behielt seinen Ratschlag für sich und bestätigte mit einem Daumenabdruck, dass fünf Milligramm von seinem Guthaben abgebucht wurden.

Ulumba gab Öl in eine Pfanne und warf eine Handvoll Nudeln hinein. Gegarte Fleischstückchen, von denen Yul hoffte, dass sie wirklich von Hühnern stammten, lagen auf einem heißen Herdblech.

Von hinten sah Ulumba schön aus, vor allem der Rücken, den ihr bunt bedrucktes Hemd freiließ. Man konnte sie für eine junge Frau halten, Mitte zwanzig vielleicht. Diese Schätzung verdoppelte sich, sobald sie sich umdrehte und einen ansah.

Ihre Tochter Xanna war acht Jahre alt. Zu jung für einen Balancechip, in ihrer Stirn leuchtete keine Raute, das System hatte sie noch nicht erfasst. Das Mädchen mit den zu Schnecken gedrehten Zöpfen unterhielt sich lieber mit den Gästen als die Besitzerin der Suppenküche. Yul wunderte sich nicht, es auch mitten in der Nacht noch auf dem Plastikstuhl in der Ecke vor dem Glücksspielautomaten sitzen zu sehen.

»Wann fliegst du wieder zu den Sternen, Yul?«, fragte Xanna.

Er lächelte schief. »Heute nicht.« Das antwortete er immer.

Sie sprang auf und ging zur offen stehenden Eingangstür. Zwischen den Hochhäusern, hinter dem Regen, der allmählich nachließ, blinkten die Positionslichter einiger Frachtkabinen, die an den Weltraumfahrstühlen in den Orbit fuhren oder von dort die Ladung der Sternenschiffe herunterholten.

Früher hatten Gold und Holz den Reichtum dieser Weltengegend begründet, heute war es die Lage am Äquator. Sie ermöglichte, Streckgewichte in 35 786 Kilometern Höhe so zu positionieren, dass sie die Erde stationär umkreisten. Sie bewegten sich dort draußen im All mit exakt der richtigen Geschwindigkeit, um von der Erdoberfläche aus betrachtet lotrecht über einem fixen Punkt in Äquatornähe zu stehen. Wie etwa Libreville. Der Raumhafen bestand aus einer Bodenstation, Hochlast-Stahlkabeln, die diese mit den Streckgewichten verbanden, und Liegeplätzen für die Raumschiffe in einer Höhe zwischen sechshundert und achthundert Kilometern. Dadurch blieb den Raumern die Landung erspart, die oftmals wegen des Fehlens jeglicher Aerodynamik der Schiffshülle ohnehin unmöglich gewesen wäre. Auch der enorme Energieverbrauch eines erneuten Starts fiel weg. Lediglich die Kabinen pendelten unablässig auf und ab, eine knappe Stunde pro Strecke. Für Spezialfracht und exzentrische Passagiere gab es Landeplattformen draußen im Atlantik, wo Fähren niedergehen konnten.

»Ich heuere bei den Kolonialtruppen an, wenn ich groß bin!«, rief Xanna entschlossen. »Bei *Zoramma Incorporated*.«

»Wieso bei denen?«, fragte Yul, um dem Mädchen Gelegenheit zu geben, seine Begeisterung mitzuteilen.

Erwartungsgemäß wirbelte Xanna mit strahlendem Gesicht zu ihm herum. »Die haben leuchtend rote Uniformen.«

Yul nickte mit ernster Miene. »Eine gute Wahl.«

Der Arbeitgeber, für den er zu den Sternen geflogen war, hätte dem nicht zugestimmt. *Zoramma* war einer der größten Konkurrenten der *Starsilver Corporation*. Die roten Schocktruppen hatten *Starsilver* mehrere lukrative Minen in verschiedenen Planetensystemen abgenommen. Aber man musste ihnen lassen, dass sie sich stets an die Regeln der Konzernkriegsführung hielten und neben Vermögenswerten auch Menschenleben schonten, sofern das kommerziell vertretbar war.

»Du musst mir alles beibringen, was man über das Reisen zwischen den Sternen wissen kann!«, forderte Xanna.

»Ein andermal«, versprach Yul.

»Ich würde mir wünschen, dass meine Kleine die Erde hinter sich lässt.« Ulumba reichte ihm die Schachtel mit seinem Essen. »Bis sie groß ist, wird das hier endgültig eine einzige Müllhalde sein.«

»Ich schaffe es bestimmt«, sagte Xanna.

»Ja, bestimmt.« Yul fand, dass sie zu jung war, um sie davor zu warnen, dass es weit schwieriger war, Träume zu bewahren, als sie zu erreichen. Das Glück war ein Zugvogel.

Gemeinsam mit Pilgrim machte Yul sich auf den Heimweg. Die Schachtel mit den Nudeln wärmte seine Hände. Er warf seinem Begleiter ein Stück Hühnchen zu, aber der Hund kaute nur probeweise darauf herum und ließ es dann auf der überspülten Straße liegen. Im *Dog's Heart* mussten sie ihn gut gefüttert haben. Erstaunlich, dass er sich dennoch immer so freute, wenn Yul ihn wieder abholte. Pilgrims Treue kannte keine Bedingungen.

—

Dass die drei Ärger bedeuteten, war Yul Debarra in dem Moment klar, als er sie sah. Eine junge Frau, zwei Männer im besten Alter für überschießendes Balzverhalten. Die Hälfte ihrer Kleidung bestand aus Nieten und Stacheln. Einer der Jungs mühte sich mit einem Nagel am Schloss eines Rolltors ab, das einen Elektronikladen schützte. Die beiden anderen standen neben ihm an der Hauswand, deren Windschatten den Regen immerhin ein wenig abhielt. Sie sahen gelangweilt aus, was eine gefährliche Kombination mit der Frustration darüber, dass ihr Kumpel nicht mit dem Schloss fertigwurde, bilden konnte. Dass Pilgrim vor ihnen sein Fell ausschüttelte und sie in einem Sprühregen badete, veranlasste den Burschen, zu einem Tritt auszuholen.

»He, lass das, Bran!« Die Frau drückte ihn mit beiden Händen zur Seite.

»Blöder Köter!«

»Der ist doch süß.«

Vor allem war Pilgrim zutraulich. Er sah sie schwanzwedelnd an, während sie sich hinhockte und ihn aufnahm. Über das Gesicht leckte er sie allerdings nicht. Stattdessen sah er zu Yul.

Der junge Mann, den die Frau Bran genannt hatte, spähte herüber.

Dunkelheit und Regen machten es wohl schwierig, Yul zu erkennen, aber es hatte keinen Sinn, sich zu verstecken. Ruhig ging er weiter.

»Hat sich da jemand beim Gassigehen verlaufen?«, höhnte Bran. »In dieser Gegend führt man doch keinen Hund aus.«

»Ich glaube, dieser Schatz fühlt sich hier wohl.« Die Frau zupfte ein paar Locken auf Pilgrims Kopf zurecht. Mit dem Schlossknacker ging sie weniger zartfühlend um. Sie versetzte ihm einen Tritt. »Wir haben Gesellschaft, Ron!«

Brans Balancechip leuchtete hellblau, ebenso wie der in

der Stirn der Frau. Sie hatte ihr Haar im vorderen Bereich passend gefärbt, zum Hinterkopf ging es in Weiß über, was wenigstens ein Minimum an Geschmack verriet. Yul hätte gewettet, dass auch der zweite Mann, der jetzt vom Schloss abließ und sich aufrichtete, einen hellblauen Chip hatte, obwohl ein ledernes Stirnband ihn verdeckte.

Die Farbe verriet, dass sie Geringqualifizierte waren. Sie hatten noch nicht einmal den einfachsten Bildungsabschluss geschafft, geschweige denn spezielle Zertifikate erworben, die sie für die Konzerne interessant gemacht hätten. Man würde sie nur für simpelste körperliche Arbeiten einstellen, etwa beim Verladen schwerer Fracht am Raumhafen oder der Reinigung der ständig verstopften Kanalisationsröhren. Wer mit sechzehn einen hellblauen Balancechip hatte, bekam vielleicht noch eine zweite Chance, aber die drei waren bestimmt schon zwanzig.

Ron stellte sich vor die Frau und spuckte in das Wasser, das über die abschüssige Straße strömte. »Der hat ein Regenschutzfeld. Das hätte ich gern.«

»Wer sich solche Schulterprojektoren leisten kann, trägt doch auch sicher hübschen Schmuck«, überlegte Bran laut. »Ich finde, wir haben uns etwas Hübsches verdient, dafür, dass wir seinen Hund gefunden haben.«

»Den Süßen behalte ich«, sagte die Frau mit quietschender Stimme und rieb eine Wange am nassen Fell.

»Willst du den etwa braten?«, schnappte Ron. »Oder wie kriegen wir sonst etwas in den Magen?«

Yul vermutete, dass sie mindestens eine Mahlzeit zusammenbekämen, wenn sie ihre Nieten und Stacheln bei einem Eisenhändler versetzen würden. Aber dieser Vorschlag würde sicherlich nicht wohlwollend aufgenommen.

Ein paar Meter vor ihnen blieb er stehen. Immerhin erkannte er im Licht der Neonreklamen keine Waffen.

Yul zeigte seine leeren Handflächen, um zu verdeutlichen, dass von ihm keine Gefahr ausging. »Ich habe nichts von Wert. Gebt mir bitte meinen Hund zurück.«

»Nein, ich will ihn behalten«, nörgelte die Frau.

»Du siehst, dass Sarra die Trennung schwerfallen würde.« Bran grinste. »Du wirst uns etwas geben müssen, das sie tröstet. Es wäre grausam, ihr den Hund zu nehmen, den sie gerade erst ins Herz geschlossen hat.«

»Ich trage wirklich keinen Schmuck.«

»Aber du hast ein Regenschutzfeld!« Ron rief es wie eine Anklage. »Überhaupt: Das ist ein hübscher Kittel, den du da trägst. Könnte mir passen.«

»Ich glaube, deine Schultern sind dafür etwas schmal.«

»Das werden wir rausfinden!« Mit platschenden Schritten stapfte Ron auf ihn zu. »Lass ihn mich einmal anprobieren!«

Yul schätzte Sarra nur als Zuschauerin ein, er glaubte nicht, dass sie in eine Schlägerei eingreifen würde. Aber die beiden Jungs schienen es gewohnt zu sein, sich mit den Fäusten durchzusetzen. Zwei gegen einen, und Yul war nie ein guter Kämpfer gewesen …

Seufzend zog er das Jackett aus. Er holte den Codekristall aus der Innentasche, bevor er Ron das Kleidungsstück gab. Der Regen traf ihn jetzt ungebremst und durchnässte Yuls violettes Hemd innerhalb von Sekunden.

Mit einem zufriedenen Grinsen nahm Ron das Jackett und reckte es seinen Freunden entgegen.

»Was hat er da rausgenommen?«, wollte Sarra wissen.

»Er hat doch etwas Wertvolles dabei«, meinte Bran.

Ron wirkte verärgert. Er hatte wohl mehr Anerkennung dafür erwartet, das Jackett erbeutet zu haben. »Was hast du in der Hand? Zeig her!«

»Nur einen Speicherkristall«, murmelte Yul. »Der hat keinen Wert für euch.«

»Lass mal sehen!«, verlangte Ron.

Yul schluckte. Auf diesem Kristall befand sich alles, was von seiner Abfindungszahlung geblieben war. Der Rest war für die Nutzung von Traumalkoven draufgegangen. Schlimmer noch: Der Gedanke, seine Erinnerung an Iona zu teilen, löste Panik in Yul aus. Deswegen gab es nur diese eine Kopie, keine Sicherung in einem von den Konzernen kontrollierten Datennetz, und auch bei den Codemongern bestand er darauf, dass sie sein Programm sofort löschten, nachdem sie daran gearbeitet hatten. Er könnte Chrome Castle nicht wiederherstellen lassen und würde auch alle noch nicht umgesetzten Arbeits- und Erinnerungsdaten verlieren, wenn er den Kristall weggäbe.

»Den könnt ihr nicht haben«, sagte er. »Von mir aus gebe ich euch meine Stiefel.«

»Wer will denn deine ausgelatschten Treter?«, blaffte Ron. »Das ist doch einer von diesen Hochleistungsspeichern, oder? Her damit!«

»Ich kann ihn dir nicht geben.«

»Das kannst du nicht?« Ron ballte die Hände zu Fäusten. »Aber ich kann ihn mir nehmen!«

Yul ging einen Schritt zurück. Pilgrim jaulte.

»Gib Ron besser, was er will«, riet Bran. Er stand jetzt im grünen Licht einer unbekleideten Frau auf der Werbetafel für die *Alien Bar*.

»Du schwitzt häufig, nicht wahr?«, fragte Yul.

Verdutzt sah Bran ihn an.

»Vor allem am Oberkörper«, vermutete Yul. »Als würde man die Feuchtigkeit aus dir herauspressen. Ist es nicht so? Du musst ständig trinken, und trotzdem bekommst du häufig Kopfschmerzen. Oder betäubst du die? Es gibt genug Zeug, das den Druck aus dem Schädel nimmt, aber das Schwitzen bleibt.«

»Woher weißt du das?«

Yul zeigte auf seine linke Seite, den Bereich zwischen Rippen und Hüfte. Brans dürftige Kleidung verhüllte dort nichts, die weiße Äderung in der dunklen Haut war gut zu erkennen. Es sah aus wie eine Flechte oder ein Netz mit zerrissenen Maschen.

»Kerra-Fieber. Eklige Sache, wenn man es sich einmal eingefangen hat. Soll ich dir verraten, wie man es wieder loswird? Halt dich von Alkohol fern, das ist das Erste.«

»Bist du sein Vater oder was?«, blaffte Ron. »Gib mir endlich den Kristall!«

Unwillkürlich krampfte sich Yuls Faust um den Speicher, die Spitze stach in seinen Handteller. »Nein.«

»Moment!«, forderte Bran. »Kein Alkohol ... was noch?«

»Der will dich doch verarschen!«, rief Ron. »Wie blöd bist du eigentlich? Glaubst du, ein Arzt stolpert dir mitten in der Nacht in die Arme, während wir einen Bruch versuchen? Und stellt dir eine Diagnose? Umsonst? Was passiert als Nächstes? Er schenkt dir Medizin?«

»Nicht nötig«, sagte Yul. »Was dein Freund braucht, kann er sich selbst besorgen. Zitronensaft, jeden Tag eine ganze Zitrone auspressen und trinken. Den Oberkörper sauber halten, dreimal täglich mit Seife waschen. Anstrengung vermeiden.«

Gehässig lachte Ron auf. »Erzähl das seinem Boss! Bran kann leider keine schweren Teile mehr wuchten. Gibt es auf dem Schrottplatz auch für einen Schöngeist etwas zu tun?«

Yul beobachtete, wie sich Sarra mit Pilgrim auf den Armen mühte. Der Hund wollte zurück in den Regen. Mit ein wenig Glück verlor die Frau das Interesse an ihm.

Aber Ron schien jetzt versessen auf den Speicherkristall zu sein. Fordernd streckte er die Hand vor. »Her damit!«

Yul schüttelte den Kopf. »Du kriegst ihn nicht.«

Ron stürzte sich auf ihn.

Yul wehrte einen Angriff mit dem Unterarm ab, sodass die Faust ihn nur streifte, aber die andere Hand rammte in seinen Bauch. Es tat höllisch weh, vielleicht hatte eines der Stachelarmbänder etwas damit zu tun. Die Nudeln entschieden sich, den Magen sofort wieder zu verlassen. Erbrochenes spritzte aus Yuls Mund und auf den Angreifer. Ein Schwinger traf ihn an der Wange, riss ihn herum und schickte ihn zu Boden. Das dünne Hemd bot keinen Schutz. Bei dem Versuch, sich abzufangen, schlug er sich die Ellbogen auf.

Ron stampfte auf Yuls Handgelenk, bückte sich und bog die Finger auf. »Stell dich nicht so an! Du hast verloren.«

Yul presste die Zähne aufeinander. Schmerzhaft drückte Rons Gewicht auf sein Gelenk. Er lag auf dem Asphalt, mitten im Strom des Regenwassers. Aber er konnte seine Erinnerungen an Iona nicht hergeben. Er konnte nicht!

Mit der freien Hand griff er Rons Schienbein und versuchte, ihn umzureißen. Vergeblich, Yul war zu schwach.

Mit Pilgrim auf dem Arm kam Sarra dazu. »Stell dich nicht so an!« Sie trat dem Wehrlosen in die Seite. Nicht besonders fest, sie wollte wohl nicht riskieren, den Halt auf ihren hohen Absätzen zu verlieren.

»Ich kann dir auch die Finger brechen«, drohte Ron. »Am Ende kriege ich sowieso, was ich will.«

Yuls Magen hatte sich noch nicht von dem Fausthieb erholt. Er würgte weitere Teile der Mahlzeit hervor. Tränen stiegen ihm in die Augen.

Ron wand den Speicherkristall aus Yuls Hand und reckte ihn triumphierend in die Höhe. »Der ist zehn Gramm wert! Darauf wette ich!«

Pilgrim wand sich jetzt in Sarras Armen, aber die Aussicht auf diesen Reichtum interessierte sie wohl mehr als der Hund, wie der ungläubige Blick auf Rons Beute verriet.

Bran massierte seinen Nacken. Er wirkte nachdenklich.

Yul erkannte, dass er jetzt handeln musste. In ein paar Sekunden wären die drei verschwunden. An Pilgrim mochten sie schnell das Interesse verlieren, aber den Kristall würden sie zu einem Schieber bringen, der ihn löschen und weiterverkaufen würde. Die Erinnerung an Iona wäre verloren.

Das durfte nicht geschehen! Yul sprang auf und nutzte Rons breitbeinigen Stand aus, indem er von hinten seine Hoden griff. Die dürftige Bekleidung bot Yuls Hand nur wenig Widerstand, als sie sich um den empfindlichen Körperteil schloss.

Ron schrie auf und versuchte unbeholfen, sich dem Griff zu entwinden.

Yul benutzte den Daumen, um zusätzlichen Druck auszuüben. »Vorsichtig jetzt, oder dein edelstes Stück wird Sarra keine Freude mehr machen!«

Ron schrie wie am Spieß, erstarrte aber.

»Halt die Klappe! Sofort!«

Das Schreien sank zu einem Wimmern herab.

Yul fand es immer wieder erstaunlich, zu welcher Selbstbeherrschung sogar undisziplinierte Menschen imstande waren, wenn es darauf ankam.

»Her mit dem Kristall!«, forderte er.

Ron drehte langsam den Oberkörper und gab ihm den Speicher.

»Wo ist mein Jackett?«, fragte Yul.

Es war beim Handgemenge zu Boden gefallen. Sarra hob es auf und gab es ihm. Unter seinem strengen Blick setzte sie Pilgrim ab.

»Und jetzt verschwindet, ihr zwei«, befahl Yul. »Da lang.« Er zeigte in die Richtung, aus der er gekommen war. »So weit, dass ich euch nicht mehr sehen kann.«

»Lasst mich nicht allein!«, rief Ron.

»Ihr könnt euch gleich um ihn kümmern«, versprach Yul. »Ich will nur einen Vorsprung.«

Ron zitterte in Yuls Griff. »Geht nicht weg!«

Yul schob den Daumen am rechten Hoden entlang. Er wusste, wo es richtig wehtat.

Ron jaulte auf und zuckte so heftig, dass sein Ellbogen Yuls Gesicht traf. Es war schmerzhaft, aber kein gezielter Angriff.

»Lange hält euer Freund das nicht mehr durch«, meinte Yul.

»Komm.« Bran zog Sarra am Ellbogen mit sich.

Sie verschwanden schnell aus dem Licht der Reklametafeln, aber ihre Schritte waren noch länger zu hören, wie Yul zufrieden bemerkte.

»Hast du Lust, durch den Regen zu laufen, mein Freund?«, fragte er Pilgrim.

Ein helles Bellen antwortete ihm.

Yul ließ seinen Gegner los und rannte, so schnell er konnte.

»Pa!«, rief Jinna entsetzt. »Wie siehst du denn aus?«

»Das könnte ich dich genauso gut fragen.« Yul Debarra stand erstarrt in der Tür ihrer gemeinsamen Wohnung. Es war offensichtlich, was seine Tochter gerade trieb. Etwas, das zur selben Zeit hundert- und tausendfach in Libreville geschah, mit der Einschränkung, dass sich meist nur zwei und nicht drei Menschen daran beteiligten.

War es das, was Yul schockierte? Er wusste, dass seine Tochter seit einem Monat Sex mit ihrem Freund hatte. Sie war siebzehn, Clarque zehn Jahre älter. Dass er und Yul sich nicht leiden konnten, war schon beim ersten Blick ins Gesicht klar gewesen. Das mochte auch an der goldenen Raute des Balancechips in Clarques Stirn liegen. Ein Karrierist, dem sein Konzern eine Zukunft versprach, die ihn stets von den Niederungen fernhielte, in denen Yul mit seiner Tochter lebte. Er machte auch keinen Hehl daraus, dass Jinna für ihn nur ein Zeitvertreib war. Sie sagte, für sie sei es nichts anderes, aber was gab es Mächtigeres als die Hoffnung eines Mädchens, das gerade zur Frau wurde?

Den zweiten Typen – den Lockenkopf, der hinter Yuls gebückter Tochter gestanden hatte, während diese sich mit Clarques Glied beschäftigt hatte – kannte er nicht. Sein Balancechip war gelb, nicht golden. Er war also ein High Potential, jemand, der möglicherweise in Clarques Liga aufsteigen könnte, wenn er ein paar Dinge für den Konzern erledigte, die man ungern tat. Überstunden bis zur totalen Erschöpfung waren dabei die harmloseste Variante.

Jetzt flüchtete er sich hinter einen Sessel, um seine Blöße zu verbergen. »Ist das ihr Alter?«

»Ja, das ist der Penner.« Clarque wickelte sich ein Tuch um die Hüften. »Weiß noch nicht mal, wie man eine Klingel drückt.«

»Ich wohne hier«, erinnerte Yul und schloss die Tür hinter sich.

Mit hochrotem Gesicht zog sich Jinna einen Bademantel über.

Pilgrim schlich sich in eine Ecke. Der Hund spürte den Streit in der Luft.

»Was ist mit dir passiert?«, fragte Jinna. »Hast du dich geprügelt?«

»Ist das so offensichtlich?« Yul tastete an seiner Wange, zuckte aber sofort zurück. Er musste aussehen wie ein Pavianhintern.

»Warst du im Krankenhaus? Zum Bewerbungsgespräch, meine ich?«

Yul schüttelte den Kopf.

Clarque lachte auf. »Das habe ich dir doch gesagt. Mich wundert nur, dass der sich immer noch hierher traut.«

»Das war die erste Einladung seit acht Monaten.« In Jinnas Stimme mischten sich Tadel, Resignation und Mitleid. »Wir waren uns doch einig, dass du diesmal hingehst.«

»Ich wette, er war wieder in seiner Wunschwelt!«, rief Clarque. »Und dafür hast du ihm die neuen Klamotten spendiert. Wie verdreckt der ist! Blöder Penner.«

»Ich bin Arzt«, sagte Yul mühsam beherrscht.

»Nein, du bist ein Spinner«, warf Clarque ihm vor. »Ein Fantast, der sich in Traumwelten flüchtet, wo er sich einbilden kann, stark zu sein.«

»Für dich bin ich stark genug!« Yul versetzte ihm einen Fausthieb ins Gesicht, dann noch ein paar gegen den Oberkörper.

Es tat gut, das Klatschen der Schläge auf der Haut des selbstgerechten Kerls zu hören, aber sie beeindruckten seinen Gegner nicht. Clarques Bauchmuskeln waren hart wie Holz. Er griff Yul am Hals und am linken Oberschenkel, hob ihn hoch und schmetterte ihn auf den Boden.

Jinna warf sich kreischend dazwischen. »Das ist mein Vater! Hör auf, das ist mein Vater!«

Yul bekam keine Luft mehr. Eine Blockade, ausgelöst vom Aufprall. Er wusste, dass er nur ruhig bleiben und abwarten musste, bis sich die Muskulatur entkrampfte, aber sein Überlebensinstinkt arbeitete dagegen.

Clarque rieb sich die linke Seite des Gesichts. »Wegen eines solchen Stücks Dreck sitze ich morgen mit einer Schwellung im Meeting.«

»Geh zum Kühlschrank und leg Eis darauf«, riet Jinna.

Brummend verzog sich Clarque in die Küche.

Pilgrim leckte Yuls Hand.

Yul hustete. Trotz des Gestanks nach dem Schweiß nackter

Leiber und der schmerzenden Rippen tat der erste Atemzug gut.

Jinna hockte neben ihm. Sie brachte ihr Gesicht nah an seins. »Ich will, dass es funktioniert mit Clarque. Verstehst du? Reize ihn nicht.«

»Er ist der Penner, nicht ich. Er ist nie über die Erde hinausgekommen.« Während er sich aufsetzte, dachte er an Ulumbas Prophezeiung, dass der Heimatplanet der Menschheit bald nur noch eine Müllkippe wäre. Von der Hand zu weisen war das nicht. Zehn Milliarden Bewohner produzierten Unmengen von Abfall, dessen gewissenhafte Entsorgung nur kümmerliche Gewinne versprach. Chemikalien verseuchten Böden, Gewässer und die Luft, Teile von Europa taugten inzwischen nur noch als Strafkolonie. »Er hat nie den Kristallregen auf Proxima Delta gesehen. Oder auch nur die fliegenden Städte auf der Venus. Ich habe mitgeholfen, die Impfstoffproduktion im Orbit von Kaideuze zu optimieren. In der Schwerelosigkeit, wo man Mixturen herstellen kann, die sich in der Gravitation niemals verbinden würden.«

Sie stützte ihn beim Aufstehen. Ihr Griff schmerzte an seinem Brustkorb, aber Yul war dennoch dankbar dafür.

»Ich wünschte, du würdest wieder zu den Sternen fliegen, Pa.«

Er sah zu, wie sich der zweite Mann anzog. »Wer bist du?«

»Mein Name ist Maurice.«

»Und was treibst du hier?«

»Ich … deine Tochter …«

»Ist der Penner immer noch da?« Clarque kehrte mit einem Lappen, in den er wohl Eis gewickelt hatte, zurück. Er trug nach wie vor nur ein Tuch um die Hüfte. Widerwillig musste Yul eingestehen, dass er es sich erlauben konnte. Mit seinem Körper hätte er Werbung für einen Fitnessstempel machen können. Entweder er trainierte täglich und achtete auf seine

Ernährung, oder er gab mindestens so viele Gramm für einen plastischen Chirurgen aus wie Yul für seine Wunschwelt.

»Du kannst so nicht weitermachen«, drängte Jinna. »Ma ist seit zweieinhalb Jahren tot.«

Er betrachtete ihre lange, schlanke Nase. Das brachte ihn immer ins Träumen. Sie hatte sie von Iona. »Deine Mutter war nur ein Jahr älter als du heute, als sie dich bekam. Wir waren sehr verliebt.«

Jinna verdrehte die Augen. »So ist das nicht. Ich werde nicht schwanger. Noch nicht.«

»Du wüsstest ja auch nicht, von wem«, versetzte Yul mit Blick auf die beiden Männer.

Jinna trat einen Schritt zurück und stemmte die Fäuste in die Seite. »Du willst mir jetzt aber keine Moralpredigt halten, oder? Doch nicht ausgerechnet du? Glaubst du, mein Balancechip wäre so schwer, dass ich dir jeden Tag eine neue Garderobe besorgen könnte?«

Yul schluckte. »Nein, das glaube ich nicht.«

»Sag es ihm«, forderte Clarque. »Es wird Zeit.«

Jinnas Blick huschte umher und blieb dann auf dem Boden vor Yuls Füßen haften. »Ich habe auch ein Leben, Pa. Clarque verschafft mir einen Studienplatz. Das darf ich nicht verpatzen. Ich brauche jetzt Zeit zum Lernen. Und Ruhe.«

Yul sah Maurice an. »Lernen«, sagte er bitter.

»Es gibt nichts umsonst im Leben.« Clarque grinste anzüglich. »Du wirst einsehen, dass deine Tochter ihre Vorzüge einsetzen muss, solange sie noch mithalten kann.«

»Sie ist siebzehn!«

»Das wird sie nicht ewig bleiben.«

»Sprecht gefälligst mit mir und nicht über mich!«, forderte Jinna. »Aber Clarque hat recht. Ich habe mich entschieden, was ich mit meinem Leben anfangen will. Und du … Pa, du hast darin keinen Platz mehr. Ab jetzt musst du allein klarkommen.«

»Wie meinst du das? Willst du mich rausschmeißen?«

»Für mich hört es sich so an, als hätte sie das gerade getan«, sagte Clarque.

»Sieh mich an und sag mir, dass du das wirklich willst, Jinna«, forderte Yul.

Blinzelnd hob sie den Blick, sah ihn dann aber fest an. »Es reicht. Ich habe mein eigenes Leben, und ich will, dass du daraus verschwindest.«

Er presste die Lippen aufeinander und nickte.

»Du kannst natürlich in Ruhe deine Sachen packen«, fügte Jinna schnell an.

»Nicht nötig«, gab Yul zurück. »Du hast ohnehin für alles bezahlt.« Er drehte sich um und ging zur Tür.

»Ich behalte Pilgrim bei mir, wenn du willst«, rief sie ihm nach.

Yul sah zu dem nassen, mehr grauen als goldfarbenen Hund hinunter. Das Tier blickte ihn mit seinen Knopfaugen an und wedelte unternehmungslustig mit dem Schwanz. Anscheinend hielt Pilgrim es auch nicht länger in dieser Wohnung aus.

»Wir sind Freunde. Wir kommen schon klar.«

Ein halbes Jahr später

Chance

Seit ein paar Wochen bekam Yul Debarra sein Essen im *Noodlempire* umsonst. Obwohl er nicht darum gebeten hatte, gab es einen Kreditblock, auf dem man für ihn und Pilgrim einzahlte. Jedenfalls behauptete Ulumba das. Gesehen hatte Yul diesen Block nie.

Unübersehbar war jedoch, wie sehr sich das Geschäftsmodell des *Noodlempire* geändert hatte. Das Verkaufen von Schnellgerichten an Laufkundschaft machte nur noch einen kleinen Teil aus. Stattdessen war die Suppenküche jetzt ein Treffpunkt, an dem sich selten weniger als zehn Leute aufhielten, und manchmal waren es an die fünfzig. Man tauschte Gerüchte aus, Kleinwaren wie Elektronikbauteile, Messer, Schmuckplättchen oder Drogen wurden gehandelt. Ulumba bereitete ständig Essen zu, man wusste, dass man sie bei Laune halten musste, um hier geduldet zu bleiben. Manchmal führte das sogar dazu, dass diejenigen, die für die Nudeln zahlten, dermaßen satt waren, dass sie die Speisen an Ärmere weitergaben, die sie sich nicht leisten konnten. Das *Noodlempire* entwickelte sich zu einer merkwürdigen Wohltätigkeitseinrichtung, ohne dass ein nennenswerter Teil der Protagonisten daran interessiert gewesen wäre, wohltätig zu handeln.

Stattdessen warteten alle auf Yul. Begonnen hatte es damit, dass er einen eingewachsenen Zehennagel entfernt hatte.

Inzwischen verwahrte Ulumba unter ihrem Verkaufstresen ein kleines Sortiment von Sanitätskoffern. Es hatte sich herumgesprochen, dass Yul weder Geld noch – und das war wichtiger – Erklärungen verlangte, wenn er jemanden behandelte. Er nähte Schnittwunden, entfernte Glassplitter, holte mit Brechmitteln Gifte aus dem Magen, schiente Knochenbrüche, brachte Kinder auf die Welt, desinfizierte Piercings und zog löchrige Zähne. Ulumba selbst vertraute ihm ihr Gebiss allerdings nicht an. Sie sparte auf eine saubere Überkronung bei einem Dentisten.

Yul machte keine Termine, was die Wartenden zur Geduld erzog. Dass er selbst entschied, in welcher Reihenfolge er behandelte, sorgte für Freundlichkeit bei den oft rauen Zeitgenossen, auch Ulumba und ihrer Tochter gegenüber. Im Laufe der Wochen hatte sich aus den ungeschriebenen Regeln eine wohltuende Routine entwickelt.

An diesem Abend wirkte Ulumba jedoch so nervös, wie Yul sie noch nie gesehen hatte. Sobald sie ihn erspähte, ließ sie ihr Kochgeschirr im Stich und winkte ihn heran.

Er bahnte sich einen Weg durch die auf ihn einredenden Patienten. »Was ist denn los? Ist etwas mit Xanna?« Normalerweise mischte sich das vorlaute Mädchen gern ins Getümmel, aber jetzt entdeckte Yul es nicht.

»Komm mit nach hinten!« Ulumba hörte gar nicht mehr auf, zu winken, und hielt den Durchgang zu ihrem Lagerraum auf.

Yul fand ihr Gebaren seltsam, folgte ihr aber.

Drei Männer erwarteten sie. Einer davon lag unter einer Decke auf der Kühltruhe, die beiden anderen spielten einen Shooter auf einer mobilen Konsole, die eine Doppelanzeige in die Luft projizierte. Jetzt legten sie die Controller im Regal zwischen Maiskolben und Gewürzen ab und standen auf.

»Sie wissen, dass du ein Arzt bist, der nicht nach dem

Balancechip seiner Patienten fragt«, erklärte Ulumba entschuldigend. »Oder nach ihrer Identität. Sie haben mir keine Wahl gelassen ...«

Von dem Mann unter der Decke war nur der Kopf zu erkennen, Irokesenschnitt, ein Spinnen-Tattoo zierte eine Wange. Die Augenlider waren geschlossen, er war wohl bewusstlos. Die beiden anderen trugen Oberkörperpanzer, wie sie bei manchen Sicherheitstruppen üblich waren. Bei einem kamen die Ärmel eines grauen Hemds darunter hervor, der andere präsentierte seine eingeölten Oberarme nackt. Die gelbliche Haut und die schmalen Augen deuteten auf einen asiatischen Einschlag hin.

»Kennst du die Typen?«, fragte Yul.

»Nein, sie kennt uns nicht«, antwortete der mit den nackten Oberarmen. Mit der Zunge schob er einen Zahnstocher von einem Mundwinkel in den anderen. »Und das soll auch so bleiben.«

»Tu besser, was sie wollen.« Mit einem zugleich warnenden und bittenden Blick ging Ulumba wieder hinaus und schloss die Tür.

»Ich nehme an, es geht um ihn?« Yul nickte zum Mann auf der Kühltruhe.

Der Sprecher brummte zustimmend.

Sein Freund sagte zwar nichts, lächelte aber auf beunruhigende Weise. Das Gesicht mit der vorspringenden Nase, dem spitzen Kinn und dem schütteren Haar erinnerte Yul an einen Nager. Er wirkte nicht akut krank, lebte aber offensichtlich ungesund. Schorf raute seine Haut auf, und er war viel zu dünn, was wegen des kantigen Oberkörperpanzers besonders ins Auge fiel.

Yul schlug die Decke zurück.

Schon der erste Blick offenbarte den Ernst der Lage. Auch dieser Mann trug eine Panzerung, aber sie schützte die Beine nicht. Das rechte war dermaßen zerfetzt, dass nicht mehr zwischen Stoff und Fleisch zu unterscheiden war.

»War das ein Hund?«, fragte Yul.

»Wieso ist das wichtig?« Zahnstocher zuckte mit den Muskeln an seinen Oberarmen. Yul bezweifelte nicht, dass er damit mühelos eine Schulter auskugeln oder auch ein Genick brechen könnte.

»Je nachdem, was ihn angefallen hat, sind verschiedene Infektionen möglich. Tollwut wäre schlecht.« Der Arzt drückte einen Finger an die Halsschlagader des Bewusstlosen. Die Haut war bleich und kalt, der Puls ging schwach, aber gleichmäßig. »Hat er viel Blut verloren?«

»Wir haben sein Bein sofort abgebunden«, sagte Rattengesicht.

Ein Gürtel war so weit oben um den Schenkel geschlungen, dass er beinahe unter dem Panzer verschwand. »Wie lange ist das her?«

»Keine zwei Stunden.«

Yul nahm die Information mit einem Nicken zur Kenntnis. »Kam das Blut in Stößen oder gleichmäßig?«

»Wie aus einem aufgedrehten Wasserhahn«, sagte Rattengesicht, fügte dann aber an: »... glaube ich. Es war ziemlich viel. Eine echte Sauerei.«

»Und es war ein Hund?«

»Ein großer schwarzer.«

»Hatte er Schaum vor dem Maul?«

Die beiden Männer sahen sich an. Zahnstocher zuckte mit den Achseln.

»Also ist es euch nicht aufgefallen«, stellte Yul fest. »Gut. Bei Tollwut hättet ihr es nicht übersehen.«

Er tastete das verletzte Bein ab. Der Patient stöhnte, obwohl er nicht erwachte.

Yul ging zur Tür.

»Was glaubst du, wo du hingehst?«, grollte Zahnstocher.

»Ich nehme an, ihr wollt, dass ich eurem Freund helfe. Dafür brauche ich einen Arztkoffer von Ulumba. Klemmen, Spreizer, Nadel, Faden, Tupfer, Stirnlampe, Desinfektionsmittel. Oder habt ihr das alles dabei? Ich muss vielleicht ein paar Adern und Sehnen zusammennähen, und das einigermaßen zügig, damit wir den Gürtel wieder lösen können. Wenn wir zu lange warten, brauche ich auch noch eine Säge, um das Bein zu amputieren.«

Schneller, als Yul es der wuchtigen Gestalt zugetraut hätte, war Zahnstocher an der Tür und drückte seine Hand dagegen. *Übermenschlich* schnell. Vielleicht waren einige der Muskeln, die er so gern zeigte, künstlich, oder er stand unter Drogen. »Deine freche Schnauze gefällt mir nicht, Doc.«

»Komisch. Dabei siehst du gar nicht wie ein Lehrer für gutes Benehmen aus.«

»Glaub mir, ich kann dir Respekt beibringen!«

»Das wird doch bestimmt unnötig sein«, säuselte Rattengesicht. »Wir brauchen dem guten Doktor nicht zu drohen. Er kann sich denken, dass es sich für ihn lohnen wird, wenn er uns hilft. Es ist immer gut, die richtigen Freunde zu haben.« Sein Grinsen war alles andere als gewinnend.

»Also, was ist jetzt?«, fragte Yul. »Entweder du lässt mich den Koffer holen, oder ich kann hier nichts ausrichten und bin überflüssig. So oder so ergibt es keinen Sinn, die Tür zu blockieren.« Er wusste, dass sein Gegenüber seine Knochen ebenso leicht zerbrechen konnte wie den Zahnstocher, den er im Mund hin und her schob. Aber er hatte keine Lust, vor jemandem zu kuschen, dem er einen Gefallen tat.

Rattengesicht zog die Hand des anderen von der Tür. »Gorilla meint es nicht so.«

»Gorilla?«, fragte Yul. »Wie passend.«

»Er sorgt sich nur um unseren Freund. Da wiegt man nicht jedes Wort ab wie Rhodium.«

»Von mir aus. Kann ich jetzt den Koffer holen?«

»Ich bringe ihn dir. Arztkoffer, ja? Dann weiß Ulurra Bescheid?«

»Sie heißt Ulumba«, korrigierte Yul. »Sag ihr, ich brauche den weißen.«

»Weiß wie die Unschuld.« Was immer Rattengesicht mit seinem Grinsen bezwecken wollte – es war weder beruhigend noch sympathisch. Und dass er etwas von Unschuld verstand, nahm Yul ihm erst recht nicht ab.

»Bleib locker«, sagte Rhesus, den Yul Debarra im Stillen immer noch Rattengesicht nannte. »Sie sind eben vorsichtig, lassen sich ein bisschen Zeit.«

»Ich dachte, du bringst mich zu einem Patienten!«, beschwerte sich Yul.

Rhesus kicherte tonlos. Es war ein Ausatmen in schnellen Stößen, mit dem er seine Belustigung ausdrückte. »Vielleicht hast du Glück und brauchst heute Nacht nicht mehr zu tun, als mit uns ein bisschen herumzuschippern.«

»Oder ich habe Pech, und ein paar Sicherungstruppen zersieben uns mit ihren Maschinenpistolen.«

»Dafür haben wir dich doch eingepackt wie eine Schildkröte.« Rhesus klopfte an den Panzer aus geriffeltem Hartplast, den Yul über seiner Jacke trug.

Die Wellen hoben ihr Boot an und senkten es wieder ab. Sanft und lautlos schlug es gegen den Kai. Der Rumpf bestand aus schwarzem Spezialkunststoff, der nicht nur leicht und fest war, sondern auch Radarstrahlen schluckte. Ein Fahrzeug für Schmuggler und anderes lichtscheues Volk.

Yuls Augen hatten sich an die Dunkelheit gewöhnt. Das Hafenwasser war schwarz wie Tinte. Die aufragenden Speicher- und Bürobauten waren dunkle Silhouetten, in denen sich aber eine Vielzahl erleuchteter Fenster auftat. Auch hier wanden sich die transparenten Adern der Röhrenbahn in fünfzig Metern Höhe um die Bauwerke. Die Neonanzeigen dagegen beschränkten sich auf Firmenlogos, die meist an der Spitze der Wolkenkratzer angebracht waren. Hier wurde Geld verdient, nicht ausgegeben. Landeinwärts sah Yul durch eine Lücke in der Bebauung die Positionslichter der Kabinen, die an den Kabeln der Weltraumfahrstühle aufstiegen oder herabkamen. In der anderen Richtung standen Sterne an einem wolkenlosen Himmel über dem Meer.

Rhesus drückte den Mittelfinger gegen den Empfänger in seinem Ohr und senkte den Kopf. Offenbar lauschte er.

Yul blickte über den Kai. Hinter den Pollern führte eine Straße am Wasser entlang. Jenseits davon erhoben sich eckige Gebäude mit Lagerhallen in den unteren Stockwerken und Büros darüber. In einem war Gorilla mit drei weiteren Typen verschwunden. Wie Yul und Rhesus trugen alle Rumpfpanzerungen und dunkle Kleidung, das Leuchten ihrer Balancechips verdeckten sie mit tief in die Stirn gezogenen Mützen.

Fiel dort Metall zu Boden? Oder war das nur der Wind, der mit den Ketten der Kräne spielte?

»Alles in Ordnung?«, fragte Yul.

»Nichts ist in Ordnung.« Rhesus zog eine Pistole und drückte sie Yul in die Hand. »Nimm die und komm mit.«

Erschrocken ließ Yul die Waffe ins Boot fallen und hob die Hände, als wollte er sich ergeben. »Niemals!«

»Deine Entscheidung, wenn du auf einen Freund verzichten willst, der Kugeln spucken kann.« Erstaunlich behände griff Rhesus die Kante des Kais und zog sich hinauf. Sein

Panzer scharrte auf dem Stein. Er wandte sich um und streckte Yul eine Hand entgegen. »Die anderen brauchen einen Arzt.«

»Ihr dreht ein Ding, bei dem man verletzt werden kann, und ich soll dabei mitmachen? Hältst du mich für bescheuert?«

»Eigentlich nicht. Aber ich hoffe, du hältst mich auch nicht für bescheuert. Ich werde keinen Fremden allein auf dem Boot zurücklassen, mit dem wir fliehen wollen.«

Yul überlegte, ob er die Pistole wieder aufheben sollte. Aber er war Mediziner, kein Soldat und erst recht kein Gangster. Ihm wurde flau bei dem Gedanken, Rhesus ins Gesicht zu schießen. Das brächte er nicht fertig.

Er zog den Riemen des Arztkoffers über den Kopf, griff die angebotene Hand und ließ sich auf den Kai ziehen. Er tat nichts Verbotenes, und für die versprochenen zwei Gramm Rhodium-Äquivalent könnte er Ionas Spuren in seiner Wunschwelt ein wenig lebensechter programmieren lassen. Wenn er wieder in Chrome Castle wäre, würde er jede Dummheit vergessen, die notwendig gewesen wäre, um ihn dorthin zu bringen.

Rhesus zeigte über die Straße. »Dieser Eingang dort. Du zuerst.«

»Wieso ich zuerst? Ich habe mit dieser Sache überhaupt nichts zu tun!«

»Da drin wartet dein Patient.« Beim Schatten, der Rhesus war, setzte eine schlanke Verlängerung die Faust fort. Der Lauf einer Pistole. »Uns fehlt die Zeit für Diskussionen.«

Als Unbewaffneter ließ sich Yul besser auf keinen Streit ein. Er rannte geduckt zum bezeichneten Gebäude und fand neben einem hohen Tor eine angelehnte Metalltür.

Rhesus drückte wieder den Empfänger in sein Ohr, während er ihm folgte. »Rein«, sagte er barsch. »Schnell.«

»Bist du sicher, dass das eine gute Idee ist?«, versuchte es Yul. »Ich meine ... Wem nützt es, wenn wir auch noch draufgehen?«

Rhesus richtete die Mündung auf Yuls Gesicht. »Wir lassen unsere Leute nicht im Stich.«

Yul hob beschwichtigend die Hände und zog die Tür auf. »Es sind deine Leute, nicht meine«, murmelte er dennoch.

Sie fanden sich in einem Hochregallager wieder. In der spärlichen Beleuchtung, die den Weg zu den Notausgängen wies, erkannte Yul Stahlplastbehälter der Kategorie C3, die sich für den Transport in der Schwerelosigkeit an vier der sechs Flächen magnetisieren oder auch effizient in größeren Containern verpacken ließen. Also Sternenfracht. Libreville war einer der größten Umschlaghäfen zwischen Orbit und Hochsee.

Rhesus zeigte mit der Pistole in einen der Gänge, die sich zwischen den Regalen auftaten. »Da lang!« Er klang nur mäßig überzeugt.

Verlademaschinen standen still wie die Skelette von Dinosauriern. An der Decke hingen Kräne an Schienen, ihre Greifer sahen aus wie die Fänge urzeitlicher Ungeheuer, die sich bereit machten, in diesem Labyrinth auf Menschenjagd zu gehen.

Rhesus führte sie tiefer in die Halle hinein. An den Kreuzungen und Abzweigungen, die sich zwischen den Hochregalen auftaten, spähte er mit seinem huschenden Blick umher. Er flüsterte beinahe lautlos, was für das Mikrofon, das die Vibration an seinem Schädelknochen abnahm, ausreichte. Er wurde zunehmend unruhiger, ähnelte immer stärker einer Ratte. In der Kombination mit der Pistole in seiner Hand gefiel das Yul gar nicht. Er überlegte, wie es ihm gelingen konnte, seinem Gefährten eine Beruhigungspille aus dem Arztkoffer zu verabreichen.

Ein Schuss krachte, gefolgt von einem Schrei, der ein vielfaches, metallisches Echo nach sich zog.

»Gorilla?«, rief Rhesus. »Gorilla, sprich mit mir! Bist du getroffen?«

Kurze Garben aus automatischen Waffen lärmten durch die Lagerhalle.

Obwohl Yul die Bedrohung nicht ausmachen konnte, hockte er sich an ein gut gefülltes Regal und zog den Kopf ein. »Glaubst du wirklich, dass wir hier noch jemandem helfen können?«

Gehetzt sah Rhesus sich um. Er riss die Pistole mal in eine, dann in eine andere Richtung.

Plötzlich leuchteten Flutlichtstrahler von der Decke herunter. »Ihr befindet euch in einem Gebäude der *Tukadar Incorporated!* Unter dem Corporation Act von Libreville ist unser Sicherheitsdienst zum Einsatz tödlicher Gewalt autorisiert. Werft eure Waffen weg, und legt euch flach auf den Boden. Dies ist die einzige Warnung.«

»Auf keinen Fall.« Rhesus hechelte. »Die knallen uns ab.« Er hyperventilierte. Yul vermutete, dass die Drogen, die er nahm, ihn anfällig für Panikattacken machten.

»Ich verschwinde«, kündigte Yul an und lief den Weg zurück zum Ausgang.

»Ja! Nichts wie weg!« Rhesus rannte an ihm vorbei.

Hinter einer Biegung traf ihn ein Splitterregen. Gewehre, die Blöcke aus Hartplast schredderten und die Splitter mit Hochgeschwindigkeit verschossen, gehörten zum Arsenal gut ausgerüsteter Sicherheitskräfte. Die Geschosse prallten von harten Oberflächen, wie den C_3-Behältern oder Rhesus' Rumpfpanzer, ab. In weichen Zielen wie dem Gesicht, den Armen und Beinen platzten Tausende winziger Wunden auf. Rhesus brach zusammen und schrie in einem fort.

Schlitternd versuchte Yul, zum Stehen zu kommen. Er riss

die Hände über den Kopf, obwohl ihn diese Geste das Gleichgewicht kostete und er stürzte.

Zwei Konzerngardisten mit Vollvisierhelmen, ballistischen Westen und Kampfstiefeln hielten ihre Gewehre im Anschlag. Der rote Laserzielpunkt des einen war auf Rhesus gerichtet, der andere fand Yul innerhalb einer Sekunde.

»Nicht schießen! Ich ergebe mich! Ich bin unbewaffnet!«

»Flach hinlegen! Hände in den Nacken!«

Yul hatte Mühe, dem Befehl nachzukommen, weil der Arztkoffer vor seinen Bauch gerutscht war und er nicht wagte, die Hände zu benutzen, um ihn zur Seite zu schieben.

Rhesus schrie wie jemand, dem man ohne Betäubung ein Bein amputierte. Er lag auf dem Rücken, setzte an, sich in sein verwüstetes Gesicht zu greifen, traute sich dann aber wohl doch nicht. Die Plastiksplitter hatten seine Augen zerstört, er wäre für den Rest seines Lebens blind. Für die Nase gab es Hoffnung, wenn er einen erstklassigen Arzt fände.

Der Gardist, der auf ihn zielte, machte einige Schritte vorwärts, bis er mit einer schnellen Drehung in den Gang schauen konnte, aus dem Yul und Rhesus gekommen waren.

»Bestätige: keine weiteren Eindringlinge zu sehen.«

Endlich bekam Yul den Arztkoffer aus dem Weg und lag auf dem Bauch. Wie verlangt faltete er die Hände in seinem Nacken. Dadurch, dass er den Kopf zur Seite drehte, eine Wange auf den Boden gedrückt, konnte er weiter beobachten.

»Dürfen wir dieses Stück Dreck nun zum Schweigen bringen?«, fragte der zweite Gardist.

Der erste ließ sich auf ein Knie nieder, nahm die Pistole auf, die Rhesus entfallen war, richtete sie auf ihn und schoss ihm zweimal in den Hals.

Rhesus zuckte unter den Einschlägen und lag dann still.

Yul schrie.

Der Gardist richtete die Pistole auf ihn.

»Warte!«, rief der andere.

»Was ist denn?«

»Nimm deine Mütze ab, du Rotz!«

Yul brauchte einen Moment, um zu begreifen, dass er gemeint war. Er folgte dem Befehl.

»Ein grüner Balancechip«, erkannte der Gardist. »Das ist keine einfache Kanalratte.«

»Du meinst, mit dem ist noch etwas anzufangen?«

»Weiß nicht. Ich frag mal.«

Den Austausch, den er mit seinen Vorgesetzten führte, konnte Yul nicht hören. Schweiß brach ihm am gesamten Körper aus. Er zitterte.

»Ja…«, sagte der Gardist.

»Was meinst du?«, fragte der zweite. »Kann ich abdrücken?«

»Warte noch.«

Yuls Kehle war trocken wie eine Schachtel voller Wüstensand. Er wollte schlucken, aber es gelang ihm nicht. »Ich habe nichts getan«, brachte er heraus. »Ich bin unbewaffnet. Ich habe niemanden angegriffen und nichts gestohlen.«

»Ach, und wie bist du hier reingekommen? Bist du deinem entlaufenen Hund gefolgt?«

Yul klammerte sich an den Gedanken, dass Pilgrim sich bei Ulumba und Xanna in Sicherheit befand. Es war eine schrecklich dumme Idee gewesen, mit Rhesus zu gehen. Er hätte sich weigern sollen, aber er hatte befürchtet, dass Gorilla und die anderen aus Rache das *Noodlempire* verwüsten würden. Eine schwer erträgliche Vorstellung. In den vergangenen Wochen hatte sich dort etwas entwickelt. Etwas Gutes. Natürlich kamen auch Schmarotzer, aber viele waren aufrichtig dankbar für Yuls Hilfe und wollten der Gemeinschaft etwas zurückgeben. Ulumba ging es gut, und Menschen, die seit

Jahren nicht satt geworden waren, hatten den Magen voll bekommen.

Yul weinte über seine eigene Naivität. Besser als die meisten hätte er wissen müssen, dass Harmonie und Glück nur kurze Zeit andauerten. Die Realität war keine Wunschwelt.

»Ja … in Ordnung«, sagte der Gardist.

Yul hielt den Atem an. Er machte sich darauf gefasst, dass ihn eine Kugel treffen würde. Dass ein Geschoss in sein Fleisch eindringen, eine Ader oder ein Organ zerreißen würde. Er suchte nach einer Möglichkeit, zu entkommen oder sich wenigstens zu wehren. Aber es war, als sei die Verbindung zwischen seinem Hirn und seinen Muskeln gekappt. Er vermochte sich nicht zu rühren. Die Blutlache um Rhesus' Leiche breitete sich aus.

»Heute ist dein Glückstag«, sagte der Gardist. »Steh auf. Man glaubt, du könntest etwas wert sein.«

—

»Ich war blöd«, gestand Yul Debarra. »Blöd wie ein Trottelfisch auf Teserus VII, um genau zu sein. Oder noch blöder. Aber ich wollte nichts stehlen, und ich habe auch niemanden verletzt. Ich bin da reingerutscht.«

Mit enervierender Geduld knackte Hypernavigator Ern Lestona die Schale einer Tubukka-Nuss, indem er versuchte, einen Daumennagel in die Rille zwischen den Hälften zu bekommen und sie dann aufzuhebeln. Die glatte Haut der meisten Weltraumfahrer bewahrte sein Gesicht auch im Alter von fünfundsiebzig Jahren weitgehend vor Falten. Sein Teint hatte jene Bronze, der jemand, der in Afrika lebte, sofort ansah, dass sie nicht von der Sonne, sondern von Strahlenbänken oder Cremes kam. Das graue Haar war bis auf einen halben Zentimeter rasiert; in einer alkoholgetränkten

Nacht vor sieben Jahren hatte Ern Yul anvertraut, dass er dadurch mehr spürte, vor allem bei den Sexualpraktiken, die er bevorzugte. Trotz seines Alters erfreute er sich großer Beliebtheit bei den Männern, die seine gleichgeschlechtliche Neigung teilten. Die *Starsilver Corporation* schätzte diesen Umstand, er füllte die Bewerbungslisten für die Schiffe, auf denen Ern flog, mit überraschenden Kandidaten. Für Yul war er allerdings immer nur ein väterlicher Freund und Ratgeber gewesen.

Mit einem Knacken gab die Nuss ihren gewundenen Kern frei. »Ich würde dir auch eine anbieten, wenn ich könnte.«

Eine unzerstörbare Transplastscheibe trennte Gefangene und Besucher in *Tukadars* Konzerngefängnis. Wo genau sich dieser Trakt befand, wusste Yul nicht. Man hatte ihn mit verbundenen Augen hergebracht.

Der Blick, mit dem Ern ihn durch die Scheibe musterte, war nicht zu deuten. Er schob den Nusskern in den nahezu lippenlosen Mund und kaute mit sparsamen Bewegungen darauf herum, bevor er schluckte. »Du siehst nicht aus, als wärst du unter die Junkies gegangen.«

»Ich bin clean.«

»Also ist es immer noch Iona. Wegen ihr hast du damals gekündigt, und du bist heute noch nicht drüber hinweg.«

Unter dem Tisch ballte Yul die Hände zu Fäusten. »Vielleicht will ich nicht drüber hinwegkommen.«

»Wie weit bist du mit deiner Wunschwelt?«

»Es gestaltet sich schwieriger, als ich dachte.«

»Sie wird dir niemals die Frau zurückbringen, die du verloren hast. Egal, wie echt die Illusion ist: Du wirst immer wissen, dass es eine ist.«

»Nicht unbedingt.«

Geduldig sah Ern ihn an.

»Die Technik wird immer besser«, erklärte Yul. »Bald werden sie nicht nur Sinneseindrücke einspeisen, sondern auch das Gedächtnis blockieren können.«

»Und dann?«

»Dann kann ich in der Welt leben, die ich mir wünsche. Voll und ganz.«

»Dich in einen Traumalkoven legen und nie wieder rauskommen?«

»Es ist meine Entscheidung.«

»Das ist Selbstmord.«

»Es ist ein neues Leben. Eines, das ich mir selbst gewählt habe.«

Ern widmete sich der nächsten Nuss, sprach aber weiter. »Und dafür brauchst du Geld.«

»Erst einmal brauche ich dafür meine Freiheit zurück.«

Vielsagend ließ Ern den Blick schweifen. »Wenn du mich fragst, hast du in einer Zelle mehr Freiheit als in einem Traumalkoven.«

»Danach frage ich dich aber nicht.«

Ern nickte bedächtig und knackte die Schale. »Und wieso hast du ausgerechnet mich angerufen? Nach über zwei Jahren? Was ist mit deiner Tochter?«

»Jinna will nichts mehr von mir wissen.« Es tat weh, das auszusprechen. »Und ich kann sie verstehen.«

»Aber ich sollte noch etwas von dir wissen wollen?«

»Wir hatten nie Streit.«

Ern brummte. »Stimmt. Und wo ist Pilgrim?«

»Bei einer Freundin.«

»Wieso hast du die nicht gefragt?«

»Ulumba kann nichts für mich tun.« Er tippte gegen den Balancechip in seiner Stirn. »Zu leichtgewichtig.«

Ern kaute. »Ich würde dir gern helfen, wirklich. Ein Dutzend Ärzte hat an meiner Hand herumgedoktert, aber du warst der Einzige, der das Kribbeln weggekriegt hat.« Er drehte die Linke hin und her. »Dauerhaft. Keine Probleme mehr. Wenn man mich fragt, bist du der beste Arzt, mit dem ich je geflogen bin. Bis zu der Sache mit Iona.« Er wirkte nachdenklich. »Diese Ulumba und du ... das ist nichts Ernstes, oder? Ich meine, wenn du dich in einen Traumalkoven legen und mit einer Illusion von Iona leben willst ...«

»Ulumba? Nein.« Yul lachte auf. »Sie ist ein guter Mensch, betreibt eine Suppenküche und versucht, die Träume ihrer Tochter am Leben zu halten. Mehr nicht.«

»Also hast du niemanden?«

»Hör mal, was soll das werden? Willst du mich therapieren? Ich habe eine Dummheit begangen – okay. Aber es ist mein Leben, und ich mache damit, was ich will.«

Ern schob die Bruchstücke der Schalen vor sich auf dem Tisch umher, bis sie der Größe nach geordnet lagen. »Und alles, was du hast, willst du für die Illusion von Iona opfern? Dein gesamtes Leben in Libreville? Auf der Erde?«

Yul lachte auf. »Wovon redest du? Wenn du ständig auf Sternenschiffen fliegst, wird die Erde zu einer romantischen Vorstellung. Das hat nichts mit der Wirklichkeit zu tun.«

»Und ein anderer Planet?«

Yul atmete durch. »Hilfst du mir oder nicht?«

»Du kannst dir denken, dass es nicht leicht wird, dich hier rauszubringen. *Tukadar Incorporated* mag es nicht, wenn man bei ihnen einbricht und versucht, Daten aus der Entwicklungsabteilung zu stehlen.«

»Das hat Gorilla probiert?«

»Wenn das einer deiner Begleiter war – ja. Sie haben es sogar beinahe geschafft, und das macht *Tukadar* noch wütender. Außerdem glauben sie nicht, dass jemand mit grünem Balancechip pleite sein kann. Sie wollen zwanzig Gramm für deine Freilassung.«

»Aber ich habe doch nichts gemacht!«

»Du bist der einzige Überlebende der Bande, die bei ihnen randaliert hat. An dir wollen sie sich schadlos halten.«

Yul schluckte. »Könntest du mir ... ich meine, ich weiß, dass das eine Menge Geld ist. Aber ich würde es dir zurückzahlen.«

»Wie?«

»Wenn du wieder mit einem Sternenschiff fliegst, wirst du bestimmt ein paar Monate unterwegs sein. In der Zeit werde ich etwas auftreiben.«

»Mag sein. Aber dann brauchst du immer noch Geld für deine Wunschwelt. Und wenn du zu den Ersten gehören willst, denen sie die Erinnerung umkrempeln, brauchst du noch viel mehr. Neue Technologie ist immer teuer.«

»Ich werde es schon schaffen. Irgendwie.«

Ern ordnete die Schalen zu einem Kreis.

»Die Taubheit in deiner Hand ist wirklich verschwunden?«, fragte Yul.

Ern seufzte. »Ich weiß, dass ich dir etwas schulde. Daran brauchst du mich nicht zu erinnern. Aber zwanzig Gramm habe ich nicht auf dem Konto herumliegen. Dafür müsste ich ein paar Klimmzüge machen.«

»Ich wäre dir dankbar.«

»Ich sage das ungern, aber ich schätze, früher oder später wirst du ohnehin davon erfahren. Es gäbe eine andere Möglichkeit. Wenn dir ernst ist, dass du mit dieser Welt hier«, er machte eine allumfassende Geste, »nichts mehr zu tun haben willst, wäre sie sogar noch besser.«

»Wovon sprichst du?«

»Das verlorene Sternenschiff, bei dem Iona an Bord war ...« Ern kratzte sich am Kinn. »Es war doch auf dem Weg nach Anisatha. Die Sternenbrücke dorthin ist seit zweieinhalb Jahren ausgefallen.«

»Sie ist während Ionas Flug zusammengebrochen«, bestätigte Yul bitter. »Acht Stunden vor ihrer Ankunft.« Sternenschiffe brauchten Brückenköpfe, zwischen denen sie sich überlichtschnell bewegen konnten. Das reduzierte die Reisezeit zwischen Planetensystemen, die viele Lichtjahre auseinanderlagen, auf wenige Tage. Erst diese Technologie ermöglichte Handel, Tourismus, Kolonisation und Militäreinsätze auf interstellarem Niveau.

»Anisatha wird bald wieder in den Nachrichtenstreams auftauchen. Bei *Starsilver* haben die Controller herumgerechnet. Sie sind zu dem Ergebnis gekommen, dass es der Bilanz guttäte, wieder die hübschen Quallen und die Biosäuren aus Anisathas Ozeanen in den Büchern zu haben.«

»Keine neue Erkenntnis.«

»Schon, aber wenn Konzerne träumen, verändern sie die Wirklichkeit.« Er schüttelte den Kopf. »Verrückt, wenn man darüber nachdenkt. Sie bereiten tatsächlich ein Brückenbauschiff vor, die PONTIFESSA. Die ist für den Unterlichtflug ausgerüstet, mit Cryoliegen. Etwas schneller als ihre Vorgängerin, aber nach Anisatha wird sie dennoch eineinhalb Jahrhunderte brauchen. Wenn die Ingenieure dort ankommen, werden ihre Partner, ihre Kinder und ihre Enkel gelebt haben und gestorben sein. So wie auch die Anteilseigner, die diesen Einsatz beschlossen haben, oder die Controller, die meinen, er sei sinnvoll. Den Gewinn wird keiner von ihnen sehen. Nur der Konzern. Eine Nummer in einem Register, ein Name, ein Logo. Ein paar unsterbliche Ideen, und die sind noch nicht einmal edel. Profit für … ja, wofür eigentlich?«

»Was habe ich damit zu tun?«, fragte Yul. Es sollte genervt und abfällig klingen, aber sein Hals war rau. Anisatha war das letzte Ziel gewesen, das Iona angesteuert hatte. Sie hatte als Interpretin für den neuartigen Schiffscomputer der ECHION angeheuert, um die Tiefe der künstlichen Intelligenz im Feldtest zu bestimmen. Yul verstand nichts von Quantencomputern, aber ihre Begeisterung hatte ihn angesteckt. Er hatte dem Moment entgegengefiebert, in dem sie ihre Erkenntnisse mit ihm geteilt hätte. Doch die Nachrichtenkapsel war nie über die Sternenbrücke aus Anisatha gekommen. Stattdessen hatten die Hyperfeldingenieure nach einer Woche eingestanden, dass der Kontaktverlust zum dortigen Brückenkopf keine temporäre Fluktuation war, sondern ein Totalausfall. Ihre Berechnungen bestätigten mit kalter Folgerichtigkeit, dass die ECHION mit ihrem Supercomputer und der gesamten Besatzung noch Stunden vom Ziel entfernt gewesen war. Verloren in den Strömen des Hyperraums. Niemand hatte Yul Hoffnung gemacht, dass das Schiff es dort ohne den Schutz einer intakten Brücke länger als ein paar Sekunden hätte aushalten können. Das Gitter von Zeit und Raum, wie die Integrität einer Raumschiffhülle sie benötigte, existierten in diesen Gefilden nicht. Die ECHION hatte dort weniger Chancen gehabt als eine Tiefseequalle, die man in den glühenden Sand der Sahara warf.

»Noch hast du nichts damit zu tun.« Forschend blickte Ern ihm in die Augen. »Aber du könntest, wenn du wolltest. Kaum jemandem fällt es leicht, alles, was ihm vertraut ist, wegzuwerfen. Sein ganzes Leben aufzugeben, um in eineinhalb Jahrhunderten ein neues zu beginnen, in dem er niemanden kennt außer denjenigen, die mit ihm zusammen auf dem Brückenbauschiff geflogen sind.«

»Vielleicht gibt es die Erde bis dahin gar nicht mehr«, sagte Yul. »Das ist ein Risiko. Man repariert den Brückenkopf und stellt fest, dass inzwischen das Gegenstück hier bei uns nicht mehr existiert.«

Ern neigte den Kopf, bis der Nacken knackte. »Kann passieren. Ist zwar bis jetzt noch immer irgendwie gut gegangen, aber wer weiß?«

»Oder die *Starsilver Corporation* könnte inzwischen bankrottgegangen sein.«

»Bei den Trips in deine Wunschwelt hast du eine bemerkenswerte Fantasie entwickelt.«

»Seltsam, nicht? Es fällt einem leichter, sich vorzustellen, dass die Erde unbewohnbar wird, als dass ein Megakonzern keine Gewinne mehr macht.«

Ern schob die Schalen zu einem Häufchen zusammen. »Der Bordarzt, den sie für die Pontifessa vorgesehen hatten, hat kalte Füße bekommen. Im Firmennetz steht, die Stelle sei wieder offen.«

»Und wieso sollte ich dem Konzern einen Gefallen tun? Wir haben einen Aufhebungsvertrag geschlossen. Ich bin sauber raus.«

»Das ist dein Vorteil. Keine Bitterkeit zwischen dir und *Starsilver*. Sie brauchen nur in den Leistungsberichten nachzuschauen, die in deiner Akte stehen, und sind sofort überzeugt, dass du der Sache gewachsen bist.«

»Ich verstehe nichts von Unterlichtflügen.«

»Bis auf die Cryoliegen kein Unterschied zu einer Hyperraumreise.«

Yul kannte die Theorie. Eine Hibernationsvorrichtung hatte vieles gemein mit einem Traumalkoven. Beide Systeme überwachten und ernährten den Körper, den sie umhüllten. Nur dass eine Cryoliege die Vitalfunktionen auf ein Minimum reduzierte und damit auch den Alterungsprozess weitgehend stoppte. Einige Schiffe, auf denen Yul geflogen war, besaßen Notfallkapseln, die nach demselben Prinzip funktionierten und Flüchtende am Leben hielten, bis irgendwann jemand in der Leere des Weltraums das Notsignal auffing und sie wieder auftaute.

»Ich habe keinen Grund, auf diese Mission zu gehen.« Während er das sagte, wurde ihm klar, dass ihn etwas nach

Anisatha zog. Die Reise beenden, die Iona nicht mehr hatte abschließen können …

»Ich gebe dir zwei gute Gründe«, kündigte Ern an.

»Der erste ist Geld?«

»Beide sind Geld, aber in verschiedenen Geschmacksrichtungen. Als Bordarzt zahlen sie dir sechzig Gramm, schätze ich.«

Yul schnaubte. »Früher habe ich im Jahr mehr gekriegt.«

»Aber davon ist nichts übrig«, stellte Ern ungnädig fest. »Wenn *Starsilver* die zwanzig Gramm abzieht, die es kostet, dich hier freizukaufen, bleiben noch immer vierzig.«

»Für eineinhalb Jahrhunderte Dienst? Wie großzügig!«

Bedächtig schüttelte Ern den Kopf. »Du weißt wirklich nicht, wie das auf diesen Unterlichtflügen läuft, oder? Beim Start wirst du auf vier Grad runtergekühlt und verschläfst den gesamten Flug. Wer schläft, gibt kein Geld aus. Die Syntho-Nahrung und was du sonst noch verbrauchst, musst du nicht bezahlen.«

»Wie großzügig. Da könnte ich nach Herzenslust schlemmen, wenn mir das Zeug nicht direkt in die Adern gepumpt werden würde. Und am Schluss habe ich immer noch meine fetten vierzig Gramm.«

»Etwas mehr wird es schon sein. *Starsilver* legt die vierzig Gramm für dich an. Sie garantieren eine Rendite von vier Komma acht Prozent pro Jahr.«

Yul lachte auf. »Ein tolles Geschäft für mich! Da schlage ich gleich einen Salto.«

Ern zog den linken Mundwinkel nach unten. Das tat er, wenn er die Geduld mit jemandem verlor, der etwas Offensichtliches nicht verstand.

Was entging Yul?

»Ich meine … Vierzig Gramm und dann knapp fünf Prozent. Klar, viele wären froh, wenn sie vierzig Gramm hätten, sicher. Aber für einhundertfünfzig Jahre …«

»Einhundertfünfzig Jahre Zins und Zinseszins.«

»Ja schon, aber das sind ja gerade mal … Ich meine …« Vergeblich versuchte Yul, sich an eine Aufzinsungsformel zu erinnern. Fünf Prozent von vierzig waren zwei Gramm, also insgesamt zweiundvierzig nach einem Jahr. Im zweiten Jahr etwas mehr als zwei Gramm Zuwachs, im dritten … »Wie viel ist das am Ende?«

»Lass es dir ausrechnen, bevor du anheuerst. Ich würde mich wundern, wenn es weniger als vierzig Kilo wären.«

»Das Tausendfache?«, rief Yul. »Nicht dein Ernst! *Starsilver* macht die gesamte Mannschaft zu reichen Schnöseln?«

»Nicht deren Problem.« Ern verschränkte die Hände hinter dem Kopf. »Das ist das Problem der Bank. Oder das Glück, falls man irgendwo so viel Rhodium auftreibt, dass das Gramm im Wert fällt.«

»Unsinn! Rhodium ist doch gerade deswegen Währungsanker geworden, weil es so selten ist.«

»Wenn du es sagst.«

Yul beugte sich vor. »Vierzig Kilo? Du veralberst mich!«

»Lass es dir ausrechnen«, wiederholte Ern.

»Aber wieso macht das dann nicht jeder?«

»Stell dir vor: Gerade die Leute, die für eine solche Mission qualifiziert sind, haben in der Regel keine Lust, ihr Leben wegzuwerfen. Sie kommen normalerweise recht gut klar, so, wie es ist.«

Yul versuchte nochmals, die Zinssumme im Kopf zu überschlagen. Es gelang ihm nicht, aber wenn zutraf, was Ern behauptete … Und falls nicht, wäre er wenigstens wieder in Freiheit, wenn *Starsilver* ihn aus *Tukadars* Gewahrsam herauskaufte. Den Kontrakt auf der PONTIFESSA könnte er notfalls immer noch ablehnen. Dann müsste er seine Schulden eben anders abarbeiten.

»Soll ich dich ins Gespräch bringen?«, fragte Ern.

Vierzig Kilo Rhodium-Äquivalent ... Auch in eineinhalb Jahrhunderten wäre das genug, um jede Wunschwelt zu bauen, die Yul sich nur vorstellen konnte. Und bis dahin wäre die Mnemotechnologie zweifellos so weit, sein Gedächtnis umzukrempeln und ihn glauben zu lassen, dass Iona niemals gestorben wäre.

»Ich bin dabei«, flüsterte Yul. »Danke.«

Mit dem Schwanz wedelnd sah Pilgrim hinaus auf die betonierte Fläche, die das Flachkabel des Weltraumfahrstuhls umgab. Aus ihrem Blickwinkel konnte man es für eine schwarze Wand halten, weil es zwanzig Meter breit war und so hoch in den Himmel ragte, dass es in den grauen Wolken entschwand. Die Stärke von gerade einmal zehn Zentimetern sah man dagegen nicht. Die Personengondel stand auf der gegenüberliegenden Seite, rechts und links ragte sie nur einen guten Meter über das Kabel hinaus.

Eine Frau in einem grünen Overall stellte eine Reisetasche ab, ging neben Pilgrim in die Hocke und streichelte sein Rückenfell. »Da freut sich aber jemand!«

Der Hund wandte den Kopf, um sie anzusehen. Ihre Haut hatte einen mittleren Braunton, das Gesicht war rund, ein Magnetring bündelte die schwarzen Locken am Hinterkopf, aber jenseits davon quollen sie auseinander und fielen so voluminös auf den Rücken, dass sie die schmalen Schultern verdeckten. Ein eng gezogener, breiter Gürtel betonte, wie schlank ihre Taille war. Die oberen Löcher ihrer Stiefel hatte sie nicht geschnürt, weswegen sich die Schäfte wie Blumenkelche öffneten.

»Pilgrim mag den Regen«, erklärte Yul Debarra. »Ich schätze, den wird er in den nächsten Wochen vermissen. In den ersten Wochen, wenn wir am Ziel sind, meine ich.« Es war ein seltsamer Gedanke, dass der nächste Tag, den sie bewusst erleben würden, einhundertsechsundvierzig Jahre in der Zukunft lag.

Ihr Blick wanderte an seinen Beinen hoch und über den Rumpf bis zu Yuls Kopf. Ihre Lider waren auffällig geschminkt, mit einem dunkelblauen, glitzernden Strich in der Mitte und hellem Violett an der Seite. Sie lächelte. »Anisatha?«

Er nickte. »Unterlichtflug für den Brückenkopf.«

»Pontifessa.« Sie nahm ihre Tasche und stand auf. »Wir haben denselben Weg. Auf in ein neues Leben! Ist das nicht aufregend? Ich heiße Reja.«

»Yul. Ich bin der Bordarzt.«

»Schade, dass nicht du meinen medizinischen Check durchgeführt hast. Von dir hätte ich mich lieber untersuchen lassen als von der impotenten Mumie, die mich in die Röhre geschoben hat, um sicherzugehen, dass ich keine Würmer habe.«

Sie lächelte noch immer. Vielleicht verbarg das nur die Unsicherheit vor dem Raumflug, überlegte Yul.

Zu seiner Überraschung hakte sie sich an seinem Ellbogen ein. »Ich bestehe darauf, bei meinen letzten Schritten auf der Erde des sechsundzwanzigsten Jahrhunderts von einem Galan begleitet zu werden. Bring mich an Bord.«

Yul sah sich um.

»Du bist der Einzige hier«, stellte Reja fest. »Du hast den Job.«

Lachend führte er sie hinaus in den warmen Nieselregen. Pilgrim sprang freudig um sie herum, während sie die Gondel umrundeten. Yul versuchte, sich den Geruch der Erde einzuprägen. Öl war darin und Rauch, aber auch die Frische des Lebens, das hier in den Tropen all seine Stadien vom Erblühen bis zur Verwesung so rasch durchlief.

Reja legte den Kopf in den Nacken und ließ die Tropfen auf ihr Gesicht fallen. »Wir fliegen höher als jeder Vogel.«

»Du bist Ingenieurin, nehme ich an?«

»Stimmt. Und ich freue mich, dass wir so viel Spielzeug mitnehmen, das ich am Ziel zusammensetzen darf.«

Yul wusste, dass der Habitatsbereich, der die Reisenden beherbergte, den weitaus kleinsten Teil der PONTIFESSA ausmachte. Viel größer war das Triebwerk mit dem Tank, von dem sie während des Flugs immer wieder Segmente zurücklassen würden. Am Bug war der Frachtraum mit all den Bauteilen untergebracht, die für eine Sternenbrücke notwendig waren. Er hatte das hundertfache Volumen des Habitats und diente auch als Abschirmung vor Partikeln und Mikrometeoriten, auf die sie während des Flugs treffen würden.

»Ah, jetzt sind wir vollzählig!«, rief ihnen ein vielleicht dreißigjähriger Mann mit einem goldenen Balancechip entgegen. Er trug einen dunkelblauen Anzug mit silbernen Borten, von denen sich eine an der Magnetknopfleiste von der rechten Schulter zur linken Hüfte entlangzog. Der silberne Komet der *Starsilver Corporation* funkelte als bewegtes Hologramm auf der linken Brustseite.

Yul löste den Arm aus Rejas Griff, um dem Manager die Hand zu geben.

»Yul.« Er nickte mit einem Lächeln, das Konzernpsychologen sicher mit ihm eingeübt hatten: selbstsicher, aber nicht arrogant, den Blick für ein paar Sekunden ausschließlich bei seinem Gegenüber, dazu ein fester, aber nicht schmerzhafter Händedruck. »Reja ... und das muss Pilgrim sein.«

»Er kommt mit. Eine Zusatzvereinbarung in meinem Vertrag.«

»Ich weiß, ich weiß. Ich bin Chok Myuler. Ich leite die Mission.« Einladend zeigte er in die Gondel.

Yul wunderte sich, dass der Konzern eine Unternehmung

dieser Wichtigkeit einem so jungen Mann anvertraute. Die Punktesysteme der internen Auswahlverfahren brachten immer wieder überraschende Ergebnisse hervor.

Das Innere der Gondel bestand aus drei Reihen zu zwanzig Sitzen. Darüber wurde das Gepäck in Staufächern verzurrt. Eine Leiter führte auf ein höheres Deck, aber die Luke war verschlossen.

Die meisten Passagiere waren Konzerngardisten. Ihre blauen Uniformen unterschieden sich nur in den Rangabzeichen. Sie bildeten einen einheitlichen Block in der Mitte der Sitzreihen. Rechts und links saßen individueller gekleidete Reisegefährten, von denen einige neugierig zu Yul herübersahen. In der Stirn einer alten Frau schimmerte ebenso wie bei Chok ein goldener Balancechip. Auch bei ihr prangte *Starsilvers* Komet auf der Brust. Zusätzlich trug sie das Firmensymbol in Form von Ohrringen. Ihr graues Haar hatte sie in einem Knoten zurückgebunden und mit einer Nadel festgesteckt. Sie war die Einzige, bei der Yul eine Waffe sah, eine Pistole in einem Holster am Oberschenkel. Die mit einem Wellenmuster versehene Bluse sprach jedoch dagegen, dass sie zu den Konzerntruppen gehörte.

»Schade, dass wir uns noch nicht kennenlernen konnten«, sagte Chok zu Yul. »Ich habe uns gleich hier vorn zwei Plätze nebeneinander freigehalten. Reja, du musst dir auf der rechten Seite etwas suchen.«

Yul verstaute seine Tasche.

In der letzten Reihe saß ein Mann in einem zerschlissenen Anzug, der sicherlich einmal vornehm ausgesehen hatte. Mit Tränen in den Augen blickte er auf die Hände, die er im Schoß gefaltet hatte.

»Die meisten sind schon auf der Pontifessa«, sagte Chok. »Insgesamt sind wir genau einhundert. Vierzig Ingenieure, fünfzig Gardisten.«

Yul nahm an, dass ihm das Reden half, mit seiner Nervosität fertigzuwerden. »Und die übrigen zehn?«

»Welche übrigen zehn?«

»Du hast gesagt, dass wir insgesamt einhundert auf der Pontifessa sind«, antwortete Yul mit der geduldigen Stimme eines Arztes, der einen Patienten beruhigen wollte. »Vierzig Ingenieure, fünfzig Gardisten, bleiben noch zehn.«

»Ach so, natürlich.«

Sie setzten sich. Die Rückenlehnen passten sich der Körperform an.

»Spezialisten«, erklärte Chok. »So wie du und ich. Und Tanarra. Die hat die Erde satt. Will am Ende ihrer Karriere noch etwas Neues sehen.«

Yul vermutete, dass er von der Alten mit dem goldenen Balancechip sprach.

»Und natürlich die Flugbesatzung der Pontifessa. Um das Schiff zu steuern, vor und nach der Automatikphase. Die schwitzen jetzt schon ordentlich, um den Start vorzubereiten.« Chok lachte.

Yul drückte einen Injektor mit einem leichten Mittel gegen Übelkeit an seinen Hals.

»Alle bereit?«, rief Chok.

Vor ihm entstand ein Holo in der Luft, das im Wesentlichen aus grünen Kugeln bestand.

Yul hob Pilgrim auf seinen Schoß, erlaubte den gepolsterten Halteklammern, sich um seinen Oberkörper zu schließen, und bestätigte über einen Schalter in der Armlehne, dass es losgehen konnte.

»Und Start!« Chok drückte einen Knopf.

Die Sitze kippten schräg nach hinten. Die Beschleunigung fühlte sich an, als läge jemand auf Yuls Brust. Er versteifte die Muskulatur an den Rippen und atmete gleichmäßig mit dem Zwerchfell.

Bis auf ein paar lässige Bemerkungen von den Gardisten verstummten die Gespräche. Das helle Surren der elektromagnetischen Ströme, die von oben an der Gondel zogen und sie von unten anstießen, erfüllte die Kabine.

Pilgrim schmiegte sich in Yuls Schoß. Auch für ihn lag die letzte Fahrt in einem Weltraumfahrstuhl drei Jahre zurück, aber er schien sich daran zu erinnern. Yul kraulte das Fell. Mit der anderen Hand ertastete er die Flächen des Speicherkristalls in seiner Tasche. Der Hund und die Wunschwelt ... die Erinnerung an eine glückliche Vergangenheit und die Hoffnung auf eine sorglose Zukunft, das waren Yuls Begleiter auf dieser Reise.

Eine Erschütterung rüttelte die Kabine durch. Wahrscheinlich die Gondel, die auf der anderen Seite des Flachkabels der Erde entgegenstürzte. Die Auslastung der Fahrstühle war ein wesentlicher Faktor für ihre Wirtschaftlichkeit. Man teilte die Strecke in Abschnitte ein, in denen jeweils zwei Gondeln verkehren konnten, aber je mehr Abschnitte man einzog, umso mehr Zeit verlor man für das Umsteigen der Passagiere und das Umladen der Fracht. Deswegen fuhr man die ersten sechshundert Kilometer in aller Regel ohne Unterbrechung. Unterhalb dieses Orbits gab es nur selten Andockstationen.

Nach einer halben Stunde schwenkte die Kabine herum, sodass sich ihre Ausrichtung entlang des Kabels umkehrte. Für einen Moment verlor Yul die räumliche Orientierung. Jenseits der Fenster wirbelten die Sterne. Die Erdkrümmung zeigte einen deutlichen Bogen. Obwohl es ein bewölkter Tag war, gab es genug Öffnungen in der weißgrauen Decke, um den Schwung der afrikanischen Atlantikküste zu erkennen.

Yul atmete durch. Es tat gut, die Lunge ohne den beständigen Druck zu füllen.

Brutal kehrte das Gewicht zurück, als die Magnetströme sich umkehrten und begannen, die Gondel abzubremsen.

—

Erst die Ingenieure, dann dreißig Gardisten, dann die Flugbesatzung, dann die restlichen Gardisten, dann die Manager und ganz am Ende Yul, damit der Bordarzt die spezifikationsgemäße Funktion jeder einzelnen Cryoliege überprüfen und bestätigen könnte. So war die Reihenfolge. Reja Gander war bereits dran, während die PONTIFESSA noch mit einer Beschleunigung von einem g aus der Ekliptik des Sonnensystems aufstieg, um sich dem Kursvektor anzunähern.

Yul Debarra zog die Steckverbindungen seiner Messkonsole ab. Die Liege war zweieinhalb Meter lang und einen Meter breit, gefertigt aus weißem Hartplast mit abgerundeten Ecken und transparenten Sichtflächen im Deckel. Falls die Einheit eine Not-Erweckung durchführte, wollte man nicht, dass sich die Passagierin fühlte wie in einem Sarg. Wobei in diesem Fall die PONTIFESSA so etwas wie ein Hochsicherheitsgefängnis wäre, ein stählerner Kasten auf einem unabänderlichen Kurs, umgeben von der Leere des Weltalls.

Sämtliche Anzeigen in Yuls Holo waren grün. »Das sieht gut aus…« Er beugte sich über das Projektionsfeld mit dem Resultat der Selbstdiagnose der Einheit. »Hier auch.«

»Eine doppelte Prüfung?«, fragte Reja. »Ist das nötig?«

»Vorschrift«, antwortete Yul. »Wir wollen ganz sichergehen, dass wir keinem Prüffehler aufsitzen.«

Reja trug nur ein leichtes Seidenhemd, das noch nicht mal bis zur Hälfte ihrer Oberschenkel reichte und rein gar nichts von ihren Formen verbarg. Auch ohne Gürtel hätte ihre Taille einer Wespe alle Ehre gemacht. Ihre Hüften dagegen schufen Kurven unter dem weichen Stoff.

Sie stützte sich auf der Kante der aufgeklappten Liege ab. »Ich habe ein bisschen Angst. Dieser Maschine werde ich ausgeliefert sein. Was, wenn ein Asteroid die PONTIFESSA trifft?«

»Die Buglaser werden ihn zertrümmern, den Rest fängt der Frontschild ab.«

Da das Schiff niemals in eine planetare Atmosphäre einträte, war es nicht stromlinienförmig gebaut. Die auf den ersten Blick wirre Hülle folgte dem Platzbedarf von Sensorschüsseln, Funkantennen, Triebwerken, Halbfertigteilen für die Sternenbrücke und sonstigen funktionalen Anforderungen. Der Bugschild jedoch bildete eine Pyramide aus vier dreieckigen Flächen, an denen Gesteinsbröckchen abgleiten würden.

»Und wenn der Asteroid zu groß ist?« Rejas Augen wirkten wie die eines Mädchens, das wollte, dass sein Vater ihm erzählte, alles würde gut werden. Vielleicht, weil sie sich abgeschminkt hatte. Oder weil sie barfuß vor Yul stand und ihm dadurch nur noch bis zum Kinn reichte.

»Bei großen Hindernissen nimmt die Automatik eine Kursanpassung vor, damit die PONTIFESSA ihnen ausweicht. Und falls doch etwas den Frontschild durchschlagen sollte, muss es erst durch den Laderaum mit allen Bauteilen der Sternenbrücke hindurch, bevor es uns erreicht. Auch bei unserer Reisegeschwindigkeit ist das unwahrscheinlich.«

»Du hast das Schulungsvideo gut verinnerlicht.« Ihr Lächeln bewies, dass sie ihn lediglich neckte. »Trotzdem: Ein einziger Fehler in einhundertsechsundvierzig Jahren, und ich könnte eine Eismumie bleiben.«

»Warum machst du hierbei mit?«, fragte Yul.

Sie seufzte. »Schon als Mädchen habe ich mir ein Haus in den Saturnringen gewünscht. An diesem Traum habe ich wohl zu lange festgehalten. Ich habe mir eingeredet, dass ich von Jahr zu Jahr mehr Aufträge für die Reparatur von Harvestern bekäme.«

»Den Fliegern, mit denen man Edelgase aus der Saturnatmosphäre fischt?«

»Ein lukratives Geschäft. Die Dinger sind empfindlich wie Schneeflocken, wenn die Stürme des Gasriesen sie herumwirbeln. Da geht ständig etwas kaputt, das repariert werden muss.«

»Das klingt nach einem lukrativen Arbeitsfeld.«

»Ja. Nur habe ich nicht bedacht, dass ein verträumtes Mädchen auf Dauer den Controllern in den Konzernen unterlegen ist. Die haben irgendwann gemerkt, dass sie mit Werkstätten für Harvester Geld machen können. Und sie können es sich leisten, ein paar Jahre lang Kampfpreise anzubieten, um uns Unabhängige aus dem Geschäft zu drängen. Aber mein Kredit wollte bedient werden.« Sie schüttelte den Kopf. »Ich bin zu spät ausgestiegen.«

»*Starsilver* hat deine Schulden aufgekauft?«

»Sieht so aus. Und bei dir?«

»So ähnlich«, wich er aus.

»Du wirst es mir erzählen.« Geschmeidig richtete sie sich auf, fasste seinen Nacken, drückte ihren weichen Körper an ihn und küsste Yul. Bevor er begriff, was geschah, spürte er ihre Zunge in seinem Mund. Sie schmeckte nach Kirschen.

Mit einem breiten Grinsen löste sie sich von ihm. »Jetzt wirst du von mir träumen. Eineinhalb Jahrhunderte lang.«

Verwirrt sah Yul zu, wie sie in die Liege stieg. Seine Lippen kribbelten. Er versuchte, sich zu erinnern, ob es bei Iona ebenso gewesen war. Unwillkürlich tastete er nach dem Speicherkristall.

Der Formschaum passte sich an Rejas Körper an, während sich der zweiteilige Deckel schloss und sie hermetisch einkapselte. Sonden fanden ihre Messpunkte, Nadeln stachen in die vorgesehenen Stellen der Adern. Das Schlafmittel wirkte sofort. Rejas Lächeln wurde sanft, ihre Lider schlossen sich.

Yul sah, wie blaue Flüssigkeit durch einen Schlauch strömte. Sie würde das Blut anreichern und darüber das Gewebe sättigen, um es für das Abkühlen vorzubereiten. Eine halbe Stunde noch bis zum Beginn der Frostphase.

Yul betastete seine Lippen.

Wieso hatte sie ihn geküsst? Fühlte sie sich zu ihm hingezogen? Oder hatte sie ihn nur verunsichern wollen, um selbst das Gefühl der Kontrolle zurückzuerlangen? Wenigstens ein kleines Stück, denn dass sie sich alle der Technologie und dem Elektronengehirn der Pontifessa auslieferten, blieb eine unabänderliche Tatsache.

»Alles in Ordnung?« Mit den Händen in den Taschen schlenderte Chok Myuler heran. Schon wieder eine Geste, bei der Yul vermutete, dass Konzernpsychologen sie mit ihm eingeübt hatten. Der klar geschnittene Anzug vermittelte charakteristische Strenge, die Hände in den Taschen dagegen legere Tatkraft. »Kommst du gut voran?«

»Alles wie geplant«, bestätigte Yul. »Mit den Ingenieuren bin ich zur Hälfte durch.«

»Ich weiß, ich weiß. Gute Arbeit. Ich kann es kaum erwarten, mich auch schlafen zu legen. Am letzten Tag auf der Erde war noch eine Menge zu tun. Aber jetzt kann ich mich ja eine ganze Weile ausruhen.« Er lachte.

Yul sah ihn schweigend an.

»Na ja, das können wir jetzt alle, nicht wahr?« Chok wich seinem Blick aus. Es schien ungewohnt für ihn zu sein, dass ein Mitarbeiter nicht mitlachte, wenn er es tat. »Melde dich, wenn du etwas brauchst, okay?«

»Werde ich machen.«

»Ich weiß, ich weiß. Ich gehe dann mal meine Tour weiter und wünsche den anderen eine gute Nacht.«

Yul nickte.

Es verschaffte ihm eine gewisse Befriedigung, dass Chok

die Masche mit den Händen in den Taschen aufgab. Zumindest, bis er durch die Tür verschwunden war.

Er sah durch die Scheibe im Kopfbereich der Cryoliege. Reja war eine schöne Frau, und der Schlaf machte sie noch schöner. Ob sie etwas mit ihrer Haut anstellte, um ihr einen so seidigen Teint zu verleihen? Aber wenn es dafür ein Kosmetikprodukt gegeben hätte – wäre Yul dieser Farbton nicht viel eher aufgefallen? Zumal er zu dem grünen Balancechip in ihrer Stirn sehr gut passte. Eine aufregende Farbkombination. Yul konnte sich vorstellen, dass es Reja leichtfiel, Männer für sich zu gewinnen.

Aber sie war nicht Iona.

Er folgte Chok. Die Liebe seines Lebens fand jeder Mensch nur einmal.

Einhundertsechsundvierzig Jahre später

Brückenbauer

Yul Debarra empfand das Erwachen aus dem Cryoschlaf wie ein Auftauchen aus einem tintenschwarzen See. Zu dieser Empfindung mochte beitragen, dass der Stasisschaum, der ihn während des Flugs stabilisiert hatte, aufweichte und sich beinahe wie eine Flüssigkeit zurückzog; andererseits aktivierte sich seine körperliche Sensorik erst allmählich. Sein Blick war zunächst verschwommen, er sah eine diffuse Lichtquelle über sich und unscharf abgegrenzte weiße Flächen, die er mit dem Deckel der Cryoliege in Verbindung brachte. Als er die Formen deutlich ausmachen konnte, auch die Wassertropfen, die vor allem an den transparenten Scheiben hingen, stellte er fest, dass sich die Leitungen bereits aus Adern und Körperöffnungen zurückgezogen hatten.

Ihm war heiß. Eine Wahrnehmung, die oft in der medizinischen Literatur zum Cryoschlaf zu finden war. Immerhin hatte die lebenserhaltende Maschinerie seinen Körper innerhalb von einer halben Stunde um dreiunddreißig Grad aufgewärmt. Das Hungergefühl, das aus einem leeren Verdauungstrakt resultierte, kannte er bereits von den Traumalkoven.

Mit der ersten Bewegung kam das Kribbeln in den Muskeln. Yul wollte es schnell hinter sich bringen, setzte sich auf und stieg aus der Liege. Ein ganzes Ameisenvolk schien sich unter seiner Haut eingenistet zu haben, aber er ignorierte das Gefühl und ging die drei Schritte zu der kleinen Spezialeinheit, in der Pilgrim schlief. Die nackten Füße patschten auf den Boden. Sie waren feucht, aber nicht so nass, dass Gefahr bestanden hätte, auszurutschen. Yul hatte festen Halt, was bedeuten musste, dass die Triebwerke die PONTIFESSA abbremsten und dabei einen Andruck erzeugten, der annähernd der Erdanziehungskraft entsprach. Dazu passte auch die Form der Wassertropfen an der Liege.

Ein Schlauch führte zu der Maske, die um die Hundeschnauze lag. Das Tier hatte sich eingerollt, bevor sich der wie Gallerte durchsichtige Stasisschaum um Läufe, Kopf und Rumpf gelegt hatte, die vier Leitungen zur Flüssigkeits- und Nahrungsversorgung steckten an den vorgesehenen Stellen. Es fiel schwer, sich vorzustellen, dass Pilgrim seit einhundertsechsundvierzig Jahren so lag. Fast eineinhalb Jahrhunderte, an die Yul jede Erinnerung fehlte. Der Cryoschlaf fuhr die Hirnaktivität so weit herunter, dass auch ein Traum im üblichen Sinne unmöglich wurde. Dennoch spekulierten einige Experten, dass selbst in diesem Zustand Träume möglich seien; langsamer als gewohnt, für Instrumente nicht zu erfassen, eher im Rhythmus von Gezeiten als in Wellen. Aber diese Theorien kamen meist aus den Reihen jener, die das Menschsein, auch in der Abgrenzung zum Tierreich, anhand der Imaginationskraft definierten.

Für Yul gab die Anzeige an Pilgrims Diagnoseeinheit die erste Bestätigung für die verstrichenen Dekaden. Das Borddatum, das sich nach der Ortszeit am Firmenhauptsitz Singapur richtete, war der achte Juli 2665. Reinigungsautomaten hatten die PONTIFESSA vor der Ankunft vom Staub der Zeit befreit. Momentan war Yul das einzige wache Lebewesen an Bord.

Er spürte dieser Vorstellung nach, bevor er das Sensorfeld betätigte, das die Aufwachprozedur für Pilgrim startete. Es wechselte von Blau auf Gelb.

Yul drehte sich um die eigene Achse und fokussierte den Blick in unterschiedlichen Entfernungen. Seine verlassene Cryoliege dominierte die kleine Kammer. Wände, Boden und Decke bestanden aus einer grauen Eisenlegierung. Überall waren Griffe angebracht, damit man sich auch bei Schwerelosigkeit leicht bewegen konnte. Im Habitatbereich der Pontifessa waren die Decks im rechten Winkel zum Hauptschubvektor angeordnet, damit der Triebwerksandruck eine Scheingravitation zum Boden hin erzeugte. Wenn der Antrieb keinen Schub gab, verloren Oben und Unten ihre Bedeutung, und Menschen bewegten sich von Haltepunkt zu Haltepunkt, je nach Temperament wie Spinnen oder wie Gibbons.

Yul öffnete das Staufach mit seiner Bordkleidung. Der weiße Overall hatte Taschen an Oberarmen, Brust und Schenkeln, dazu Haftbänder und Magnethalterungen. Die Schuhsohlen konnte er durch eine Impulsfolge mit den Zehen magnetisieren.

Yul ließ sich Zeit mit dem Ankleiden. Er bewegte die Finger, die Handgelenke, die Arme und Beine, kreiste mit Hüfte und Oberkörper, legte den Kopf in den Nacken und drückte das Kinn auf die Brust. Diese Übungen drängten das Kribbeln in den Muskeln zurück. In seiner Erinnerung hatte er sich gerade erst schlafen gelegt. Kein noch so vages Nachbild eines Traums ließ sich finden. Nur das Gefühl der Hitze war ungewohnt, zumal es nicht von Schweiß begleitet wurde.

Pilgrim regte sich. Yul half ihm aus der Box und stellte ihn vorsichtig auf die Pfoten.

Der Hund jaulte kläglich. Mit zitternder Nase sah er an Yul hoch.

»Es wird gleich besser«, versprach er. »Auch bei dir brauchen die Sinne und die Muskeln ein wenig, um ins Leben zurückzufinden, alter Freund. Bist du so hungrig wie ich?«

An der Tür fragte ihn eine Anzeige, ob er bereit sei, die Pflichten des Bordarztes zu übernehmen und die damit verbundenen Autorisierungen und Verantwortlichkeiten zu aktivieren. Er absolvierte einige einfache Tests, bei denen er Symbole anordnen und elementare Rechenaufgaben lösen musste. Das stellte sicher, dass die kognitiven Fähigkeiten zurückgekehrt waren. Danach bestätigte er und verließ den Raum, der ihn und Pilgrim einhundertsechsundvierzig Jahre lang beherbergt hatte.

Bewegungssensoren aktivierten die Beleuchtung auf ihrem Weg und schalteten sie hinter ihnen wieder ab. In der Küche machte Yul ein paar Schinkenstreifen durch die Zugabe von Wasser genießbar. Da er auf die Schnelle keinen Napf fand, legte er sie vor Pilgrim auf den Boden. Für sich selbst nahm er einen Müsliriegel, der zwar etwas klebte, aber auch trocken essbar war.

Es überraschte ihn, wie laut der Hund schmatzte. Hatten sich seine Ohren an die Stille während des Cryoschlafs gewöhnt?

»Endlich mal wieder etwas im Bauch, was?« Yul klatschte in die Hände. »Dann wollen wir mal! Die Pflicht ruft.«

Gemäß Standardprozedur wurde die Besatzung in umgekehrter Reihenfolge ihres Einschlafens geweckt. Zuerst sollte Yul also das Aufwachen der Manager beaufsichtigen. Er entschloss sich jedoch, die Zeit, in der er der einzige wache Bewohner der PONTIFESSA war, um ein paar Minuten zu verlängern, indem er einen Umweg ging.

—

»Vielleicht habe ich wirklich die ganze Zeit von dir geträumt.« Lachend betrachtete er Reja Gander durch die Sichtscheibe über ihrem Gesicht. Durch den Cryoschlaf waren ihre Wangen etwas fülliger als zuvor. Das war eine zu erwartende Folge, wenn ein Körper dauerhaft in sanfter Schräge lag. Es galt als kosmetische Frage, in die kaum ein Hersteller Geld investierte, anders als bei den Elektrostimulatoren, die dem Muskelabbau entgegenwirkten. Wenn Reja erst eine Weile aufrecht herumliefe, würde sich die Flüssigkeitsverteilung in ihrem Körper wieder anpassen.

Yul Debarra musterte ihre Lippen. Waren sie ebenfalls voller geworden? Er war unsicher. Er wusste auch nicht mehr, wie sie sich auf seinem Mund angefühlt hatten. Er tastete mit den Fingerkuppen, aber das Kribbeln blieb aus. Noch stärker bedauerte er, dass Rejas schalkhaftes Lächeln der Entspannung des Schlafs gewichen war. Ihre Miene war so neutral, wie man es von einem Menschen erwartete, in dessen Kopf es keine Gedanken gab.

Die Anzeige der Cryoliege leuchtete in beruhigendem Blau, ohne Fehlermeldungen. Rejas Vitalsignale befanden sich allesamt im Normbereich. Sie könnte problemlos noch einmal dieselbe Zeitspanne im Kälteschlaf verbringen oder auch das Fünf- oder Zehnfache. Aber dazu würde es nicht kommen, schließlich hatte jeder an Bord einen Job zu erledigen.

Grinsend richtete Yul sich auf. »Zwischen den Schichten werden wir ausreichend Zeit finden, uns zu necken. Ich bin schon gespannt, welchen Streich du als Nächstes aushecksts.«

Pilgrim fand Gefallen an der Bewegung. Er lief zwischen den Liegen umher, versicherte sich aber immer wieder, dass Yul noch da war.

»Na komm«, forderte er den Hund auf. »Zeit, dass wir unsere Regentschaft über das Schiff abgeben.«

Für den Raum mit den Cryoliegen der beiden Manager brauchte Yul einen Sicherheitscode. »Glücklicherweise erinnere ich mich spielend an alles, was ich vor eineinhalb Jahrhunderten auswendig gelernt habe.« Er lachte über seinen eigenen Scherz und tippte die Wörter *Einheit*, *Profit* und *Reichtum* ein. Die doppelt ausgelegte Panzertür glitt zur Seite.

Eine kaum sichtbare Fuge wies darauf hin, dass sich dieser Raum absprengen ließ. Mit seiner autarken Energieversorgung fungierte er dann als Rettungskapsel für *Starsilvers* wertvollste Mitarbeiter. Yul fand das paranoid. Andererseits gab kein Konzern Geld für etwas aus, das nicht gebraucht wurde. Ob es also einmal einen Aufstand direkt nach dem Aufwärmen gegeben hatte? Bei dem jemand die Cryoliegen manipuliert hatte, um vor Bordarzt und Managern zu erwachen?

Yul schob den Gedanken beiseite und konzentrierte sich auf seine Aufgabe. Sowohl bei Chok Myuler als auch bei Tanarra deFuol zeigte das Panel einen störungsfreien Verlauf des Cryoschlafs an. Der Arzt benutzte sein mobiles Diagnosegerät, um zunächst die Liege der Frau einer Kontrollprüfung zu unterziehen. Das Ergebnis zeigte keine Abweichungen, er aktivierte die Aufweckprozedur. Wenige Minuten später wiederholte er dieses Vorgehen bei dem jüngeren Manager.

Beide Anzeigefelder leuchteten jetzt nicht mehr blau, sondern gelb. Die Fortschrittsanzeigen zählten hoch. Das war alles, was in der nächsten halben Stunde passieren würde.

Yul öffnete das in die Wand eingelassene Arztfach, das Substanzen und Gerätschaften für eine Notfallversorgung enthielt. Alles geordnet und bereit.

Er sah zu Pilgrim hinunter. »Wollen wir mal schauen, wo wir sind?«

Yul klopfte auf den Sensor, der die Außenpanzerung vor dem Aussichtsfenster beiseitegleiten ließ. Er hob den Hund hoch, damit er hinaussehen konnte.

Ein Stück von einem Stern, der ihm etwas heller, weißer vorkam als die heimatliche Sonne, füllte die linke untere Ecke des Fensters. Der Himmelskörper war so nah, dass seine Krümmung mehr zu erahnen als zu erkennen war. Die durch den Fensterrahmen begrenzte, leuchtende Fläche war beinahe dreieckig. Der Rest des Sichtfelds war Schwärze, in der Ferne glitzerten Sterne. Yul wunderte sich darüber, wie ungleich sie verteilt waren. In manchen Bereichen gab es nur einsame Punkte, in anderen kompakte Lichtwolken. Der Anblick erinnerte an Zucker aus einer Dose, deren Deckel sich gelöst hatte. Oder waren das gar nicht alles Sterne? Schließlich war ihr Ziel der ausgefallene Brückenkopf. Konnte es sein, dass Anisatha Trümmer anleuchtete?

»Das müsste sich doch herausfinden lassen.« Yul setzte Pilgrim ab und aktivierte ein Terminal des Schiffscomputers. Nach seiner Autorisation zeigte das Hologramm eine Zusammenfassung des Unterlichtflugs an. Die Automatik hatte Ausweichmanöver ausgelöst, die insgesamt in einer Verzögerung von zwei Monaten resultierten. Es gab Schadensmeldungen, denen Yul entnahm, dass das Schiff zwar nicht mehr werftneu, aber voll funktional war. Eine Sektion der Holografie zeigte einen Detailstatus für das anstehende Zwischenziel der Mission. Die Sensorschüsseln der PONTIFESSA lauschten bisher vergeblich auf ein Peilsignal des Brückenkopfs. Daraus ließ sich noch wenig schließen, was den Zustand der Einrichtung anging. Im günstigsten Fall waren nur die Sender ausgefallen, im schlimmsten war die komplette Anlage pulverisiert oder in den Stern gestürzt. Brückenköpfe wurden so weit über dem Pol platziert, dass ein solcher Absturz Monate dauerte, aber was waren schon Monate angesichts der verstrichenen Zeit?

Yul rief detailliertere Berichte auf. Zwar gab es keine Spur von der Sternenbrücke, aber dennoch zeigten die Aufzeichnungen einen regen Signalverkehr. Funksprüche, deren Ursprung überwiegend auf dem zweiten Planeten lag. Die dortige Kolonie existierte also noch. Dass es auch außerhalb davon Kommunikation gab, sprach dafür, dass man in diesem System Raumflug praktizierte. Asteroidenschürfer und Harvester, die in der Atmosphäre der drei Gasriesen fischten, vielleicht auch kleinere Kolonien auf Monden und anderen Planeten. Yul wusste nicht, ob das vor einhundertfünfzig Jahren bereits der Fall gewesen war. Vor dem Abflug hatte er keine Zeit gefunden, sich im Detail über ihr Ziel zu informieren.

Probeweise wählte er einen Funkspruch aus, aber der Computer verweigerte ihm den Zugriff.

»Hast ja recht«, murmelte er. »Ich bin schließlich nur Bordarzt.«

Er kehrte zurück zur Schadensanzeige. Neben der Beschädigung des Frontschilds gab es auch Leistungsabfälle und Ausfälle interner Systeme. Yul hielt den Atem an, als er begriff, dass eine Cryoliege einen kritischen Zustand meldete. Zu diesem Themenkomplex gewährte ihm der Computer vollen Zugriff. Die Energieversorgung war in Ordnung, ebenso wie die Struktur und die Nahrungsversorgung. Aber der Passagier – ein Raumsoldat namens Peter Ulmahn – sprach seit vierzig Jahren auf keine Reize mehr an.

Yul rief weitere Details auf. Die Temperaturmessungen hatten zu ungewöhnlich starken Anpassungen der Kühlinjektionen geführt, der Nährmittelverbrauch lag oberhalb des Toleranzbereichs. Wenn Yul die Anzeige nicht völlig missverstand, war der Gardist seit Jahrzehnten tot. Aber über den Schiffscomputer ließen sich nicht alle Daten abrufen, die man direkt an der Cryoliege ablesen konnte.

Er sah zur Tür. Am liebsten wäre er sofort zu Peter geeilt, um nach dem Rechten zu sehen. Aber dort gäbe es mit Sicherheit nichts zu tun, was nicht auch noch eine halbe Stunde warten könnte. Der Mann hätte einen Arzt gebrauchen können, als die Anomalien aufgefallen waren, aber da hatte Yul geschlafen. »Wieso wurde ich nicht geweckt?«, flüsterte er.

Jetzt den Raum zu verlassen wäre unverantwortlich gewesen. Die kritischste Phase des Cryoschlafs war das Erwachen, und hier wachten gerade zwei Menschen auf. Die Wahrscheinlichkeit, dass sie einen Arzt brauchen würden, lag zwar sehr niedrig, aber noch immer um ein Vielfaches höher als die dafür, dass er bei einem Patienten etwas ausrichten könnte, der seit vierzig Jahren keine Lebenszeichen mehr zeigte.

Ungeduldig sah er auf die Fortschrittsanzeigen für den Aufweckprozess. Fragend musterte Pilgrim sein Herrchen, während Yul auf und ab ging. Er kehrte zum Terminal zurück, versuchte, doch noch aussagekräftige Daten zu finden. Vergeblich.

Erschrocken fuhr er herum, als er hinter sich ein metallisches Klacken hörte.

Tanarra deFuol stand an einem Staufach. Die alte Frau hatte den Cryoschlaf unerwartet schnell abgeschüttelt. Auf ihrer Kleidung lag das Holster mit ihrer Pistole. Sie schob es zur Seite und griff sich eine rote Hose.

Yul räusperte sich. »Willkommen im siebenundzwanzigsten Jahrhundert. Leider hast du die Hälfte davon schon verschlafen.«

Ein Brummen war ihre einzige Antwort.

»Wie fühlst du dich?«, fragte er.

»Ein bisschen schwer.« Kraftvoll schloss sie den Verschluss ihrer Hose. »Füllig.«

»Beim Abflug warst du zu mager«, erklärte Yul. »Die Ernährungsroutine der Cryoliege hat dich auf Idealgewicht gebracht.«

»Wie nett.«

»Ein positiver Nebeneffekt des Kälteschlafs. Auch die meisten schädlichen Bakterien und Parasiten dürften entfernt sein.«

Sie schnallte ihre Pistole um.

»Ich dachte, wir hätten die Gardisten, um für unsere Sicherheit zu sorgen.«

»Die sind noch nicht wach, oder?«, murrte sie.

»Nein.« Er befeuchtete die Lippen mit der Zungenspitze. »Und einer wird auch nicht mehr aufwachen. Er hieß Peter Ulmahn.«

Sie zuckte mit den Achseln. »Ein Gefreiter. Niemand mit speziellen Fertigkeiten.«

»Kennst du die Akten von uns allen?«

»Selbstverständlich.« Die goldene Raute ihres Balancechips erschien Yul wie ein drittes Auge, das in seinen Kopf zu sehen vermochte.

Tanarra zog ihr Nachthemd aus. Die Cryoliege hatte ihren Körper in den bestmöglichen Gesundheitszustand gebracht, aber verjüngt hatte sie die Greisin nicht. Ihre Brüste waren schlaff, die Falten tief.

»Der Erfolg des Managements beginnt mit der Auswahl des richtigen Personals.« Sie griff ein sorgsam gefaltetes Hemd und schüttelte es auf, bevor sie es anzog. Goldene Knöpfe saßen auf rotem Stoff. »Wie ein Ingenieur seine Maschinen kennen muss, kann ein Manager nicht sinnvoll agieren, wenn ihm seine Mitarbeiter fremd sind.«

»Und was weißt du über mich?«

»Dass du aufgegeben hast. Du willst nur noch deine Ruhe, und diese Mission ist deine Chance, an einen Ort zu fliehen, wo dich niemand mehr erreicht.«

Yul fühlte sich ertappt. Er hockte sich hin und tat, als zupfte er etwas aus Pilgrims Fell.

»Ein Hund, der dir die Illusion gibt, nicht völlig verloren

zu sein«, fuhr Tanarra fort. »Auslöser deiner Depression: der Tod deiner Frau. Was mir noch unklar ist: Wieso hast du dich nicht umgebracht, um ihr ins Jenseits zu folgen? Religiös?«

Er schüttelte den Kopf. »Im Gegenteil.«

»Ah.« Sie schloss die oberen Knöpfe. »Du glaubst nicht an ein Jenseits, in dem du deine Liebe wiederfinden könntest. Hinter der letzten Schwelle warten nur Finsternis und Leere.« Sie strich ihre Kleidung glatt. »Sympathisch. Diese Überzeugung teilen wir.«

Yul versuchte, aus ihr schlau zu werden. Sie hatte das Gesicht einer Frau, die zahllose Entscheidungen getroffen hatte und gewohnt war, über andere zu bestimmen. Der goldene Balancechip bewies, dass sie es weit nach oben geschafft hatte.

»Und du?«, fragte er. »Was machst du auf dieser Mission? Ich meine«, er zeigte auf Chok Myulers Liege, »es ist doch schon ein Manager an Bord.«

Sie zog die Pistole.

Schweiß trat auf Yuls Stirn.

Aber sie zog nur das Magazin heraus und kontrollierte die oberste Patrone. »Willst du Small Talk machen, oder kümmerst du dich darum, dass nichts schiefgeht, wenn mein Kollege aufwacht?«

Yul trat an Choks Liege. Kälte ging von der aufgeklappten Vorrichtung aus. Die Lippen des Mannes waren leicht geöffnet, ein Zeichen dafür, dass die natürliche Atmung wieder einsetzte und der Aufwachvorgang zu seinem Abschluss kam.

»Achtundneunzig Menschen aufzuwecken ist erschöpfend«, sagte Yul Debarra. »Aber nicht so sehr, wie neben der Cryoliege des Einen zu stehen, der nicht mehr aufwacht. Wir

Ärzte wissen, dass wir am Ende nicht gewinnen können, dass der Tod am Schluss jedes Leben holt. Aber noch nicht einmal die Chance zu bekommen, für einen Patienten zu kämpfen …« Er schüttelte den Kopf. »Wieso wurde ich nicht geweckt, als die Diagnoseeinheit von Peter Ulmahn seinen kritischen Zustand entdeckt hat?«

Der Konferenztisch war hochgefahren, sodass man daran stehen konnte. Die Stühle hatte man entfernt, weil das Sitzen in der Schwerelosigkeit unpraktisch war. Die magnetisierten Sohlen hielten die Männer und Frauen an Ort und Stelle, aber dennoch war es vollkommen anders, als in einem Schwerefeld zu stehen. Man konnte die Füße nur bewegen, wenn man vorher den Kontakt durch einen Impuls der Zehen löste. Zudem war die entspannte Körperhaltung in der Schwerelosigkeit weniger aufrecht, man beugte unwillkürlich die Knie, und die Schultern fielen nach vorn. Dadurch sahen die Versammelten aus, als lauerten sie auf etwas.

Tanarra deFuol stand wie ein Geier neben Chok Myuler an der Schmalseite des dreieckigen Tischs. Sie wirkte wie jemand, der seine Fähigkeiten bewusst zurückhält. An den beiden anderen Seiten waren sieben Spezialisten versammelt, die nach Meinung der Manager zur Lageanalyse beitragen konnten.

»Peter kannte das Risiko«, sagte John Broto, der Hauptmann der Gardisten. Seine Haut war schwarz wie Kohle, das Haar jedoch feuerrot. Er trug es in dünne Zöpfe geflochten, die er wiederum am Hinterkopf zusammengefasst hatte. Seine massige Erscheinung mit den muskulösen Schultern erstickte den Eindruck von Verspieltheit, den diese Frisur bei jemand anderem erweckt hätte. Seine Stimme dröhnte, obwohl Yul nicht glaubte, dass er absichtlich laut sprach. »Er wusste, dass man in jedem Einsatz sterben kann. Allen, die sich bei der Garde verpflichten, ist das bekannt.«

»Ich nehme an, damit verbindet man eher die Vorstellung, in einem Gefecht zu fallen, mit der Waffe in der Hand«, erwiderte Yul. »Peter hatte Knochenkrebs. Zweifellos schon beim Abflug, in einem zu frühen Stadium, als dass man ihn entdeckt hätte. Der Cryoschlaf hat die Ausbreitung der Krankheit verlangsamt, aber nach einhundert Jahren haben ihn die Wucherungen aufgefressen.«

»Manche würden es als Glück betrachten, nicht halb tot aufgetaut zu werden.« In Johns Blick lag die Ruhe eines Mannes, der sich stets überlegen und allen Lagen gewachsen fühlte. Er war es gewohnt, auf jedermann hinabzusehen. Bestimmt hätte er jeden auf diesem Schiff in einem Faustkampf zu Mus zerschlagen, und zweifellos verstand sich der Hauptmann auf den Umgang mit Waffen, die Yul noch nie gesehen hatte. Ob er deswegen verdrängte, dass all seine Fitness und sein gesamtes Training nutzlos wurden, wenn winzige Keime im Innern seines Körpers mit ihrem Vernichtungswerk begannen? Gegen Krebs wäre er ebenso wehrlos, wie Peter es gewesen war.

Tanarra tippte auf der Sensortastatur vor ihr.

Chok sah auf seine abgeschirmte Holoanzeige, bevor er Yul anblickte. »Hättest du Peter mit unseren Bordmitteln retten können, wenn der Schiffscomputer dich geweckt hätte?«

»Nein«, gab Yul zu. »Dennoch kommt es mir falsch vor, dass jemand vollkommen unbeachtet und allein stirbt. Vierzig Jahre lang war eine Leiche unter uns.«

»Ich weiß, ich weiß, aber so etwas geschieht ständig«, sagte Chok. »Andauernd sterben Menschen im Schlaf, und morgens findet man sie tot im Bett.«

Yul fragte sich, wieso ihn diese Sache dermaßen aufwühlte. Weil er sich übergangen fühlte? Obwohl er sich nicht um diesen Job gerissen und eigentlich gar nicht mehr damit gerechnet hatte, als Bordarzt anzuheuern? Oder weil Peters Nacht nicht nur ein paar Stunden, sondern eineinhalb Jahrhunderte gedauert hatte? Weil der Gedanke Yul an den Abgrund erinnerte, der ihn von allem Bekannten trennte? Peter war nicht der Einzige, der in dieser Zeit gestorben war. Auch Jinna hatte inzwischen ihr Leben gelebt, war hoffentlich alt geworden und friedlich eingeschlafen. Dass Yuls Tochter mit Clarque das große Los gezogen hatte, glaubte er keine Sekunde, aber eines blieb sicher: Was immer ihr Leben an Leid und Glück bereitgehalten hatte – Yul war nicht dabei gewesen. Er wusste noch nicht einmal, ob sie sich irgendwann gefragt hatte, wohin ihr Vater verschwunden war.

»Wir werden mit Peters sterblichen Überresten gemäß seinem Letzten Willen verfahren«, kündigte Chok an. »John, erledige das.«

»Er wollte zu einem Diamanten gepresst werden«, sagte der Hauptmann. »Ich nehme an, wir haben geeignete Maschinen an Bord.«

»Ich gebe euch die Freigabe, sie zu benutzen. Einwände aus medizinischer Sicht?«

Wäre eine Infektionskrankheit als Todesursache infrage gekommen, hätte der Bordarzt die Leiche obduzieren müssen. Da es Krebs gewesen war, schüttelte Yul den Kopf. »Keine.«

»Was ist mit der Kolonie?«, wechselte Tanarra das Thema.

Kyle Groane tippte auf den holografischen Eingabefeldern herum. »Moment. Ich habe es gleich.« Er war der alte Mann, der im Weltraumfahrstuhl geweint hatte. Jetzt trug er einen grünen Overall, die Dienstkleidung der Ingenieure. Sie wirkte zu neu, der zerschlissene Anzug hatte ihm besser gestanden.

Über der Tischmitte leuchtete eine einen Meter durchmessende Kugel auf, das holografische Abbild eines Planeten, der sich langsam drehte. Von den Oberflächenstrukturen war nichts zu erkennen, die Wolkendecke hüllte den Globus komplett ein. Er sah aus wie ein Ball aus Watte, mit sanften Rillen und Strudeln.

»Anisatha-Zwei«, stellte Kyle vor. »Die Funksprüche, die wir aufgefangen haben, sprechen dafür, dass die Kolonie nicht nur nach wie vor existiert, sondern sich in der Zeit der Isolation gut entwickelt hat. Man darf von einer Population von einigen Millionen ausgehen. Vielleicht sogar zweistellig im Millionenbereich.«

»Das wäre eine starke Leistung«, meinte Tanarra. »Der Planet ist nicht unbedingt ideal für eine menschliche Besiedlung.«

Über dem Watteball erschien eine ebenso große Darstellung. Sie war vorwiegend blau, mit lose gruppierten grünen und braunen Punkten. Die beiden Globen drehten sich synchron.

»Eine Wasserwelt«, erklärte die Managerin. »Land gibt es nur in Form von Archipelen. Ob sie noch so verteilt sind wie in unseren Aufzeichnungen, können wir erst sagen, wenn wir Sonden unter die Wolken schicken. Vulkane drücken neue Inseln aus dem Wasser, Seebeben führen zu Einbrüchen, die das Land unter den Meeresspiegel absinken lassen. Aber der generelle Charakter dieser Welt wird sich erhalten haben. Früher gab es einen Kolonisationsschwerpunkt nahe dem Nordpol, dort lagern die größten Manganvorkommen in Form von Knollen auf dem Meeresboden.«

»Wissen wir, ob der Weltraumfahrstuhl noch in Betrieb ist?«, fragte Chok.

»Wir haben ihn geortet.« Kyle ließ eine rote Linie erscheinen, die auf Höhe des Äquators aus dem Watteball stach. Sie war so lang, dass sie bis zum Rand des Projektionsbereichs an der Tischkante reichte, auch wenn sie durch die Drehung des Globus bis zur drei Meter entfernten Kante wies, an der die beiden Manager standen. »Ob er noch in Funktion ist, wissen wir nicht. Aber es gibt künstliche Satelliten in unterschiedlichen Größen und verschiedenen Orbits, und wir sind inzwischen auch sicher, dass Raumflug zwischen den Planeten betrieben wird.«

»Da müssen wir ja aufpassen, dass wir nicht mit jemandem zusammenstoßen«, scherzte John.

Sie lachten. Die Vorstellung, dass sich zwei Raumfahrzeuge zufällig im Leerraum begegneten, war auch innerhalb eines Planetensystems absurd. Hätte man im Maßstab der einen Meter durchmessenden Globen den Abstand zum Zentralgestirn korrekt darstellen wollen, hätte man den Stern acht Kilometer weit entfernt projizieren müssen.

»Es freut mich, dass die Kolonie floriert«, sagte Chok. »Das wird den Konzern sicher ebenfalls freuen. Ich hoffe, auch die Produktionsanlagen laufen noch.«

»Sie müssten Unmengen an Korallen, Mangan und biochemischen Verbindungen gehortet haben, wenn sie die ganze Zeit gefördert haben, ohne verkaufen zu können«, überlegte Yul. »Wahrscheinlich haben sie irgendwann damit aufgehört.«

»Ich weiß, ich weiß.« Chok schien zu seiner guten Laune entschlossen. »Darum sollen sich andere kümmern, wenn die Sternenbrücke wieder intakt ist. Unser Auftrag besteht darin, dafür zu sorgen, dass das möglichst schnell geschieht. Was wissen wir über den Status des Brückenkopfs, Kyle?«

»Leider noch gar nichts. Wir haben kein Peilsignal aufgefangen.«

»Das sollten wir nicht überbewerten.« Chok klatschte tatkräftig. »Er könnte weit abgedriftet sein.«

»Schon, aber der Gravitationssog müsste ihn in den Stern ziehen«, wandte Kyle ein.

»Nicht notwendigerweise«, versetzte Tanarra. »Wenn es

eine Explosion gab, könnte sie dem Brückenkopf einen starken Impuls in eine andere Richtung gegeben haben.«

»Dann wäre die Frage zu beantworten, wieso wir kein Peilsignal orten.« Kyle ersetzte die Projektion des wolkenumhüllten Planeten durch ein Schema des Brückenkopfs. Den größten Raum nahmen die Antennen ein, die einem in Trichterform gezogenen Spinnennetz ähnelten. Yul wusste, dass sie ein energetisches Gitter im Hyperraum erzeugten, das sie mit ihrer Gegenstation im Planetensystem der Erde verbunden hatte. Auch die Solarpaneele, die aus dem Licht des Sterns Energie zogen, überspannten eine gewaltige Fläche. Der ringförmige Materiekonverter, durch den Ein- und Austritt zwischen Standarduniversum und Hyperraum stattfanden, erschien dagegen dünn wie ein Draht. Werftanlagen, Frachtdocks, Passagierterminals und Kontrollstationen waren kubische Gebilde, die in einigem Sicherheitsabstand zum Ring in der Leere hingen. Manche dieser Einrichtungen waren noch nicht einmal physisch mit dem Hauptkomplex verbunden. »Vierzig Sender sind verbaut worden.« Rote Punkte markierten die Positionen. »Kein einziger davon meldet sich.«

»Ein Schaden an den Solarpaneelen könnte zu einem Energieausfall geführt haben«, spekulierte Chok. »Oder es gibt eine Erklärung, die wir uns jetzt noch nicht einmal vorstellen können. Aber wir werden sie finden. Suchen wir weiter!«

»Notfalls«, ergänzte Tanarra, »haben wir alles dabei, um einen provisorischen Brückenkopf ohne jeden Rückgriff auf vorhandene Strukturen neu aufzubauen. Das dauert dann eben ein paar Monate.« Es klang wie eine Drohung.

Hauptmann John Broto hielt einen ovalen Edelstein zwischen Daumen und Zeigefinger in die Höhe. »Menschen des Krieges sind Menschen der Flammen und der Kraft. Was vom Körper unseres Kameraden Peter Ulmahn übrig geblieben ist, nachdem das Feuer ihn gereinigt und die Hochdruckpresse ihn komprimiert hat, sehen wir hier. Er hat nur kurz unter mir gedient, aber ich habe ihn als jemanden kennengelernt, der stets seine Pflicht erfüllt hat. Nach den Einsatzstatuten dieser Mission hat er auch all seine Schulden abgegolten. Bis wir zur Erde zurückkehren, wollen wir sein Andenken hier verwahren.«

Er drückte den aus dem Kohlenstoff des Toten geformten Diamanten in eine Halterung, die neben dem Eingang zum Speisesaal hing. Es war so leise, dass Yul Debarra das Klicken hörte, mit dem der Edelstein in seiner Fassung einrastete.

Unter Schwerkraftbedingungen hätte dieser Raum nicht die gesamte Besatzung der PONTIFESSA aufnehmen können. Da die Triebwerke abgeschaltet waren, gab es auch keinen Andruck, der eine Scheingravitation erzeugt hätte. Die neunundneunzig Menschen an Bord hatten sich eingefunden, sie nutzten alle sechs Flächen von Wänden, Boden und Decke, um mit ihren Magnetschuhen daran zu haften. Für Yul sah es dadurch so aus, als schwebte John waagerecht in der Luft.

Der Hauptmann trat zur Seite. Eine dezente Lampe leuchtete durch den Edelstein.

Yul fragte sich, ob nur er diesen Todesfall so verstörend fand. Er sah viele nachdenkliche Gesichter. Die Überlegung, dass es jeden hätte treffen können, lag auf der Hand. Peter hatte keinen dummen Fehler mit seiner Waffe gemacht, er war auch keiner gefährlichen Maschine zu nahe gekommen oder bei einem Einsatz an der Außenhülle ins All davongetrieben. Er hatte sich mit einer nicht diagnostizierten Krankheit der Cryoliege anvertraut und dazu noch mit einer, die nicht von den medizinischen Routinen dieser Apparate geheilt oder zumindest gestoppt werden konnte. Er hatte keinen Fehler begangen. Sein Tod war einfach passiert.

»Wir danken für deine Worte, John«, sagte Chok Myuler. »Wir alle sollten unser Bestes geben, um auch in Peters Andenken diese Mission zu einem Erfolg zu machen. Jeder kennt seine Aufgaben.«

Yul zog sich in eine Ecke zurück, während die anderen den Raum verließen. Viele warfen noch einen Blick auf den Edelstein, manche verharrten einen Moment lang davor. Die Gardisten salutierten, einige Ingenieure formten mit Gesten ein Kreuz oder das Rad der Wiedergeburt.

Als Letzte ging Reja Gander zum Ausgang. Ihre Schritte klackten auf dem Metall der Wand. Es sah seltsam aus, als sie von dort aus auf den Boden trat und sich dadurch die Ausrichtung ihrer Körperachse änderte. Yul unterdrückte den Impuls, an ihre Seite zu springen und sie aufzufangen.

Sie betrachtete den Diamanten, machte aber keine Anstalten, den Speisesaal zu verlassen.

Yul stellte sich neben sie. »Er hat ein schönes Blau«, sagte er, um das lastende Schweigen zu beenden.

»Das kommt von den Farbpartikeln in Peters Balancechip«, meinte Reja. »Sie sind hartnäckig, selbst dann, wenn ein Feuer heiß genug brennt, um einen menschlichen Körper aufzulösen, und eine Presse aus Kohlenstoffmolekülen einen Diamanten erschafft.«

»Glaubst du wirklich?«

Sie sah ihn an. »Hast du eine andere Erklärung? Unser Status, unser Geld ... oder der Mangel daran ... das macht uns aus, bis zum Schluss und darüber hinaus.«

»Das glaube ich nicht«, widersprach Yul. »Wir sind viel mehr, als unser Balancechip ausdrückt.«

»Hast du verstanden, was John vorhin gesagt hat? Mit seinem Tod sind Peters Schulden abgegolten.«

»Eine merkwürdige Formulierung.«

»Nicht, wenn man weiß, dass Peter seinen Eltern abgekauft wurde.«

Yul runzelte die Stirn. »Wie meinst du das? Er war doch kein Sklave.«

»Sie nennen es anders, aber das Konzept ist dasselbe«, sagte Reja mit Nachdruck. »Das Dorf seiner Eltern lag auf Firmenland. Du kennst das: Der Konzern baut neue Häuser, reißt die alten ab, angeblich aus hygienischen Gründen. Sobald ein Dorf umgesiedelt ist, steigen die Mieten, die Kosten für Strom, Wasser, Informationsversorgung. Der Konzern ist der einzige Arbeitgeber, auf seinem Land duldet er keine Konkurrenz. Die Schulden wachsen, aber man kann sich einigen. Wenn ein Kind, das Potenzial zeigt, bei *Starsilver* unterschreibt, werden die Familienschulden auf ein neues Konto transferiert. Das Gehalt wird gegen dieses Konto verrechnet. Natürlich will man langfristig im schönen Haus wohnen bleiben, also muss es auch ein langfristiger Vertrag sein.«

»Wie lange war es bei Peter?«

»Ich weiß nicht. Zwanzig Jahre sind üblich, länger kann die Konzerngarde einen ohnehin nicht gebrauchen.«

»Zwanzig Jahre – und hinterher hat er nichts?«

»Sprich mal mit den anderen Gardisten.« Reja verzog den Mund. »Ich weiß ja nicht, wo du groß geworden bist, aber so ist das hier im dritten Jahrtausend.«

»Wer ist denn so blöd, so etwas mitzumachen?«

»Jemand, der nicht will, dass seine Eltern und seine Geschwister das Dach über dem Kopf verlieren.«

Der Blauschimmer im Diamanten ließ Yul frösteln. Er kannte das Leben auf der Straße und wusste, wie viele daran zugrunde gingen. Der Dschungel aus Asphalt und Neon war ebenso gnadenlos wie die Wildnis im Innern Afrikas.

»Sobald das erste Schiff über die Sternenbrücke kommt, sind wir so reich, dass es die Vorstellungskraft überfordert«, flüsterte er. »Und Peter hätte mittellos dagestanden.«

Ein Glockenschlag kündigte eine Durchsage an. »In zehn Minuten zünden die Manövertriebwerke«, informierte die Stimme des Kapitäns. »Alle losen Gegenstände sichern und auf Andruck vorbereiten. Nächste Erinnerung eine Minute vor Zündung.«

Reja zwinkerte mit ihren auffällig geschminkten Lidern. »Zu dir oder zu mir?«

»Ich muss Pilgrim in seiner Box verstauen.«

»Also zu dir.«

Nebeneinander zogen sie sich schwerelos durch den Habitatbereich. Diese Fortbewegungsart ähnelte entfernt dem Tauchen, wobei man die Luft nicht anzuhalten brauchte, sich dafür aber immer einen Widerstand suchen musste, um sich abzustoßen oder weiterzuziehen. Sie durchquerten eine Metallwerkstatt und ein Ersatzteillager, wo einige Ingenieure Stahlplatten verzurrten. Sie sollten wohl dazu dienen, Beschädigungen am Frontschild auszubessern.

»Was hast du mit deinem Vermögen vor?«, fragte Yul. »Ein neues Haus in den Ringen des Saturn?«

»Nicht einfach nur ein Haus«, kündigte Reja an. »Eine Residenz! Ich werde einen Gesteinsbrocken ganz für mich allein kaufen, ihn aushöhlen und so umgestalten, dass er am Ende eine Erweiterung meiner Persönlichkeit sein wird.«

»Was soll ich mir darunter vorstellen?«

»Das weiß ich noch nicht genau. Aber meine Residenz wird ebenso ein Teil von mir sein wie mein Körper. Der drückt auch meinen Charakter aus.«

Zweifelnd sah er sie an. »Man blickt den Menschen immer nur vor die Stirn und nie in den Kopf.«

Ihre Miene verdüsterte sich. »Ich meine nicht den Balancechip.«

»Den habe ich auch nicht gemeint. Aber man kann Gedanken nicht lesen. Welche Gedanken in deinem Hirn wandern, weißt nur du selbst.«

»Und welche Gefühle in meinem Herzen brennen.« Sie grinste.

»Ich werde eine Weile brauchen, um sicher zu sein, wann du einen Scherz machst.«

»Da wirst du nie sicher sein«, neckte sie. »Ich bin wandlungsfähig. Kannst du dir vorstellen, dass ich einmal Wurstfinger hatte?« Sie wedelte mit der Hand vor seinem Gesicht. »Hätte ich nicht angefangen, an Maschinen herumzuschrauben, wäre das immer noch so. Meine Augen lagen früher so tief in den Höhlen, als wollten sie sich vor dem Licht verstecken. Mein Leben in Schwerelosigkeit und Niedergravitation hat sie herausgedrückt. So wird das mit meiner Residenz auch sein. Ein Akustiksaal mit verschiedenen Lichtstimmungen, je nachdem, welche Musik ich abspiele. Hangars für meine Flieger. Mindestens drei Spielzimmer.«

»Was für Spiele spielst du denn?«

»Besuch mich und finde es heraus. Wenn du mit deiner Ausdauer am Ende bist, setzen wir uns in meine Kuppel und sehen zu, wie der Saturn das Sonnenlicht reflektiert und die Eispartikel in den Ringen zum Glitzern bringt. Danach feiern wir mit meinen Gästen.«

»Wen kann ich bei dir treffen?«

»Gasfischer, aber nur die mutigsten«, kündigte Reja an. »Die Langweiler kriegen bei mir keine Landeerlaubnis. Und Popstars. Nicht die, die jeder kennt, sondern die richtig Guten.«

»Das klingt nach einem Plan, mit dem man ein Vermögen loswerden kann.«

»Na klar!«, rief sie begeistert. »Nur ausgegebenes Geld ist wahrer Reichtum. Und Freiheit, die ist unbezahlbar. Der Konzern wird sich jemand anderes suchen müssen, um ihn für Profite auszuquetschen. Mich sehen die Manager nie wieder.«

Pilgrim versteckte sich unter Yuls Bett. Die leicht magnetisierten Socken an seinen Pfoten hielten ihn auf dem Boden. Der Hund mochte es nicht, allein gelassen zu werden, ließ sich aber hervorlocken und in die Box stecken, bevor die zweite Manöverwarnung durchgegeben wurde.

»Ich habe dir meinen Traum erzählt, jetzt schuldest du mir deinen.« Reja zog sich in seinen Sessel und schnallte sich an. »Wofür wirst du deinen Sold ausgeben – mit Zins und Zinseszins?«

Es gefiel ihm nicht, mit welcher Selbstverständlichkeit sie sich in seiner Unterkunft bewegte. Obwohl er erst gestern, nach dem Erwachen, in diese Kabine gezogen war, empfand er es als respektlos, dass sie noch nicht einmal fragte, ob sie die Manöver bei ihm abwarten durfte. Es wurde wohl Zeit, ein paar Dinge klarzustellen.

»Mich sehen die Manager auch nie wieder.« Er stellte sich neben Pilgrims Box, magnetisierte die Sohlen, lehnte sich an die Wand und hielt sich an einem Griff fest. »Und auch sonst niemand. Für mein Geld lasse ich die besten Codemonger schwitzen, und dann werde ich Dauermieter in einem Traumalkoven.«

Ungläubig sah sie ihn an. »Für immer?«

»Ich komme nicht wieder raus.«

»Glaubst du nicht, dass es dich stören wird, zu wissen, dass alles, was du siehst und erlebst, nur eine Gaukelei ist?«

»Das wird auch bei dir so sein. Die Musik, die du hörst, die Saturnringe, die du bewunderst ... das sind nur kümmerliche

Bruchstücke der Wirklichkeit, begrenzt durch deine Sinne und verzerrt obendrein. Du bist nie eins damit.«

»Doch.« Sie klopfte sich auf die Brust. »Wenn ich es in meinem Herzen fühle.«

»Das tue ich in der Wunschwelt auch«, versetzte er. »Mehr als du, weil sie meiner Sehnsucht entspringt.«

Ein durchdringender Ton klang fünf Sekunden lang aus den Lautsprechern. Anschließend zündeten die Triebwerke.

Der Schub fiel schwächer aus als während der Beschleunigungs- und Bremsphase. Yul schätzte, dass er nur wenig mehr als sein halbes Körpergewicht spürte. Er wurde jedoch nicht nur auf den Boden gedrückt, sondern auch zur Seite gezogen – ein üblicher Effekt, wenn sich ein Raumschiff drehte.

Pilgrim bellte. Es klang aufgeregt, nicht ängstlich. Der Hund war ein erfahrener Sternenfahrer.

Die erste Schubsequenz ging in eine zweite über, in der das Schiff rotierte; der Seitwärtsimpuls wurde stärker.

»Was für eine Wunschwirklichkeit ist das, die du der Realität vorziehst?«, wollte Reja wissen.

Es ging sie zwar nichts an, fand Yul, aber es war auch bedeutungslos, ihr von Chrome Castle zu erzählen. Sie würden ein paar Wochen, höchstens ein paar Monate auf dieser Mission verbringen. Danach würde sich Reja zum Saturn aufmachen, er würde an seiner Wunschwelt basteln und schließlich in ihr verschwinden.

»Ich werde dort mit der Frau zusammen sein, die ich liebe. Mit *meiner* Frau.«

»Oh.«

Gegenschub beendete die Rotation. Ein Andruckimpuls beschleunigte die Pontifessa auf dem neuen Kurs.

»Sie ist gestorben, nehme ich an«, bohrte Reja weiter.

»Ja, ist sie.« Yul war selbst davon überrascht, wie fest, beinahe bedrohlich seine Stimme klang.

»Wie ist es passiert?«

»Ihr Raumschiff, die ECHION, ist im Hyperraum verloren gegangen.«

»Sie war auf der ECHION?«, rief Reja. »Das war das letzte Schiff, das Anisatha angesteuert hat!«

Er hätte sich denken können, dass diese Information in den Missionsunterlagen stand. Yul selbst hatte die Akte nur überflogen, weil die Zeit zwischen seiner Auswahl und dem Abflug nicht für mehr gereicht hatte.

»War sie auch Ärztin?« Entweder merkte Reja nicht, wie aufdringlich sie wurde, oder es war ihr angesichts ihrer Neugier gleichgültig.

»Iona war eine herausragende Expertin für Elektronenhirne. Vor allem für Quantencomputer. Der Schiffsrechner der ECHION war ein besonderes Modell, ein Prototyp. Sie war als Interpretin dabei.«

Eine absteigende Tonfolge meldete das Ende der Flugmanöver. Der Schub fiel ab, die Schwerelosigkeit kehrte zurück.

Reja löste den Gurt, stieß sich ab und schwebte in die Mitte des Raums. »Was macht eine Interpretin?«

»Sie spricht mit dem Computer. Und mit den Menschen. Iona war so etwas wie eine Übersetzerin oder wie eine Schnittstelle, je nachdem, ob man es von der technischen oder von der biologischen Seite betrachtet.« Er lachte freudlos. »Wunschwelten hat sie gehasst. Aber ich glaube, Iona hat nie in einem Traumalkoven gelegen. Sonst hätte sie die Verschmelzung von Hirn und Schaltkreis faszinierend gefunden.« Er dachte daran, wie er Chrome Castle gestaltet hatte, mit den glänzenden Decken und Böden, der mittelalterlichen Anmutung, dem Meer und den Bergen, den Gemälden und den Flaggen. Ihm war klar, dass er diesen Palast nicht für sich selbst baute, sondern für seine Liebe.

»Aber warum willst du dortbleiben?«, fragte Reja. »Viele

Leute gehen in Wunschwelten. Sie erleben Abenteuer oder spannen aus, und dann haben sie frische Energie für die Realität.«

»Ich will keine Realität ohne Iona.«

Reja stieß sich an der Decke ab, schwebte zu Boden und blieb dort mit einem Klicken ihrer Magnetsohlen haften. Sie wirkte nachdenklich, während sie Pilgrims Box öffnete und den Hund herausließ. »Aber eine Realität ohne ihn wäre dir recht?«

»Siehst du das Grau in seinem Fell? Es wird dauern, bis die Codemonger ihre Arbeit abgeschlossen haben. Bis dahin wird Pilgrim nicht mehr bei uns sein.«

Sie wuschelte durch das Hundehaar. »Hörst du? Dein Herrchen hält dich für gebrechlich.«

»Lass ihn los«, forderte Yul.

Sie nahm die Hände von Pilgrim, der sich aber nur drei Schritte entfernte und dann zwischen ihr und Yul hin- und herblickte.

»Eine Wunschwelt ist ein Traum, den man mit wachem Verstand durchlebt.« Reja richtete sich auf. »Du wirst das Wissen darum, was deiner Frau zugestoßen ist, niemals auslöschen können.«

»Du bist nicht über den neuesten Stand der Technik informiert«, widersprach er sachlich. »Wenn meine perfekte Wunschwelt erschaffen ist und ich mich in den Traumalkoven lege, dann werden Teile meiner Erinnerung blockiert und durch das ersetzt, was ich habe vorbereiten lassen.«

Zweifelnd sah sie ihn an.

»Vor unserem Abflug war die Technologie beinahe schon so weit«, bekräftigte Yul. »Ich werde glauben, dass ich mein Leben lang gemeinsam mit Iona in Chrome Castle gewesen bin. Dass wir dort unsere Freunde treffen, durch die angrenzenden Wälder reiten, über die blauen Wellen segeln. Dass ich kein Arzt bin, sondern ein Burgherr, der ab und zu für seine Liebste kämpft. Gegen die Leere. Nur dass die Schwärze sie in meiner Wunschwelt niemals ermorden wird. Anders als in der Wirklichkeit.«

Reja sah noch immer nicht überzeugt aus. »Wie lange liegt der Flug der ECHION zurück?«

»Das weißt du doch. Drei Jahre.«

Bedächtig schüttelte sie den Kopf. »Einhundertfünfzig.«

»Ja.« Er seufzte. »Du hast recht, die Flugzeit.«

»Das ist länger als ein Menschenleben. Viel länger.« Sie griff in seinen Nacken und wollte ihn an ihre Lippen ziehen.

Er wehrte sich und drückte sie von sich. »Lass das!«

»Schade.« Sie zuckte mit den Achseln. »Ich hätte gern herausgefunden, ob es sich genauso anfühlt, wie ich es in Erinnerung habe.«

Er wischte über das Sensorfeld, damit die Tür aufschwang. »Raus hier! Sofort!«

Die Magnetsohlen an Pilgrims Pfoten eigneten sich noch schlechter zum Anschleichen als die magnetisierten Stiefel, die bei jedem von Yul Debarras Schritten auf dem Metall klackten. Die Trippelschritte des Hundes klackerten wie die Nudeln, die Ulumba immer in ihre Pfanne geschüttet hatte. Reja Gander musste sie bemerken, auch wenn sie so tat, als beanspruchte das in der Mitte des Hangars schwebende Trümmerteil ihre gesamte Aufmerksamkeit.

Sie wirkte wie eine Taucherin, die sich um einen Wal kümmerte, der sich in Leinen verfangen hatte. Ein halbes Dutzend Kabel fixierte das leicht gebogene, schwarzblaue, von jeder Seite zugängliche Trümmerstück. Die Aufhängung fing die Impulse ab, die Rejas Berührungen ihm versetzten, sodass es nicht übermäßig rotieren oder gar seine Position so weit verändern konnte, dass es gegen die Wände oder die beiden geparkten Greifer gestoßen wäre. Auf den ersten Blick erkannte Yul, dass es schwer beschädigt war. Bruchkanten zogen sich über die gesamte Länge von zwölf Metern; offenbar hatte sich das Element hier fortgesetzt oder war an einer größeren Struktur angeflanscht gewesen. Während sich die Außenseite glatt darbot, war das Innere ein Gewirr aus Waben, Streben und Flächen.

Neugierig schnüffelte Pilgrim an einem Greifer. Die beiden Raumfahrzeuge sahen aus wie Fische, bei denen das Maul die Hälfte des Körpers ausmachte. Die großen Zangen dienten dazu, im All schwebende Teile einzusammeln oder während der Bauphase des Brückenkopfs die Komponenten dorthin zu schleppen, wo sie benötigt wurden. Derzeit warteten die Greifer in ihren Magnetbuchten auf den nächsten Einsatz; außer Reja arbeitete hier momentan niemand.

»Ich war ein bisschen harsch«, sagte Yul.

Reja hielt sich an der Bruchkante fest und zog sich so weit herum, dass ihre Körperachse annähernd so ausgerichtet war wie Yuls. »Das fällt dir nach einer Woche ein?«

»Ich habe überlegt, aber mir kommt kein Grund in den Sinn, aus dem es eine gute Sache wäre, sich noch eine Woche im Speisesaal und bei Besprechungen aus dem Weg zu gehen. Warum also eine zweite oder dritte Woche abwarten?«

»Nein, ich meinte, wieso du überhaupt eine ganze Woche...« Sie unterbrach sich mit einem Kopfschütteln, das ihr mit einem Ring zusammengefasstes Haar in Schwingungen wie Unterwasseralgen versetzte. »Egal. Ich sehe ein, dass ich deine Grenze hätte respektieren sollen. Auch wenn ich glaube, dass du dich in eine Illusion verrannt hast, obwohl du noch gar nicht in einer Wunschwelt lebst.«

Yul schluckte eine Erwiderung hinunter. Stattdessen löste

er die Magnetisierung seiner Schuhe, stieß sich ab und schwebte zu Reja hinüber. »Kann ich dir helfen?«

»Dieses Bauteil ist zwar übel zugerichtet, aber dass ein Arzt hier etwas ausrichten kann, wage ich zu bezweifeln.«

Er stoppte seine Bewegung, indem er sich unter ihr an der Bruchkante festhielt. »Stell mich auf die Probe. Man braucht kein Ingenieur zu sein, um eine Stablampe zu halten.«

»Das stimmt.« Sie löste eine Leuchte von ihrem Instrumentengürtel und drückte sie ihm in die Hand. »Folge mir.«

Sie zogen sich ins Innere. Reja benutzte verschiedene Handsensoren, um ihren Weg im Gewirr der Strukturen zu finden. Überwiegend bestanden sie aus demselben schwarzblauen Material wie die Hülle, aber es gab auch weiße Elemente, die aussahen wie geschmolzenes Wachs. Sie benutzte einen Hohlbohrer, um Proben zu nehmen, die in länglichen Behältern eingelagert wurden. Diese verstaute sie in ihren Beintaschen.

Die Schwerelosigkeit erwies sich als hilfreich. Yul konnte sich stets so ziehen, dass er Reja nicht im Weg war und dennoch über ihre Schulter hinweg oder an ihrer Brust vorbei die Instrumentenanzeigen und die untersuchten Strukturen beleuchtete.

»Was ist das hier eigentlich?«, fragte er.

»Ein Teil der zerstörten Sternenbrücke.«

»Danke, so schlau bin ich auch. Welche Funktion hatte dieses … Ding?«

»Schwierig zu sagen.« Reja wirkte nicht abweisend, sondern auf ihre Arbeit konzentriert. »Der Fundort lässt keine Rückschlüsse zu. Wir haben inzwischen an die einhundert größere Trümmerteile an Bord geholt. Die Hoffnung auf eine funktionale Struktur können wir begraben. Unter dem Nadir des Sterns findet sich nichts mehr, wir müssen alles neu aufbauen. Überreste wie dieser haben sich weit verteilt.

Womöglich bilden sie inzwischen eine Sphäre um den Stern. Die Explosion hat sie in Bewegung versetzt, die Gravitation hält sie zurück. Am Ende wird die Anziehungskraft gewinnen und sie alle zu Brennstoff für den Feuerball machen.«

»Das muss eine gewaltige Explosion gewesen sein, wenn sie den gesamten Brückenkopf zerlegt hat.«

»Ja … und nein«, schränkte Reja ein. »Die Teile wurden auseinandergesprengt, aber wir sind noch nicht sicher, dass das in allen Fällen während der Katastrophe passiert ist.« Sie entnahm eine weitere Probe und klopfte dann auf eine Kante. »Das sieht nach einem Laserschnitt aus. Hier hat sich jemand an den Überresten des Brückenkopfs bedient. Deswegen findest du auch nur noch klägliche Reste von Metall. Und überhaupt keine Elektronik mehr.«

»Du meinst, Schatzsucher haben die Komponenten aufgesprengt, um sie auszuschlachten?«, vergewisserte sich Yul.

»Genau das.«

Yul betastete eine Strebe. »Und was ist das hier? Wenn sie auf der Suche nach Rohstoffen waren – wieso haben sie das nicht eingeschmolzen und mitgenommen?«

»Um Verbundplast zu schmelzen, das für den Einsatz nahe an einem Stern konzipiert wurde, brauchst du enorme Temperaturen«, erklärte Reja. »Machbar, aber nur dann effizient, wenn du eine ähnliche Verwendung im Sinn hast.«

»Auf einer planetaren Kolonie nicht sehr wahrscheinlich«, gestand Yul zu.

»Leuchte mal in die Nische dort vorn. Siehst du die Rillen? Da sind Leitungen verlaufen. Die haben Signale an ein elektronisches Bauteil gegeben, und zwar …« Reja zog sich so nah heran, dass ihr Kinn das Material berührte. Sie begann zu summen und zog sich herum, rotierte ihren gesamten Körper, um einen besseren Blickwinkel zu erlangen, nahm auch die Umgebung der Nische in Augenschein. »Das muss ein

Impulsgeber für einen Aktuator gewesen sein. Der saß da.« Sie zeigte auf eine große Wölbung. »Er hat ein Gelenk bewegt, das möglicherweise zu einem Kran gehört hat.«

»Kannst du sehen, ob das Gelenk noch intakt war, als es entfernt wurde?«

»Beweisen kann ich es nicht ... Aber es spricht auch nichts dagegen.«

Er hielt sie am Oberarm zurück. »Warte mal.«

Fragend sah sie ihn an.

»Der Brückenkopf wurde ausgeschlachtet. Da sind wir uns sicher, oder?«, fragte er.

»Das habe ich doch gesagt.«

»Und er war bei Weitem weniger stark zerstört, als wir ihn jetzt vorfinden.«

»Richtig. Ein Großteil der Beschädigungen dürfte auf diejenigen zurückgehen, die sich hier bedient haben. Wie bei einem Tier, das an einer kleinen Schusswunde stirbt, aber erst beim Zerlegen völlig zerstückelt wird.«

»Schon klar. Und wir können davon ausgehen, dass sich die Kolonisten nicht nur Rohstoffe geholt haben, sondern komplette Baugruppen.«

»Sofern die noch zu gebrauchen waren.«

Yul befeuchtete die Lippen. »Zu gebrauchen – wofür? Offenbar haben sie nicht versucht, den Brückenkopf wiederaufzubauen. Wohin haben sie ihre Beute also gebracht?«

Schlagartig zeigte sich Begreifen in Rejas Miene. »Ich verstehe, was du meinst!«

Mit erhobener Hand stoppte Kyle Groane die Flut von Erklärungen, die ihm entgegensprudelte. Sie hatten ihn geweckt, seine Augen waren aufgequollen. »Worauf wollt ihr hinaus?«

Reja Gander nickte Yul zu. Ihre Miene verriet ihre Zuversicht, sie war völlig von ihrer gemeinsamen Schlussfolgerung überzeugt.

»Wir glauben, dass wir an der falschen Stelle nach den Peilsignalen der Sternenbrücke gesucht haben«, fasste Yul Debarra zusammen. »Wir haben erst auf den Punkt gelauscht, an dem der Brückenkopf positioniert gewesen ist. Dann auf den weiteren Umkreis, letztlich auf die Umgebung des Sterns.«

Kyle rieb sich die Augen. Er blickte über die Schulter zu seinem Bett, auf dem ein Schlafsack befestigt war, der auch in einer Schwerelos-Phase ein Nickerchen erlaubte. An der Wand hing ein Bild von einer Gruppe Männer und Frauen an einem See unter einem Sternenhimmel. Alle lachten in die Kamera und reckten die linken Hände mit gespreizten Fingern in die Höhe. Es war zu weit entfernt, als dass Yul hätte erkennen können, ob Kyle auf dem Bild war.

»Es kann sein, dass die Strahlung die Signale überdeckt«, sagte der Funkspezialist. »Aber wahrscheinlich ist das nicht. Nicht bei vierzig Quellen für das Peilsignal. Die PONTIFESSA hat schon während des Anflugs auf der relevanten Frequenz gehorcht, und seit wir aufgewacht sind, tun wir das noch intensiver. Mit Variationen in der Ausrichtung der Sensorschüsseln und allem, was uns zur Verfügung steht.« Der Mann, den Yul auf gut sechzig Jahre schätzte, breitete die Arme aus. Eine Geste der Kapitulation. »Da draußen ist nichts, was noch sendet. Nur Trümmer.«

»Aber das ist es ja gerade!« Yul war so aufgeregt, dass er sich zügeln musste, um Kyle nicht anzuschreien. »Wir haben an der falschen Stelle gesucht. Seit dem Ausfall der Sternenbrücke ist viel Zeit vergangen.«

»Die Überreste wurden vollständig ausgeplündert«, warf Reja ein. »Alles, was irgendwie brauchbar war, wurde herausgeholt. Und wahrscheinlich zur Kolonie geschafft.«

Kyle blickte noch immer verständnislos.

»Wenn es unbeschädigte Module gab, die man außerhalb eines Brückenkopfs nutzen kann ... so etwas wie Kräne, Rechenzentren oder Generatoren ... die sind auch auf einem Planeten wertvoll.«

»Auf einem Planeten ...«, wiederholte Kyle träge.

»Wir haben doch unsere Datenbanken mit Funksprüchen von Anisatha-Zwei gefüllt«, sagte Kyle. »Sind wir sicher, dass sich in diesem Funkverkehr kein Peilsignal verbirgt?«

Kyle rieb über die weißen Bartstoppeln an seinem Kinn. »Das ist ein valider Gedanke.«

Er stieß sich ab.

Der Impuls war viel zu stark. Geistesgegenwärtig hielt Reja ihn am Fußgelenk fest, bevor er sich den Kopf an der Decke gestoßen hätte. »Du bist es nicht gewohnt, dich in Schwerelosigkeit zu bewegen, oder?«

»Es ist mein erster Raumflug«, sagte er entschuldigend.

Sie begleiteten ihn zu seinem Terminal.

Kyle autorisierte sich. »Von hier aus habe ich Zugriff auf die gesammelten Funkdaten ... Mal sehen ... Frequenzen filtern ...«

Yul und Reja wagten nicht, zu sprechen, während sie ihm über die Schulter sahen.

»... Filter auf kurze Pulse ...«

Eine Grafik zeigte Mengenverteilungen, die sich nach jedem Befehl, den Kyle absetzte, veränderten. Yul vermutete, dass sie etwas mit den aufgefangenen Nachrichten zu tun hatten, die die Suchkriterien erfüllten.

»... Anpassung für die Abstrahlung aus einem planetaren Magnetfeld heraus ...« Kyles Murmeln wurde unverständlich.

Reja und Yul trieben in der Luft mit den Schultern gegeneinander. Ihr Parfum stieg ihm in die Nase. Es roch süßlich, aber auch eine Spur herb.

Die letzten Ausschläge in der zentralen Grafik verschwanden. Nur noch das Koordinatensystem wurde angezeigt.

Reja stieß ein enttäuschtes Seufzen aus.

»Nichts?« Yul war sich ihrer Theorie so sicher gewesen!

Kyles Blick blieb auf dem Holo. »Abwarten. Die Auswertung läuft. Wir müssen den Zeitverlauf einbeziehen. Jeder Peilsender setzt alle vier Stunden einen Puls ab. Sie senden gegeneinander versetzt, sodass alle sechs Minuten einer aktiv wird. Wenn wir davon ausgehen, dass nur noch wenige von ihnen …«

Plötzlich erschien eine dünne Säule.

»Da!«, jauchzte Reja und barg Mund und Nase in den Händen.

Kyle rief mehrere Nebenanzeigen auf. Kryptische Kombinationen aus Buchstaben und Zahlen umgaben die Schemazeichnung eines eindeutig technischen Moduls.

»Keine Ahnung, was das ist«, gestand der Funkexperte.

»Das ist die zentrale Frachtverladeeinheit«, stellte Reja fest. »Wenn die noch intakt ist und wir keine neue aus unseren Einzelteilen zusammenbauen und kalibrieren müssen, sind wir zwei Monate früher fertig. Mindestens.«

Zufrieden verschränkte Yul die Arme. »Ich glaube, diese Entdeckung wird das Management interessieren.«

―

Yul Debarras Hand zitterte, während sie sich dem Summer neben der Tür des Besprechungsraums näherte. Bestimmt wollte man ihn dabeihaben, weil sich bestätigt hatte, dass sich wesentliche Komponenten des Brückenkopfs auf dem Planeten befanden. Das bedeutete, dass die Konstruktion um Monate beschleunigt würde. Ein paar Monate früher zurück zur Erde … ein paar Monate früher seinen Traum von

Chrome Castle umsetzen ... ein paar Monate früher wieder mit Iona vereint sein. Ja, sie wäre nur eine Illusion, generiert aus Elektronenströmen. Aber er würde das nicht wissen. Es gab keinen Unterschied zwischen eingebildetem und tatsächlichem Glück. Das Gefühl war dasselbe. Die chemischen Prozesse waren identisch, die angeregten Hirnareale deckungsgleich.

Aber ein paar Monate früher zurück auf der Erde bedeutete auch: ein paar Monate früher getrennt von Reja. Yul war sich noch nicht einmal sicher, ob dieser Gedanke ihn störte. Jedenfalls beschäftigte er ihn. Reja ging ihm auf die Nerven, er fand sie unverschämt, aber er suchte auch ihre Nähe und war fasziniert von ihrer Tatkraft. Seltsam. Vielleicht wäre es besser, dieser Sache auf den Grund zu gehen, bevor er sich in sein neues Leben verabschiedete.

Er drückte den Summer.

Drei Sekunden später glitt die Stahltür in den Rahmen. Tanarra deFuol sah ihm entgegen. »Wir haben Kontakt zu Anisatha-Zwei aufgenommen.« Sie schwebte zur Seite und deutete einladend auf den dreieckigen Konferenztisch.

Er zog sich hinein.

Kyle Groane wirkte, als hielte er mit Mühe Tränen zurück. Es mochte an den aufgequollenen Augen liegen. Möglicherweise reagierte sein Körper schlecht auf die Schwerelosigkeit; Yul nahm sich vor, ihn zu untersuchen.

Zwei Ingenieure nickten ihm mit betretenen Mienen zu.

Chok Myuler stand an der Schmalseite des Tischs, über dem ein Holo das überlebensgroße Gesicht einer Frau zeigte. Sofort fiel Yul auf, dass sie keinen Balancechip in der Stirn trug. Die Stelle, wo die Raute hätte sein sollen, wirkte obszön nackt neben den auf die rechte Seite drapierten Locken. Als bestünde eine Geisteskranke darauf, auch als Erwachsene noch wie ein Kind behandelt zu werden.

Die Tür schloss sich wieder, die Verriegelung schnappte zu.

Tanarra schwebte an Choks Seite. »Am besten, du spielst die Nachricht noch einmal ab«, schlug sie vor. »Das spart Erklärungen.«

Chok betätigte ein Sensorfeld.

Das Holo sprang. Die Körperhaltung der Frau verschob sich leicht, etwa die Lage ihres blonden Haars auf den nahezu nackten Schultern. Im Hintergrund war eine Veränderung an den runden Baumkronen und den blauen Wimpeln zu erkennen, an denen der Wind vor einem hell bewölkten Himmel zupfte.

»Brückenbauschiff Pontifessa!«

Durch die Bewegung gewann das Gesicht an Realität. Yul konnte den Blick nicht von der kahlen Stirn lösen.

»Ich bin Konsulin Amika Telora. In unser aller Namen grüße ich euch in Frieden und Respekt. Ihr habt eine lange Reise hinter euch gebracht. Wir verstehen eure Situation und bitten euch, dass ihr auch die unsere versteht. Wir haben die Grausamkeiten der Vergangenheit überwunden. Die Konzerne haben keine Macht mehr über uns. Die Wünsche der Menschen regieren in kluger Rationalität unser Leben. Wir laden euch zum Dialog ein.«

Yul merkte, wie sich sein Hirn an dem Gedanken festfraß, es könnte eine Welt ohne Konzerne geben. Wenn niemand die Anstrengungen der Menschen in eine ökonomisch sinnvolle Richtung lenkte, musste die Zivilisation in die Primitivität zurückfallen. Hungersnöte, Seuchen, ein animalischer Kampf um lebensnotwendige Ressourcen waren das zwangsläufige Ergebnis. Pure Barbarei.

Aber danach sah diese Frau nicht aus. Amikas Haut war gepflegt, die Brauen fein geschwungen, sie trug sogar Ohrringe mit mehreren bronzenen Seepferdchen an filigranen

Kettchen. Wer konnte solchen Schmuck herstellen, wenn alle Menschen in Höhlen lebten und die größte Sorge des Stamms darin bestand, ein Feuer am Brennen zu halten?

»Wir respektieren euch als unsere Gäste«, fuhr sie fort. »Respektiert auch ihr uns als Bewohner dieses Planetensystems. Das von euch angesprochene Modul des Brückenkopfs befindet sich tatsächlich bei uns im Gebrauch. Es leistet unersetzliche Dienste. Wir können nicht darauf verzichten.«

Es kam Yul absurd vor, dass eine primitive Gesellschaft Verwendung für eine hochtechnische Einrichtung wie eine Frachtverladeeinheit haben sollte. Aber seine Annahmen mussten ohnehin falsch sein; schließlich hatte diese Frau eine Funkanlage zur Verfügung. Überhaupt wimmelte es in diesem Planetensystem von Funksprüchen, es gab künstliche Satelliten und Raumfahrt.

»Wir fordern euch auf, nicht mit der Errichtung einer neuen Sternenbrücke zu beginnen, bevor wir uns verständigt haben. Wir haben eine andere Art zu leben gefunden und wollen diese erhalten. Ihr seid eingeladen, Teil davon zu werden. Dieser Gedanke mag euch fremd erscheinen, aber ihr werdet vertrauter damit werden, wenn ihr versteht, was wir euch zu bieten haben.«

Yul hatte das Gefühl, ins Bodenlose zu fallen. Der Schwindel, der ihn ergriff, hatte nichts mit der Schwerelosigkeit zu tun.

»Wir wünschen keine Hyperraumverbindung zur Erde mehr. Wir sind zufrieden damit, dass es im Anisatha-System keine Sternenbrücke mehr gibt. Auch deswegen kommt nicht infrage, dass wir euch das Modul übergeben. Als Gäste seid ihr uns jedoch willkommen. Wir freuen uns darauf, euch kennenzulernen.«

Das Holo fror ein.

Yul massierte seine Schläfen.

»Wir haben geantwortet, dass wir uns ebenfalls auf den Austausch freuen«, sagte Tanarra. »Unsere Nachricht hat eine Signallaufzeit von sieben Minuten, bevor sie auf Anisatha-Zwei eintrifft. Selbst wenn sie sofort reagieren, dauert es weitere sieben Minuten, bis diese Antwort bei uns ist.«

»Die Grenzen der Lichtgeschwindigkeit«, stellte Kyle tonlos fest.

»Wir haben unsere Nachricht vor zwölf Minuten gesendet«, ergänzte Chok. »Die Antwort könnte also bald hier sein. Die Haltung der Konsulin kommt für uns unerwartet. Wir hatten geglaubt, man würde uns als Retter aus einer jahrhundertelangen Isolation sehen.«

»Wir sind doch eine Menschheit ...« Kyles Starren sprach dafür, dass er unter Schock stand.

»Möglicherweise ist den Kolonisten nicht bewusst, was sie verloren haben, als die Sternenbrücke zusammengebrochen ist.« Tanarra wirkte ungerührt. Vielleicht zog sie Selbstsicherheit aus ihrer Waffe. »Wir denken, es wäre gut, ihnen unsere Möglichkeiten ins Gedächtnis zu rufen. Welche Vorteile der Anschluss an die Zivilisation der Erde ihnen bringt.«

»Ohnehin hat *Starsilver* viel in diese Kolonie investiert.« Chok drückte die Faust auf den Tisch. »Die Terraformung ... die technischen Anlagen ... der Transport der Vorfahren dieser Kolonisten ... sie könnten es sich unmöglich leisten, den Planeten freizukaufen.«

»Darüber spricht noch niemand«, sagte Tanarra. »Eine erste Reaktion ist nicht das letzte Wort. Wir werden ihnen eine Übersicht geben, in welchen Bereichen der Status quo ante ihnen Vorteile bringen wird. Unmittelbar einsichtig wird das in der Medizin sein.«

Blinzelnd löste Yul den Blick von der Stirn der Frau. »Habt ihr mich deswegen gerufen? Ich soll ihnen erklären, welche medizinischen Möglichkeiten wir haben?«

Tanarra verzog ihren dünnlippigen Mund zu einem Grinsen. »Ich liebe Mitarbeiter mit einer raschen Auffassungsgabe.«

Reja Ganders Pyjama bestand aus cremefarbener Seide. An einigen Stellen klebte er an ihrer braunen Haut. Nach dem Dunstbad hatte sie sich wohl nicht allzu gründlich abgetrocknet.

Obwohl ihre Hose nichts von ihren wohlgeformten Schenkeln verbarg, verwarf Yul Debarra den Gedanken, dass sie ihn erregen wollte. Sie schwebte über der Cryoliege und schien weder ihn noch die Apparatur, die sie während des anstehenden Andrucks von vier g schützen würde, bewusst wahrzunehmen.

»Was beschäftigt dich?«, fragte er.

Scheu sah sie ihn an, als müsste sie überlegen, ob sie sich ihm anvertrauen konnte. »Die Konzerne haben mein gesamtes Leben bestimmt. Auch wenn ich mir eingeredet habe, auf eigene Rechnung zu arbeiten, als ich am Saturn Raumschiffe repariert habe. Meine Rechnung war immer nur eine Nebenkalkulation in einer sehr viel größeren Bilanz. Mein Gewinn, mein Verlust…« Sie machte eine wegwerfende Geste. »Belanglos. *Starsilver* hat immer profitiert. Was sie am Ertrag der Gasfischer abgegriffen haben… und an der Wohnung, die ich gekauft habe… und jetzt an dieser Mission… und wenn ich meine Residenz bezahle, werden sie wieder kassieren.«

»Es schmälert deinen Gewinn nicht, wenn auch ein anderer gewinnt«, meinte er. »Egal, wie sehr sich ein Manager irgendwo die Hände reibt: Du wirst dein Musikzimmer, deine Veranda und alles andere haben und sehen, wie die Sonne auf den Ringen des Saturn glitzert.«

Ohne den Blick von seinen Augen zu lösen, schüttelte sie den Kopf. »Du lügst.«

Er hob die Brauen. »Ich habe nichts Falsches gesagt. Du wirst reich genug sein, um dir all das leisten zu können.«

Reja schnaubte. »Ich werde von ihnen abhängen. Von der Nahrung, von der Luft, die ich von ihnen kaufen muss. Von der Energie. Von allem. Und irgendwann werden sie alles zurückbekommen, was ich ihnen abgetrotzt habe. Vielleicht nicht, solange ich noch lebe. Aber meine Erben oder deren Erben ... früher oder später wird einer darunter sein, dessen Träume zu groß sind für das, was er hat. Der wieder einen Pakt mit ihnen schließen wird. Vielleicht wird er sich in einen Traumalkoven legen, so wie du. Und dann werden sie sich alles zurückholen. Eine Generation, zwei, drei ... es spielt keine Rolle. Der Konzern ist unsterblich, am Ende gewinnt er immer. Er ist so viel mächtiger als die Menschen.«

Yul runzelte die Stirn. Eine unüberwindliche Macht, die am Ende immer triumphierte ... Reja beschrieb die Konzerne so, wie der Arzt den Tod sah. »Ein Konzern ist ein Zusammenschluss von Menschen, die ihre Aktivitäten in ökonomisch sinnvoller Weise auf ein gemeinsames Ziel hin ausrichten.«

»Gut auswendig gelernt«, sagte sie. »Und welches Ziel ist das? Wem nützt es?«

Yul wich ihrem Blick aus. »Das habe ich auch überlegt, als ich für diese Mission angeheuert habe. Keiner von denen, die uns auf die Reise geschickt haben, erlebt noch den Profit, den sie einmal bringen wird.«

»Ist das nicht pervers?«, flüsterte sie. »Wir dienen unsichtbaren Mächten, die wir nicht verstehen. Zahlenkolonnen, die in elektronischen Schaltkreisen flirren und Gegenwerte von Rhodium hin und her schieben. *Starsilver* im Krieg mit

Greenplanet, Zoramma, Abolon und wie sie alle heißen. Welchem Menschen nützt das?«

Er räusperte sich. »Es wird Zeit, dass du dich in die Liege legst.«

»Bist du wirklich so feige, dass du wegschaust, wenn du die Alternative so deutlich vor dir siehst?« Sie stieß sich ab und schwebte herunter. »Ich dachte, du wärst anders.«

Yul seufzte. »Glaub nicht, dass der Anblick einer Stirn ohne farbige Raute mir nicht zu denken gibt. Ich weiß nur noch nicht, was ich davon halten soll.«

»*Eine* Stirn? Keiner von ihnen hat das hier!« Sie tippte gegen seinen Balancechip. »Stell dir vor, jemand sieht dich an und kann nicht gleich an der Farbe erkennen, welchen Sozialstatus du hast. Du musst mit einem Menschen reden, ihn kennenlernen, um zu wissen, woran du bei ihm bist. Und immer, wenn du jemanden zum ersten Mal triffst, hast du von Neuem alle Möglichkeiten.«

Sanft drückte er Sensoren an ihre Schläfe, ihren Hals und ihr Handgelenk. Er beobachtete seine mobile Diagnoseeinheit. »Alles in Ordnung.«

Unsicher sah sie die Liege an. »Versprichst du mir, dass ich wieder aufwachen werde?«

Er legte eine Hand an ihren Oberarm. Sie fühlte sich samtig und warm an. »Diesmal ist es kein Kälteschlaf. Du schlummerst nur, während die Pontifessa beschleunigt. Die meisten Menschen finden die Vorstellung unangenehm, sich mehrere Tage nicht rühren zu können. Aber es ist sicherer, als sich der Belastung zu stellen, viermal so viel zu wiegen wie auf der Erde. Das überlassen wir lieber den Gardisten, die darauf trainiert sind.«

Nach jeweils acht Stunden würden die Triebwerke aussetzen, um einen Schichtwechsel der Garde zu ermöglichen. Auf halber Strecke gab es eine längere Pause, in der alle Passagiere geweckt wurden, um den Kreislauf noch einmal in Schwung zu bringen, bevor die Bremsphase einsetzte.

»Versprich mir, dass ich wieder aufwache«, forderte Reja.

»Ich habe die Cryoliege gründlich gecheckt, alle Parameter...«

»Ich will keinen herzlosen Schaltkreisen vertrauen, die ich nicht verstehe. Ich will, dass *du* es mir versprichst.«

Etwas in der Art, wie sie ihn ansah, beschleunigte seinen Puls. »Ich verspreche es.« Er wollte, dass diese Frau ihm vertraute. Und er konnte sich kein Universum vorstellen, das so grausam gewesen wäre, sie umzubringen.

Sie glitt in die Liege. »Ich habe mit den Planetariern über kleine Raumfahrzeuge gesprochen«, sagte sie. »Einheiten mit höchstens fünf Personen Besatzung. Was für Druckabsorber in der Atmosphäre des Saturn zum Einsatz kommen, welche Manövertriebwerke ich kenne, wie leistungsfähig Strömungssensoren sind. Sie waren nicht beeindruckt.«

»Bei mir war es genauso«, sagte Yul. »Ihre Medizin ist auf dem neuesten Stand. Oft sogar weiter, schließlich ist mein eigenes Wissen eineinhalb Jahrhunderte alt. Auf Anisatha-Zwei hat es keine Degeneration gegeben. Im Gegenteil, was sie über den Gasaustausch in der Lunge wissen... Sie haben auf dem Stand aufgebaut, der mir bekannt ist, und ihn weiterentwickelt. Nur bei den Cryoliegen scheinen sie vielleicht Bedarf zu haben. Da haben sie oft nachgefragt.«

»Wahrscheinlich verwenden sie keine Kälteschlafeinheiten.«

Nachdenklich hielt sich Yul an der aufgeklappten Liege fest. »Die Technologie, Körperfunktionen zu stabilisieren und intensiv zu überwachen, braucht man auch für andere Anwendungen. Rettungsboote zum Beispiel. Oder Traumalkoven, die haben ähnliche Funktionen. Oder intensivmedizinische Behandlungen, Eingriffe, bei denen man den Tod auf der

Startlinie festhalten will, während man mit der Krankheit um die Wette rennt. Die Signallaufzeit hat den Austausch mühsam gemacht, aber ich glaube, darauf wollten sie hinaus.«

»Das klingt nicht nach Barbaren, die täglich um ihr Überleben kämpfen.«

»Ich weiß nicht, was ich davon halten soll. Ich kriege die Gedanken in meinem Kopf nicht zu fassen. Eine Zivilisation ohne Konzerne …«

»Die Menschheit hat jahrtausendelang anders gelebt, als wir es kennen«, erinnerte Reja. »Und nicht alles war elend. Es war früher anders, und Anisatha könnte uns zeigen, dass es auch heute anders geht. Das Leben ist Veränderung. Starr ist nur der Tod. Wie eine Leiche.«

»Leg dich hin.« Sanft drückte er sie zurück. Formschaum dehnte sich so weit aus, dass Reja gehalten wurde und nicht davonschwebte. Der feste Einschluss, der auch gegen den Andruck schützte, würde erst nach Beginn der Schlafphase erfolgen. »Es wird Zeit.«

»Vor uns liegt das Unbekannte.« Sie sagte es beinahe wie eine Beschwörung.

Es klang bedrohlich.

»Wir haben alles aufgegeben. Wir sind fern von zu Hause, im Nichts.« Er dachte an die Leere, die er auf den Zinnen von Chrome Castle in seiner Wunschwelt bekämpfte. Das Nichts des Weltraums, das Iona und die ECHION verschlungen hatte.

Der gallertig aussehende Formschaum um ihren Oberkörper blieb schmatzend zurück, als Reja sich noch einmal aufrichtete. »Im Gegenteil. Das Unbekannte ist nicht das Nichts. Es ist die Fülle aller Möglichkeiten.« Ihre großen Augen sahen ihn an, als hinge von seiner Zustimmung ab, ob sie ins Glück oder in den Untergang flogen.

»Es wird gut gehen«, versprach er.

Sie griff in seinen Nacken und küsste ihn, ganz wie beim

Abflug. Diesmal umarmte er ihre Schultern und erwiderte die Zärtlichkeit.

Lächelnd legte sie sich zurück. »Vergiss nicht noch einmal, von mir zu träumen.«

―

»Wenn das nächste Mal jemandem Blut aus der Nase läuft«, Yul Debarra drückte gegen den Unterkiefer des grobschlächtigen Gardisten, damit er den Kopf zur Seite drehte, »dann weckt mich.«

»Der Hauptmann hat diese Option vorgebracht«, beeilte sich der Patient, zu beteuern. »Ich habe ihm gesagt, dass ich es durchstehe.«

John Broto schwebte mit verschränkten Armen über ihren Köpfen. Er schwieg, machte aber den Eindruck, dass ihm die Untersuchung zu lange dauerte.

»Die Nase ist nicht das Problem«, diagnostizierte Yul. »Das Blut kommt aus den Nebenhöhlen. Ein typischer Andruckschaden. Das Risiko steigt beim übermäßigen Konsum von Musculaten.« Vielsagend musterte er den Stiernacken, die Schultern und die Oberarme, deren Muskelvolumen verhinderte, dass der Gardist sie an den Körper hätte anlegen können.

»Wir werden Francs Ernährungsplan überarbeiten«, grollte John.

Die Augen des Patienten zuckten. Er fühlte sich sichtlich unwohl.

»Ich überprüfe gern die Nährstoffzusammensetzung«, bot Yul ohne große Hoffnung an.

»Das wird nicht nötig sein«, wehrte John kühl ab. »Wir haben viel Erfahrung damit.«

»Das glaube ich«, erwiderte Yul resigniert.

Die Garden aller Konzerne maximierten die Einsatzfähigkeit ihrer Soldaten, wie jeder andere Unternehmensteil den Gewinn maximierte. Das umfasste Ernährung, physisches und taktisches Training, aber auch Drogen. Die Optimierung bezog sich ausschließlich auf die Dienstzeit; danach war es für den Konzern irrelevant, wenn der Körper kollabierte wie ein ausgebrannter Scheiterhaufen. Die Zusammensetzung der Drogen wurde ständig optimiert, wofür sich auch spezialisierte Ärzte hergaben. Außerhalb dieses Kreises zog man niemanden hinzu. Die Elixiere, die Superkrieger züchteten, waren ein Betriebsgeheimnis.

Yul drückte sich ab und schwebte zu seinem Stationscomputer.

»Ich bin einsatzfähig!« Franc löste die Manschetten, die ihn an der Untersuchungsliege fixierten.

»Ich nehme an, für die Bremsphase bist du ohnehin auf Ruheschicht gesetzt.«

»In den letzten acht Stunden …«

»Wir können es entsprechend umplanen«, unterbrach John ihn.

Yul gab das Untersuchungsergebnis ein. »Das empfehle ich dringend. Die Cryoliege wird Franc stabilisieren. Im Orbit von Anisatha-Zwei würde ich dann gern eine Folgeuntersuchung durchführen.«

Francs Kiefer mahlten. Er sah aus wie ein gehetztes Tier.

»Nur zur Sicherheit«, beteuerte Yul. »Vielleicht eine Spritze oder ein paar Pillen. Das wird reichen, um den Schaden zu heilen. Falls das überhaupt nötig ist. Aber es ist besser, jetzt etwas Kleines zu machen, als später einen großen Eingriff vorzunehmen.«

»Ich fühle mich prächtig!« Franc schwebte mit ausgebreiteten Armen auf Yul zu. »Das bisschen Blut hat überhaupt nichts zu bedeuten! Ich kann sofort …«

»Danke, Doc«, grollte John. »Er wird sich nach der Bremsphase zur Nachuntersuchung bei dir einfinden.«

Hintereinander schwebten die Gardisten zum Ausgang.

»Schickt den Nächsten rein!«, rief Yul ihnen nach.

Er ermahnte sich selbst, sich auf den Patienten einzulassen, der nun an der Reihe war. Der Gegensatz zu dem Gardisten hätte nicht größer ausfallen können.

Kyle Groane wirkte wie ein Lurch, der sich am liebsten unter einem Stein versteckt hätte. Möglicherweise war die Schwellung seiner Augen geringfügig zurückgegangen, aber deutlich zu sehen war sie noch immer.

»Wie fühlst du dich?«, eröffnete Yul Debarra das Gespräch.

Scheu sah sein Patient ihn an. »Ich habe keine Schmerzen.«

»Trotzdem würde ich gern den Innendruck in deinem Schädel messen«, sagte Yul. »Rein prophylaktisch.«

Kyles Kopf zitterte, was wohl als Nicken gemeint war. »Wenn du das für richtig hältst.«

Einladend deutete Yul auf die Untersuchungsliege. Er schnallte Kyle an. »Nur, damit du nicht davontreibst«, erklärte er. »Wenn es zu fest ist, können wir die Riemen lockern.«

»Es geht schon.«

Yul platzierte Sonden an den Schläfen und setzte eine Druckbrille auf die Augen. Der Computer brauchte nur Sekunden, um die Messdaten auszuwerten. Es gab kein physisches Problem.

Aber das bedeutete nicht, dass dieser Patient keiner ärztlichen Betreuung bedurft hätte. Für den Moment ließ Yul die Brille an ihrem Platz und tat, als ob die Messung noch liefe.

»Es geht dir nahe, nicht wahr?«, fragte Yul. »Die Sache mit Anisatha.«

Kyle schluckte. »Ich habe nicht erwartet, dass sie nichts mehr mit der Erde zu tun haben wollen.«

Überrascht sah Yul den Funktechniker an. Er hatte vermutet, dass Kyle ebenso verstört wie Reja und er selbst über den Umstand gewesen wäre, dass die Kolonisten keine Balancechips trugen. »Es scheint ihnen doch gut zu gehen …« Sagte er das zu Kyle oder zu sich selbst?

»Ich kann nicht glauben, dass es das Schicksal der Menschheit ist, auseinandergerissen durch die Leere des Weltalls in isolierten Gruppen zu leben. Wir alle teilen eine Bestimmung. Wir alle leiden, wenn wir getrennt voneinander sind.«

Yul runzelte die Stirn. »Ich verstehe nicht.«

Geräuschvoll atmete Kyle aus. »Es ist modern, zu denken, dass man jeden Wert durch Zählen oder Abwiegen bestimmen kann.«

»Du glaubst das nicht?«

Kyle zögerte.

»Ich habe gesehen, dass dir der Abschied von der Erde schwergefallen ist. Und auch, wie sehr dich der Erstkontakt mit Anisatha-Zwei mitgenommen hat.« Yul nahm ihm die Brille ab. »Wenn du reden willst … Nichts, was wir in diesem Raum besprechen, wird diesen Raum verlassen.«

»Darf ich die Schnallen lösen?«

»Sicher.«

Kyle befreite sich, blieb aber an der Liege schweben. Forschend sah er sein Gegenüber an.

Yul wartete.

»Ich bin Human-Unitarier«, sagte Kyle. »Hast du davon gehört?«

Yul schüttelte den Kopf. »Noch nie.«

»Wir sind eine Gruppe ... Nein, eigentlich viele Gruppen. Auf der ganzen Welt. Wir treffen uns.«

Yul dachte an das Bild in Kyles Zimmer, auf dem die Abgebildeten die Hände mit gespreizten Fingern hoben.

»Wir denken... wir *spüren* einander. Nicht körperlich, meine ich. Berührungen dienen nur als Unterstützung. Wir spüren, wie es dem anderen geht. Ich meine ... Es ist doch erstaunlich, wie sehr wir Menschen Gemeinschaft fühlen, oder? In einer Familie, unter Freunden oder auch in einem Konzert. Wir sind nicht nur Einzelwesen. Wir besitzen Empathie. Wir finden zueinander, in Kollektiven.«

»Ich ahne, was du meinst.« Yul spürte Gemeinschaft vor allem als Verlust. Dass ihm Iona entrissen worden war, verursachte Phantomschmerzen in seinem Körper. Die Trennung von seiner Tochter hatte eine taube Stelle in seinem Herzen hinterlassen. Beides wäre nicht geschehen, wenn vorher keine Gemeinschaft vorhanden gewesen wäre.

»Wir können viel mehr sein als eine Ansammlung von Einzelteilen«, fuhr Kyle fort. »Es ist wie bei der Sternenbrücke. All die Bauteile, die wir unter dem Nadir des Sterns geparkt haben...«

Sie hatten die Komponenten, die sie aus dem heimatlichen Sonnensystem mitgebracht hatten, an jenen Koordinaten zurückgelassen, an denen der neue Brückenkopf entstehen sollte. Ohne diese Masse konnte die PONTIFESSA stärker beschleunigen und den Weg zum Planeten rascher zurücklegen.

»... diese Bauteile ermöglichen gemeinsam viel mehr, als man erreichen könnte, wenn man sie isoliert voneinander benutzen würde.«

»Die meisten zumindest«, schränkte Yul ein. »Die Solarkollektoren sammeln die identische Menge Energie, egal, ob sie danach in die Sternenbrücke oder in einen anderen Abnehmer eingespeist wird.«

»Ja, du hast recht.« Kyles Augen zuckten nervös.

Yul biss sich auf die Zunge, während er die Sensoren von den Schläfen löste. Er war Arzt. Seine Aufgabe bestand darin, das Wohlbefinden seines Patienten zu steigern, nicht, ein Streitgespräch zu gewinnen.

»Manche kommen auch allein gut klar. Aber im Ganzen … Ich meine, ich bin Funktechniker. Das kann ich nur sein, weil ich das Wissen von Menschen nutze, die ich nie kennengelernt habe. Viele haben vor hundert oder zweihundert Jahren gelebt.«

Yul dachte daran, dass alle, die sie außerhalb dieses Raumschiffs kannten, vor eineinhalb Jahrhunderten gelebt hatten. Man vergaß es leicht.

»Der Wissensaustausch … der ist ein gutes Beispiel, warum wir als Spezies vereint viel mehr erreichen als getrennt. Dass wir eine Sprache entwickelt haben, die sogar abstrakte Gedanken auszudrücken vermag … Ich meine: Zahlen. Was haben vier Bananen, vier Schrauben und vier Cryoliegen gemeinsam? Gar nichts, sie sind vollkommen unterschiedlich! Aber es sind jeweils vier. Die Zahl Vier. Man kann sie nicht anfassen, sie ist immateriell, eine Abstraktion. Verstehst du?«

»Ich glaube schon«, sagte Yul. »Mit unseren Sinnen können wir Zahlen als solche nicht erfassen. Sie sind nur in einer Konkretisierung erfahrbar – eben als ›vier Bananen‹ zum Beispiel.«

»So ist es. Wir Menschen sind nicht nur zu solchen Überlegungen fähig, sondern haben auch noch eine Sprache entwickelt, mit der wir uns darüber austauschen. Und das ist erst der Anfang! Je mehr wir erkennen, dass wir zusammengehören, desto mehr können wir Gedanken teilen und weiterentwickeln. In einer eng verbundenen Gemeinschaft ist der Gedanke eines Einzelnen zugleich ein Gedanke von allen.«

Yul dachte an das Geheimnis, das der Konzern um die Drogen der Gardisten machte. Aber er blieb seinem Vorsatz treu, keinen Einwand zu erheben.

»Je größer die Gemeinschaft ist, desto mehr herausragende Gedanken gibt es auch«, folgerte Kyle. »Jede Abspaltung, jede Trennung ist von Übel. Wenn die Menschen erst begreifen, dass wir zusammenstehen müssen, dann öffnet sich der Kosmos für uns. Dann können wir Dinge erreichen, die wir jetzt noch nicht einmal träumen können.« Erwartungsvoll sah er Yul an.

»Eine ermutigende Vision.«

»Du glaubst noch nicht daran. Das macht nichts. Wir stehen erst am Anfang. Wir müssen kleine Schritte machen. Jeder in seinem Bereich.« Seine Miene verdunkelte sich.

»Dein Schritt«, sagte Yul vorsichtig, »hat dich an Bord der Pontifessa geführt.«

Kyle brauchte einen Moment, um sich zu sammeln. »Man muss für seine Überzeugungen einstehen. Wenn man damit aufhört, sobald es schwerfällt, dann ist eine Überzeugung auch nichts wert. Ich habe meinen Schülern immer gesagt, dass wir alle gebraucht werden, um die Menschheit zusammenzuhalten und jene, die versprengt wurden, zurückzuführen. Als wir dann erfahren haben, dass man auf der Pontifessa noch einen Funkspezialisten braucht...«

Yul setzte an, Kyle eine Hand auf die Schulter zu legen, hielt sich aber zurück. Eine professionelle Distanz war angebracht. »Das ändert nichts daran, dass der Abschied von der Erde schwerfällt.«

»Es ist nicht so sehr die Erde«, flüsterte Kyle. »Zu ihr werde ich zurückkehren. Aber nicht in meine Zeit. Nicht zu meinen Freunden.«

»Und jetzt glaubst du, du hast sie für Menschen aufgegeben, die deine Hilfe gar nicht wollen«, erkannte Yul.

»Ist es etwa anders? Das haben unsere Kontaktpersonen

auf Anisatha-Zwei doch gesagt: Sie wünschen keine Verbindung mehr zur Erde.«

»Man sollte keinen Traum aufgeben, nur weil ihn nicht sofort jeder versteht«, sagte Yul sanft. »Wir haben erst den halben Weg zum Planeten hinter uns. Noch ein Tag Ruhepause in der Schwerelosigkeit, bevor es zurück in die Cryoliegen geht. Am Ende der Bremsphase wachen wir auf ... Und dann reden wir weiter.« Er lächelte. »Mit der Sprache, diesem wunderbaren Werkzeug, das uns alle verbindet.«

Kyle lachte auf. »Jetzt unterrichtest du mich im Human-Unitarismus.«

»Wirklich?« Yul tat erschrocken. »Dabei ist das doch gar nicht mein Fachgebiet!«

Kyle lachte noch einmal.

Yul tat, als müsste er etwas im Diagnoseholo nachschauen. »Ich habe eine gute Nachricht: Du bist kerngesund. Genieß den Tag Schwerelosigkeit.«

»Das mache ich.« An der Tür drehte Kyle sich um. »Danke für den Mut.«

»Ich habe zu danken. Optimistische Visionen sind selten.«

―

»Du willst mich sehen?« Reja Ganders Magnetsohlen klackten auf dem Boden, während sie hereinkam. An einigen Stellen verschmierten Ölflecken ihren olivgrünen Arbeitsoverall. Die Ingenieure nutzten den Tag in der Schwerelosigkeit, um die Maschinerie zu warten. Vom Flug aus dem heimatlichen Sonnensystem hierher gab es Tausende kleiner Schäden, die man reparieren konnte.

»Du bist meine letzte Patientin für heute«, sagte Yul Debarra. »Ich möchte sichergehen, dass deine Cryoliege keine Probleme gemacht hat.«

»Ich war nervös.« Sie wich seinem Blick aus. Vielleicht stieg ihr das Blut in die Wangen, das war wegen ihrer braunen Haut und dem Licht, das Yul gedämpft hatte, schlecht zu erkennen. »Ich glaube, ich habe überreagiert.«

»Schade.«

Aus Rejas Perspektive schwebte Yul schräg zu ihr herab. Er fing sich mit dem gestreckten Arm an der Wand hinter ihr ab. Mit der anderen Hand strich er über ihre Wange.

Überrascht sah sie zu ihm auf.

»Diesmal erinnere ich mich an meinen Traum.«

»Ach?«

Er berührte sie so zart, wie ein Schmetterling auf einer Blüte landete. Seine Fingerkuppen strichen zu ihrem Hals hinab. »Ich würde dich wirklich gern untersuchen.«

»Ist das so?« Sie legte den Kopf ein wenig zurück, griff den Reißverschluss an ihrem Kragen und zog ihn bis zum Bauchnabel auf.

Yuls Hand folgte der Öffnung. Ihre Haut fühlte sich an wie warmer Samt.

Sie schloss die Lider bis auf einen Spalt. Ihm fiel auf, wie filigran ihre Wimpern waren, wie zart sie sich bogen. Ihre dünnen Brauen zogen sich an den Außenseiten leicht nach oben.

Sie seufzte, als er die ganze Hand aufsetzte und gegen ihr Brustbein drückte, während er tiefer wanderte. In der Schwerelosigkeit reichte dieser Impuls bereits aus, um sie nach hinten kippen zu lassen.

Er fing ihren Hinterkopf ab, bevor er an die Wand stoßen konnte. Ihre schwarze Mähne fächerte hinter dem Band, das sie über dem Nacken zusammenfasste, weit auf. Das Haar kitzelte an Yuls Hand.

Mit einem leisen Klicken löste sich die Magnetisierung ihrer Stiefel. Reja schwebte. »Ich will eine gründliche Diagnose«, flüsterte sie. »Lass nichts aus.«

»Das sorgfältige Abtasten einer Patientin bringt die besten Ergebnisse.« Er schob die Hand an der rechten Seite unter ihren Overall, wanderte die Taille entlang, zog sie an sich. Dadurch bewegte sich auch sein eigener schwebender Körper zu ihr.

In der Schwerelosigkeit verteilte sich Parfum nicht so schnell wie in einer Atmosphäre, in der flüchtige Gase aufstiegen. Der Zimtduft, den Reja aufgetragen hatte, blieb in ihrer Nähe. Jetzt traf er Yuls Nase mit unvermuteter, erregender Intensität. Er atmete tief ein.

»Mach weiter«, bat sie, die Augen beinahe geschlossen.

Er erkundete die Wölbung ihrer rechten Brust. Genuss und Ungeduld mischten sich, während er sich zwang, zunächst nur den rauen Hof zu erkunden, der die Warze umgab. Er versuchte, jede noch so winzige Struktur mit der Kuppe seines Mittelfingers zu berühren, diese Landschaft in allen Einzelheiten zu erfassen.

Langsam drehten sie sich in der Luft. Yul musste sich zwingen, einen Teil seiner Aufmerksamkeit darauf zu verwenden, sie abzufangen, wenn sie drohten, gegen eine Wand oder an das Terminal zu stoßen.

Er küsste ihren Hals.

Ihre Finger zerwühlten sein Haar, er spürte ihre gefeilten Nägel wie die Krallen einer Raubkatze.

Reja unterdrückte einen Schrei, als seine Hand endlich ihre Brustwarze bedeckte. Die Knospe war hart wie eine Perle.

Sie öffnete den Reißverschluss vollends und begann, die Arme aus dem Overall zu ziehen. Es war nicht leicht, jede Bewegung setzte sich im gesamten Körper fort. Yul war ihr einziger Halt. Er half ihr, streifte den Stoff erst von der rechten Schulter, dann von der linken. Die obere Hälfte des Kleidungsstücks wurde zu einer Schleppe, die an der Hüfte festhing.

Der nackte Oberkörper schien wie aus einer Blüte hervorzukommen. Ihre schlanke Taille erinnerte an die Lippe einer Orchidee. Reja atmete tief. Dadurch und durch ihre Drehung im Raum wanderte das Licht über ihre Brüste. Die Warzen waren beinahe schwarz.

Yul konnte nicht anders, als sie mit Lippen und Zunge zu necken. Er merkte, wie sie sich an den Knöpfen seines Hemds zu schaffen machte, und hörte den Stoff reißen, während er sich in ihren weichen und doch zugleich festen Hügeln verlor.

Mit beiden Händen zog sie Yuls Kopf zu ihren Lippen, küsste seine Wangen, drang in seinen Mund ein.

Er umfasste ihr Gesäß, drückte sie gegen sein geschwollenes Glied. Rauschen wie von einer Meeresbrandung füllte seine Ohren. Sie rieb sich an ihm. Er spürte, wie sehr sie ihn wollte.

Sie prallten gegen die Diagnoseliege. Dennoch ließen sie nicht voneinander ab. Sie drückten sich aneinander. Durch den Schweiß wurde ihre Haut rutschig. Es machte Yul verrückt, ihre Knospen an seiner Brust zu spüren. Er griff zwischen ihre Beine, massierte sie.

Enttäuscht schrie sie auf, als er die Hand löste. Doch er tat es nur, um sie unter ihren Overall zu schieben und dort zu jener Stelle zurückzukehren, die er gerade verlassen hatte. Ungeduldig wühlte er sich unter ihren Slip, eroberte den rauen Flaum ihrer Scham und stieß den Mittelfinger in ihre feuchte Spalte.

Seufzend legte sie den Kopf in den Nacken. Sie spreizte die Schenkel und fasste seine Hand, um sie fester an sich zu drücken.

Er versuchte, sie mit dem anderen Arm zu umfassen und an Ort und Stelle zu halten, aber das erwies sich als unmöglich. Zu abrupt zuckte sie in seinem Griff, und er konnte sich nicht konzentrieren. Er wollte sie berühren, überall. Und er wollte von ihr berührt werden.

Sie verloren den Kontakt.

Reja schrie auf. Ungeduldig schob sie den Overall über die Hüften, wobei sie sich zugleich ihres rosafarbenen Slips entledigte. Sie trat gegen die Hacken der Stiefel, um die Füße frei zu bekommen, und strampelte den Stoff von den Beinen. Wie ein halb geöffneter Fallschirm schwebte der Overall davon.

Yul hatte Schwierigkeiten, sich von seiner Hose zu befreien. Er überschlug sich in der Luft.

Reja lachte ihn aus, während sie sich streckte, um die Diagnoseliege zu erreichen. »Soll ich mich festschnallen, Doktor?«

»Nein! Komm her.«

»Aber ich will deine Kraft spüren, wenn du mich nimmst.«

»Später«, versprach er. »Wir haben einen ganzen Tag für uns. Erst will ich dich sanft.«

Sie fanden zueinander. Die Vorsicht, die die Schwerelosigkeit ihrer Leidenschaft abverlangte, steigerte ihre Begierde. Nachdem Yul zum Höhepunkt gekommen war, hielten sie einander, schwebend im gedämpften Licht, umgeben vom Brummen der Maschinen irgendwo in der PONTIFESSA.

Bevor ihr Schweiß abkühlte, gab er Reja, wonach sie verlangte.

Yul Debarra schreckte aus dem Schlaf.

Eine Sirene schrillte, rotes Licht blinkte im aufgeklappten Deckel seiner Cryoliege. Dieser Deckel befand sich nicht über, sondern rechts von ihm.

Schmerzhaft wurde er gegen eine Seitenwand der Apparatur gepresst. Der Druck auf seinen Rücken und seine linke Körperseite, vor allem die Schulter, wurde immer härter, weil der Formschaum zusammenfiel. Er hatte Mühe, Atem zu schöpfen. Der Brustkorb ließ sich nicht dehnen, er brauchte die Bauchmuskulatur, um das Zwerchfell zu unterstützen.

Die P\ONTIFESSA befand sich im Alarmzustand, erkannte er. Eigentlich hätte der Bordarzt erst am Ende der Bremsphase geweckt werden sollen, wenn sich das Schiff beinahe wieder in Schwerelosigkeit befunden hätte. Ein unvorhergesehenes Ereignis musste den Schiffscomputer veranlasst haben, vom Standardprotokoll abzuweichen.

Yul versuchte, die Atmung zu stabilisieren, indem er den Hals anspannte, den Mund aufsperrte, die Lippen zurückzog und die Zunge gegen den Unterkiefer presste. Nichts sollte den Kanal verengen, durch den die Luft in die Lunge gelangen konnte. Dennoch tanzten Funken vor seinen Augen, und sein Brustkorb fühlte sich an, als steckte er in einem Schraubstock.

Er versuchte, zu erkennen, was in der Anzeige zwischen den roten Lichtern stand, gab es aber schnell wieder auf. Yul brauchte seine gesamte Konzentration, um gegen die drohende Ohnmacht anzukämpfen. Er konnte den Kopf nicht weit genug bewegen, um zu sehen, ob sich die Schläuche des Lebenserhaltungssystems zurückgezogen hatten. Er hoffte es, auch wenn eine Nadel in seiner Ader jetzt eine geringe Sorge gewesen wäre.

Plötzlich verschwand der Druck.

Yul tat tiefe Atemzüge wie ein Ertrinkender. Nur am Rande nahm er wahr, dass er sich schwebend von der Wandung der Liege entfernte. Der Alarm schrillte weiter.

Er zog sich über die Kante ins Freie.

Pilgrim jaulte in seiner Box.

»Ausweichmanöver nach Backbord-Nadir in drei Sekunden«, verkündete eine unangemessen freundliche Frauenstimme.

Yul klammerte sich an der Außenseite der Cryoliege fest.

»Zwei.«

In welcher Richtung befand sich Backbord-Nadir?, überlegte er panisch. Backbord war in Flugrichtung links und Nadir unten, aber er hatte keine Ahnung, wie der Raum mit seiner Cryoliege in Relation zur Hauptachse der PONTIFESSA ausgerichtet war.

»Eins.«

Die Triebwerke befanden sich unter dem Boden, der Bug Richtung Decke, also musste …

»Zündung.«

Der komplette Raum schoss davon. Die Liege wurde aus Yuls Klammergriff gerissen. Er flog drei Meter durch die Luft und prallte mit dem Rücken gegen eine Wand. Schmerz stach in seinen Brustkorb. Die Rippen, erkannte der Arzt. Er musste sich einige Rippen gebrochen haben.

Einen besseren Druckverband als die Beschleunigungskräfte, die ihn jetzt an die Wand pressten, konnte sich niemand wünschen, dachte er selbstironisch. Wie hoch war die Scheingravitation? Dreifache Erdanziehungskraft? Vierfache? Noch mehr? Für Yul fühlte es sich an, als läge er unter einem Stahlträger.

Das Wummern von Maschinen übertrug sich durch das Metall. Yul glaubte, Rufe zu hören, aber das mochte täuschen. Was war mit Pilgrim? Wieso blieb der Hund so still?

Wieder wurde Yul die Luft knapp. Diesmal kam der Schmerz dazu. Er konzentrierte sich darauf, flach und mit dem Bauch zu atmen. Atemzug für Atemzug. Noch einer … und noch einer …

Vorbei! Die Seitwärtsbewegung der Pontifessa war durch einen kurzen Gegenschub beendet. Yuls Körper behielt den Impuls jedoch bei und fiel jetzt auf die gegenüberliegende Wand zu.

Er streckte Hände und Füße vor, um den Aufprall abzufangen.

Der Schwung war zu stark. Er schlug frontal auf. Die gebrochenen Rippen schmerzten, als ob ihm jemand eine Forke in den Rücken gerammt hätte.

Aber dann war es vorbei, die Bewegungsenergie aufgebraucht. Yul schwebte.

Der Schmerz pulsierte mit jedem Herzschlag durch seinen Körper.

Pilgrim winselte.

Yul stieß sich ab und schwebte zur Box des Hundes. Er betätigte die Sensorfelder, die das Tier wieder schlafen schickten und bei Flugmanövern durch stabilisierenden Schaum schützten. Auch bei einem Notfall hätte es nicht geweckt werden müssen, aber die Automatik hatte wohl sämtliche Einheiten angesteuert.

»Beschleunigungsimpuls in drei ...«

Offenbar hatte sich die Pontifessa ausgerichtet und wollte nun Geschwindigkeit aufnehmen. Anders als bei den Manöverdüsen war Yul der Vektor des Haupttriebwerks klar: vom Boden zur Decke, womit der Andruck genau entgegengesetzt wirken und ihn gegen den Boden drücken würde.

»... zwei ...«

Er legte sich flach auf den Boden.

»... eins.«

Verglichen mit der vorausgegangenen Tortur war die Beschleunigung leicht zu ertragen. Zwar wurde Yul gegen den Boden gepresst, aber er prallte nirgendwo auf, und der Druck verteilte sich auf eine weite Fläche. Nur die Rippenbrüche schmerzten, und er bildete sich ein, die Knochen knacken zu hören.

Nach zehn Sekunden war es überstanden. Die Pontifessa flog mit konstanter Geschwindigkeit. Yul blieb dennoch in Bodennähe, während er zum Staufach mit seiner Kleidung schwebte. Nach der Hose zog er sofort die Schuhe an, um bei Bedarf durch die Magnetisierung zusätzlichen Halt zu gewinnen.

Vorerst gab es keine weitere Ankündigung.

Yul versuchte, ein graues Hemd überzuziehen. Zischend sog er die Luft ein, weil die dazu notwendige Armbewegung seine Rippen verschob.

Bevor er sich um eine Diagnose und eine erste Behandlung kümmerte, musste er erfahren, was vorging. Er schwebte zum Terminal und aktivierte das Kommunikationsholo. Nach der Autorisierung verlangte er eine Verbindung zur Kammer der beiden Manager.

»Gut, dass du dich meldest, Yul.« Chok Myuler sah gehetzt aus. »Wir treffen uns im Besprechungsraum. Bring deinen Arztkoffer mit.«

»Was ist überhaupt los?«

»Die Pontifessa wird angegriffen. Ein halbes Dutzend Kleinraumschiffe hat sich an unsere Außenhülle geheftet.«

Überfall

Yul Debarra erkannte das Problem auf den ersten Blick, als er in den Besprechungsraum mit dem dreieckigen Tisch schwebte: Chok Myulers Bein knickte im Knie in unnatürlichem Winkel zur Seite ab. Ohne Beschleunigungsandruck belastete der junge Manager es nicht, aber die völlige Missachtung der Schmerzen konnte sich Yul nur durch Betäubungsmittel erklären.

Wut zeichnete Choks Gesicht. Er hackte auf die Sensorfelder an der Schmalseite des Tischs ein, was immer neue Holos entstehen ließ, Zoomfahrten auslöste und zusätzliche Informationen einblendete. Yul erkannte eine Schemadarstellung der Pontifessa, Kameraaufnahmen, die sich durch Gänge und Hallen bewegten, und den Status verschiedener Maschinengruppen.

Tanarra deFuol hatte ihr eigenes Arrangement an Holos über einer Ecke des Tischs aufgebaut. Sie agierte besonnen, studierte die projizierten Informationen, rief Details auf und stieß Kalkulationen an.

»Du siehst aus, als wolltest du dich denen anschließen.« Chok betätigte weitere Sensorfelder und zeigte mit dem Kinn auf die fünf Gardisten, die mit entschlossenen Mienen gegenüber der Tür standen.

Yul wusste, was er meinte. Er hatte ein Druckkorsett angelegt, das seinen Oberkörper und damit die gebrochenen Rippen stabilisierte. Das erzeugte eine entfernte Ähnlichkeit zu den Kampfpanzerungen der Gardisten. Zusätzlich kreiste ein Schmerzmittel in Yuls Adern.

Choks Faust hieb auf den Tisch. Offensichtlich befähigte ihn das Training der Konzernpsychologen nicht, in Krisensituationen ruhig zu bleiben. Das Lächeln, der lässige Gestus mit den Händen in den Taschen, den der Jungmanager beim Abflug zur Schau gestellt hatte ... Der Schwerpunkt seiner Ausbildung hatte wohl auf der Mitarbeiterführung in kontrollierten Umgebungen gelegen.

Die Holos rotierten, bis ein rundes, das ein Bild aus der Brücke der PONTIFESSA übertrug, ihm am nächsten war. »Was ist denn los? Brennt uns die Läuse aus dem Pelz!«

Schweiß glänzte auf dem Gesicht von Alica Quolar, der Kapitänin. »Unsere Schusswinkel sind darauf ausgelegt, Asteroiden in Flugrichtung zu zerstören. Wir können die Laser nicht so ausrichten, dass sie Einheiten erreichen, die an unserem Rumpf angedockt haben.«

»Erzähle mir nicht ständig, was du nicht kannst!«, schrie Chok. »Ich erwarte Lösungsvorschläge!«

»Die PONTIFESSA ist ein ziviles Schiff, wir ...«

»Ich will das nicht hören!« Chok unterbrach die Audioverbindung. Die Kapitänin bewegte ihre Lippen, aber ihre Worte drangen nicht mehr durch, während die Holos von Neuem rotierten.

Tanarra musterte ihren Kollegen mit einem skeptischen Blick. »Soll Yul sich dein Knie ansehen?«

»Meinetwegen«, knurrte Chok. »Solange er nicht stört.«

Yul zog sich neben ihn, magnetisierte die Arzttasche und stellte sie mit einem Klicken ab. Er betastete das Knie. »Merkst du das?«

»Nein.« Chok würdigte ihn keines Blickes, seine gesamte Aufmerksamkeit widmete er den Holos. »Alles in Ordnung.«

»Da bin ich mir nicht sicher. Du hast eine riesige Schwellung.«

»Wie lange noch, John?«, rief Chok den Holos entgegen. »Wir haben sie gleich im Schiff! Die brennen sich durch die Hülle, jede Wette!«

»Noch ein Stockwerk!« Hauptmann John Brotos Stimme drang gedämpft an Yuls Ohr. »Wir hören sie durch den Rumpf, aber bisher ist von den Bastarden nichts zu sehen.«

Tanarra kam zu Yul. »Was willst du wegen des Knies unternehmen?«

»Wir müssen es auf jeden Fall richten«, antwortete er. »Solange wir das nicht tun, besteht Gefahr, dass eine Ader abgeklemmt ist.«

»Kann ich dir assistieren?«

»Ja, aber erst einmal muss Chok auf den Boden.« Er wandte sich an den Manager. »Stell den linken Fuß ab, magnetisiere die Sohle und strecke das gesunde Knie durch.«

Er schien ihn gar nicht zu hören. Das Holo von der Brücke leuchtete wieder vor ihm. »Wie wäre es mit einer Rolle? Könnte sie das abschütteln?«

»Praktisch ausgeschlossen. Sie haben nicht nur Magnete eingesetzt, sondern auch Haltebolzen eingeschossen.«

»Verdammt, ich erwarte, dass du mir eine Lösung lieferst!« Er wischte das Holo mit einer Bewegung fort, die einer Ohrfeige ähnelte.

Die Schemadarstellung der Pontifessa glitt vor ihn. Rote Punkte glühten darauf wie Entzündungen.

»Chok, magnetisiere deine Schuhe«, forderte Yul mit Nachdruck. Er zog den Manager am Gürtel nach unten.

Obwohl Chok auch jetzt nicht auf ihn einging, tat er doch das Verlangte. Klackend setzte die Sohle auf.

»Und das Knie durchdrücken.« Yul führte Tanarras Hände an Choks Oberschenkel. »Fixier ihn, so gut du kannst.«

»Wir müssen mit den kleineren Einheiten raus!«, entschied Chok. »Die Schlepper, die Greifer. Seht zu, ob ihr diese Zecken zu fassen kriegt.«

Mit einem Ruck am Unterschenkel, bei dem er seinen Oberkörper zurücklehnte und gegen die Tischkante trat, richtete Yul das Kniegelenk. Es knackte, als ob ein Knochen bräche.

Ohne Drogen hätte Chok vor Schmerzen schreien müssen, aber er reagierte kaum.

»Reja! Du fliegst einen der Greifer.«

Yul ließ vom Bein ab und schwebte in eine Position, in der er die Holos besser sah. Eines davon zeigte die Übertragung einer Kamera aus dem Hangar, in dem Reja das Trümmerstück der alten Sternenbrücke untersucht hatte. Jetzt schwebte sie vor der Pilotenkanzel eines Greifers. »Ich habe noch nicht verstanden, was wir damit ausrichten sollen«, sagte sie. Yuls Blick haftete an ihren Lippen, die so weich sein konnten. Er dachte an die Wärme, die sie ihm geschenkt hatten. Sie hatten erogene Zonen an seinem Körper entdeckt, von denen er zuvor nichts geahnt hatte.

»Ihr fliegt jetzt da raus und reißt die Schiffe von unserer Hülle«, bestimmte Chok.

»Reja ist doch gar keine Pilotin«, wandte Yul ein.

Chok machte eine so schwungvolle Geste, dass er beinahe Yuls Gesicht getroffen hätte. »Sie ist vor Ort, und sie weiß, wie man einen Greifer fliegt.«

»Aber das sind keine Militärschiffe«, insistierte Yul.

»Die haben unsere Gegner auch nicht.«

Yul suchte in den Holos nach einer Möglichkeit, Choks Behauptung zu überprüfen. Eines zeigte mehrere Außenaufnahmen, aber die angedockten Fremdkörper waren so weit von den Kameras entfernt, dass Yul nicht erkennen konnte, ob es sich um bewaffnete Einheiten handelte.

»Du stellst dir also vor«, sagte Reja, »dass wir da rausfliegen, die gegnerischen Schiffe mit den Zangen packen und abreißen?«

»Zum Beispiel«, sagte Chok.

»Etwas so Dämliches habe ich selten gehört. Die Greifer sind darauf ausgelegt, große Gegenstände zu fassen, die sich auf berechenbaren Bahnen bewegen. Im Leerraum. Wenn ich nur etwas zu viel Schub gebe, pralle ich gegen die PONTIFESSA.«

»Dann gib gefälligst nicht zu viel Schub!«, schrie Chok. »Du wirst jetzt deinen Hintern da rausschwingen, Reja, oder du verlierst deinen kompletten Lohn!«

»Das kannst du nicht machen! In meinem Vertrag steht nichts von einem Kampfeinsatz.«

Chok kippte seine Körperachse so, dass er wie ein Hai über dem Tisch hing, das Gesicht knapp vor dem Holo, das Reja zeigte. »Glaubst du wirklich, unsere Konzernanwälte hätten Schwierigkeiten, vor einem Konzerngericht das Verhalten einer Konzernangestellten zu ahnden, das sich gegen die Interessen des Konzerns richtet?«

Rejas Gesicht verlor an Farbe. Yul konnte sich denken, dass sie den Traum von der Residenz in den Saturnringen verblassen sah.

»Über unsere Gehaltszahlungen«, brachte Tanarra ein, »brauchen wir uns keine Gedanken zu machen, solange es keine Sternenbrücke zur Erde gibt. Und die werden wir nicht wieder errichten können, wenn sie uns die PONTIFESSA abnehmen.«

»Aber dafür haben wir die Gardisten!«, protestierte Yul. »Es kann doch nicht Rejas Aufgabe sein, sich den Angreifern zu stellen!«

»Ich tue es.« Entschlossen reckte Reja das Kinn vor. »Aber ich erwarte, dass *Starsilver* sich kooperativ zeigt, wenn ich mir einen Asteroiden in den Saturnringen aussuche. Keine langen Genehmigungsverfahren.«

»Ich bin sicher, man wird deinen Einsatz wohlwollend berücksichtigen«, versprach Tanarra.

Yul fühlte sich hilflos, während er zusah, wie Reja sich ins Cockpit zog.

—

Der Raumflug in einem kleinen Gefährt wie dem Greifer, den Reja Gander steuerte, unterschied sich fundamental von den Raumern, in denen Yul Debarra schon häufig die Leere des Alls durchquert hatte. Ein Großraumschiff war eine technisch abgeschlossene Welt für sich, mit Atmosphäre, Lebenserhaltung, Kabinen und Aufenthaltsräumen, Arbeitsplätzen und Lagerhallen. In vielerlei Hinsicht war es einer Stadt ähnlicher als einem Transportmittel. An den meisten Stellen innerhalb der PONTIFESSA konnte man vergessen, dass man sich überhaupt im Weltall befand. Solange es einen Beschleunigungsandruck nahe der Erdanziehung gab und man nicht an einem Außenfenster vorbeikam, hätte man sich genauso gut in einem Gebäude in Libreville aufhalten können.

Rejas Bordkameras zeigten etwas völlig anderes. Sie saß in einer Kanzel, deren transparente Wandung sie in jeder Richtung berühren konnte, wenn sie die Arme streckte. Eine Lebenszone, die kaum größer oder sicherer war als ein Raumanzug. Kleinste Steuerimpulse führten dazu, dass sich der Greifer überschlug oder in spitzem Winkel aus seiner bisherigen Flugbahn gerissen wurde. Das Holo bildete die Rundumsicht nach, was bei Rejas Kurskorrekturen dazu führte, dass die Sterne durcheinanderwirbelten wie Flocken in einem Schneegestöber. Es gab drei Orientierungspunkte: die PONTIFESSA, das fahlweiße Zentralgestirn und den Planeten

Anisatha-Zwei mit seiner vollständig geschlossenen Wolkendecke, die ihm das Aussehen eines aufgerauten Balls aus grauer Wolle verlieh.

Vor der Pilotenkanzel war die Greifvorrichtung befestigt, die dem Raumschifftyp seinen Namen gab. Wegen der sägeartig gekerbten Ränder ähnelte sie einem eisernen Krokodilmaul mit einer Länge von zehn Metern. Es gab eine Reihe weiterer Zangen, Magnethalterungen und mechanischer Klauen, befestigt an Gliederarmen, Ketten und Kabeln, aber der Buggreifer beherrschte die Erscheinung.

Die vier schwenkbaren Hauptdüsen im Triebwerksblock hinter Rejas Kanzel konnten den Flieger sowohl schieben als auch ziehen. Für Präzisionsmanöver gab es einen Kranz aus zwölf Steuerdüsen, die unter anderem Rotationen auslösten.

»Ich steuere den Ersten von ihnen an«, funkte Reja, noch bevor sich die Drehbewegung ihres Greifers stabilisierte. Der Rumpf der PONTIFESSA schien unbewegt unter ihr zu liegen, wie ein Eisenblock mit zahlreichen Kerben und Ausbuchtungen. Wegen des Verzichts auf eine Stromlinienform folgte die Außenhaut dem inneren Aufbau aus Räumen unterschiedlicher Funktionen. Hinzu kamen Kräne, Schleusen, Sensorschüsseln und Funkantennen.

Yul verglich die Aufnahme mit der Schemadarstellung in einem anderen Holo, um eine der roten Markierungen mit einer Position im übermittelten Bild in Übereinstimmung zu bringen. Dort saß etwas Dunkelgraues inmitten des Gewirrs. Das ovale Gebilde maß zehn Meter entlang der Längsachse, im Vergleich zur PONTIFESSA ein Winzling. Es erschien stimmig, dass Chok von Zecken sprach.

Reja flog in gerader Linie an.

Mit angehaltenem Atem versuchte Yul auszumachen, ob der Gegner über Geschütze verfügte. Er erkannte weder Laserspulen noch Rohre von kinetisch wirkenden Kanonen, aber Yul war nie beim Militär gewesen. Es war gut möglich, dass er etwas übersah.

Reja ging es bestimmt ebenso. Möglicherweise flog sie auf ihr Verderben zu, ohne es zu bemerken. Yuls Mund trocknete aus. Diese Frau hatte ihn mit ihrer Lebendigkeit verzaubert. Sie hatte ihn dazu gebracht, sogar die Erinnerung an Iona ein Stück zur Seite zu rücken. Er wusste, dass er niemals zurückbekäme, was er mit Ionas Tod verloren hatte, aber er hielt es für möglich, dass es etwas anderes geben konnte, das mehr war als Leere und Ödnis. Dass eine Blume wachsen konnte, wo ein Blitz den Baum gefällt hatte.

Ereilte das Verderben die Frauen, denen Yul sich zuwandte?

Die Entfernungsanzeige in Rejas Cockpit zählte herunter: dreihundert Meter, zweihundert, einhundert, fünfzig …

Das Objekt an der Außenhaut wuchs nicht in gleichem Maße an, der Vergrößerungsfaktor regelte sich mit der Annäherung herunter. Dennoch waren neue Einzelheiten auszumachen. Die dunkelgraue Hülle war zernarbt; Yul vermutete darin Spuren von Mikrometeoriten. Ein Atmosphärenflug wäre damit unmöglich, die Reibung würde das Material erhitzen und das Gefährt auseinanderreißen. Eine Luke befand sich vor dem Scheitelpunkt der Wölbung, aber keine Sichtfenster. Diese mochten sich an der flachen Seite befinden, die an der Hülle der PONTIFESSA saß. Acht beinartige Ausläufer gingen vom Zentralkörper ab. Ihre äußersten Segmente saßen senkrecht auf der Hülle. Möglicherweise hatten sie Anker hineingejagt. Dieses Schiff sah für Yul nach einer Einheit aus, die für den Einsatz in Asteroidenfeldern gebaut war, wo man nach wertvollen Metallen schürfte. Dazu war es notwendig, Halt an größeren Brocken zu finden. Auch diese entwickelten bei Weitem zu geringe Gravitation, um ein solches Gefährt simpel landen zu können. Es wäre sofort abgeprallt und zurück in die Leere getrieben. Deswegen setzte man Harpunen ein.

Yul brach der Schweiß aus. Was geschah, wenn eine solche Harpune Rejas Greifer traf? Ein Geschoss, das eisenhaltiges Gestein penetrierte, durchschlüge die Kanzel mühelos.

Yul zuckte zurück, weil etwas das Objekt verließ und auf den Greifer zuschoss. Etwas Dunkles, das sich ausdehnte. Eine Art Schrot? Oder eine flüssige Munition? Ein Spezialöl, das auch unter den Extrembedingungen des Vakuums seinen Aggregatzustand beibehielt?

Reja feuerte die Düsen. Das Bild verwirbelte.

Risse legten sich darüber.

Yul schrie auf.

Die Kanzel splitterte! Wie konnte das sein? Das Material sollte Beschädigungen eigenständig versiegeln. So schnell hätte es nicht gehen dürfen. Gleich würde die Innenatmosphäre die Scherben ins All hinausdrücken und Reja schutzlos der Dekompression und dem Erstickungstod ausliefern!

Für ein paar Sekunden füllte Anisatha-Zwei den Großteil des Sichtfelds aus, dann zeigte der Bug wieder hinaus in die grausame Schwärze des Weltalls, aus der mitleidlose Sterne Rejas Überlebenskampf beobachteten. Yuls Brust schmerzte, aber er wagte nicht, zu atmen. Als könnte er damit Luft sparen und der einsamen Pilotin zukommen lassen.

»Es ist ein Netz«, funkte Reja. »Sie haben ein Netz auf mich abgefeuert.«

Yul brauchte eine Sekunde, um zu begreifen, dass er sich geirrt hatte. Das waren keine Risse in der Kanzel, sondern Maschen aus Stahlseilen, die sich darüber gelegt hatten.

»Ich habe Probleme mit dem Gamma-Triebwerk. Es lässt sich nicht mehr ausrichten.«

»Was heißt das?«, rief Chok. »Verdammt noch mal, was soll das heißen?«

Der Greifer rotierte nicht mehr, sondern pendelte hin und her. Yul dachte an einen Fisch, der versuchte, ein Netz zu zerreißen. Ein hoffnungsloses Unterfangen.

»Ich bin nur noch eingeschränkt manövrierfähig«, meldete Reja. »Sie versuchen, mich zu sich heranzuziehen. Als wäre ich ein wertvoller Erzbrocken, den sie eingefangen haben.«

»Wehr dich!«, rief Chok.

»Danke für den Tipp.«

Die Ironie in Rejas Stimme gab Yul Zuversicht. Wenn sie noch Scherze machte, fand sie ihre Lage offensichtlich nicht zum Verzweifeln.

»Hast du einen Plan?«, fragte er.

»Bist du das, Yul?«

»Ich sehe alles, was du tust. Ich bin bei dir.«

»Pass genau auf. So zu fliegen lernt man nur am Saturn...«

Einige Richtungskorrekturen folgten noch, dann gab Reja Vollschub. Wohl wegen der blockierten Düse brachte sie das in eine Drehung, aber der Hauptimpuls blieb dennoch erhalten. Nach zwei Sekunden rissen die Maschen auf.

Yul stieß einen unartikulierten Jubelschrei aus.

»Jetzt mach sie fertig, Reja!« Chok hämmerte die Faust so fest auf den Tisch, dass der Impuls ihn zurückwarf.

Der Greifer schwenkte herum. Zunächst blieb er auf dem Bewegungsvektor, der ihn von der PONTIFESSA und dem daran haftenden Gegner entfernte.

Reja korrigierte das mit wohldosierten Schüben. »GammaDüse noch immer gestört«, meldete sie. »Die hat etwas abbekommen.«

»Ich weiß, ich weiß, aber egal!«, rief Chok. »Reiß uns diese Zecke aus dem Pelz! Was machst du da?«

»Ich wähle einen dreieckigen Anflugplan, damit ich mich in ihrem toten Winkel nähere.«

»Jetzt lass sie machen«, forderte Tanarra. »Sie ist dort draußen, nicht wir.«

Dankbar nickte Yul der alten Frau zu.

Wieder tauchte der Planet im Blickfeld auf.

»Haben wir eigentlich schon mit Anisatha-Zwei gesprochen?«, fragte Yul. »Vielleicht können sie uns gegen diesen Akt der Piraterie beistehen.«

»Das ist ... ein kluger Gedanke«, befand Tanarra. »Ich kümmere mich darum.«

Reja näherte sich knapp über dem Rumpf der PONTIFESSA. Die eingeblendeten Anzeigen vermochte Yul nicht zu interpretieren. Sie zeigten wohl Aufbauten an, die zu Hindernissen werden konnten, sowie Magnetlinien, Geschwindigkeiten bewegter Objekte und Wärmeemissionen. Die gegnerische Einheit erschien aus dieser Perspektive wie ein Hügel aus Blei.

Kurz vor dem Kontakt rotierte Reja die Frontzange, was ihr einen besseren Griff erlaubte. Die Funkverbindung übertrug das metallische Klicken, mit dem sie sich schloss.

Reja klappte die Hauptdüsen in Gegenrichtung und gab Schub. Eine Druckanzeige kletterte erst in den orangefarbenen, dann in den roten Bereich.

Übergangslos lösten sich alle acht Anker der Einheit. Reja zog sie hinaus ins All, fort von der PONTIFESSA.

»Sehr gut!«, rief Chok. »Und jetzt zerquetsch sie!«

Die Triebwerke des Gegners zündeten. Weitere Anzeigen flammten auf.

Reja öffnete die Zange.

Er flog davon.

»Was sollte das denn?«, beschwerte sich Chok. »Wieso hast du den nicht fertiggemacht?«

»Ich hätte riskiert, die Zange zu verlieren«, erklärte Reja. »Ist dir nicht lieber, wenn ich mir den Nächsten vornehme?«

Choks Kiefer mahlten. »Na gut. Hauptsache, wir sind ihn los.«

Reja richtete den Greifer auf ein neues Ziel aus.

»Chok.« Tanarra zupfte an seinem Ärmel. »Ich habe Kontakt zum Planeten.«

»Piraten versuchen, die P<small>ONTIFESSA</small> zu entern!« Chok Myulers Stimme überschlug sich. »Ein hinterhältiger Angriff, während wir uns wegen der Bremsphase in unseren Cryoliegen befanden. Es gibt Verletzte!«

»Das ist ja schrecklich.« Konsulin Amika Telora hatte sich gut unter Kontrolle. Diesmal befand sie sich nicht im Freien, sondern saß vor einer weißen Wand, in deren Struktur Schmuckelemente aus Korallen eingearbeitet waren. Ihr Haar hatte das Blond von reifem Weizen. Hinter ihr schlug Regen gegen ein großes Fenster.

»Ein Dutzend kleiner Einheiten«, sagte Chok. »Wir werden euch Bilder überspielen. Die automatisierten Ausweichmanöver konnten sie nicht davon abhalten, sich an unsere Hülle zu heften. Sie müssen ihre Eigengeschwindigkeit perfekt auf den Anflugvektor der P<small>ONTIFESSA</small> abgestimmt haben.«

»Ihr seid leicht zu orten«, stellte Amika fest. »Vor allem, seit euer Haupttriebwerk in unsere Richtung weist.«

»Eine Notwendigkeit der Bremsprozedur.«

»Das wird sie wissen«, übernahm Tanarra deFuol. »Für uns wäre interessant, um wen es sich bei den Angreifern handelt. Hast du eine Vermutung, Konsulin?«

»Absolut nicht.« Amika hob die Hände. »Wir leben in Frieden, seit jeher. Das gemeinsame Schicksal ist uns allen bewusst, und die Rationalität unserer Gesetze und Maßnahmen leuchtet jedem ein.« Trotz des Ernstes der Lage schien sie ein Grinsen zu unterdrücken. »Aber natürlich…«

»Ja?«, fragte Chok ungeduldig.

»Jede Information kann uns helfen«, beteuerte Tanarra.

»Selbstverständlich lässt sich Unzufriedenheit niemals ganz vermeiden«, räumte Amika ein. »Auch bei uns gibt es Räuber.«

»Und die haben Raumschiffe?«, wunderte sich Yul. Seine Aufmerksamkeit war geteilt. Er behielt das kleinere Holo im Blick, das die Aufnahmen aus Rejas Greifer übertrug. Es war jetzt wieder Teil der Wolke verschiedener Darstellungen, die über dem dreieckigen Tisch schwebten und entsprechend der Wichtigkeit, die der Bordcomputer ihnen beimaß, ihre Positionen wechselten.

»Die wertvollsten Güter werden im Weltraum gewonnen«, behauptete Tanarra.

Yul bezweifelte das. Jedenfalls dann, wenn man Planeten aus der Begrifflichkeit ›Weltraum‹ herausnahm. Wieso würden die Konzerne sonst solche Unsummen in die Terraformung ferner Welten stecken? Letztlich setzten viele Geschäftsmodelle halbwegs intakte Ökosphären voraus, auch wenn sich von Gasriesen und Asteroiden sicherlich Rohstoffe gewinnen ließen.

»Unsere momentane Geschwindigkeit ist nicht mehr sehr hoch«, sagte Tanarra. »Wäre es möglich, dass ihr Hilfe schickt?«

Amika überlegte. Yul Debarra hatte den Eindruck, dass sie Informationen überprüfte, die sich außerhalb des Aufnahmebereichs befanden. »Auf solche Vorfälle sind wir nicht eingestellt … Dies ist eine friedliche Welt. Aber ich könnte versuchen, Polizei zu euch in den Orbit zu schicken.«

»Polizei?«, krähte Chok. »Wir brauchen Militär!«

»Auf Anisatha-Zwei gibt es keine Soldaten«, entgegnete Amika frostig. »Wir kennen keinen Krieg.«

»Aber wir sind gerade mittendrin!«, schrie Chok.

Die Konsulin blieb bemerkenswert ruhig. »Ich verspreche, dass wir tun, was wir können. Vielleicht wäre es hilfreich, wenn ihr uns taktische Lagedaten schicken würdet. Dann würden unsere Polizisten an den richtigen Stellen andocken.«

Chok winkte Tanarra. »Erledige du das.«

»Nicht in diesem Ton!«, rief sie.

Die beiden Manager starrten einander in die Augen.

Es dauerte zehn Sekunden, bis Chok den Blick abwandte. »Ich fände es gut, wenn du den Kontakt zum Planeten übernehmen würdest. Ich schlage vor, dass du ihnen alle angefragten Daten übermittelst.«

»Gern«, antwortete Tanarra mit einem zynischen Lächeln. »Du kannst dich ja inzwischen um John kümmern. Bei ihm scheint es jetzt heiß zu werden.«

Das Bild mit der Konsulin verblasste vor Chok, um bei Tanarra neu zu entstehen. Aus der Ansammlung von Holos schwebte eines heran, das mit einem Rotschimmer versehen war. Es verdreifachte seine Größe, sodass die Gestalten sichtbar wurden, die durch den Aufnahmebereich liefen.

Die Quelle war keine konventionelle Kamera. Vielmehr optimierte eine Taktikanzeige die Darstellung eines Lagerraums, indem sie die Kanten der wesentlichen Strukturen mit grünen Linien betonte. Zudem waren manche der hier verstauten Bauteile eingefärbt: gelb, grün und blau. Die kantigen Körperformen der Gardisten waren eindeutig auszumachen. Mit jedem von ihnen wanderten der Name als Beschriftung und ein Farbcode aus drei mal drei kleinen Flächen, der etwas mit der Kampfbereitschaft zu tun haben mochte. Nahezu alle dieser Statusanzeigen waren grün oder blau. Die Kamera, die sich an einem Helm befinden musste, bewegte sich vorwärts.

»Feindkontakt steht bevor«, meldete die Stimme von Hauptmann John Broto. »Wir beziehen Position um die Einbruchstelle.«

Yul beobachtete, wie die Gardisten Deckung hinter Stahlstreben und Containern suchten. Ihre Kampfpanzer ließen sich nicht nur an den Stiefelsohlen, sondern auch an Händen, Ellbogen, Knien und Hüften magnetisieren. Diese Optionen hätten Yul überfordert, ermöglichten einem geübten Kämpfer aber, sich in der Schwerelosigkeit flexibel zu verankern.

Gewehre wurden in Anschlag gebracht, Klarmeldungen gingen ein.

»Worauf zielen sie?«, fragte Yul.

Chok holte das Schemaholo neben die Übertragung von John. Er markierte einen der roten Punkte auf der Außenhülle. »Sie sichern den Durchbruchpunkt.«

»Wechsle auf Infrarot«, kündigte John an.

An einer Wand erschien ein roter Kreis, von dem gelbe und weiße Wellen ausgingen.

»Die Kerle schweißen sich durch«, knurrte Chok. »Das werden sie bereuen. Der Erste, der durch diese Öffnung kommt, wird zerrissen wie ein Kanarienvogel im Ventilator.«

Mit einem Knall wurde eine herausgeschnittene Metallscheibe ins Innere gestoßen. Ein dunkles Loch blieb zurück.

Ein Fadenkreuz erschien, vermutlich die Zielerfassung von Johns Gewehr.

Die Metallscheibe vollführte einen absurd ruhig wirkenden Tanz, indem sie sich in der Schwerelosigkeit überschlug. Um den glühenden Rand flirrte die Luft. Mit einem Geräusch, das einem Gongschlag ähnelte, stieß sie gegen einen Container. Gemäß dem Zusammenhang von Einfalls- und Ausfallswinkel änderte sie die Richtung.

Die Aufnahme bewegte sich minimal im Rhythmus von

Johns Atemzügen, aber das Fadenkreuz blieb exakt in der Mitte des Lochs, als sei es dort festgenagelt. Der Stabilisator des Gewehrs hielt es im Ziel.

Yul beobachtete die Gardisten im Erfassungsbereich. Sie ähnelten mittelalterlichen Rittern in ihren Rüstungen, aber der Arzt wusste, dass die Panzer viel mehr leisteten, als Geschosse abzuhalten. Gefechtscomputer hielten permanent Kontakt und verschmolzen die Gruppe so zu einer Einheit. Mnemotisch konstruiertes Material verschloss auftretende Beschädigungen, während die unmittelbar auf der Haut getragenen Hemden medizinisch wirksame Substanzen injizieren konnten. Die Palette reichte von Schmerzmitteln über Leistungsbooster und Blutgerinnungsmedikamenten bis zu Entzündungshemmern und wahrnehmungssteigernden Drogen. In voller Kampfmontur war ein Gardist zudem in einer eigenen Biosphäre eingeschlossen. Nicht die kleinste Hautstelle lag frei, Atemmasken schützten vor Giftgasangriffen, Nahrungskonzentrat, ein Wasservorrat und ausgefeilte Recyclingkreisläufe ermöglichten autarkes Operieren für etwa eine Woche. In der Arztausbildung beschäftigte man sich mit den Konstruktionsprinzipien dieser Panzerungen, um zu verstehen, was ein menschlicher Körper brauchte und welche Parameter man optimieren konnte, um die Leistungsfähigkeit dieser Biomaschine zeitweise zu maximieren.

Die Gardisten fokussierten sich vollständig darauf, jeden zu töten, der es wagte, in die PONTIFESSA einzudringen. Diese Anspannung übertrug sich in den Besprechungsraum. Yul hatte das Gefühl, selbst einen Abzug am Finger zu spüren. Er erlaubte sich noch nicht einmal, auf das Holo aus Rejas Greifer zu schauen.

Plötzlich drehte sich die Anzeige, weil John herumwirbelte. Das Fadenkreuz verharrte auf einer Türöffnung, in der ein Mann erschien, der ihm die leeren Hände zeigte. Er setzte die Schritte im langsamen Takt, den das Magnetisieren und Lösen der Sohlen vorgab.

»Nicht schießen!«, rief Yul. »Das ist Kyle!«

»Was machst du hier?«, blaffte John.

Yul hatte sich nicht getäuscht. Die Zoomoptik des Gardistenhelms zeigte das erschöpfte Gesicht des grauhaarigen Mannes.

»Ihr dürft nicht auf sie schießen«, sagte Kyle Groane mit zitternder Stimme. »Alle Menschen sind eine Familie. Das dürfen wir nicht vergessen. Wo immer sie jetzt leben, bleiben sie Kinder der Erde. Ihr dürft doch nicht auf unsere Kinder …«

Schüsse lösten sich. Sie klangen wie Hobel, die sich durch trockenes Holz fraßen. Yuls Nackenhärchen stellten sich auf, weil ihm die fürchterlichen Verletzungen vor Augen standen, die das Schrapnell aus Plastiksplittern bei Rhesus in der Lagerhalle in Librevilles Hafen angerichtet hatte. Er erkannte das Geräusch, die Gardisten verwendeten dieselbe Munition.

Johns Helmkamera bestätigte das, als das Bild zum Loch zurückschwenkte. Aber dort drang kein weiches Ziel ein, kein Mensch mit leichter Kleidung und bloßen Hautstellen. Es war überhaupt kein Mensch, sondern ein kopfgroßes, vielflächiges Objekt mit einer metallenen Hülle, an der die hochbeschleunigten Plastiksplitter abprallten. Eine ferngelenkte Bombe?

Die Anzeige verriet, dass John die Munitionszufuhr wechselte. Sein Schuss krachte so laut, dass Yul blinzelte. Die eingedrungene Drohne wurde durchschlagen, aber auch fortgeschleudert. Die Optik folgte ihr, bis sie gegen einen Frachtcontainer knallte, was sie weiter deformierte. Der Zoom holte sie heran.

»Ist das eine Kameralinse?«, fragte Chok.

»Sieht so aus«, meinte Yul. »Vielleicht eine Erkundungseinheit.«

»Oder eine ferngesteuerte Kampfdrohne. Möglicherweise ist eine Kanone eingebaut.«

Kyle rief etwas, das Yul nicht verstand. Niemand beachtete den aufgebrachten Mann.

Stattdessen leuchteten neue Symbole in der Übertragung auf. Dreiecke, die einzelne Soldaten markierten. Pfeile. Erteilte John Einsatzbefehle über das Gefechtsnetzwerk?

Ein Gardist verließ seine Stellung und näherte sich dem Loch, wobei er einen Verladekran als Deckung nutzte.

Kyle lief ins Bild. »Wir wollen Frieden!« Er wedelte mit den Armen. »Das muss ein Missverständnis sein! Wir werden gern mit euch teilen. Ihr müsst uns nicht ausrauben, wir …«

Eine schnelle Folge von metallischen Schlägen erklang, gefolgt von einem Rauschen.

Etwas riss alle Gardisten gleichzeitig auf das Loch zu, dazu Kyle und die zerschossene Drohne.

»Druckabfall!«, rief John. »Sichern!«

Chok raufte sich die Haare. »Die Bastarde haben sich gelöst und machen sich aus dem Staub! Bisher hat ihr Schiff das Loch verschlossen, aber jetzt entweicht die Atmosphäre.«

»Wir müssen die Zwischenschotten schließen!«, erkannte Tanarra. »Sofort!«

»Und unsere Leute einschließen?«, rief Yul.

»Sie können durch die Nottüren zwischen den Bereichen wechseln.« Die Managerin fuchtelte über ihren Sensorfeldern herum.

Metallisches Krachen war zu hören, sowohl in der Übertragung als auch aus der Nähe des Besprechungsraums.

Nach dem ersten Ruck stabilisierten sich die Gardisten schnell. Sie verfügten über gesteigerte Reflexe, brachten viel Masse und vor allem ihre Magnethalterungen ein. Die Drohne dagegen wurde ins All hinausgerissen.

Kyles Schuhe hielten ihn am Boden, aber er presste sich die Hände vor den Mund und riss die Augen weit auf.

»Das soll er lassen!«, rief Yul. »Er muss ausatmen, damit kein Überdruck in der Lunge entsteht! Und die Augen schließen, sonst kochen sie aus!« Mit dem Druck fiel auch der Siedepunkt. Das Wasser in den Augen ging schon weit unterhalb der menschlichen Körpertemperatur in den gasförmigen Aggregatzustand über. Für Kyle musste es sich anfühlen, als blendete ihn jemand, indem er einen Sauger an seine Augen führte. Das Schließen der Lider mochte die Schmerzen im ersten Moment erhöhen, aber er musste es trotzdem tun, um eine Erblindung zu vermeiden.

John beorderte einen Gardisten zu ihm. Die Kampfpanzerungen schützten sie vor dem Vakuum, sodass sie selbst kein Problem hatten. Je mehr Atmosphäre entwich, desto schwächer wurde auch die Luftströmung zur Öffnung hin.

»Rückzug!«, befahl John. »Den Zivilisten nehmen wir mit.«
Yul ergriff die Arzttasche.
»Was hast du vor?«, wollte Chok wissen.
»Es gibt einen Verletzten.«
»Kyle braucht einen Arzt«, sagte Tanarra.
»Ich weiß, ich weiß. Dann sollen sie ihn herbringen«, meinte Chok.
»Quer durch die P\ONTIFESSA?«, fragte Tanarra. »Findest du nicht, dass unsere Kämpfer Besseres zu tun haben? Das war mit Sicherheit nicht der einzige Durchbruch.«
»Weißt du, was?«, schrie Chok. »Ich habe deine Besserwisserei satt! Von mir aus kann Yul gehen, aber dann gehst du mit!«
»Das Gespräch mit der Konsulin verläuft ...«
»Darum kümmere ich mich! Haut ab! Beide!«

Während er sich gemeinsam mit Tanarra deFuol an den überall angebrachten Handgriffen durch die Gänge der Pontifessa zog, diagnostizierte Yul Debarra bei sich selbst ungesunde Aufregung. Seine Lider zitterten, der Puls pochte spürbar in der linken Halsschlagader, die Handflächen schwitzten. Diese Reaktionen waren verständlich. Obwohl Tanarra ein Holo konsultierte, das die Positionen der eigenen Gardisten ebenso anzeigte wie die Stellen, an denen die Angreifer hafteten, konnten sie jederzeit auf übersehene Eindringlinge treffen. Yul fühlte sich nicht auf ein Feuergefecht vorbereitet, und das Einzige, was einem Schutz nahekam, war das Korsett, das unter seinem Hemd den Rippenbruch stabilisierte. Seine Aufregung steigerte die Wahrscheinlichkeit für Panikfehler und senkte seine Chance, unverletzt zu bleiben. Er verschrieb sich selbst eine Therapie: Ablenkung.

»Habt ihr euch eigentlich als Management-Team beworben – Chok und du?«, fragte er.

»Das Personaleinsatzsystem hat uns ausgespuckt«, grummelte Tanarra. »Unser Kombinationsscore hatte den höchsten Gesamtwert. Angeblich kompensieren wir jeweils die Schwächen des anderen.«

»Jung und alt«, sagte Yul.

»Sehr charmant.« Sie zog sich ein Stockwerk tiefer. In der Schwerelosigkeit ging das am schnellsten, wenn man schräg entlang der Stufen schwebte und sich am Handlauf entlanghangelte.

Yul tauchte ihr hinterher. »Ich meine, deine Erfahrung wird den Ausschlag gegeben haben, schätze ich.«

»Daran zweifle ich nicht. Hast du auch eine Theorie, die für Chok gesprochen haben könnte?«

»Sag du es mir.«

»Bewerbermangel.«

»Nicht sehr schmeichelhaft.«

»Nur realistisch. Spontan melden sich viele, sobald man ihnen anbietet, ein paar Karrierestufen zu überspringen. Wenn dann der Gedanke einsickert, dass man die gesamte Welt verliert, um einen Joker zu ziehen, der auch eine Niete werden könnte ...«

»Sind die Verträge etwa nicht wasserdicht?«

Sie zuckte mit den Achseln, trat gegen eine Wand und schwebte in den gegenüberliegenden Gang. Sie musste die im halb offenen Holster steckende Pistole poliert haben, der Lauf glänzte im Licht einer Deckenlampe. »In eineinhalb Jahrhunderten kann sich viel verändern. Die Konzernjuristen könnten kreative Ideen bekommen, was Bestandsverträge angeht. Und auch während der Mission kann eine Menge schiefgehen. Einer von uns ist nicht wieder aufgewacht.«

»Einer von einhundert.« Absurderweise fühlte Yul sich herausgefordert, die Technologie der Cryoliegen zu verteidigen. Vielleicht, weil er sie in den Gesprächen mit Anisatha-Zwei so angepriesen hatte. Oder es lag nur an seiner Aufregung, die den Medizinerstolz nach oben spülen mochte.

»Klingt nach wenig, oder?« Tanarra hielt sich fest und überprüfte ihr Holo. Ohne intuitives Oben und Unten verlor man leicht die Orientierung. Sie entschied sich für einen Gang. »Aber wenn du jemanden fragst, ob er eine von einhundert Pillen schlucken will, von denen er weiß, dass neunundneunzig ihm alle Schmerzen nehmen werden, aber die letzte ein tödliches Gift enthält ... Der Mut sinkt umso tiefer, je weiter die Theorie der Praxis weicht.«

»Eine pessimistische Sichtweise.« Yul erkannte, dass er nur plapperte. Die erhoffte Beruhigung blieb aus.

»Realistisch, nicht pessimistisch. Was passiert, wenn wir diese Piraten nicht loswerden und dabei scheitern, die Sternenbrücke zur Erde zu schlagen? Hast du in deinen Vertrag geschaut? Zehn Jahre Karenzzeit, dann transferieren sie unsere Kontostände in den allgemeinen Konzernhaushalt.«

»Du meinst, sie hätten ein Interesse am Scheitern der Mission?«

Tanarra lachte auf. »Du bist ein naives Bürschchen, hat dir das schon mal jemand gesagt? Im Vergleich zu den Gewinnen, die der Handel über die Sternenbrücke einbringen wird, sind unsere Vermögen ein Witz. Sonst hätte man uns gar nicht auf die Reise geschickt. Aber man wird den Schaden begrenzen. Und das kann uns sogar egal sein, wenn wir hier stranden. Oder willst du dich per Unterlichtflug auf den Rückweg machen? Mit Treibstoff für ein Hundertstel der Beschleunigungsphase?« Noch einmal lachte sie auf. »Im Vergleich zu dir bin ich wohl wirklich eine Pessimistin.«

Ein Schott verschloss einen Abstieg. Tanarra schwebte so vor den Leser, dass er den goldenen Balancechip in ihrer Stirn erfasste. Eine schmale Tür innerhalb der Stahlwand entriegelte.

»Und wieso bist du nun dabei?«, wollte Yul wissen. »Dass du Chok in inniger Liebe zugetan wärst, kann man ja wohl ausschließen.«

»Anders als du und Reja, oder? Lief da schon auf der Erde was?«

»Unsinn!« Die Heftigkeit seiner Erwiderung überraschte Yul selbst.

Spöttisch verzog Tanarra den Mund. »Zum Weltraumfahrstuhl seid ihr gemeinsam gekommen, an Bord gab es eine Woche Frost zwischen euch, aber jetzt, da Reja draußen mit dem Greifer herumjagt, machst du dir Sorgen. Versuch mir nichts vorzuspielen. Ich bin Managerin. Es ist mein Job, Menschen zu durchschauen und ihre Schwächen zu finden.«

»Schwächen?«

»Wer etwas hat, das er nicht verlieren will, ist manipulierbar. Erst dachten wir, dein Hund wäre ein guter Hebel. Jetzt gibt es einen besseren.«

»Wozu glaubt ihr denn, mich zwingen zu müssen?«

»Die Notwendigkeit mag sich nie ergeben. Oder kurzfristig. Das kann man nicht wissen, deswegen ist es klug, vorbereitet zu sein.«

Es gefiel Yul ganz und gar nicht, dass er wie ein Werkzeug beschrieben wurde. Hatte er nicht eigentlich über Tanarra sprechen wollen? »Du hast mir noch nicht gesagt, wieso du an Bord bist. Chok will Karriere machen, das ist klar. Aber du?« Gehässig setzte er hinzu: »In deinem Alter?«

»Autsch«, kommentierte sie. »Du gehörst also zu denen, die meinen, ab fünfzig sollte man keine Träume mehr haben, sondern gefälligst aufs Sterben warten?«

»Willst du mir erzählen, du hättest schon immer davon geträumt, eine Sternenbrücke zu bauen?«

»Unsinn.« Prüfend sah sie ihn an. »Dir hat die Evolution deine Eckzähne nur aus Versehen gegeben, oder?«

»Wie meinst du das?«

»Die sind doch für Raubtiere gedacht, die Beute schlagen wollen. Kein Jagdtrieb, Yul Debarra?«

Verständnislos schüttelte er den Kopf.

»Sei nicht traurig. Die meisten Menschen sind degeneriert. Sie suchen eine Herde, in der sie friedlich grasen können und eine sichere, wenn auch unbedeutende Position besetzen. Kein Rudel, in dem man den Rang immer neu auskämpft.«

»Aber du bist ein Raubtier?«

»Immer gewesen«, bestätigte sie stolz. »Und wer ständig kämpft, wird irgendwann auf einen Stärkeren treffen. Das gehört dazu.«

»Da spricht wieder die Realistin.«

Tanarra nickte knapp. »Ich wurde ausmanövriert, und

dann kam der Todesstoß. Präzise und gründlich.« Es klang zugleich anerkennend und bitter.

»Für mich siehst du lebendig aus.« Als Arzt konnte er das Trösten wohl nicht lassen, selbst in einem Streitgespräch nicht. »Oder bist du etwa ein Zombie?«

»Eine Wiedergängerin«, versetzte sie ohne jeden Humor. »Ich kehre zurück, wenn alle meine Feinde lange tot sind. Und werde zum Albtraum ihrer Erben.«

Das Holo über Yul Debarras Diagnoseeinheit zeichnete ein dreidimensionales, geisterhaft durchscheinendes Schemabild von Kyle Groanes Körper in die Luft. Echosonden hafteten an seiner teils blau verfärbten Haut. Sie tauschten Ultraschallsignale und Magnetströme aus, die den Medocomputer fütterten.

»Hörst du mich?« Yul tätschelte ihm die Wange. »Kyle, hörst du mich?«

Der Atem ging rasselnd. Das bestätigte Yuls Befürchtung ebenso wie die rote Einfärbung der Lunge im Holo. Die drei Lappen in der rechten Brustseite hatte es schlimmer erwischt als die beiden in der linken, aber auch für die sah es ernst aus. Kein Wunder, dass Kyles Gehirn zu wenig Sauerstoff bekam und er am Rande der Bewusstlosigkeit dahindämmerte.

Das musste zuerst behoben werden. Yul zog eine Beatmungsmaske aus dem Arztkoffer.

Die Bewegung war ungeschickt, seine gebrochenen Rippen erinnerten ihn mit stechendem Schmerz daran, dass ein Korsett kein Ersatz für Schonung war. Darauf konnte Yul nur wenig Rücksicht nehmen. Er knöpfte sein Hemd auf und injizierte ein Schmerzmittel in seine Schultermuskulatur.

Die Gardisten, die den Verletzten gebracht hatten, waren größtenteils weitergezogen. Nur Franc Thatch wartete noch bei ihnen, und er war nicht glücklich darüber, wenn Yul den Gesichtsausdruck hinter dem Helmvisier richtig deutete.

Tanarra schwebte abseits und sprach in das kleine Kommunikationsholo über ihrem Handgelenk.

Yul stülpte Kyle die transparente Maske über Nase und Mund. Er fixierte sie am Hinterkopf und achtete darauf, dass sie luftdicht abschloss. Die Automatik begann bereits damit, den Beatmungsschlauch durch den Rachen in die Luftröhre zu schieben.

Halbbewusst wehrte sich Kyle, indem er den Kopf hin und her drehte und schwache Abwehrbewegungen mit den Armen vollführte. In der Schwerelosigkeit war er nicht so leicht zu halten, als wenn er auf einem Bett gelegen hätte.

»Ganz ruhig.« Yul drückte seine Schultern. »Das wird dir helfen.«

Die Anzeige der Maske bestätigte, dass die enthaltene Tablette den Sauerstoff freisetzte. Das sollte auch bei der um geschätzte zwei Drittel verringerten Lungenleistung ausreichen, um genug von dem lebenswichtigen Gas in den Blutkreislauf zu bekommen.

»Wie läuft es?« Tanarra hatte ihr Gespräch beendet. Nach der Unterhaltung mit ihr kam sie Yul bedrohlicher vor als Franc in seiner Kampfmontur.

»Er könnte durchkommen. Aber nur, wenn die Lunge nicht mit Blut vollläuft. Das lässt sich noch nicht sagen. Wir müssen ihn dringend an die Apparate eines Behandlungsbettes anschließen.«

»Täte es nicht auch eine Cryoliege?«

Yul überlegte. »Zur Stabilisierung… aber wieso nicht direkt auf die Medostation?«

»Weil die viermal so weit weg ist.«

Eine Cryoliege würde eine Reihe von Warnungen anzeigen. Falls man die übersteuerte, würde die Einheit die Vitalfunktionen praktisch anhalten. Sie würden sich nicht verbessern – jedenfalls nicht innerhalb der nächsten Tage oder Wochen –, sich aber auch nicht weiter verschlechtern. Wenn sich die Lage an Bord beruhigt hätte, könnte Yul alles optimal für die Behandlung vorbereiten und Kyle dann wieder aufwecken.

»Also gut, machen wir es so«, entschied er. »Bringen wir ihn zu einer Cryoliege.«

»Das erledigt Franc«, bestimmte Tanarra. »Wir haben einen anderen Auftrag.«

»Was soll das heißen?«, brauste Yul auf. »Kyle ist mein Patient!«

»Sein Leben ist nicht mehr wert als andere.«

»Das habe ich auch nie behauptet, aber seines ist in Gefahr, und ich kann ihm helfen.«

»In diesem Augenblick? Ganz konkret?«

Unschlüssig betrachtete Yul den schwebenden, halb bewusstlosen Mann. Er würde ihn zu einer Cryoliege bringen, die Prozedur starten und darauf bestehen, dass sie durchgeführt wurde. Mehr nicht. Es sei denn, es ginge etwas schief. »Ich will bei ihm bleiben, bis ich weiß, dass alles in Ordnung ist.«

»Es geht nicht darum, was du willst. Es geht um deine Pflicht.« Sie winkte Franc. »Schaff ihn in eine Cryoliege.«

»Moment!«, rief Yul.

Der Gardist beachtete ihn nicht. Er schob den Arzt einfach beiseite.

»Lass mich wenigstens die Sonden abnehmen.«

Die Managerin nickte, und Franc verharrte. Wie ein gut dressierter Kampfhund.

»Die Polizisten von Anisatha-Zwei sind da«, erklärte

Tanarra. »Wir werden sie abholen und dorthin bringen, wo sie uns am besten gegen die Eindringlinge helfen können. John muss seine Truppen weit auffächern, sie verhindern an einem Dutzend Stellen den Durchbruch.«

»Was habe ich damit zu tun?«

»Glaubst du nicht, dass dort, wo Kugeln fliegen, auch ein Sanitäter gebraucht werden könnte?«

Yul fragte sich, ob ihn seine Furcht, selbst verletzt zu werden, davon abhielt, dorthin zu gehen, wo man ihn am dringendsten benötigte. Seine Hände zitterten, während er die Ausrüstung im Arztkoffer verstaute.

»Diese Polizisten sind ganz schön schnell gekommen«, sagte er.

»Sie haben ihren Weltraumfahrstuhl benutzt. Orbital war wohl eine Fähre angedockt.«

»Trotzdem, die haben keine Zeit vergeudet.«

»Uns kann es nur recht sein, wenn sie effizient arbeiten.«

»Das stimmt wohl.«

Franc nahm Kyle mit sich zur nächsten Tür.

»Wenn es Schwierigkeiten mit dem Abkühlen gibt, melde dich sofort!«, rief Yul ihm nach.

Der Hangar war verlassen. Die beiden Magnetbuchten schienen sehnsüchtig auf die Rückkehr der Greifer zu warten. In einem von ihnen flog Reja gerade durch die lebensfeindliche Leere des Alls, um sich Ringkämpfe mit den Einheiten zu liefern, die sich an die Pontifessa klammerten. Yul Debarra schluckte beklommen.

Metall rasselte auf der anderen Seite der Schleusentür. Etwas knallte, ein Quietschen folgte.

Tanarra deFuol grinste. »Ihr Transporter ist wohl nicht

nach *Starsilvers* Vorgaben genormt.« Die rechte Hand der Managerin ruhte auf dem gebogenen Griff ihrer Pistole. Sie wirkte zufrieden.

Luft zischte.

Yul nutzte die verbleibende Zeit, um Franc anzufunken. Der Gardist sagte, dass er mit der Cryoliege gut zurechtgekommen sei, Kyle abgelegt habe und sich jetzt auf dem Weg zu Kameraden befinde, die einen weiteren Durchbruch verhinderten.

Die vier Komponenten der Schleusentür glitten auseinander. Das Schiff, das der Magnetschlitten hereinbrachte, hatte einen gewinkelten Bug, aus dem unter der schrägen Kanzelscheibe zwei Kanonenläufe ragten. Es war so lang, dass Yul dem Piloten stumm Respekt dafür zollte, es in die Schleuse hineinbekommen zu haben.

Noch bevor der Schlitten einrastete, klappte eine Seitentür auf. Eine rothaarige Frau schwebte als Erste heraus, gefolgt von Männern und Frauen, die ebenso wie sie eine grüne Uniform mit einem türkisfarbenen Querstreifen trugen, der schräg über den Oberkörper lief. Auf der linken Brustseite war ein stilisierter Krebs eingewebt. Pistolen steckten in schwarzen Holstern.

»Keine Balancechips«, flüsterte Yul.

Die nackten Stirnen in natura zu sehen war verstörender als der Anblick in einem Holo. Sie verwendeten noch nicht einmal Diademe oder auch nur Schminke, um die Blöße zu verbergen.

»Ich bin Ejena Zuol«, stellte sich die Anführerin vor. Yul schätzte sie auf Mitte zwanzig. Ihr Haupthaar hatte sie wohl gefärbt, denn die Brauen waren nicht rot, sondern blond. »Wer hat hier das Kommando?«

»Ich. Tanarra deFuol. Das hier ist Yul Debarra, unser Bordarzt.«

»Ah.« Ejena musterte ihn, als sei ihr eine bedeutende Persönlichkeit vorgestellt worden. »Gut.«

Vier weitere Polizisten schwebten hinter ihr. Alle hatten Pistolen dabei, aber Gewehre wie bei den Gardisten sah Yul nicht. Einige trugen klobige Rucksäcke.

»Ich schlage vor, das Kennenlernen verschieben wir auf später.« Ejena tippte auf einer Instrumentenmanschette, die ihren linken Unterarm zur Hälfte bedeckte. »Wir haben den Funkverkehr der Piraten abgehört. Ihr Ziel liegt …« Ein Holo der PONTIFESSA baute sich auf. Darüber entstand eine Detailvergrößerung, die ein Aggregat zeigte, das offenbar einen Raum vom Boden bis zur Decke ausfüllte. »… hier.«

»Das ist ein Energieverteiler, der die Schweißarme in der vorderen Steuerbordsektion versorgt«, erkannte Tanarra. »Aber das ist kein essenzielles System. Wir hätten vermutet, dass sie versuchen, die Brücke zu entern. Oder die Atmosphärenaufbereitung. Seid ihr sicher, dass sie dorthin wollen?«

»Kein Zweifel«, sagte Ejena fest. »Alles andere ist Ablenkung. Dieses Aggregat ist ihr Ziel. Könnt ihr uns hinführen?«

»Ja, schon. Aber was, wenn es ein Täuschungsmanöver ist?«

»Befindet sich das Ziel weit von uns entfernt?«

Tanarra schüttelte den Kopf. »Es ist ganz in der Nähe.«

»Dann haben wir nicht viel zu verlieren, wenn wir dort nachsehen.«

»Also gut.« Tanarra nickte knapp und wandte sich um, indem sie einen Bügelgriff für einen Impuls nutzte, der sie in einem rückwärtigen Überschlag rotieren ließ. »Folgt mir.«

Yul hielt sich neben Ejena. »Mit wem haben die Piraten gesprochen?«

Die Polizistin sah ihn an. »Wie meinst du das?«

»Als ihr die Funksprüche abgefangen habt.« Er hoffte, es

fiel ihr nicht unangenehm auf, dass sein Blick immer wieder zu ihrer Stirn zurückkehrte. »Mit wem haben sich die Piraten ausgetauscht?«

»Mit ihrer Station auf dem Mond von Aniei.«

»Das ist ein Planet in diesem System?«, vermutete Yul.

Sie nickte. »Der innerste.«

»Ihr solltet darüber nachdenken, ein Militär aufzustellen, um solche Nester auszuheben«, riet Tanarra.

»Das erscheint uns irrational angesichts der Kosten.«

»Wenn man es duldet, bestohlen zu werden, reißt das schnell ein«, gab die Managerin zu bedenken. »Dann kippt die Kostenkalkulation.«

»Wie lange treibt diese Bande denn schon ihr Unwesen?«, wollte Yul wissen.

»So lange ich mich erinnern kann«, antwortete Ejena. »Ihre Basis ist in einem von Schluchten zerfurchten Gebiet eingegraben. Da kriegt man sie nicht so schnell raus.«

»Saubere Lösungen erfordern oft Aufwand«, versetzte Tanarra. »Im Übrigen sind wir gleich da. Das Aggregat befindet sich hinter dieser Tür.«

Die Polizisten zogen ihre Pistolen. Die Läufe erschienen Yul ungewöhnlich klobig. Ihr Querschnitt war nicht rund, sondern viereckig.

»Öffne«, forderte Ejena.

Die Managerin zögerte. Yul vermutete, dass ihr der Ton missfiel, den die wahrscheinlich Niedrigergestellte ihr gegenüber anschlug. Aber ohne Balancechip ließ sich die soziale Schicht nicht erkennen, und immerhin waren die Planetarier hergebeten worden, um der Pontifessa in der Not beizustehen.

Tanarra kam wohl zum selben Schluss. Sie zog ihre Waffe, schwebte vor den Sensor, der die Autorisation in ihrem Balancechip ablas, und gab den Öffnungsbefehl.

Das Aggregat nahm die gegenüberliegende Wand ein. Wenn Yul sich korrekt orientierte, wies diese zur Außenhülle des Schiffs. Leitungen in geriffelten Isolierungen verbanden gewölbte Komponenten, Kontrollanzeigen leuchteten in beruhigendem Blau, was bedeutete, dass die Einheit bereit, aber nicht im Einsatz war.

»Die Eindringlinge sind noch nicht hier.« Tanarra rief das Schemaholo der PONTIFESSA auf. »Ich schaue, ob wir Positionsmeldungen haben.«

Auch Ejena projizierte wieder den Aufbau des Schiffs. Eine grüne Kugel markierte den Raum, in dem sie sich befanden. Sie nickte zufrieden.

Yul blinzelte nachdenklich. »Woher habt ihr eigentlich einen Plan der PONTIFESSA? Ich meine, die Piraten können ihre Absichten über Funk kommunizieren, aber ein so detailliertes Modell würde doch eine genaue Vermessung…«

Ejena hob die Pistole und schoss Yul in die Brust.

Er spürte Stiche, als hätte sich ein Wespenschwarm zu einem koordinierten Angriff entschlossen. Elektrisches Kribbeln erfüllte seine Brust, die Muskeln zuckten spastisch, sodass seine Arme unkoordinierte Bewegungen vollführten. Die Arzttasche entglitt ihm und schwebte davon.

Trotzdem hatte er Glück. Wegen des Rippenbruchs trug er das stützende Korsett unter dem Hemd. Dessen Material war zwar kein Vergleich zu Kampfpanzerungen, wie Gardisten sie benutzten, bremste die Projektile aber dennoch erheblich ab. Vermutlich hatten die meisten seine Haut nicht erreicht, und die übrigen waren höchstens einen Millimeter eingedrungen.

Bei Tanarra dagegen zeigte der Beschuss aus zwei Pistolen durchschlagende Wirkung. Dünne Drähte verbanden die Projektile mit den Waffen, und Yul zweifelte keinen Moment daran, dass ausreichend Elektrizität hindurchjagte, um die

Managerin sofort und umfassend außer Gefecht zu setzen. Sicherheitsfirmen verbanden diese Munition oft mit Hohlkapseln, die genug Chemie enthielten, um nach dem Schock eine stundenlange Paralyse zu bewirken.

Tanarra bog den Rücken zurück, zitterte wie eine aus Stoffstreifen genähte Puppe im Sturm und spuckte Schaum, während sich ihre Augen so weit verdrehten, dass nur noch das Weiß zu sehen war.

»Das reicht«, entschied Ejena.

Sirrend zogen sich die Drähte in die Waffen zurück. Bei Tanarra rissen sie ein paar Blutstropfen aus den Wunden, die daraufhin als Kügelchen durch die Luft schwebten. Yul spürte, dass einige Spitzen im Korsett zurückgeblieben waren. Ihre Drähte mussten gerissen sein. Er hoffte, dass Ejena das nicht auffiele, und verhielt sich reglos.

»Sprengladungen anbringen«, befahl die Anführerin des Polizeitrupps.

»Wie viele?«, fragte einer ihrer Begleiter, ein Mann mit wirrer Frisur.

»Zwei.« Sie schob ihr Holo hin und her, zog abwechselnd mehrere Bereiche groß. »Oder doch besser nur eine. Wir haben noch viel vor.«

Yul spürte ein Kribbeln in der Brust, aber das war nur eine Nachwirkung. Strom konnte ohne Drähte nicht mehr fließen. Seine Arme fühlten sich wieder normal an. Probeweise winkelte er die Ellbogen leicht an. Sie reagierten wie erwartet.

Der Wirrkopf nahm den Rucksack ab. An der Seite, die auf dem Rücken gelegen hatte, leuchteten Anzeigen und Schaltflächen. Er betätigte eine davon, was dafür sorgte, dass die gegenüberliegende Seite magnetisierte. Er heftete sie in eine Mulde am Energieverteiler. »Was soll ich einstellen?«

»Zehn Minuten«, ordnete Ejena an. »Das gibt uns die Zeit,

mindestens ein weiteres Ziel zu präparieren, bevor es hier unruhig wird.«

»Was soll mit den beiden geschehen?«, fragte eine füllige Frau. »Wenn wir sie hierlassen, werden sie von der Detonation zerrissen.«

»Das wäre unnötig«, meinte Ejena. »Nehmen wir sie erst einmal mit. Falls wir unterwegs einen Container finden, in dem wir sie verstauen können, lagern wir sie dort ein.«

Wut stieg in Yul auf. Diese Planetarier hatten sie reingelegt! Sie steckten mit den Piraten unter einer Decke. Wenn es überhaupt Piraten gab – eigentlich war es wahrscheinlich, dass der Angriff vom Planeten aus angeordnet war. Und die Besatzung der PONTIFESSA war so dumm gewesen, zusätzliche Eindringlinge einzuladen und dorthin zu führen, wo sie hinwollten!

Sogar das Ziel, das Tanarra Rätsel aufgegeben hatte, ergab Sinn: Schon im ersten Funkspruch hatte die Konsulin klargestellt, dass sie keine Reparatur der Sternenbrücke wünschte. Dieser Energieverteiler war absolut notwendig für ein Viertel der großen Schweißeinheiten. Seine Zerstörung würde die Arbeiten erheblich erschweren. Wenn weitere dieser Komponenten verloren gingen, würden sie für immer in diesem Planetensystem festsitzen.

Die beleibte Polizistin fasste Yul unter den Achseln und begann, ihn zum Ausgang zu ziehen. Protestierend regte sich der Schmerz in seinen Rippen, aber das Manöver brachte ihn in die Nähe von Tanarras Handfeuerwaffe, die sich langsam in der Luft drehte, wodurch die Reflexionen der Lichtquellen über ihren silbrigen Lauf wanderten.

Yul griff zu und entwand sich mit einer Rolle seiner Gegnerin, die daraufhin überrascht aufschrie. Er hielt ihr die Mündung ins Gesicht. »Schluss jetzt!«

»Was …?«, setzte Ejena an.

Er schwenkte den Arm und zielte auf sie. »Entschärft die Bombe, oder ich schieße dir den Kopf weg!« Er legte die zweite Hand an die Waffe, um das Zittern zu unterdrücken. »Macht schon! Ich meine es ernst!«

Wo waren die anderen? Hektisch sah er sich um. »Bleibt, wo ihr seid! Nur einer zur Bombe. Entschärfen und abnehmen.«

Ejena zeigte ihm ihre Handflächen. »Ganz ruhig. Niemand muss zu Schaden kommen.«

»Genau! Und deswegen entschärft ihr jetzt den Sprengsatz.«

Sie wandte sich an den Struwwelkopf. »Tu, was er sagt.«

»Aber ein bisschen plötzlich!« Yul hätte nicht schreien müssen, um in dem kleinen Raum verstanden zu werden. Er tat es, um sich selbst Mut zu machen. Einer gegen fünf! Ein Arzt ohne militärische Erfahrung! Er durfte gar nicht daran denken, was passieren würde, wenn er abdrückte, sonst würde ihm übel werden. Er hatte schon aufgeplatzte Schädel gesehen. Das gäbe eine Riesenschweinerei …

Obwohl der Mann sich an der Bombe zu schaffen machte, war sich Yul unsicher, ob er diese Situation kontrollieren könnte. Er stieß sich ab und ließ sich mit dem Rücken gegen eine Wand treiben, damit er alle im Blickfeld behielt und ihm niemand einen überraschenden Schuss verpassen könnte.

Er glaubte, plötzlich in die Tiefe zu fallen, als ihm aufging, dass Tanarra näher an den Eindringlingen schwebte als an ihm. Sie könnten die Bewusstlose als Geisel nehmen, ihn erpressen. Was sollte er tun, wenn sie ihr ein Messer an die Kehle hielten?

Und überhaupt … einen Gegner könnte er erschießen, vielleicht zwei, doch spätestens dann wären die anderen heran.

»Wieso dauert das so lange mit der Bombe?«, herrschte er Struwwelkopf an.

»Weil ich nicht will, dass sie mir in den Händen explodiert. Sie ist dagegen gesichert, dass man sie einfach abnimmt.«

Yul wusste nicht, ob das plausibel war. Mit solchen Dingen kannte er sich nicht aus.

Aber er war ja nicht allein an Bord.

Er löste die Linke von der Waffe. Schnell reaktivierte er am Kommunikationsarmband die letzte Verbindung.

»Franc? Hörst du mich, Franc? Melde dich, das ist ein Notfall!«

»Ist etwas mit Kyles Cryoliege?«, fragte der Gardist.

Yul lachte erleichtert, weil er die vertraute Stimme hörte. Das Bild des auf Kraft und Reflexe gezüchteten Superkriegers tauchte vor seinem geistigen Auge auf. Der würde spielend mit diesen Möchtegern-Saboteuren fertig! Yul brauchte sie nur in Schach zu halten, bis er einträfe.

»Lass dir meine Position anzeigen und komm her«, bat er. »Ich habe hier ein paar Eindringlinge gestellt …«

—

Reja Gander löste sich und drückte ihn auf Armlänge weg. »Chok will, dass ich mit dem Polizeitransporter rausfliege«, sagte sie ernst.

Yul Debarra erstarrte. »Was? Du bist doch gerade erst zurückgekehrt. Wieso …?«

Der verbeulte und zerschrammte Greifer stand wieder in der Magnetbucht. Reja hatte ihn ohne Hilfe des Schlittens hereingebracht, weil der Polizeitransporter von Anisatha-Zwei die Vorrichtung noch immer blockierte. Dieses längliche Raumfahrzeug hatte in der Schleuse einige Lackschäden abbekommen, weshalb dort, wo die grüne und türkisfarbene Bemalung abgekratzt war, jetzt der freigelegte Stahl glänzte. Ansonsten sah es unbeschädigt aus. Und fremdartig, mit der

Vielzahl an Steuerdüsen am lang gestreckten Rumpf. Einen solchen Typ hatte Yul noch nie gesehen.

»Er meint, ich hätte die meiste Erfahrung mit unterschiedlichen Fliegern.« Reja löste den Griff um seine Arme.

Es fühlte sich schmerzlich nach Abschied an. Dabei war sie erst vor ein paar Minuten wieder eingeschleust! Unverletzt, ohne Kratzer. Aber es hätte anders ausgehen können. Wenn nur eine der Kerben im transparenten Material der Kanzel tiefer gegangen und durchgedrungen wäre … Die Leere des Weltalls hätte sie ihm ebenso genommen wie Iona zuvor. Forderte das Schicksal jetzt einen zweiten Versuch?

»Er hat recht«, sagte Reja tonlos. »Für jeden anderen wäre es eine noch größere Gefahr.«

Yul biss die Zähne aufeinander. »Dann komme ich mit.«

»Wieso das denn?«

»Keine Diskussion.« Yul würde dem Schicksal nicht gestatten, ihn schon wieder allein zurückzulassen. Natürlich, Reja war nur eine Liebelei, kein Vergleich mit dem, was ihn mit Iona verbunden hatte. Aber er würde um die Chance kämpfen, wenigstens zu erforschen, ob sich mehr daraus entwickeln könnte. Entschlossen stieß er sich mit den Füßen ab, tauchte unter Reja durch und schwebte in den Transporter.

Das Innere präsentierte sich unerwartet eng. Maschinenblöcke und Transportkisten nahmen den Großteil des Raums ein, die Sitze für die Passagiere waren in den freien Platz gequetscht. Am Heck gab es einen Käfig, von dem Yul vermutete, dass er nicht für Tiere, sondern für menschliche Gefangene konstruiert war. Er ließ den Arztkoffer zurück und zog sich in die andere Richtung, hinein ins Cockpit.

Entgegen seiner Befürchtung fiel ihm die Orientierung hier leicht. Die Anzahl der Kontrollschalter und Hebel ließ keinen Zweifel, welcher Sitz für die Pilotin vorgesehen war, nämlich der mittlere. Yul schnallte sich im rechten fest, vor dem sich Symbole in mehreren Holos drehten. Zwar wusste er sie nicht zu interpretieren, aber vielleicht käme ihm während des Flugs eine Idee dazu.

Mit einem Klacken schloss sich die Außenluke. Kurz darauf nahm Reja ihren Platz ein. »Das ist ja einfach«, kommentierte sie nach einem Blick über die Armaturen.

»Sagst du das nur, um mich zu beruhigen?«

Reja lachte auf. »Nein, das ist wirklich ein Standard-Layout. Es folgt der Funktion.« Sie fasste den größten Hebel. »Hauptsteuerung … hier die Zusatzdüsen, vielleicht brauchen wir die gar nicht separat anzusteuern. Mal sehen. Schubregler … da drüben die Lebenserhaltung, alles grün … und da die Waffenkontrolle.«

Yul erkannte die Doppelanzeige. »Lassen sich die beiden Kanonenrohre am Bug unabhängig voneinander abfeuern?«

»Bevor wir das ausprobieren, sollten wir erst einmal ausschleusen.« Sie kippte einige Schalter und betätigte Sensorfelder. Holos bauten sich auf oder wechselten die Anzeige. »Vor dir ist die Funkstation. Probier mal, ob du unsere Kommandofrequenz reinbekommst.«

»Die ist doch verschlüsselt.«

»Deswegen hat die schlaue Pilotin immer einen Codekristall dabei.« Sie fingerte eine durchsichtige Pyramide aus einer Brusttasche und spannte sie grinsend in einen Datenleser. »Sonst noch Ausreden?«

Yul probierte an den Kontrollen herum. Die Einstellungen funktionierten tatsächlich sehr ähnlich zu den Geräten, die er kannte.

»Chok? Tanarra? Empfangt ihr? Kommen!«

»Wer spricht da?«, fragte Chok.

Reja bedeutete Yul, zu schweigen. »Sorry, ich muss die Sendefrequenz noch justieren. Versteht ihr mich mit dieser Einstellung besser?«

»Ja, jetzt bist du klar und deutlich, Reja.«

»Dann schmeißt meinen Flieger raus. Ich bin bereit.« Sie schaltete die Mikrofone aus.

Der Magnetschlitten zog den Transporter in die Schleuse.

»Kannst du den nach dem Einsatz auch wieder so passgenau landen?«, zweifelte Yul. »Nicht dass wir draußen bleiben müssen…«

»Trau mir ein bisschen mehr zu«, neckte sie.

Er seufzte. »Das muss ich wohl.«

Während sich das innere Tor schloss, sah sie ihm in die Augen. »Danke.«

»Wofür?«

»Dass du da bist.«

—

»Brennt uns diese Zecken endlich vom Pelz!«, funkte Chok Myuler.

»Die Aufforderung geht nicht nur an uns.« Reja Gander zeigte hinaus zur Pontifessa, während sie den Transporter um die Querachse kippte.

»Sind das unsere Gardisten?« Um eine bessere Sicht zu erhalten, drückte Yul Debarra sich aus dem Sitz, so weit es die Haltegurte erlaubten. »Die sehen noch klobiger aus als sonst.«

»Zusatzausstattung für Vakuumeinsätze«, erklärte Reja.

»Und was machen die da?«

Die Gardisten kletterten am Bug des Raumers herum, einige verschwanden im Schatten des keilförmigen Schilds.

»John und seine Truppe bauen zwei von unseren Buglasern aus und befestigen sie so flexibel am Rumpf, dass wir anfliegende Einheiten abschießen können. Oder solche, die sich festgesetzt haben. Aber das wird ein paar Stunden dauern.«

»Ein Bordgeschütz umbauen?«, rief Yul. »Einfach so? Was

ist denn mit den Energieleitungen? Die Laser saugen einen kompletten Generator leer!«

»Deswegen dauert es ja ein paar Stunden.«

Reja richtete den Transporter an der PONTIFESSA aus und gab Schub. »Ich habe gehört, du hast dich gut geschlagen, als Tanarra außer Gefecht war.«

»Solche Neuigkeiten reisen wohl schnell.«

Sie grinste breit. »Ich hätte nicht gedacht, dass du so ein übler Bursche bist, der es mit fünf Gegnern zugleich aufnimmt. Können das alle Ärzte?«

»Was das angeht, wurde ich in den Straßen von Libreville ausgebildet.«

Sie zwinkerte ihm zu. »Verstehe.«

»Flirtest du mit mir?«

»Immer.«

Ein annähernd halbkugelförmiges Schiff der Angreifer kam in Sicht. Wie ein Bleitropfen lag es zwischen zwei Sensoraufbauten.

»Soll ich die Feuerkontrollen bedienen?«, fragte Yul mit rauer Kehle. Trotz der lässigen Sprüche wollte er sich nicht daran gewöhnen, Laser zu benutzen, um Menschen zu verletzen, statt sie zu heilen.

Reja gab Gegenschub, bis sich der Transporter relativ zur PONTIFESSA nicht mehr bewegte. Beide gemeinsam fielen in einem Orbit um Anisatha-Zwei, die graue Wolkenstruktur wanderte unablässig.

»Denkst du, was ich denke?«, fragte Reja.

»Was denkst du denn?«

»Dass sie keinen von uns getötet haben. Sie wollten in das Schiff eindringen und unsere Mission sabotieren. Aber sie haben keine Torpedos auf uns geschossen, als wir noch ahnungslos waren, und ihre Schocker waren nicht tödlich.«

Der Kampf um Kyles Leben dauerte noch an. Seine Lungenverletzung war jedoch Resultat eines Unfalls. »Du hast recht. Aber dieser Transporter hat nur Laser am Bug, keine Schocker.«

Rejas Zungenspitze befeuchtete ihre Lippen. »Kannst du so zielen, dass wir ihr Schiff beschädigen, ohne jemanden zu töten?«

»Wie stellst du dir das vor? Ich weiß nichts darüber, wie diese fliegende Halbkugel aufgebaut ist. Der Reaktor könnte überall sitzen, oder die Lebenserhaltung. Außerdem ist es schon schwer genug, so zu treffen, dass der Laser sich nicht zusätzlich in die Pontifessa bohrt.«

Stumm sahen sie sich an.

»Sind wir sicher, dass sie keine vergleichbaren Waffen haben?«, fragte Reja.

»Wie sollten wir das sein?«, entgegnete Yul.

»Gegen mich haben sie keine eingesetzt, und ich habe mit dem Greifer sieben von ihnen abgerissen.«

»Aber du hast nicht auf sie geschossen.«

Ratlos atmete sie durch. »Warnen wir sie trotzdem?«

Yul seufzte. »Natürlich.«

Choks Stimme drang aus dem Funkempfänger. »Was ist los bei dir, Reja? Du siehst eingefroren aus. Macht die Steuerung Probleme?«

»So ist es«, log Reja. »Gib mir noch ein bisschen.«

»Uns läuft die Zeit davon! Gerade ist der dritte Sprengsatz detoniert, und das war bestimmt nicht der letzte. Wir haben nicht genug Gardisten, um sie alle abzufangen.«

Reja wechselte die Frequenz. »Siehst du irgendwo Beschädigungen?«

»Die Hülle scheint intakt zu sein. Sie sprengen wohl mit der passenden Dosis, um die Aggregate unbrauchbar zu machen, ohne die Pontifessa gleich zu verkrüppeln.«

»Also gehen wir ebenfalls mit Augenmaß vor?«

Yul nickte. Er stellte die Funkfrequenz auf einen markierten Kanal ein.

»Hier Pontifessa. Wir haben eure Polizisten, und der Transporter, den ihr geschickt habt, gehört jetzt uns. Wir sind heiß darauf, die Waffensysteme auszuprobieren, geben euch aber eine halbe Minute, um abzuziehen.«

Zehn Sekunden warteten sie auf Antwort.

»Transporter Ruhe, melden«, kam es dann aus dem Empfänger. »Gebt euren Status durch.«

»Wenn das Schiff, das gleich eure Einheiten zu Klump schmilzt, Ruhe heißt, dann sitzen wir jetzt drin«, sagte Yul.

»Ihr habt noch fünfzehn Sekunden.«

»So schnell kriegen wir unsere Leute unmöglich raus!«

»Das ist ein Punkt«, flüsterte Reja. »Die Eindringlinge sind in der Pontifessa verteilt. Selbst wenn sie sofort den Rückzug antreten, brauchen sie ein paar Minuten.«

»Also schießen wir jetzt doch?«

»Bist du verrückt? Nein!«

Yul atmete durch. »Ich sehe immer noch keine Bewegung«, funkte er. »Mein Finger wird nervös.«

»Sie sind doch schon auf dem Weg raus! Überprüft eure Anzeigen!«

»Fragen wir bei Chok nach?«, schlug Reja vor.

»Der befiehlt dir garantiert, sofort das Feuer zu eröffnen.«

»Aber damit würde er den Abzug gefährden.«

»Er ist wütend«, meinte Yul. »Persönlich gekränkt, weil jemand seine Mission beschädigt. Der wird nicht rational entscheiden.«

»Also vertrauen und abwarten«, stellte Reja fest.

Yul brachte das doppelte Fadenkreuz dennoch über die halbkugelförmige Einheit. War es seine Pflicht, zu schießen? Aber wem gegenüber bestand diese Pflicht? Niemand, den er mochte, hätte einen Vorteil davon.

Obwohl...

Vom Erfolg der Mission hing ihre Rückkehr ab. Daheim wartete ein Leben in Reichtum auf sie. Rejas Residenz, seine Wunschwelt ... falls er sie noch wollte ... Wenn er sich dessen sicher gewesen wäre, hätte er jetzt wohl nicht neben Reja gesessen.

Dort drüben, in dem kleinen Schiff, auf das er zielte, atmeten ebenfalls Menschen. Sie hatten ihre eigenen Träume und mehr noch: Freunde und Familien, die sie vermissen und um sie trauern würden. Deren Herzen Yul treffen würde, wenn er den Schuss auslöste.

Er atmete auf, als sich die Einheit abkoppelte. Atmosphäre strömte unter ihr aus dem Loch im Rumpf, ein weißer Kegel aus gefrierender Feuchtigkeit, der an den Rändern durchsichtig wurde.

Auch die anderen Einheiten flogen davon. Es dauerte weniger als zehn Minuten.

Reja schaltete zurück auf die Kommandofrequenz. »Keine Ziele mehr hier draußen.«

»Innen auch nicht«, antwortete Chok hörbar gut gelaunt. »Was immer ihr gemacht habt – das war eine ausgezeichnete Leistung!«

Yul sah den Ortungsreflexen im Sensorholo nach. Kein einziger flog ins Innere des Planetensystems, wo sich angeblich die Mondbasis der Piraten hätte befinden sollen. Stattdessen steuerten alle den Planeten an. Als hätte es noch einer Bestätigung bedurft.

»Aber woher hatten sie den Bauplan der Pontifessa?«, grübelte Yul.

Reparaturen

Ein Summen machte darauf aufmerksam, dass jemand vor der Tür der Krankenstation wartete.

Yul Debarra entriegelte von seinem Sensorpult aus.

»Ich habe es«, sagte Reja Gander, noch während sie hereinschwebte. Sie hielt die Folie in der Hand, die über Kyle Groanes Bett gehangen hatte.

Yul nahm sie ihr ab. Die Menschen, die für die Aufnahme an einem Seeufer posiert hatten, sahen fröhlich aus. Nicht wie Betrunkene während einer ausgelassenen Feier, die für ein paar Stunden ihre Sorgen vergaßen. Im Gegenteil, ihre Gesichter kündeten davon, dass sie etwas gefunden hatten, das ihr Leben von innen her heller machte. Sicher, die Geste mit der emporgehaltenen Hand und den gespreizten Fingern sah ein bisschen albern aus, wie ein Kinderspiel. Aber wer seine Bestimmung fand, der entdeckte oft auch eine gelassene Art von Humor.

Reja war sichtlich unwohl dabei, den Sterbenden auf der Liege anzusehen. Sie schwebte zur Decke und kraulte Pilgrim das Fell, der dort mit den in Magnetschuhe gehüllten Pfoten herumlief. Die Varianten für Hunde waren weniger ausgefeilt als die für Menschen, bei denen sich die Magnetisierung durch eine Bewegung der Zehen ausschalten ließ. Man gewöhnte sich schnell daran, auf diese Weise zu gehen, und achtete bald gar nicht mehr darauf. Pilgrims Stulpen dagegen waren konstant magnetisiert, sodass er immer eine gewisse Kraft aufwenden musste, um eine Pfote zu lösen. Das verringerte seine Geschwindigkeit und erschöpfte ihn schneller als sonst, aber er liebte es dennoch, in der Schwerelosigkeit herumzustromern. Nur den Regen vermisste er an Bord eines Raumschiffs. Während Beschleunigungsphasen mit moderatem Andruck hatte Iona deswegen früher immer eine Wasserdusche angestellt, damit er darin hatte spielen können.

Yul hielt die Aufnahme so, dass Kyle sie sehen konnte, ohne den Kopf zu bewegen. »Warst du auch dabei? Welcher bist du?«

Der alte Mann blinzelte. Er verengte die Augen, öffnete sie dann wieder weit.

»Streng dich nicht zu sehr an«, bat Yul. »Wir haben Zeit.«

»Ich kann nicht mehr scharf sehen!«, schluchzte Kyle.

Yul nahm das Bild weg. »Das macht nichts. Das ist normal in deinem Zustand.«

»Wie ist denn mein Zustand?« Die Mühe, die es ihn trotz der Schwerelosigkeit kostete, das Gesicht zu Yul zu drehen, war ihm anzusehen. »Muss ich sterben?«

Ernst sah der Arzt ihn an. Die Augen hatten das Auskochen im Unterdruck erstaunlich gut überstanden. Andere Teile seines Körpers waren stärker geschädigt. »Du hast noch ein paar Stunden. Vielleicht noch einen Tag.« Er drückte den Unterarm seines Patienten fest, um sicher zu sein, dass er ihn spürte. »Ich verspreche dir, dass du nicht allein sein wirst.«

»Hast du nicht noch andere, um die du dich kümmern musst?«

»Die haben Zeit.«

»Und ich habe …« Kyle brauchte ein paar Sekunden, um sich zu sammeln. »… keine Zeit mehr.«

Yul wusste nicht, was er darauf sagen sollte. Kyles Lunge lief mit Blut voll. Es gab keine einzelne Verletzung, keinen Riss, den er mit einer gewagten Operation hätte verschließen können. Die Dekompression hatte die Lungenbläschen platzen lassen und die Adern geöffnet, die den Sauerstoff aufnahmen. In Kyles Brust gab es mehr zerstörtes als intaktes Gewebe. Er hätte eine neue Lunge gebraucht. Prinzipiell keine Unmöglichkeit, aber mit Bordmitteln nicht zu bewerkstelligen.

»Die einzige Chance besteht darin, dich wieder in eine Cryoliege zu bringen«, erklärte er. »Zurück auf der Erde kann die Medizin eine Menge für dich tun.«

»Vor allem bei dem Vermögen, das dann jeder von uns besitzen wird«, ergänzte Reja.

»Das stimmt. Keine Behandlung wird zu teuer sein. Aber...« Yul räusperte sich. »Dein Gesamtzustand ist sehr labil, Kyle. Die Wahrscheinlichkeit, dass du das Abkühlen überlebst, liegt diesmal bei unter zehn Prozent.«

»Keine ... gute Wette«, sagte er schwach.

»Nein. Aber die einzige, die das Schicksal uns anbietet.«

Yul fragte sich, ob er wirklich das Schicksal verantwortlich machen durfte. Die Cryoliege hatte Alarm geschlagen, weil die permanente innere Blutung das Absenken der Vitalfunktionen ab einem bestimmten Punkt risikoreich gemacht hatte. Er hätte diese Warnung übergehen und es riskieren können, mit einer Erfolgschance von immerhin dreiundzwanzig Prozent. Doch er hatte anders entschieden, weil er geglaubt hatte, Kyle stabilisieren zu können. War das Selbstüberschätzung gewesen? Hätte er die Analysen der Cryoliege zunächst gründlicher studieren müssen?

Ein Arzt entschied oft über Leben und Tod, aber anders, als es sich die Leute vorstellten.

Reja setzte Pilgrim ab und schwebte zu ihnen. Yul reichte

ihr die Hand, damit sie ihren Bewegungsimpuls abfangen konnte.

»Was bedeutet die Geste, die ihr auf dem Foto macht?«, fragte sie.

Yul war dankbar dafür, dass sie zu einem leichteren Thema wechselte, auch wenn er wusste, dass das nicht von Dauer sein konnte.

»Menschen«, erklärte Kyle schwach. »Die Hand macht uns einmalig. Kein Tier hat so eine Hand, so ein vielseitiges Werkzeug. Man glaubt, unser Gehirn hat sich nur entwickelt, damit wir es vernünftig bedienen können.« Obwohl er flach atmete, blieb das Rasseln unüberhörbar.

Yul kontrollierte die Anzeigen. Ob es Kyle ein bisschen Zeit kaufen würde, wenn er schwiege? Würde das den Verfallsprozess in seiner Lunge bremsen?

Aber waren fünf Stunden ohne Austausch mit der Welt besser als viereinhalb, in denen man die Gemeinschaft mit Menschen erlebte? Yul hatte den Eindruck, dass Kyle ihn und Reja mochte. Vielleicht mochte er jeden Menschen.

»Die Hand ...« Kyle ließ sich einige Atemzüge Zeit, in der er den linken Arm hob und die Finger spreizte. »Die Hand ist uns allen gemeinsam. Sie steht für die Einheit der Menschheit. Wenn wir uns alle daran erinnern, haben wir eine bessere ...«

Das letzte Wort sprach er nicht aus. Yul formte es in Gedanken: *Zukunft*. Das, was Kyle nicht mehr hatte. Sein Leben war nun auf die Gegenwart reduziert.

Es sei denn ...

»Was ist mit der Cryoliege? Sollen wir es versuchen?«

Kyle schluckte. »Ja. Bitte. Ich will leben.«

Fragend sah Reja Yul an.

»Die Wahrscheinlichkeit, dass du bei der Prozedur stirbst, ist wesentlich höher, als dass die Liege dich erfolgreich abkühlt und später wieder aufweckt.« Yul versuchte, nur an die Fakten zu denken. »Verstehst du das, Kyle?«

»Ich vertraue dir. Du wirst mich retten.« Der alte Mann wirkte wie ein Kind.

Yul spürte die Last der Verantwortung. »Die Cryoliege wird dir keine Schmerzmittel geben können. Das würde deine Chancen weiter reduzieren. Es wird kein sanftes Gleiten in den Schlaf sein. Es wird sehr wehtun.«

Kyle schloss die Augen.

»Es ist wichtig, dass du mir zeigst, ob du alles verstehst.«

»Okay«, antwortete Kyle schwach.

Reja berührte Yul im Nacken. »Er versteht es. Jedes Wort, das du sagst.«

Yul schluckte. »Eine Sache noch. Falls es doch nicht gelingen sollte ... Hast du hinterlegt, was mit deinem Körper geschehen soll?« Er dachte an den Edelstein, zu dem der Gardist Peter Ulmahn gepresst worden war.

»Ich will ... in der Erde ruhen. Unter einem ... Affenbrotbaum. In ... Afrika, an einer ... Stelle, auf die die Sonne scheint.«

Reja und Yul sahen sich an.

Pilgrim langweilte sich. Er trippelte auf der Metallwand hin und her. Es hörte sich an, als versuchte der Hund, mit dem metallischen Klicken das Prasseln von Regen nachzumachen.

»Seid ... Menschen ... bis zuletzt«, hauchte Kyle.

Yul nahm Rejas Hand.

»Wie meint er das?«, flüsterte sie.

Stumm schüttelte Yul den Kopf.

Sie sahen den alten Mann an, der nun die Lider geschlossen hielt und ruhig atmete.

»Ist er ...?«, fragte Reja nach ein paar Minuten.

»Er schläft. Die Schmerzen in der Cryoliege werden ihn wecken. Aber ob er danach noch einmal aufwachen wird ...«

Yul presste die Lippen aufeinander, bevor er weitersprach. »Ich kann es nicht sagen.«

Reja streckte den linken Arm vor. »Die Hand ist eine Einheit. Aber die Finger sind Vielfalt. Sie sind alle unterschiedlich lang, und wenn man sie spreizt, weisen sie in verschiedene Richtungen.«

Er verstand nicht, was sie ihm damit sagen wollte, aber er genoss den Trost ihrer Wärme, als sie ihn umarmte.

»Obwohl dieses Planetensystem unser Zuhause ist und ihr Fremde seid, die ohne Einladung zu uns gekommen sind, hegen wir Zweifel, dass ihr unseren Wunsch nach Abgeschiedenheit respektieren wollt.« Diesmal war Konsulin Amika Telora nicht allein im Holo zu sehen. Sie nahm nur einen kleinen Teil in der Bildmitte ein, wo sie auf einem aus Muscheln zusammengesetzten Thron saß. Zu beiden Seiten bildeten Männer und Frauen, die stehend in die Aufnahmeoptik schauten, einen Halbkreis. Sie trugen bodenlange Gewänder, die zwar einfach geschnitten, aber mit aufwendigen Stickereien verziert und oft aus schillernden Stoffen gefertigt waren.

»Ihr habt euch gedacht: Die schießen wir zu Klump!«, rief Chok Myuler. »Überall in der PONTIFESSA ist es zu Schäden gekommen. Wir können von Glück sagen, dass wir noch flugfähig sind!«

Obwohl er nicht zu den Ingenieuren gehörte, bei denen die Hauptlast der Reparaturarbeiten lag und die den Status des Raumers am besten einschätzen konnten, hielt Yul Debarra diese Darstellung für übertrieben. Es gab zahlreiche Lecks in der Außenhülle, wo sich die Angreifer durchgebohrt hatten, auch waren einige Aggregate gesprengt worden, was

Kollateralschäden nach sich gezogen hatte. Aber das alles waren lokale Probleme, die die Reisefähigkeit des Schiffs nicht gefährdeten.

»Wir haben darauf geachtet, dass niemand zu Tode gekommen ist«, behauptete Amika.

»Das ist euch nicht gelungen!« Yul zog sich neben Chok. »Wir beklagen einen Toten. Er hieß Kyle Groane, und er hat sich nach nichts mehr gesehnt als danach, die Menschheitsfamilie zusammenzuführen.«

Offen blickte Amika ihm entgegen. Ihre blonden Locken rahmten ihren Kopf wie eine Krone aus Gold. »Wie ist er gestorben? Wir werden den Verantwortlichen zur Rechenschaft ziehen.«

»Es war keine direkte Gefechtseinwirkung«, räumte Yul ein. »Er starb an den Folgen einer Dekompression...«

»... zu der es nur kam, weil ihr unsere Hülle durchstoßen habt!«, rief Chok. »Ohne euren heimtückischen Angriff würde er noch leben.«

Die Cryoliege hatte mit ihren Warnungen recht behalten. Kyle hatte das neuerliche Abkühlen nicht überlebt. Yul bekam den Blick nicht aus dem Kopf, in dem so viel Vertrauen in ihn gelegen hatte. Der Bordarzt hatte falsch entschieden, und Kyle hatte den Preis dafür bezahlt.

»Ein Vorfall, den wir bedauern«, entgegnete die Konsulin kühl.

»*Bedauern* ist ein bisschen wenig«, ätzte Chok.

»Wir vermissen fünf unserer Bürger«, hielt Amika dagegen. »Ejena Zuols gesamte Einsatzgruppe.«

»Sie sind wohlauf«, sagte Yul. »Ich habe sie gründlich untersucht. Nur leichte Blessuren. Die Gardisten waren beim Abführen etwas grob.«

»Verständlicherweise!«, rief Chok. »Schließlich gab es in ihren Reihen mehrere Verwundete.«

»Beim fehlgeschlagenen Versuch, eine eurer Bomben zu entschärfen, haben umherfliegende Splitter drei Männer verletzt«, erläuterte Yul.

»Wie schwer?«, wollte Amika wissen.

»Unnötig schwer!«, fauchte Chok. »Ihr hättet uns nicht angreifen dürfen. Hinterlistig habt ihr uns eingeladen, zu euch zu kommen.«

»Die psychologische Analyse unserer Gespräche mit euch hat leider zu einer ungünstigen Prognose geführt. Es wäre irrational gewesen, nicht auf Basis dieser Einschätzungen zu handeln.«

»Ihr hattet noch eine weitere Basis für euren Überfall«, sagte Yul. »Ejena hatte einen Bauplan der Pontifessa dabei, und auch die anderen Einsatzkommandos haben ihre Ziele direkt gefunden.«

»Genau!«, rief Chok. »Habt ihr uns schon an der Position des Brückenkopfs durchleuchtet? Spionagedrohnen eingeschleust? Noch bevor wir die ersten Funksprüche ausgetauscht haben?«

Amika sah ihnen schweigend entgegen und schlug lässig die Beine übereinander.

Chok bebte.

»Lassen wir unsere Emotionen für eine Weile ruhen«, schlug Tanarra deFuol vor. »Sie helfen uns jetzt nicht weiter.«

Chok nickte mit sichtlichem Widerwillen.

»Sprechen wir über Kompensation«, schlug Tanarra vor.

»Uns ist die sichere Rückkehr unserer Bürger wichtiger«, wandte Amika ein.

»Das können wir gern bewerten und einbeziehen«, entgegnete Tanarra. »Was hat ihre Ausbildung gekostet?«

Sachte schüttelte Amika den Kopf. »Wir wissen aus unseren historischen Aufzeichnungen, wie ihr lebt. Aber wir leben anders. Eine Ausbildung verdient man sich bei uns durch Leistung und Begabung. Wir haben keinen Preis dafür.«

»Wir schon. Und wertlos sind eure Leute für euch offensichtlich auch nicht.« Tanarra lächelte dünn. »Euch ist bestimmt klar, dass die Beschädigungen an der PONTIFESSA den kleineren Teil der Vermögenswerte darstellen, die ihr *Starsilver* schuldet.«

»Ich bin mir nicht sicher, ob uns das klar ist ...«

»Es ist unstrittig, dass ihr Bauteile des alten Brückenkopfs entwendet und einer euch nützlichen Verwendung zugeführt habt.«

»Wenn wir tatenlos zugesehen hätten, wären sie in den Stern gestürzt.«

»Das ändert nichts an den Nutzungsgebühren, die ihr *Starsilver* schuldet. Aber auch das ist nur ein kleiner Betrag«, erklärte Tanarra, »wenn man bedenkt, dass ihr dem Konzern eure gesamte Existenz verdankt. *Starsilver* hat Anisatha-Zwei entdeckt, den Planeten für menschliches Leben habitabel gemacht und die Infrastruktur aufgebaut. Von all dem habt ihr profitiert, ohne den Konzern zu entlohnen.«

»Das ist doch absurd!« Amikas Gelassenheit bröckelte. »*Starsilver* war Lichtjahre weit entfernt. Es gab keinen einzigen Repräsentanten des Konzerns in diesem Planetensystem.«

»Das ist jetzt anders«, stellte Tanarra fest.

Amika beugte sich im Sitzen vor. »Was wollt ihr?«

»Unsere Gefangenen haben mir erzählt, dass ihr in euren Anlagen Protactinium verwendet. Das wäre auch für unsere Maschinen geeignet ...«

Yul Debarra wachte auf, weil Reja Gander ihren gemeinsamen Schlafsack verließ. Die Vorrichtung war für die Schwerelosigkeit entworfen und mit drei Leinen an unterschiedlichen Wänden befestigt, sodass die Ruhenden nirgendwo anstießen.

Im gedämpften Kabinenlicht schimmerte Rejas Haut wie dunkle Bronze. »Meine Schicht beginnt.« Jeder an Bord der Pontifessa beteiligte sich an den Reparaturen, die sich langwieriger gestalteten, als Yul erwartet hatte. Er würde später an einer Materialschleuse assistieren.

Es erregte ihn, Reja dabei zuzusehen, wie sie sich in der Luft bewegte, um ihren Overall anzuziehen. Die Muskeln, deren Stärke er vor dem Einschlafen in ihrer lustvollen Umklammerung gespürt hatte, spielten im Halbschatten.

Sie zog sich vor einen Spiegel und aktivierte die in den Rahmen eingearbeitete Lampe.

Brummend schloss er die Lider.

»Wieso schläfst du mit mir, Yul?«

Er legte den Kopf schräg. »Ist das eine Fangfrage?«

»Ich will nur wissen, woran ich bin.«

Er öffnete die Augen einen Spalt breit und beobachtete, wie sie den Stimulator an den Lippen entlangführte. Das Gerät regte die Durchblutung an und färbte sie in dem Braunrot, das so gut mit ihrem Hautton harmonierte.

»Also?«, fragte sie.

Er schob einen Arm aus dem Schlafsack und spreizte die Finger. »Ich will herausfinden, ob du damit recht hast. Ob das auch für mich stimmt mit der Vielfalt. Dass man auf unterschiedliche Weisen glücklich werden kann, ohne dass eine Art die andere entwertet.«

Er hoffte, dass sie ihn nicht nach Iona fragen würde. Er vermied es, an den Verlust zu denken, wenn er mit Reja zusammen war. Das drohte, seine Gedanken in einen Strudel zu ziehen, in dem alles falsch und nichts richtig erschien. Wäre seine verstorbene Frau enttäuscht von Yul? Oder hätte sie ihn ermuntert, das Leben von Neuem zu umarmen? Beides hätte zu ihr gepasst, und Yul würde nie erfahren, wie sie zu seinem Versuch stand, eine neue Bindung einzugehen. Das Schicksal war grausam. Es bombardierte einen mit Fragen, die einen hilflos machten, weil die Antworten fehlten.

Reja verschränkte ihre Finger mit seinen. »Das stimmt für Menschen und auch für die Menschheit.« Sie sah ihm tief in die Augen, während sie sich langsam drehte. »Ich überlege, ob wir auf der richtigen Seite stehen. Keine Konzerne auf Anisatha-Zwei …«

»Ja, seltsam.«

»Aufregend. Verlockend. Mein ganzes Leben haben die Konzerne mich …«

Ein Pfeifen kündigte eine Kommunikationsanfrage mit Managementpriorität an.

Seufzend zog sich Reja an einer der Halteleinen des Rucksacks zur Wand und nahm das Gespräch mit einem Druck auf einen Sensor an. Sie wählte eine rein akustische Übertragung.

»Wir haben deinen Einsatzplan geändert«, sagte Chok grußlos. »Die letzte Schicht ist gut mit der Nahraumüberwachung zurechtgekommen, da wirst du nicht mehr gebraucht. Man erwartet dich in Laderaum Delta.«

»Was ist denn da zu machen?«, erkundigte sich Reja.

»Schadensaufnahme. Der Explosionsdruck hat ein paar Container beschädigt. Die Kabel darin müssen durchgemessen werden.«

»Klingt ja spannend.«

»Ich weiß, ich weiß. Muss gemacht werden«, gab Chok zurück. »Die anderen sind schon da.«

»Ist ja gut. Ich beeile mich.« Sie unterbrach die Verbindung.

»Komm noch einmal her«, verlangte er.

Sie war so wundervoll warm. Er zog sie an sich, während sie sich küssten, wanderte mit einer Hand an ihrem Rücken hinab, drückte ihr Gesäß, spürte sie. Es dauerte lange, bis sich ihre Lippen voneinander lösten.

Sie zog ein Gewehr aus der Magnethalterung. Alle hatten Waffen bekommen, Yuls hing auf der anderen Seite der Tür.

Reja küsste ihre Hand, richtete sie auf Yul und pustete darüber.

Lächelnd rekelte er sich im Schlafsack. »Hier ist viel Platz.«

»Ich komme wieder«, versprach sie.

Das Aufzischen der Tür erschien ihm unpassend laut.

Dann war sie verschwunden.

Aber etwas von ihr blieb. Ihr Duft in seiner Nase, ihre Wärme …

Und der Gedanke an eine Gesellschaft, die nicht von Konzernen dominiert wurde. Beim Abflug hätte Yul sich so etwas nur als Barbarei vorstellen können. Aber mittlerweile war es anders. In den Gesprächen mit den Gefangenen hatte er sich sogar an den Anblick einer Stirn ohne Balancechip gewöhnt.

Es war erschütternd, auf welch prosaische Grundlagen selbst fortschrittlichste Technologie angewiesen war. Die Materialschleusen waren weit mehr als Einrichtungen, durch die Elemente die PONTIFESSA verlassen oder an Bord geholt werden konnten. Sie nahmen die Anforderungen der Einheiten, die den Brückenkopf zusammenbauten, entgegen und steuerten die Roboter, die die Container öffneten, um zielsicher die unterschiedlichsten Bauteile zu entnehmen. Manche davon waren größer als Yul Debarras Kabine, andere durchmaßen noch nicht einmal zwanzig Zentimeter. Jedes dieser Elemente wurde vor dem Ausschleusen auf Funktionsfähigkeit geprüft, sowohl physikalisch als auch algorithmisch. Sogar einfache Reparaturroutinen waren in der Materialschleuse implementiert; erst wenn sie versagten, wurde ein Teil zurückgewiesen und ein anderes angefordert, um sicherzustellen, dass der Brückenkopf fehlerfrei arbeiten konnte. Im Außenbereich erledigten die Routinen der Materialschleuse einfache Montagearbeiten, um Baugruppen automatisiert zusammenzufügen, deren Gesamtvolumen zu groß war, um das innerhalb des Schiffs zu erledigen. Das in diesem Aggregat implementierte Wissen kam einem Ingenieurbüro gleich.

Und dennoch waren es am Ende Platinen, Kabel, ja sogar simple mechanische Gelenke und Schraubaufsätze, die die Materialschleuse ausmachten. Seit Stunden lösten die Ingenieure Komponenten aus dem Verbund, prüften Signalflüsse, bauten sie wieder ein oder tauschten sie aus. Einen Teil mussten sie komplett neu konstruieren, nämlich in dem Bereich, den eine Bombe der Saboteure auseinandergerissen hatte.

Yuls Aufgabe bestand im Lösen der Kabelverbindungen und in der Ablage der ausgebauten Teile, damit sich jemand, der etwas von der Materie verstand, später mit ihnen beschäftigen konnte. Das war einerseits unbefriedigend, weil Yul nicht wusste, was genau er da eigentlich tat, erforderte aber andererseits Konzentration, damit er in den Eingeweiden der Materialschleuse nichts beschädigte.

Als Reja Gander mit Pilgrim auf den Armen in die Lagerhalle kam, empfand er das als Erlösung. Nach sieben Stunden wäre ihm jede Ablenkung recht gewesen.

»Kannst du nach Pilgrim sehen?«, fragte Reja. »Ich glaube, ihm geht es nicht gut.«

Schlagartig wandelte sich Yuls Erleichterung in Besorgnis. Rejas Gesicht war ernst, beinahe versteinert.

»Kommt ihr einen Moment ohne mich aus?«, rief er den Ingenieuren zu.

Der Gruppenleiter runzelte die Stirn, nickte dann aber. »Diese Platine ist ohnehin kompliziert. Wird uns eine Weile beschäftigen.«

Yul nickte und stieß sich zu Reja und Pilgrim ab.

»Hast du nicht etwas vergessen?«, rief der Schichtleiter ihm nach.

Er kehrte um und holte sein Gewehr.

Auch Reja hatte ihre Waffe dabei, sie hatte sie mit einem Gurt auf den Rücken geschnallt. Sie sah wirklich ernst aus, obwohl an Pilgrim nichts Auffälliges zu erkennen war. Er leckte sich sogar über die Schnauze und bellte erfreut, als Yul zu ihnen kam.

»Was ist denn mit ihm?«, fragte Yul.

»Nicht hier.« Reja wandte sich um und schwebte voran in den Leitstand, wo Terminals darauf warteten, die Prozesse im Lager zu steuern.

Yul nahm ihr den Hund ab. Pilgrim wand sich in seinen Armen, er wirkte quicklebendig und wollte offenbar spielen. »Was fehlt ihm denn?«

»Nichts.« Reja sah ihm in die Augen.

Er runzelte die Stirn. »Ich verstehe dich nicht.«

»Pilgrim geht es gut.« Sie seufzte. »Und mir geht es auch gut. Wir kennen uns noch nicht lange, Yul, aber ich habe ein sehr gutes Gefühl bei dir. Das hatte ich schon ewig nicht mehr. Als wir gemeinsam da draußen waren, im Transporter…« Sie machte eine vage Geste. »Wir haben uns verstanden. Wirklich verstanden. Uns war beiden klar, was richtig ist und was getan werden musste. Und dass wir niemanden einfach erschießen würden.«

»Ja«, sagte er gedehnt. »Und du brauchst Pilgrim, um mir das zu sagen?«

»Nein, aber ich weiß, dass du Pilgrim niemals zurücklassen würdest.«

»Das stimmt.« Er schüttelte den Kopf. »Ich verstehe wirklich nicht, was du von mir willst. Ich meine, ich spüre die Verbundenheit mit dir auch. Aber sollten wir ein solches Gespräch nicht besser in deiner Kabine führen? Oder in meiner? In einer Stunde endet die Schicht.«

»Dann ist es zu spät«, sagte Reja.

Forschend musterte er ihr Gesicht. Ihre Schicht hatte vor drei Stunden geendet, aber sie trug noch immer ihren ölverschmierten Overall. Wieso hatte sie die Kleidung nicht gewechselt? Auch das Haar war unordentlich zusammengebunden, sie hatte sich nicht die Zeit genommen, ihre Frisur zu richten.

»Ich glaube, mir entgeht etwas Wesentliches«, gestand er. »Oder du benimmst dich wirklich seltsam.«

»Ich liebe dich.« Sie drückte ihre Lippen auf seine, aber es fühlte sich anders an als sonst. Nicht wie Begierde, Zärtlichkeit oder Zuneigung. Eher wie eine Bitte.

Er ließ Pilgrim los, der daraufhin in der Luft strampelte, fasste Rejas Schultern und drückte sie so weit weg, dass sie sich ansehen konnten.

Ein Donnern rollte durch die P<small>ONTIFESSA</small>. Es ließ die Wände erzittern und alles, was nur lose damit verbunden war, klappern. Alarm schrillte.

Yul sah sich um. Eine instinktive Reaktion, er wusste, dass das, was geschehen war – eine Explosion, eine Kollision oder etwas in der Art –, außerhalb des Leitstands passiert sein musste.

Pilgrim jaulte fragend. Er paddelte noch immer mit den Beinen, aber da er keinen Halt fand und zu weit von einer Wand entfernt war, als dass die Magnetüberzüge an seinen Pfoten einen Effekt gezeigt hätten, kam er nicht von der Stelle.

Reja blieb unbewegt.

Ein zweites Donnern erklang, lauter diesmal.

»Komm mit mir«, bat sie.

»Was ist denn hier los? Sind die Planetarier zurück?«

»Nein. Ich habe mir die Bomben besorgt, die sie zurückgelassen haben, und ihr Werk zu Ende geführt.«

»Bist du wahnsinnig?«, schrie Yul.

»Entweder ich bin es, weil ich unsere Mission sabotiere, oder ich war es vorher, weil ich sie unterstützt habe. Such es dir aus. Aber du musst dich entscheiden.«

»Chok schmeißt dich aus der Luftschleuse.«

»Das muss er nicht, ich gehe selbst. Und ich hoffe, du kommst mit mir.« Sie blinzelte aufgeregt.

Eine dritte Explosion erschütterte das Schiff.

»Du bist davon fasziniert, dass es auf Anisatha-Zwei keine Konzerne gibt«, erkannte er. »Deswegen willst du dorthin. Mit dem Polizeitransporter?«

Sie nickte. »Wir nehmen die Gefangenen mit. Die sind unser Passierschein.«

Yul griff sich an den Kopf. »Du kannst doch noch nicht mal ihre Zelle öffnen!«

»Aber du.«

Das war richtig. Als Bordarzt genoss er Zugangsprivilegien, um in einem medizinischen Notfall ohne Verzögerung zum Ort des Geschehens gelangen zu können. »Und das willst du ausnutzen? Für deinen wahnsinnigen Plan?«

Sie schüttelte den Kopf, während eine vierte Detonation den Alarm übertönte. »Ich werde dich nicht zwingen.«

»Das könntest du auch gar nicht«, entgegnete er wütend.

»Wenn du nicht mitmachst, versuche ich allein mein Glück.«

»Du bist komplett wahnsinnig!«

»Weil ich aus der Welt der Konzerne fliehen werde? Weil

ich das hier«, sie tippte gegen ihren Balancechip, »krank finde? Ist eine Gefangene, die ausbrechen will, wahnsinnig? Es tut mir leid, wenn du das so siehst!«

Yul senkte den Blick. »Dein Entschluss kommt überraschend für mich.«

»Kommst du mit?«

»Darf ich mir wenigstens überlegen, ob ich mein Leben wegwerfen will?«

»Nein«, sagte Reja. »Die wichtigen Entscheidungen trifft man, ohne zu überlegen. Immer. Oder wie war es, als du Iona kennengelernt hast?«

Die Frage verblüffte ihn. Iona und er, das war ein Verkehrsunfall gewesen. Er hatte ihr Auto gerammt oder umgekehrt, sie hatten nur so lange darüber gestritten, wie man das eben tat, weil es in einer solchen Situation erwartet wurde. Im Hubschrauber auf dem Weg ins Krankenhaus hatten sie sich das erste Mal geküsst.

»Bei den wirklich wichtigen Entscheidungen hilft der Verstand nicht«, meinte Reja. »Wenn es drauf ankommt, zieht das Leben einen Summenstrich und lässt einen spüren, was richtig ist. Fühlst du es?«

Paradies

»Wir haben die Freigabe zum Andocken«, sagte der Pilot.

Die drei Plätze im Cockpit waren besetzt. Yul Debarra stand hinter der Bank und sah durch die schräge Frontscheibe des Polizeitransporters. Die Kabel des Weltraumfahrstuhls waren nicht zu erkennen, dazu waren sie zu dunkel und zu dünn. Auch die Module der Dockstationen waren nur schwer auszumachen. Röhren verbanden graue Kugeln, Walzen und Quader miteinander zu einem Geflecht, das aussah, als hätte ihm kein Bauplan zugrunde gelegen. Stattdessen schien jeder sein Modul dort anzubringen, wo es ihm passte, und die Gesamtstruktur dadurch chaotisch zu erweitern. Kaum eine Komponente hatte eine Außenbeleuchtung, sodass das Licht, das aus den Aussichtsfenstern fiel, ihr auffälligstes Merkmal war. Noch war die Entfernung jedoch so groß, dass diese Lichter auf den ersten Blick den Sternen im makellosen Schwarz des Weltalls glichen.

Der Planet Anisatha-Zwei füllte den linken Teil des Fensters. Hellgelbe, weiße und graue Wolken hüllten ihn ein. Sie bildeten Strudel, Furchen und Grate, als wollten sie einen unvorsichtigen Besucher dazu verleiten, einen Spaziergang auf ihnen zu versuchen. Sie böten ihm jedoch keinen Halt, er würde durch sie hindurchfallen und fünfzehn Kilometer tiefer auf den Ozean schlagen, der nahezu die gesamte Oberfläche bedeckte. Nach einem solchen Sturz wäre das Wasser ebenso hart wie ein felsiger Untergrund.

»Siehst du den Asteroidenschürfer?«, flüsterte Reja Gander.

Yul und sie hielten sich aneinander fest, sein Arm lag um ihre Taille. Er genoss den Duft ihres Parfums, ihre Wärme und die nachgiebige Festigkeit ihrer Rundungen.

»Bist du sicher, dass es ein Schürfer ist?« Das linsenförmige Schiff hing an einem kubischen Modul. Die Größe war kaum zu schätzen, weil vertraute Vergleichsobjekte fehlten. »Ich sehe kein Netz mit Erzbrocken.«

»Sie werden schon entladen haben«, meinte Reja. »So ein Modell wollte mich mit seinem Netz fangen.«

»Vielleicht ist es sogar derselbe.« Yul versuchte zu erkennen, ob es am Rumpf einen Abdruck von der Zange des Greifers gab, den Reja gesteuert hatte.

»Ihr solltet euch hinsetzen und euch anschnallen«, riet der Pilot.

Ejena Zuol zog sich vor die zwischen den Aggregaten angebrachten Sitze. Am Haaransatz war das Blond zu sehen, das sie ansonsten rot gefärbt hatte. »Es wäre gut, wenn ihr mir eure Waffen geben würdet.«

»Wollt ihr uns auch in den Käfig stecken?« Reja zeigte mit dem Kinn auf die Konstruktion vor dem Haupttriebwerk, in der wohl Gefangene untergebracht wurden.

Yul zog sie etwas fester an sich. »Ejena hat recht. Wenn wir bewaffnet sind und die Polizisten nicht, könnte man das bei unserer Ankunft missverstehen.« Er nahm das Gewehr vom Rücken.

Die Miene, mit der Ejena es entgegennahm, sah für Yul nach aufgesetztem Stolz aus, hinter dem sie eine Verletzung zu verbergen versuchte. Auf den Straßen von Libreville hatte er diesen Ausdruck oft gesehen. Die Kommandantin der

Polizisten mochte schmerzen, dass ihr Trupp überwältigt worden war, und das noch nicht einmal von Soldaten. Die grüne Uniform mit dem türkisfarbenen Querstreifen und dem Krebs-Symbol auf der linken Brustseite sah auch nicht mehr gut aus; sie hatte das Kleidungsstück seit der Gefangennahme nicht wechseln können.

Ejena nahm Yuls Gewehr und sah seine Freundin auffordernd an. Da er den Griff um ihre Taille gelöst hatte, war Reja ein wenig zur Seite geschwebt. Schnaubend zog sie den Gurt über den Kopf.

»Brav.« Ejena nahm auch ihre Waffe.

»Solange ihr nicht sitzt, kann ich die Manöverdüsen nicht zünden«, sagte der Pilot.

»Gleich.« Ejena gab die Gewehre an Tem Bloster weiter, einen ihrer Untergebenen. Er nahm sie mit seinen ungewöhnlich großen Händen; wenn er sie zu Fäusten ballte, sah es aus, als steckten wuchtige Kugeln auf den dürren Stöcken, die seine Unterarme waren. Dennoch musste er nachfassen, weil er so stark schwitzte, dass seine Hände rutschig wurden. Auch das Gesicht war von einem nassen Film überzogen.

»Du solltest dringend zu einem Arzt gehen«, riet Yul.

»Was ich mache, geht dich überhaupt nichts an!« Wütend starrte Tem ihn an.

Ejena schwebte zwischen sie. »Schon gut. Wir sind bald wieder zu Hause.«

Es fiel Yul schwer, sein berufliches Interesse zu unterdrücken. Auch Zilita Ouletter schwitzte stark. Bei beiden hatte sich das in ihrer Gefangenschaft aufgebaut, und beide hatten punktförmige Wunden in den Halsbeugen. Ansonsten gab es keine Gemeinsamkeiten zwischen ihnen. Zilita war stämmiger, acht Jahre älter, eine Frau. Yul hätte auf Drogen getippt, aber der Hals-Schulter-Bereich war eine unpraktische Stelle für Einstiche. Oder injizierten sie sich die Substanz gegenseitig?

»Setzen!«, forderte Ejena. »Alle!« Ihr Blick blieb bei Yul und Reja.

Sie schnallten sich auf zwei Sitze, die zwischen Aggregatblöcken nebeneinander verbaut waren. Yul kam sich vor wie ein Packstück, das man in die letzte freie Ecke quetschte.

»Pilgrim!«, lockte er. »Komm zu mir!«

Der Hund hatte sich in eine ungünstige Position manövriert. Zwar waren die Magnetstulpen an seinen Pfoten befestigt, aber er kratzte damit über einen Treibstofftank, dessen Wandung offenbar zu wenig Eisen enthielt, um ihm Halt zu bieten. Er verlor den Kontakt und schwebte in den freien Raum hinaus, wo er erfolglos strampelte.

Ejena schubste das Tier sanft auf Yul zu, der es einfing und auf seinen Schoß zog.

Die Gurte rasteten ein.

Eine erste Manöverzündung versetzte den Transporter in Rotation. Der Planet verschwand nach oben hin aus dem Sichtbereich.

Die Gegenzündung stoppte die Bewegung. Das Haupttriebwerk gab Schub.

Reja kraulte Pilgrims Fell. Er ließ sich das gern gefallen und rollte ein wenig herum, damit sie seinen Bauch erreichte.

Der Transporter nahm eine Richtungskorrektur vor. Der Pilot sprach über Funk.

Ejena beugte sich herüber und reichte ihnen zwei Streifen aus schwarzem Stoff. »Verbindet euch die Augen.«

Yul merkte, wie Reja neben ihm verkrampfte. »Ist das wirklich nötig?«

»Ihr könnt nicht verhandeln.«

Er sah noch einmal durch die Frontscheibe. Ein vielflächiges, beinahe kugelförmiges Modul war so nah, dass er die

Halteklammern ausmachen konnte. Sie wirkten wie Zangen eines riesigen Tiers.

»Ist das der Dank dafür, dass wir euch befreit haben?«, fragte Reja.

»Das wird man berücksichtigen«, versprach Ejena. »Jetzt macht keine Schwierigkeiten.«

Yul küsste Reja, bevor er die Augenbinde anlegte. Er spürte ihre Berührung und Pilgrim auf seinem Schoß, und ihr Duft schien noch intensiver zu werden. Er versuchte, sich darauf zu konzentrieren, aber das Gefühl der Hilflosigkeit blieb.

Yul Debarra spürte die warme, feuchte Luft bei jedem Schritt, als durchquerte er den Dunst einer Waschküche. Der Boden war hart, klang aber anders als das Eisen der PONTIFESSA. Geschliffener Stein vermutlich, wobei er keine Fugen spürte. Jemand hatte ihn am Oberarm gefasst und leitete ihn auf diese Weise, schließlich waren seine Augen noch immer verbunden. Blind war er den Weltraumfahrstuhl heruntergekommen und hatte so auch den Flug hinter sich gebracht. Es fiel schwer, zu schätzen, wie lange das gedauert hatte. Drei Stunden vielleicht, in denen er Pilgrim beruhigt hatte. Dem Hund machte Unterdruck in den Ohren zu schaffen. Jetzt lag er träge und schwer in Yuls Armen.

Das Meeresrauschen kannte er aus Libreville, ebenso wie den Salzgeruch. Die Wellen klangen gedämpft, die Schritte hallten, also befanden sie sich wohl im Innern eines Gebäudes. Ganz sicher war sich Yul nicht. Die Mischung aus Aufregung und Müdigkeit überreizte seine Sinne.

»Stopp.« Sein Führer blieb stehen und ließ ihn los.

Kurz darauf endeten weitere Schrittgeräusche. Reja und noch ein Begleiter?

Schritte von zwei Personen entfernten sich.

Yul atmete tief ein. Er hoffte, Rejas Parfum zu riechen.

Wieder war er sich nicht sicher. Vielleicht war das Rejas Duft, der in seine Nase stieg. Es mochte jedoch auch der Geruch des Planeten sein. An Bord der Pontifessa war die Luft zwar angefeuchtet, aber ansonsten steril. Hier gab es Erde, Gras, Blumen, in den Funkübertragungen hatte Yul auch Bäume gesehen.

Die Brüche in seinen Rippen schmerzten, wobei seine allgemeine Taubheit auch dieses Gefühl dämpfte. Dennoch, der Arzt war sich klar, dass Schwerkraft schlecht für einen Bruch war. Eine permanente Belastung, die im All wegfiel. Eine bessere Kur als den Aufenthalt auf einem Raumschiff im freien Fall gab es für diese Art von Verletzung nicht.

»Wer hat dir erlaubt, die Binde abzunehmen?«, rief eine Männerstimme.

»Das erlaube ich mir selbst!«, gab Reja Gander zurück. »Ich habe diese Spielchen satt.«

»Das ist kein Spielchen! Es ist ein Befehl.«

»Für dich«, stellte sie fest. »Nicht für mich.«

»Das kannst du nicht machen!«

»Habe ich doch schon.«

Yul nahm seine Binde ebenfalls ab.

Das Licht stach weniger in seine Augen als befürchtet. Es war nicht sonderlich hell.

Sie standen in einem Saal mit geädertem Marmorboden und geriffelten Wänden, die nach Muschelkalk aussahen. Eingesetzte Korallen schufen gelbe, rote und orangefarbene Bänder, wie bunte Wellen, die bis hinauf zur hohen Decke stiegen. In deren Zentrum hing eine transparente Halbkugel mit einem Durchmesser von zehn Metern. Vorwiegend weiße, nur leicht bläulich und grünlich leuchtende Quallen bewegten sich darin mit Kontraktionen ihrer Schirme.

Jenseits der breiten Fenster schien der Himmel aus Watte zu bestehen. In einer Richtung war er beinahe weiß, von dort aus verdunkelte er sich zusehends.

Yul setzte Pilgrim ab, ging die wenigen Schritte zu Reja und nahm ihre Hand. Er spürte ihr leichtes Zittern.

Zwei Polizisten in grünen Uniformen standen neben einem Portal. Kleinere Türen befanden sich in der Wand hinter Reja und Yul, gegenüber der Fensterfront. Den Muschelthron auf der rechten Seite kannte Yul von einer der Funkübertragungen, dort hatte Konsulin Amika Telora gesessen.

»Ihr sollt die Augenbinden tragen!«, forderte einer der Polizisten.

»Wieso habt ihr Angst vor uns?«, fragte Reja. »Wir sind unbewaffnet.«

Als erinnerte ihn diese Bemerkung an seine Pistole, fasste der Mann den Griff. »Ihr solltet meine Geduld nicht auf die Probe stellen.«

»Das wird nicht nötig sein.« Mit weiten Schritten, die ihr luftiges Kleid bauschten, kam die Konsulin durch das Portal. Ihr blondes Lockenhaar fiel in einer Kaskade auf der linken Seite über Schulter und Brust.

Eine Frau in einem weißen Anzug hatte Mühe, mit ihr Schritt zu halten. Das graue Haar und die Falten am Hals ließen ein deutlich höheres Alter vermuten. Sie trug einen dünnen Koffer, dessen geschuppter Lederüberzug schon bessere Zeiten gesehen hatte. Ihr linkes Ohr verschwand beinahe vollständig unter einem silbrigen Aufsatz.

»Ich bin ungern unfreundlich.« Amika breitete im Näherkommen die Arme aus, was verwirrende Wirbel in den weißen und azurblauen Bahnen ihres Kleids erzeugte. »Leider wurde mir verboten, euch die Hand zu geben. Dennoch: Willkommen auf Aniz.«

Lachend blieb sie stehen.

»Ihr solltet eure Gesichter sehen.« In den Übertragungen hatte sie kleiner gewirkt. Obwohl sie zwei Meter Abstand hielt, bekam Yul das Gefühl, dass sie auf ihn herabsah. »Keine Sorge. Wir haben euch nicht auf einen anderen Planeten gebracht, ihr seid auf Anisatha-Zwei. Aber das ist eine so schrecklich technische Bezeichnung, eben dem Katalog des Konzerns entnommen. Wir benutzen sie schon lange nicht mehr. Hier sagt jeder *Aniz*.«

Die Frau in Weiß trat vor. »Ich bin Doktor Evra Malter, Biomedikerin. Es ist notwendig, dass ich euch Blut entnehme. Ansonsten sollten wir den Kontakt vorerst kurzhalten.«

»Infektionsgefahr«, erkannte Yul. »Hier könnte es andere Erreger geben als auf der Erde.«

»Und wir wüssten gern, was für Abwehrbataillone ihr aufbietet.« Evra grinste. »Und an welchen Stellen wir sie verstärken sollten.«

Reja ließ Yuls Hand nur widerstrebend los. Er knöpfte den rechten Ärmel seiner Bordkombination auf und schob ihn hoch. »Das ist in Ordnung«, sagte er beruhigend. »Eine sinnvolle Vorsichtsmaßnahme.«

»Wir wollen nicht, dass ihr krank werdet«, versicherte Amika.

Reja beobachtete skeptisch, wie die Nadel in Yuls Ellbogenbeuge stach und sich die Ampulle mit hellrotem Blut füllte.

»Sicherlich seid ihr ohnehin froh, wenn wir euch in Ruhe lassen«, plapperte Amika. »Die Reise muss euch erschöpft haben.«

Yul seufzte. »Können wir nicht wenigstens dieses ermüdende Gerede lassen? Wir haben euch überrascht. Ihr seid noch nicht sicher, wie ihr mit uns verfahren sollt. Wahrscheinlich berätst du dich mit deinen Direktoren.«

Die Ärztin und die Konsulin tauschten einen vielsagenden Blick.

»Oder wie immer hier die Mitglieder der Regierung genannt werden«, sagte Yul. »Mit der Pontifessa habt ihr bestimmt auch schon Kontakt wegen uns. Ihr müsst entscheiden, ob ihr uns als Gäste oder als Gefangene behandeln wollt. Wir verstehen das. Ihr braucht uns nichts vorzumachen.«

Die Fröhlichkeit verschwand aus Amikas Gesicht. »Gäste«, sagte sie gedehnt, »kehren irgendwann nach Hause zurück. Wohin wollt ihr zurückkehren?«

Evra zog die Ampulle ab und versiegelte sie, bevor sie sich Reja widmete.

»Vielleicht können wir zu einer Verständigung mit der Pontifessa beitragen«, schlug Yul vor.

»Bislang hört es sich nicht so an, als ob eure Manager euch als autorisierte Unterhändler ansähen«, stellte Amika fest. »Ich wüsste auch nicht, was wir diskutieren sollten, das sich nicht über Funk klären ließe.«

»Es ist etwas anderes, ob man miteinander redet oder ob man sich versteht«, sagte Yul. »Um sich zu vertrauen, muss man sich kennenlernen.«

Reja schnaubte. »*Starsilver* vertraue ich selbst nicht.«

Amika musterte sie mit einem nachdenklichen Blick, während Evra die Ampulle betrachtete, die sich langsamer als die von Yul mit Blut füllte. »Du würdest also nicht mit ihnen über den Bau einer Sternenbrücke verhandeln?«

»Wozu? Damit der Konzern sich alles unter den Nagel reißt, was ihr euch hier aufgebaut habt?« Reja schüttelte den Kopf. »Fliegt dorthin, wo wir die Bauteile zurückgelassen haben. Unter dem Nadir des Sterns, etwa dort, wo auch der zerstörte Brückenkopf gewesen ist. Schleppt die Komponenten ab, oder noch besser: Gebt ihnen einen Schubs und lasst sie in den Stern stürzen. Dann kann die Pontifessa im All treiben, bis die Besatzung die Manager absetzt und darum bittet, auf euren Planeten kommen zu dürfen. Zu euren Bedingungen.«

»Eine interessante Überlegung«, fand Amika.

»Sie scheint dich nicht zu überraschen«, meinte Yul.

Evra zog die Ampulle ab und verstaute sie neben der anderen in ihrem Koffer. »Wie heißt euer wuscheliger Freund?«

»Pilgrim.«

»Ich fürchte, auch ihm kann ich die Prozedur nicht ersparen.«

Yul nahm den Hund auf. Das Tier ertrug die Nadel tapfer. Es war wohl erschöpfter, als es aussah.

»Man verblödet nicht, wenn die Verbindung zur Erde abreißt«, sagte Amika. »Unsere Schlepper haben die Bauteile beinahe erreicht. Wir werden sichten, was wir davon gebrauchen können.«

Yuls Nackenhaare stellten sich auf. Es überraschte ihn, wie sehr ihn diese Eröffnung traf. Die Planetarier waren der Pontifessa voraus. Es wäre unmöglich, gegen ihren Willen die Sternenbrücke zu bauen. Die Erde war also endgültig unerreichbar. Und damit auch der Traum von Chrome Castle, an den sich Yul seit Ionas Tod klammerte.

»Das war's schon.« Evra zog die Ampulle von Pilgrim zurück, der nun doch ein wenig jaulte.

Yul drückte das Tier an sich. Mit der Linken fasste er wieder Rejas Hand, aber in diesem Moment kam ihm die Berührung fremd vor.

Ein Mann in einem dunkelblauen Anzug betrat den Saal. Er trug weiße Handschuhe. Obwohl er direkt hinter dem Eingang stehen blieb, verbeugte er sich Richtung der Konsulin.

»Wir haben eine Unterkunft für euch vorbereitet«, sagte Amika. »Ich hoffe, ihr findet alles zu eurer Zufriedenheit.«

»Wundert euch nicht über die karge Speisekarte«, bat Evra. »Das ist nur vorläufig, weil ...«

»... ihr noch nicht wisst, was wir vertragen«, führte Yul den Satz zu Ende.

»Genau.« Evra grinste. »Ich komme euch besuchen, wenn das Blut analysiert ist. Dann stehen auch ein paar weitere Untersuchungen an. Das da«, sie tippte auf die Öffnung in Yuls Hemd, unter der sein Harnisch zu sehen war, »trägst du bestimmt auch nicht zum Spaß.«

»Ein paar gebrochene Rippen.«

»Ich schicke dir ein Schmerzmittel.«

»Danke.« Er hatte das Gefühl, dass er mit dieser Kollegin gut auskommen könnte.

—

Reja küsste ihn mit animalischer Gier. Tief schob sie die Zunge in Yuls Mund, ihre Zähne schnappten nach seinen Lippen. Dabei drückte sie ihre Scham gegen seinen Schoß, ruckte hin und her, als wollte sie sein Glied noch tiefer in sich aufnehmen.

Er rang nach Luft, als sie den Mund von ihm löste, zog ihren schlanken Körper aber fest an sich.

Sie legte den Kopf in den Nacken und drückte ihm ihre vollen Brüste ins Gesicht.

Yul genoss ihren Duft, der noch intensiver wurde, nicht nur wegen ihrer Nähe, sondern auch, weil sie schwitzten und weil die Erregung seine Sinne schärfte. Er spürte ihre Rundungen an Wangen und Nase, leckte über ihre harten Knospen, sog an ihrem Hals, während sie sich in seinen Armen wand.

Spitze Schreie unterbrachen ihr Stöhnen. Wenn sie zu artikulierten Lauten fähig war, forderte sie mehr und sagte ihm, dass sie seine Kraft spüren wollte.

Sie genossen die Schwerkraft. Hier, auf dem Planeten, mussten sie nicht vorsichtig darauf achten, dass ihre Bewegungen sie gegen ein Hindernis zu schleudern drohten. Diese Sorglosigkeit war im Weltraum nur möglich, wenn man sich gemeinsam in die Enge eines Schlafsacks begab. Hier dagegen waren sie aus dem blau bezogenen, runden Bett auf den weichen Teppich gefallen, ohne dass sie das genötigt hätte, ihre Beschäftigung miteinander zu unterbrechen. Reja hockte mit gespreizten Schenkeln auf Yuls Schoß und ritt ihn voller Hingabe, und er konnte sich ganz ihrem wundervollen Körper widmen.

Sie griff in sein Haar und küsste sein Ohr. Ihre Zunge erkundete die Muschel. »Tiefer«, stöhnte sie. »Ich will dich noch tiefer in mir spüren!«

Er fasste ihre Brüste und schob Reja von sich herunter.

Fragend, fast schon wütend sahen ihre feurigen Augen ihn an. Sie verstand, als Yul sie herumdrehte. Ihre Hände krallten sich in die langen Fasern des Teppichs, die Knie rutschten auseinander.

Von hinten drang er in sie ein.

Sie drückte sich ihm entgegen.

Es war nicht leicht, einen gemeinsamen Rhythmus zu finden. Anscheinend wollte sie verhindern, dass er sich zurückzog. Sie streckte sich, folgte ihm. Als er ihr Widerstand bot, bewegte sie ihr Becken seitwärts.

Er beugte sich über ihren Rücken, umfasste sie, drückte ihre Brüste.

Sie keuchte vor Lust und Anstrengung.

Yul glitt zur Seite, drehte sich auf den Rücken und zog Reja mit sich, sodass sie auf ihm lag. Seine Linke fand ihre feuchte Scham, liebkoste sie zusätzlich zu seinem Glied.

Sie ächzte, streckte die Arme über ihren Kopf, suchte sein Haar, wollte ihn küssen, gab es aber gleich wieder auf. Reja verlor die Kontrolle über ihren Körper in wilden Zuckungen.

Später lagen sie in wohliger Erschöpfung halb nebeneinander, halb lag Reja auf Yul. Ihm fehlte die Erinnerung daran, wie sie es zurück ins Bett geschafft hatten. Er genoss es, ihr Gewicht zu spüren, ihre Atemzüge, den sich allmählich beruhigenden Takt ihres Herzschlags unter seiner Hand.

Yul Debarras Sinne weiteten sich. Sie erfassten nicht länger allein die Frau, sondern auch wieder die Villa. Leuchtquallen schwammen an der Decke in transparenten Röhren, die sich geschwungen verengten und verbreiterten. Über einen Schalter konnte man die Tiere mit Nahrungskrümeln anlocken oder mit einer Erhöhung des Salzgehalts vertreiben. Auf diese Weise regelte man die Helligkeit in dem großzügig gestalteten Raum.

An den Wänden hingen opulente Gemälde. Das größte zeigte eine Berglandschaft, andere einen Vulkan und einen Wald. Der Projektor für das Kommunikationsholo passte sich mit einem kupfernen Bilderrahmen in das Arrangement ein.

Die Wand zur Terrasse war ähnlich einem Vorhang vollständig zurückgezogen, sodass sie den milden Wind genießen konnten. Pilgrims Vorliebe galt dagegen dem Regen, er tollte jenseits der weißen Fliesen auf dem Rasen umher. Die Pfützen fand er viel interessanter als das Liebesspiel der Zweibeiner.

Yul lauschte auf das Knistern der Tropfen, während er mit den Fingerspitzen über Rejas langsam trocknenden Rücken fuhr. Er drehte den Kopf zur Seite, um den Geruch des Grases und der Blumen einzusaugen, die in Bottichen an den Wänden wuchsen.

Eine gelbe Luftqualle flog geräuschlos herein. Ihr Schirm breitete sich zu einem nahezu vollkommenen Kreis, kräuselte sich und kontrahierte, wodurch das Tier mit einem Stoß so weit aufstieg, dass es beinahe die Decke berührt hätte. Gemächlich sank es wieder herab. Mit den Leuchtquallen in den Röhren verband es nur eine entfernte Ähnlichkeit; sein Schirm war größer, die Fangarme kürzer, die aus der Mitte nach unten hängenden Mundarme sahen härter aus.

Yul beneidete die Qualle darum, ohne Skelett auszukommen. Nun, da die Erregung nachließ, riefen sich die Rippenbrüche in Erinnerung. Obwohl das Schmerzmittel wirkte, fühlte sich Yuls Rücken nicht richtig an.

Ein Summen kündigte Besuch an. Der Holoprojektor erwachte zum Leben, vor dem verschnörkelten Rahmen zeigte ein Lichtkubus Doktor Evra Malter. Auch heute trug die grauhaarige Frau einen weißen Anzug, aber rote Korallen an ihren Ohrläppchen setzten einen farbigen Akzent.

Reja brummte missbilligend. »Wir sind nicht zu Hause.«

Yul grinste. »Ich fürchte, das glaubt uns niemand.«

»Wir machen einfach nicht auf.«

Er küsste ihre Schulter und schob sie sanft von sich herunter. Sie blieb demonstrativ auf dem Bauch liegen, während er aufstand, seinen Morgenmantel aufklaubte, hineinschlüpfte und den Gürtel zuknotete. Da er auf Anhieb nur eine Sandale fand, durchquerte er barfuß das Wohnzimmer mit der Unterhaltungskonsole und dem Gesellschaftstisch. Durch einen kurzen Flur gelangte er zur Tür, die er mit seinem Handabdruck entriegelte. »Herzlich willkommen.«

Evra musterte ihn von Kopf bis Fuß. »Sicher habt ihr auf eurem Raumschiff einen anderen Tag-Nacht-Rhythmus gehabt als wir hier. Gut geschlafen?«

Yul unterdrückte ein selbstgefälliges Grinsen. »Ich kann nicht klagen. Komm rein.«

Sie folgte ihm ins Wohnzimmer, wo sie ihren Koffer auf dem Tisch ablegte. »Habt ihr alles, was ihr braucht?«

»Wir fühlen uns hier sehr wohl, aber allmählich meldet sich mein Magen. Gibt es in der Nähe ein Restaurant?«

Evra lächelte. »Du willst wissen, ob ihr das Haus verlassen dürft. Es spricht nichts dagegen. Ich habe einen Cocktail für euer Immunsystem mitgebracht, aber gegen die wirklich ernsten Sachen seid ihr bereits geschützt. Die Erde scheint die Abwehrkräfte stärker zu fordern als Aniz.«

Yul nickte beim Gedanken an die verdreckten Straßen in Librevilles dunklen Vierteln. Von dieser Villa durfte er natürlich nicht voreilig auf den gesamten Planeten schließen, aber die Massenverelendung, die er beim ersten Anblick der nackten Stirnen vermutet hatte, konnte er wohl vergessen. Auf der Erde hätte Evra bestimmt einen grünen Balancechip getragen.

Reja kam zu ihnen. Ihr zu allen Seiten abstehendes Haar glich einer schwarzen Mähne. Das Wissen darum, wie sich ihr unter dem bunt gemusterten Morgenmantel nackter Körper anfühlte, erregte Yul.

»Für dich habe ich auch einen Cocktail dabei.« Evra entnahm dem Koffer zwei transparente Behälter und stellte sie auf die aus Obsidian gearbeitete Tischplatte.

Eine blaue Flüssigkeit füllte sie zu einem Viertel. Darin lag jeweils ein unförmiger Klops, der Yul an die süßen Reiskuchen aus Ulumbas *Noodlempire* erinnerte. Sie waren Xannas Lieblingsspeise. Gewesen, vor eineinhalb Jahrhunderten ...

»Wenn ihr die appliziert habt, könnt ihr unter Menschen«, versprach Evra. »Nur Pilgrim muss noch eine Weile hierbleiben.«

»Wieso?«, fragte Yul misstrauisch.

Achselzuckend stellte Evra den Koffer an einem Tischbein ab. »Ratio will es so.«

»Wer ist das?« Reja setzte sich auf das Sofa und lehnte sich an Yul.

Evra lachte. »Ach, das könnt ihr ja nicht wissen. Eine Redensart. Wir sagen *Ratio will es so*, wenn etwas feststeht und sich die weitere Diskussion nicht lohnt.« Sie nahm einen der Behälter. »Obwohl ... das ist nur die halbe Wahrheit. Ratio trifft tatsächlich die Entscheidungen. Vor allem über Gesetze.«

Yul schüttelte den Kopf. »Ist das ein Berater der Konsulin? Oder steht er über ihr?«

»Beides, in gewisser Weise. Mach die Schulter frei. Wenn ihr wollt, gehe ich mit euch essen und zeige euch nachher, was es mit Ratio auf sich hat. Ich schätze, ihr werdet überrascht sein.«

Was Yul zunächst überraschte, war, dass sich der Klops bewegte, als Evra den Behälter öffnete. Er wand sich in ihrer Hand, die leicht geriffelte Oberfläche glänzte schleimig. Wo das Licht in einem bestimmten Winkel auftraf, schillerten grünliche Flecken im Schwarz.

»Ist das ein Vieh?« Reja zog die Knie an.

»Ah, das kennt ihr auch noch nicht.« Evra schmunzelte. »Ein symbiotischer Injektions-Organismus. Das müsst ihr euch nicht merken. Außerhalb eines biomedizinischen Labors sagen alle *Symbi* dazu.«

»Und ... was hast du damit vor?«, fragte Reja misstrauisch.

»Ich setze sie euch in die Halsbeuge.«

»Diese schleimigen Dinger?«

»Ob rechts oder links, dürft ihr euch aussuchen.«

»Ist das so eine Art Aufnahmeritual?«

Evra lachte. »Nein, das ist die bessere Alternative zu einer Spritze.«

Reja zog die Brauen zusammen; neben ihrem Balancechip bildeten sich Falten in ihrer Stirn. »Wie bitte?«

»Entschuldigt. Ich hätte vorhersehen müssen, dass sie für euch ungewohnt sind.« Die Ärztin legte den Symbi zurück in die Schale. »Wie alle kolonisierten Welten wurde auch Aniz terraformt.«

»Das Ökosystem wurde dem der Erde angenähert, um den Planeten für Menschen bewohnbar zu machen«, erklärte Yul.

»Ich weiß, was Terraformung ist!«, fauchte Reja.

»Genmaterial von der Erde wurde eingebracht«, fuhr Evra ungerührt fort. »Mikroorganismen, Pflanzen, Pilze, Tiere …«

»… in kompletten Ästen, die als Biotope wechselwirken und in sich stabil sind«, sagte Reja. »Das ist mir klar. Zusätzlich installiert man Atmosphärenwandler, die auf chemischer Basis arbeiten und aus den vorgefundenen Grundstoffen ein Sauerstoff-Stickstoff-Gemisch herstellen und ausgasen. Wenn man das nicht täte, müsste man schließlich in Kuppelstädten wohnen.«

»So ist es.« Evra nickte. »Zudem muss die Biologie auf die Eigenschaften des Planeten angepasst werden. Auf Aniz zum Beispiel reißt die Wolkendecke nur selten auf, Tageslicht dringt kaum ungefiltert zur Oberfläche durch. Die Luftfeuchtigkeit ist sehr hoch, die Ozeane sind tief, die Geothermie hochaktiv und so weiter. Auch nach den Wünschen der menschlichen Bewohner. Man passt die Arten genetisch an. Dabei kommen die Luftquallen heraus.« Sie zeigte auf das Tier, das ihnen mit lautlosen Schirmbewegungen aus dem Schlafzimmer folgte. »Weil sich niemand für Spinnen erwärmen konnte. Ihr werdet auf Aniz keine Achtbeiner finden, die Netze weben. Aber die Insekten sollen auch nicht überhandnehmen.«

»Was spricht gegen Vögel?«, fragte Yul.

»Der Dreck. Die Gefiederten sind hübsch anzusehen, aber sie haben einen schnellen Verdauungszyklus. Luftquallen dagegen sind beinahe Vollverwerter.«

»Und was verwerten diese ... Dinger?«, wollte Reja wissen.

Evra nahm die schleimige Kreatur wieder aus dem Behälter. »Der Ursprung sind Seegurken. Inzwischen sind sie auf Menschen angepasste Symbionten. Sie leben von deinem Blut.«

Reja zog die Nase kraus. »Vampire habe ich mir romantischer vorgestellt.«

»Ich nehme an, dafür injizieren sie uns Vakzine«, vermutete Yul.

»Darüber sind wir hinaus.« Evra grinste zufrieden. »Sie haben auf euch abgestimmte Antikörper in ihren Drüsen. Die werden Erreger sofort abtöten, wenn sie euch befallen. Dass sie euer Immunsystem anregen, selbst solche Antikörper zu produzieren, ist ein Langfristeffekt. Auch das steuern sie zuverlässiger, als das geschehen könnte, wenn wir ein Vakzin in einen Muskel injizieren würden. Sie überwachen selbsttätig den Pegel, und sobald der stabil im Sollwert liegt, vertrocknen sie und fallen ab.«

»Wie lange soll das dauern?«, fragte Reja misstrauisch.

»Es kommt auf den Cocktail und dein Immunsystem an. Und darauf, ob du akut einem Erreger ausgesetzt bist. In deinem Fall wahrscheinlich drei Tage, bei Yul zwei.«

»Und so lange soll ich mit dem Ding auf meiner Schulter rumlaufen?«, rief Reja entsetzt.

»Der Anblick wird niemanden irritieren«, beschwichtigte Evra. »Wenn es dich stört, gibt es Schals und andere Kleidungsstücke, die den Symbi bedecken.«

»Sehr tröstlich«, meinte Reja.

Yul streichelte ihren Unterarm. »Ich bin sicher, das Verfahren ist gründlich erprobt.«

»Zuverlässiger als eine Impfspritze«, beteuerte Evra. »Der Symbi überwacht eure Vitalwerte und verfärbt sich rot, wenn etwas schiefläuft. Normalerweise merkt ihr praktisch nichts.

Er ist sehr leicht, und er betäubt die Stellen, an denen er sich verankert.«

Reja blickte skeptisch.

Yul beugte sich vor und zog den Morgenmantel von seiner rechten Schulter. »Ich probiere es.«

—

»Wie heißt diese Stadt eigentlich?«, fragte Reja Gander.

»Ebenso wie die Insel, auf der wir uns befinden«, antwortete Evra Malter. »Peniona.«

Der Stich in seinem Herzen überraschte Yul Debarra. Zweifellos entsprachen die letzten Silben nur zufällig dem Namen seiner verstorbenen Frau. Aber die Erinnerung kam trotzdem, und sie traf ihn heftig.

Er saß in einem Restaurant mit weißen Tischdecken an einem Fenster, hoch über der Stadt, neben der Frau, mit der er es vorhin getrieben hatte wie ein brunftiger Stier, und fragte sich, was das zu bedeuten hatte. War er ein Verräter an der Liebe seines Lebens? Auch jetzt trug er den pyramidalen Speicher in der Westentasche bei sich. In gewisser Weise war er die Summe aller Anstrengungen, die er in den vergangenen drei wachen Jahren unternommen hatte. Was immer er hatte erübrigen können, hatte er in die Programmierung von Chrome Castle gesteckt. Betrieb er eine Scharade, machte er sich selbst etwas vor? War Reja nur eine Ablenkung von Schmerz und Taubheit?

Er verbarg seine Gedanken hinter einem Schluck kühlen Weißweins. Die Schale des Krebses, dessen zart-würziges Fleisch er genossen hatte, lag in mehreren Bruchstücken auf dem eckigen Teller vor ihm. Auch das Salatschälchen war leer. Er hätte nicht vermutet, dass Algen so köstlich sein konnten.

Überhaupt bot Peniona viele Überraschungen. Der Begriff *Stadt* wäre Yul nicht als Erstes in den Sinn gekommen, obwohl das Gebiet vor ihnen zweifellos besiedelt war. Anders als in Libreville, wo Beton, Stahl und Neon ein eigenes Habitat schufen, waren Bebauung und Landschaftspflege hier eins. Alle Dächer waren begrünt. Wo die Häuser nicht in Hügel hineingebaut waren, rankte der Bewuchs an ihren Wänden empor oder fiel in Kaskaden daran herab. Grüne, rote und gelbe Pflanzen erweckten den Eindruck, die Wildnis habe eine untergegangene Metropole zurückerobert. So war es jedoch nicht. Kultur und Natur koexistierten, bezogen sich aufeinander. Sämtliche Lebensformen auf diesem Planeten hatten ihren Ursprung in der Auswahl der Kolonialökologen. Alle Bauwerke passten sich in einen Plan ein, der Verkehrswege und Ressourcennutzung optimierte.

Über der Stadt ging ein Gewitter nieder. Böen trieben den Niederschlag zu Vorhängen zusammen, peitschten ihn gegen das Aussichtsfenster oder schufen Öffnungen. Das Bombardement der Tropfen raute Teiche auf. Sie prasselten auf die Transplaströhren, in denen nicht nur die leuchtenden Raupen der Stadtbahn verkehrten, sondern auch die Ströme von Fußgängern, die zwischen unterschiedlich schnellen Transportbändern wechselten. Im Westen gischtete das Meer über Klippen. Im Norden hinter den Hügeln schlug ein Blitz in die eiserne Gabel eines Atmosphärenwandlers. Eine purpurne Lichtbahn leuchtete von einer der Spitzen bis zum Boden auf. Solche Leuchteffekte gab es auch, wenn ein Blitz anderswo in der Stadt einschlug, wobei die Farben variierten. Hellblau, giftgrün, sattgelb, oftmals nicht gradlinig, sondern in Mustern angeordnet, die dann für wenige Sekunden aufleuchteten. Spiralen, Sterne, gezackte Linien. Es kam den Neonreklamen von Libreville nahe. Eine explosive Naturgewalt, umgewandelt in harmloses Vergnügen, das sogar Kinder genießen konnten.

Yul bedauerte, dass man im Restaurant weder den Sturm noch den Donner hörte. Das Licht war gedämpft wie in einem Holokino, was bedeutete, dass nur wenige Leuchtquallen durch die Röhren an der Decke schwammen. Etwa die Hälfte der Fenstertische war belegt, weiter innen nicht einmal eine Handvoll. Die dunkle Wolkendecke machte es Yul schwer, die Tageszeit zu schätzen. Grob musste der Mittag des Sechsundzwanzig-Stunden-Zyklus, in dem sich Aniz einmal um die eigene Achse drehte, erreicht sein.

In schneller Folge schlugen drei Blitze in den Atmosphärenwandler ein.

»Wir sammeln die Energie der Unwetter.« Evra schwenkte den perlmuttfarben schimmernden Wein in ihrem Glas. »Das bringt mehr, als wir brauchen. Deswegen können wir genug für die Lichtspiele erübrigen.«

»Ich glaube, Tanarra hat gesagt, dass ihr Protactinium für eure Reaktoren verwendet«, wandte Yul ein. »Hat sie sich getäuscht? Sie wollte, dass ihr damit für die Schäden an der Pontifessa aufkommt.«

»Nicht überall auf Aniz ist das Klima gleich«, antwortete Evra. »An manchen Orten sind Gewitter selten, und es gibt auch unterseeische Anlagen.«

»Spannend!«, rief Reja. Ihr stand der in mehreren Lagen gewundene, weißrosafarbene Schal sehr gut. Er verdeckte nicht nur den Symbi, sondern sah auch aus wie eine Rosenblüte. »Wie speichert und verteilt ihr die Energie? Wo liegen die Siedlungen – in welcher Tiefe? Sind sie permanent bewohnt oder nur Arbeitsstationen? Wie weit sind wir eigentlich im Norden? Der Flug vom Weltraumfahrstuhl hierher müsste etwa drei Stunden gedauert haben.«

Evra lachte entwaffnend. »Wir können nicht alles an einem

Tag abhandeln. Soll ich euch nicht erst einmal die Stadt zeigen? Ihr habt mich doch nach Ratio gefragt ...«

»Werden wir ihn treffen?«, wollte Yul wissen.

Evra zwinkerte ihm zu. »So könnte man es wohl nennen. Seid ihr bereit zum Aufbruch?«

Yul trank aus. »Ich hoffe, du musst unser Essen nicht aus eigener Tasche zahlen.«

Reja stupste ihn mit dem Ellbogen in die Seite. »Es gibt hier doch kein Geld.«

»Ach ja«, sagte Yul verblüfft. »Aber der Kellner ... wieso bedient er uns, wenn er nicht dafür bezahlt wird?«

»Ratio weist die Tätigkeiten nach Befähigung und Bedarf zu«, erklärte Evra.

»Und jeder kann in einem so vornehmen Restaurant so oft und so viel essen, wie er will?«, fragte Yul.

»Allgemeinressourcen stehen allen Bürgern zur Verfügung«, bestätigte Evra. »Wenn etwas knapp wird, teilt Ratio zu. So, wie ihr eure Villa zugewiesen bekommen habt. Ihr habt jetzt das Nutzungsrecht daran und dürft bestimmen, wer sie betreten darf und wer nicht.«

Reja grinste. »Ratio wird mir immer sympathischer.«

Ein kleiner Mann mit Glatze und blondem Knebelbart beugte sich vom Nebentisch über eine hüfthohe Trennwand, auf der orangefarbene Blumen gepflanzt waren. »Ratio sollte man ohnehin öfter zurate ziehen.«

»Du schon wieder, Koss.« Evra stöhnte.

»Ja, ich schon wieder.« Er nahm seinen Stuhl, stellte ihn mit der Lehne voran an den Tisch der drei und setzte sich rittlings darauf. »Professor Koss Terrunar. Wir haben miteinander gesprochen, Yul.«

»Ich weiß.« Er kannte Koss von den Funkkonferenzen, die er von der Pontifessa aus geführt hatte. »Es tut mir leid, dass ich nicht alle Fragen zu den Cryoliegen klären konnte.«

»Ich hoffe, wir werden die Antworten gemeinsam finden«, versetzte Koss herausfordernd.

»Das wird zu gegebener Zeit entschieden«, sagte Evra. »Was die Einführung von Reja und Yul angeht, decke ich die medizinische Expertise ab.«

»Ach ja?« Koss starrte die Ärztin an. »Ich habe mich informiert. Das ist eine vorläufige Entscheidung. Es ist ein Fehler, mich nicht einzubeziehen.«

»Man hat versucht, dich zu erreichen«, erwiderte Evra kalt. »Aber du warst in einem Drogentraum. Nicht ansprechbar.«

»Das ändert nichts an meiner Qualifikation.«

»Denkst du, meine wäre geringer?«

»Du deckst ein anderes Feld ab«, wich er aus. »Die Biomedizin. Du bist keine Technomedikerin.«

Yul schüttelte den Kopf. »Was soll das bedeuten?«

»Du verwirrst ihn«, warf Evra Koss vor. »Amika hat betont, dass die beiden behutsam eingeführt werden sollen.«

Koss lachte auf.

»Ich meine es ernst. Ich werde diesen Zwischenfall melden müssen.«

»Pass auf, dass du dich nicht an der Suppe verbrennst, die du kochst.« Er zog zwei schwarze Karten mit silbernen Linien darauf aus der Brusttasche seines Jacketts und legte sie vor Reja und Yul ab. Sie erinnerten an Halbleiterplättchen. »Das sind meine Kontaktdaten. Ihr erreicht mich jederzeit.«

»Außer du dämmerst wieder im Drogenschlaf«, murrte Evra.

Koss machte Anstalten, aufzustehen, aber Yul wollte gern mehr von ihm hören. »Wofür braucht ihr die Liegen?«, fragte er schnell. »Kälteschlaf? Therapeutische Anwendung oder Vergnügen?«

Koss setzte sich wieder. »Vor allem zur Strafverlängerung.«

Yul blinzelte verständnislos.

»Bei uns gibt es keine Todesstrafe mehr«, sagte Evra. »Wir halten es für barbarisch, wenn sich das Gemeinwesen auf die Stufe von Verbrechern hinab begibt, die Menschen töten.«

»Und für zu milde«, warf Koss ein. »Wer in diesen Liegen schläft, der träumt. Sowohl angenehme als auch unangenehme Traumsimulationen können eingespeist werden. Die Höchststrafe sind jahrzehntelange Albträume.«

»Das reicht jetzt!«, rief Evra. »Wir gehen!«

—

Das Forum der Klärung, wo sie laut Evra Malters Ankündigung auf Ratio treffen würden, war ein vollständig transparentes Gebäude an der Kante einer Klippe. Das Wasser in den Röhren, in denen die Leuchtquallen schwammen, war weniger durchsichtig als das vorherrschende Baumaterial. Im Innern stalagmitenartiger Halbsäulen verliefen Kabel, einige projizierten Holokuben für Betrachter. Die aus Licht bestehenden Bilder, die Quallen und die Blitze schufen Helligkeit, die an den Wänden und der in mehreren Kuppeln geschwungenen Decke reflektierte. Sie schimmerte auch auf silbernen Beschlägen. Das glänzende Metall schien in der Luft zu schweben. Seine Anordnung wirkte auf Yul Debarra willkürlich. Manche Kanten waren damit bezogen, oder es war in Form von Flammen an der Westwand angebracht, hinter der das vom Gewitter gepeitschte Meer toste.

Yul versuchte, die Größe des Gebäudes zu schätzen, aber das fiel schwer, weil die Begrenzung nicht auszumachen war. Im Norden gab es keine weitere Bebauung bis zu den zweihundert Meter entfernten Hügeln, in denen sich überdachte Veranden und Fenster öffneten.

Ein Blitz schlug über ihnen ein. Der Donner wurde beinahe so stark gedämpft wie im Restaurant, nur ein leises Grollen war zu vernehmen. Dafür beeindruckte das Lichtspiel umso mehr: Gezackte, grellrote Linien schossen in zwölf Richtungen über das Dach.

»Ehrfurchtgebietend«, flüsterte Reja Gander. »Wie die Kathedrale auf dem Titan.«

»Bei den Frommen dort wirst du solche Riten aber wohl nicht finden.« Yul zeigte auf drei Männer, die sich ihrer Kleidung entledigten, bis sie splitternackt um eine der Säulen standen.

Überrascht lachte Reja auf. »Wir sind wohl nicht die Einzigen, die geimpft werden.« Alle drei trugen Symbis auf den Schultern, wobei ihre wesentlich farbenfroher waren als die von Yul und Reja. Weiße Streifen zogen sich längs über die hellblauen, schleimig wirkenden Körper.

»Wer Ratio eine Frage stellt, tritt ihm nackt gegenüber«, sagte Evra. »Aber ich glaube nicht, dass diese Ratsuchenden in medizinischer Behandlung sind. Symbis können auch Substanzen verabreichen, die dem Vergnügen dienen.«

»Drogen«, vermutete Yul.

»Als Arzt weißt du, dass dieser Begriff fließend ist und die Schädlichkeit entscheidend von der Dosis abhängt.«

»Koss verliert das aus den Augen?«, fragte Reja.

Evra nickte mit verzogenem Mund. »Häufig. Er ist nicht der Einzige.«

Das Thema schien ihr unangenehm zu sein. Sie ging zu einer der transparenten Säulen und aktivierte das Holo. Ein Gewirr aus unüberschaubar vielen Verästelungen zeigte sich.

»Jede Frage kann gestellt werden, und alle Antworten, die Ratio jemals gegeben hat, sind öffentlich.«

»Das wird die Leute davor bewahren, ihre allzu privaten Trivialitäten auszubreiten«, vermutete Yul.

»So ist es.«

Reja trat nah an den Holokubus. »Also ist Ratio ein Expertengremium, das die Fragen beantwortet? Aber selbst ein Gremium wäre doch sicherlich ewig damit beschäftigt, eine solche Vielzahl abzuarbeiten. Vor allem, wenn es komplizierte Fragen sind.«

Yul dachte an die Quantencomputer, auf die sich Iona spezialisiert hatte. »Ratio könnte auch ein Elektronengehirn sein. Ein sehr leistungsfähiges, natürlich.«

Evra nickte anerkennend. »Du bist schnell darauf gekommen. Ratio ist ein Computer, ja. Befreit von Eigennutz, Gier und sonstigen Trieben, die unsere Sicht auf die Welt trüben.«

»Und Ratio berät eure Regierung?«, begeisterte sich Reja. »Das ist ein Traum!«

»Die Konsulin steht dem Rat der Interpreten vor.« Evra griff in die Holoprojektion und navigierte durch das Geflecht. Datenäste wurden größer, verzweigten sich im Näherkommen feiner. Es gab auch Sprungpunkte, über die sie in völlig andere Bereiche gelangte. Offenbar waren die Äste Themengebiete, mit Unterthemen und am Ende Antworten, den Blättern. »Jeder Interpret widmet sich einer Expertise. Er hält sich auf dem Laufenden, was Ratios Aussagen dazu angeht, und stellt bei Bedarf scharf formulierte Fragen, die politische Entscheidungen vorgeben.«

»Also nimmt Ratio selbst Einfluss auf die Regierung?«, versicherte sich Yul. »Es ist keine reine Beratung, nach der man sich richten oder die man ignorieren kann?«

»Nichts wird entgegen Ratios Analyse entschieden«, sagte Evra. »Manchmal sind die Antworten jedoch schwierig zu verstehen. Leider finde ich sie gerade nicht, aber einmal bin ich auf eine gestoßen, die mir nicht aus dem Kopf geht: *Ohne Freiheit ist nichts Gutes gut und nichts Böses böse.* Seltsam, oder?«

»Das scheint mir darauf anzukommen, ob man die Absicht oder das Ergebnis betrachtet«, überlegte Yul. »Ohne Freiheit ist alles festgelegt. Es gibt keine Entscheidung. Also ist es gleichgültig, welche Absicht man verfolgt; da der Ausgang ohne Freiheitsgrade feststeht, spielt es keine Rolle, ob der Handelnde gut oder böse ist. Er ist nur ein Instrument.«

»Aber derjenige, der ihn steuert, kann gut oder schlecht sein«, wandte Reja ein. »Er kann für Gerechtigkeit sorgen oder sich bereichern.«

»Ich habe oft darüber diskutiert«, sagte Evra. »Manche meinen, eine völlige Instrumentalisierung der Bevölkerung sei an sich ein Übel, unabhängig vom Ergebnis. Sie raubt den Menschen den Stolz. Die Zufriedenheit damit, etwas erreicht zu haben, wo man hätte versagen können.«

»Hast du einmal jemanden die Folgen seines Versagens tragen sehen?«, fragte Reja.

»Was meinst du damit?«

»Verelendung. Wenn jemand so sehr abmagert, dass man sieht, wie sich die Rippen unter der Haut abzeichnen, und sich seine Augen in die Höhlen zurückziehen.«

»Nein, das gibt...«

»Oder wenn sich jemand krank arbeitet, um seine Familie durchzubringen«, fuhr Reja fort. »Zehn Stunden am Tag im Hauptjob als Raumlotse. Dann noch einmal acht als Nachtwächter in einem Hanger für Gasfischer. Bei einem Freund von mir war es so. Immer derselbe Trott. Er hat keinen Sinn mehr gesehen. Nicht in seiner Arbeit, nicht in der Familie, der er kaum noch begegnet ist. Deswegen hat er die Luftschleuse genommen. Ohne Anzug.«

»Das ist schrecklich«, sagte Evra.

»Das ist Freiheit«, erwiderte Reja bitter. »Oder das, was dafür verkauft wird. Wirklich besitzen können sie immer nur wenige, und die haben umso mehr davon, je mehr sie anderen nehmen.«

»Auch Manager sind selten frei«, meinte Yul. »Weißt du, dass Tanarra vor ihren Rivalen geflohen ist? Sie haben sie ausgebootet, kaltgestellt. Wenn sie zurückkehrt, will sie es mit einer neuen Generation aufnehmen.«

»Sie wird nicht zurückkehren«, sagte Reja fest. »Es wird keine Sternenbrücke mehr geben.«

Einige Sekunden lang standen sie schweigend da. Ein weiterer Blitz verästelte grellrot auf dem Dach.

»Ich glaube, auf diesem Planeten habt ihr keine Vorstellung mehr davon, was die Gier mit den Menschen macht«, fuhr Reja dann fort. »Ihr müsst für nichts bezahlen. Das gibt euch Freiheit, auch wenn Ratio die Ressourcen zuteilt.«

»Existiert auf Aniz eigentlich kein Streit um die Verteilung?«, fragte Yul.

»Kein erfolgreicher.« Evra grinste. »Man lernt schnell, dass es ebenso wenig Sinn hat, gegen Ratio zu argumentieren, wie sich gegen die Schwerkraft aufzulehnen.«

Yul dachte, dass er in seinem Leben viel Zeit in der Schwerelosigkeit verbracht hatte. Im Grunde gab es im Universum weit mehr Orte, an denen man im freien Fall schwebte, als solche mit einem merklichen Gravitationsfeld. Aber das schien ihm eine Feststellung zu sein, die vom Kern der Sache wegführte.

Evra ließ das Holo erlöschen. »Ich finde die Antwort, die ich suche, nicht mehr. Sehen wir uns noch ein wenig um.«

Sie schlenderten an den nackten Männern vorbei tiefer ins Forum hinein.

»Viel von dem, was wir tun, hat zum Ziel, die Balance zu halten«, erklärte Evra. »Deswegen ist auch die Zahl der Bürger konstant. Nur so können wir die Ressourcen dauerhaft schonen.«

»Geburtenkontrolle?«, vermutete Reja.

»Zwei Kinder pro Frau.« Evra drückte die Lippen aufeinander.

»Und wenn es mehr werden?«, fragte Yul vorsichtig.

»Nicht auf der Insel.«

Sie stiegen eine breite Treppe hinauf. Yul orientierte sich an den Silberbeschlägen, um die Länge der durchsichtigen Stufen abzuschätzen.

»Auch nicht auf einer anderen, die wir vollständig terraformt und in ein Gleichgewicht gebracht haben«, sagte Evra. »Aber Aniz ist groß. In der Wildnis gibt es noch viel zu tun.«

»Die Überzähligen werden verbannt?«, fragte Yul.

»Ratio will es so.« Es klang trotzig, wie Evra das sagte. »Und die dort vorn wollen Ratio ähnlich werden.«

Sie näherten sich einer Gruppe von Männern und Frauen. Eine Handvoll von ihnen war nackt. Yul schätzte sie alle auf fünfzig Jahre oder älter, während die Leute, die sie umgaben, aus sämtlichen Altersgruppen stammten. Auch Kinder waren dabei. Ein Mädchen weinte, und eine grauhaarige Frau schlug einem bärtigen Nackten die flache Hand ins Gesicht, was dieser ungerührt hinnahm.

»Werden sie bestraft?«, fragte Reja.

»Im Gegenteil, ihnen wird eine Ehre zuteil. Man nimmt sie in den Kreis jener auf, die als Nachrücker für Interpreten infrage kommen.«

»Für die Berater der Konsulin«, erinnerte sich Yul.

»Genau. Ihre Analysen von Ratios Antworten sollen möglichst wenig durch Emotionen getrübt werden. Deswegen ziehen sie sich aus dem gewöhnlichen Leben zurück.«

Yul betrachtete die Szenerie. Es sah seltsam aus, wegen der

durchsichtigen Wände schienen die Menschen im Freien zu stehen, wo das Unwetter tobte, ohne sie zu erreichen. Die Unbekleideten waren sichtlich um Fassung bemüht, aber bei den anderen herrschten traurige Mienen vor. Nur die Gruppe um eine Greisin, der ein kleiner Finger fehlte, schien vor Stolz beinahe zu platzen.

»Sind das ihre Familien, die Abschied von ihnen nehmen?«, fragte Yul.

»Du beobachtest gut«, sagte Evra anerkennend. »Hast du selbst eine Familie?«

»Eine Tochter«, antwortete Yul tonlos. »Ich liebe sie sehr. Aber es lief trotzdem nicht gut. Es war nicht leicht für sie, mit mir auszukommen.«

»Ist sie auf der Pontifessa?«

Er schüttelte den Kopf. »Ich nehme an, dass Jinna im vergangenen Jahrhundert gestorben ist.«

—

»… werden wir gut behandelt«, schloss Yul Debarra seinen Vortrag.

Er hatte das Gefühl, dass sich der Symbi in seiner Halsbeuge regte, aber das mochte Einbildung sein. Immer, wenn er daran dachte, meinte er auch, das Tier als kaltes, glitschiges Etwas zu spüren, obwohl das Thermometer bewies, dass der Symbiont exakt Yuls Körpertemperatur hatte. Für die per Holoverbindung geführte Verhandlung mit der Pontifessa war er unter einem weiten Hemd mit hoch geschlossenem Kragen verborgen.

Reja Gander hatte sich wieder für den hellen Seidenschal entschieden, der in mehreren Windungen um ihren Hals lag. Zudem trug sie einen schwarzen Hut mit ungleichmäßiger Krempe, vorne keine fünf Zentimeter breit, aber hinten so weit, dass sie über ihrem Nacken hing. Ihre Haarpracht reichte tiefer hinunter, sie fiel über ihren halben Rücken.

»Aniz ist ein Paradies!«, rief Reja. Offenbar war sie unzufrieden mit Yuls sachlicher Darstellung dessen, was sie auf dem Planeten vorfanden. »Alle arbeiten hier für das Gemeinwohl, geleitet von nüchternem Kalkül. Hier existiert keine Gier. Ich weiß, dass ihr euch das nicht vorstellen könnt. Ihr müsstet es erleben!«

Der Holowürfel war ein Fremdkörper. Das dreidimensionale Lichtbild schwebte zwischen Farnen über einem Rundbrunnen, der so leise plätscherte, dass er die Unterhaltung nicht störte. In diesem Brunnen schwammen Goldfische, bei denen sich Yul fragte, ob sie genetisch auf Größe hin optimiert waren. Von der Erde kannte er keine Exemplare, die so lang wurden wie sein Unterarm.

Mehr als die Künstlichkeit der Projektion störte das, was sie zeigte, die natürlich wirkende Umgebung in diesem überdachten Garten. Chok Myuler und Tanarra deFuol blickten ihnen gemeinsam mit John Broto entgegen. Sie hatten sich am dreieckigen Besprechungstisch in der PONTIFESSA versammelt. Außer dem Eisen der Tischplatte und den ernst blickenden Gestalten war nichts zu sehen, der Raum war abgedunkelt. Das machte das Holo zu einem Würfel aus Schatten, die das Licht der Umgebung einzusaugen schienen.

»Vielleicht ist Reja von ihren neuen Eindrücken überwältigt«, schränkte Amika Telora ein. Die Konsulin führte die Verhandlung für den Planeten, Yul und Reja dienten lediglich als Zeugen. »Aniz ist sicher noch kein Paradies. Aber wir bemühen uns, eines zu werden, und wir glauben, dass wir uns auf einem guten Weg dorthin befinden. Ich lade euch ein, euch uns anzuschließen. Alle zusammen oder Einzelne von euch, die diese Entscheidung treffen. Jeder ist uns willkommen, wenn er vorher die Waffen ablegt.«

John schnaubte, wobei sich seine Augen weiteten. Wegen seiner schwarzen Haut war das besonders auffällig.

»Von meiner treuesten Mitarbeiterin«, Tanarra zog ihre Pistole und drehte sie, sodass der blanke Lauf der großkalibrigen Waffe funkelte, »werde ich mich niemals trennen.«

John verschränkte die Arme. Die Uniform, die er als Hauptmann trug, verbarg seine Muskeln nur unvollkommen.

»Wir wollen keine Bürger werden«, stellte Chok klar.

Die drei schwebten in der scheinbaren Schwerelosigkeit des freien Falls. Dennoch richteten sie sich am Tisch aus, sodass die Platte die Beine verdeckte. Yul konnte nicht sehen, wie es um das lädierte Knie des Managers stand.

»Wir wollen mit euch handeln«, fuhr Chok fort. »Ihr habt Dinge, die uns interessieren. Protactinium für unsere Reaktoren, damit wir nicht mit Energie knausern müssen. Selbstverständlich die Komponenten der alten Sternenbrücke, die *Starsilver* gehören und die ihr unrechtmäßig auf euren Planeten geschafft habt. Darüber hinaus ist bei eurem Überfall einiges zu Bruch gegangen, von dem wir erwarten, dass ihr es ersetzt. Wir werden euch die Fertigungspläne schicken. Ihr solltet sowohl über die Rohmaterialien als auch über die Maschinen verfügen, um das Benötigte herzustellen.«

»Reichst du mir die Melone, Reja?«, bat Amika.

Sie saßen an einem nierenförmigen Tisch, auf dem sich frisches Obst, Karaffen mit Wasser und Saft, dampfende Tassen mit heißer Schokolade und Zuckerwaren drängten. Alles Genüsse, die es auf einem Raumschiff, das einen Unterlichtflug hinter sich hatte, nicht gab.

Reja hielt ihr die Porzellanschale mit der in schmale Keile geschnittenen Honigmelone hin. Ihr Hut reichte bis zu den Brauen herab. Das machte Yul zum Einzigen auf dieser Seite der Verbindung, dessen Balancechip sichtbar war.

Amika wählte ein Stück aus. »Danke.«

Die Konsulin lehnte sich in ihrem geflochtenen Stuhl zurück und sah zum Holo hinüber, während sie einen kleinen Bissen nahm. »Ihr habt mir gesagt, was ihr wollt. Was kriegen wir, wenn wir es euch geben?«

»Wer den Profit des Konzerns erhöht«, Tanarra steckte ihre Pistole ins Holster, »der profitiert auch selbst. Natürlich gilt dafür die Voraussetzung, dass die Sternenbrücke wieder etabliert ist.«

Chok kippte ein wenig nach vorn, wobei er sich mit einer Hand an der Tischkante festhielt. »Wir alle auf der PONTIFESSA werden steinreich. Für euch ist auch etwas drin, wenn ihr kooperiert.«

»Wir werden uns dafür einsetzen, dass *Starsilver* euren Beitrag berücksichtigt. Deinen und den aller anderen, die sich um unsere Mission verdient machen.«

Yul verzog den Mund. »Ein so tumber Versuch ist unter eurem intellektuellen Niveau. Uns allen ist klar, dass ihr gar nicht befugt seid, solche Zusagen zu machen.«

»Woher willst du das wissen?«, fragte Chok.

Yul beugte sich vor. »Es folgt aus den Umständen. Wir sind vor eineinhalb Jahrhunderten aufgebrochen. In die aktuellen Managementstrukturen seid ihr überhaupt nicht eingebunden. Eure Aufgabe ist klar umgrenzt: die PONTIFESSA hierherzubringen und die Sternenbrücke zu reparieren. Dafür habt ihr, wie alle Besatzungsmitglieder, ein fixes Gehalt zugesagt bekommen. Aber was eure Rolle bei *Starsilver* angeht: Die muss sich erst noch finden. Oder gefunden werden, in der neuen Organisation mit den neuen Posten, die in dem Moment zur Verfügung stehen, in dem das erste Schiff seit so langer Zeit über die Brücke kommt. Dann mögt ihr eine eigene Abteilung bekommen, ein eigenes Budget ... Aber noch habt ihr nichts dergleichen. Ihr könnt keine solchen

Zusagen machen. Das Einzige, worüber ihr verfügt, ist die Pontifessa und das, was sich auf ihr befindet.«

»Nun, das ist nichts, woran wir interessiert sind«, versetzte Amika.

»Und ihr glaubt nicht«, fragte Tanarra, »dass wir uns mit dem Vermögen, das wir nach dieser Mission besitzen werden, Stimmanteile bei *Starsilver* kaufen könnten?«

»Sicher könntet ihr das.« Yul ärgerte sich darüber, dass er offenbar weiterhin für dumm verkauft werden sollte. »Genauso gut könntet ihr in einen anderen Konzern investieren. Weil er zum Beispiel größere Profite auszahlt. Selbst wenn ihr *Starsilver*-Aktien kauft, werden sie in der Masse des Kapitals keinen messbaren Anteil ausmachen. Und auch …«

»Aber wir werden auf einflussreichen …«, setzte Chok an.

»Und auch wenn ihr einigen Einfluss hättet«, Yul hatte keine Lust, sich unterbrechen zu lassen, »würde euch der Grund fehlen, euch an die Abmachung zu halten. Ihr hättet bereits alles bekommen, was euch auf Aniz interessiert.«

»Wir können einen wasserdichten Vertrag aufsetzen«, schlug Tanarra vor.

»Und wer würde die Einhaltung garantieren?«, fragte Reja. »*Starsilver*? Ein Vertrag zwischen unautorisierten *Starsilver*-Mittelmanagern und einer *Starsilver*-Kolonie, die von einer formaljuristisch nicht autorisierten Regierung vertreten wird. Da wird sich keine weitere Partei einmischen. Jeder wird das als interne Angelegenheit von *Starsilver* auffassen.«

»Das ist es auch«, zischte Chok.

Amika legte den Rest ihres Melonenstücks ab. »Auf dieser Basis kommen wir nicht zusammen.«

»Urteilst du nicht vorschnell?« Lauernd blickte Tanarra ihnen entgegen. »Willst du Macht, Konsulin? *Starsilver* könnte dir einen Posten verschaffen, auf dem du über mehr Angestellte bestimmst, als dein Planet Bewohner hat. Oder Abenteuer? *Starsilvers* Exploratoren sind zu fernen Sternen unterwegs, um die Welten kreisen, die wir uns noch nicht einmal vorzustellen vermögen. Gasriesen, deren Gravitation den Kohlenstoff zu Diamanten presst, groß wie Häuser und schwer genug, um abzuregnen. Diamantenregen …«

»Du kannst keine Zusagen für *Starsilver* geben«, wiederholte Reja.

»Garantien sind für Feiglinge«, tat Tanarra den Einwand ab. »Jemand, der es zur Konsulin gebracht hat, vertraut auf seine Fähigkeiten. *Starsilver* mag eigennützig agieren. Das macht den Konzern berechenbar. Beweise, dass du nützlich bist, Amika. Dass der Konzern durch dich seinen Profit steigern kann. Dann wird er es tun. Ein Naturgesetz, so zuverlässig wie der Lauf der Zeit.«

»Abenteuer bei fernen Sternen?« Amika pustete über ihren Kakao und nahm einen Schluck. »Nur der muss wandern, der noch kein Zuhause gefunden hat. Auf mich trifft das nicht zu. Aber auf euch vielleicht? Kommt und seht euch Aniz an! Ihr wart eineinhalb Jahrhunderte unterwegs. Da kommt es nicht darauf an, ob die Sternenbrücke noch ein paar Tage länger gebrochen ist. Ein kluger Manager prüft alle Optionen, bevor er sich entscheidet, habe ich mir sagen lassen.«

»Und was sollten wir uns anschauen?«, murrte Chok.

»Hier gibt es kein Elend.« Reja klang frustriert, wie in der Erwartung, ohnehin nicht überzeugen zu können. »Macht euch selbst ein Bild davon, wie gut man hier lebt.«

»Falls man auf Anisatha-Zwei gut lebt, dann tut man es auf *Starsilvers* Kosten«, versetzte Chok. »Ohne die Investitionen des Konzerns wäre der Planet unbewohnbar.«

Amika seufzte. »Tatsache ist doch, dass ihr festhängt. Mit eurem Schiff könnt ihr kein Ziel ansteuern, das in irgendeiner Weise attraktiv für euch wäre, und die Sternenbrücke bekommt ihr mit euren Bordmitteln nicht repariert. Für einen Unterlichtflug zur Erde reicht euer Treibstoff nicht. Wie lange wollt ihr in dieser Blechbüchse herumhängen? Einen Monat? Ein Jahr? Zehn?«

»So lange es nötig ist«, sagte John.

Amika nahm einen Apfel, warf ihn hoch und fing ihn wieder auf. »Lasst uns wenigstens eine Versorgungslieferung schicken. Frisches Obst oder ...«

»Wir haben, was wir brauchen«, blaffte der Hauptmann der Gardisten.

»So genügsam?« Amika lächelte zynisch. »Das bin ich von Konzernern gar nicht gewohnt.«

Yul fragte sich, wann Amika Konzernangehörige getroffen haben wollte. Oder bezog sie sich auf Dokumentationen?

»Möglicherweise denkt ihr zu eng, was euer Leben bei uns angeht. Ich kann mir eine eigene Insel für euch vorstellen. Dort könntet ihr leben, wie es euch gefällt. Wir könnten euch auch exklusive Schürfrechte in einem Sektor der Asteroidengürtel geben, damit ihr an die Rohstoffe kommt, die es auf dem Planeten kaum gibt. Wie Protactinium zum Beispiel.«

»Wieso wollt ihr so großzügig sein?«, fragte Tanarra misstrauisch.

»Weil wir nicht eure Feinde sind. Dazu gibt es keinen Grund. Ihr gefährdet uns nicht länger, und Aniz ist groß genug.«

»Kyle hatte einen Traum.« Yul hob die linke Hand und spreizte die Finger. »Er war Human-Unitarier. Er glaubte daran, dass Menschen zusammenarbeiten müssen, um das Potenzial der Menschheit zu erschließen.«

Chok sah weiterhin Amika an. »Wir müssten uns euch nicht unterordnen? Also dürften wir unsere Waffen mitbringen?«

»Ich würde es nicht Unterordnung nennen«, wich Amika aus. »Aber jede Gemeinschaft braucht Regeln, und wer auf demselben Planeten wohnt, geht eine Schicksalsgemeinschaft ein. Bei planetenweiten Entscheidungen wird Ratio Vorgaben machen.«

»Ein Supercomputer«, erklärte Yul. »Er optimiert das Zusammenleben auf Aniz.«

»Ratio garantiert unparteiische Entscheidungen«, sagte Reja. »Ihr würdet nicht übervorteilt werden.«

Chok sah seine beiden Mitstreiter an, die aber schwiegen. »Wir beraten darüber.« Er unterbrach die Verbindung, das Holo erlosch.

»Ist das jetzt gut oder schlecht gelaufen?«, fragte Amika.

Yul lehnte sich zurück und steckte sich eine Traube in den Mund. »Schwer zu sagen.«

»Ich bin enttäuscht«, sagte Reja, »dass sie sich nicht wenigstens anschauen wollen, was ihr hier aufgebaut habt.«

Das Holo schien wieder auf. Ein junger Mann war darin zu sehen. »Wir haben eine Meldung von der Raumüberwachung erhalten«, sagte er grußlos. »Ein Wettersatellit ist ausgefallen. Wir vermuten, dass er abgeschossen wurde.«

»Mir scheint, damit haben wir unsere Antwort.« Amika stand auf.

Yul Debarra versuchte, einen gleichmäßigen Schrittrhythmus auf dem Laufband zu halten. Über Mund und Nase trug er eine Maske, durch die das mit Dioden bestückte Gerät neben ihm das Atemvolumen maß. Sensoren, die an der Brust und den großen Muskeln von Armen und Beinen klebten, lieferten weitere Daten.

Neben ihm rannte Reja Gander. Sie trug eine kurze Hose

und eine Art Binde über den Brüsten, an allen anderen Stellen glänzte der Schweiß auf der braunen Haut. Ihr Haar lag bis zu dem Gummi, mit dem sie es am Hinterkopf zusammengefasst hatte, eng an. Jenseits davon entwickelte es ein Volumen wie Wasser, das aus einer Düse spritzte, und wippte bei jedem Schritt. Auf ihrer rechten Schulter saß der schwarzgrüne Symbi wie eine übergroße Nacktschnecke.

Yul fragte sich, in was für eine Einrichtung Evra Malter sie gebracht hatte. Sie hatte von ihrem *Labor* gesprochen. Die durchsichtigen Schränke mit den Petrischalen darin, die Kolben und Reagenzgläser in ihren Halterungen und die Mikroskope und anderen Untersuchungsinstrumente, die die drei Dutzend weiß gekleideten Männer und Frauen bedienten, passten zu dieser Bezeichnung. Aber es gab auch Liegen, Medikamentenschränke und Projektoren, die eher in ein Behandlungszimmer gehörten.

Und der Gesamteindruck des großen Raums sprach am ehesten für einen Zoo, nicht nur wegen der Leuchtquallen in den transparenten Röhren unter der Decke. An deren Anblick hatte sich Yul beinahe gewöhnt. Auf ihn wirkte es, als hätte man auf jeden freien Platz, und sei er auch noch so begrenzt, eine Pflanze gestellt. Kleine sprossen aus länglichen Beeten auf den Lehnen von Bänken, größere standen in Bottichen. Von der hohen Decke hingen belaubte Stränge. Tiere hockten oder schwammen in Käfigen und Aquarien. Die Symbis kannte Yul zwar schon, aber ihre Vielfalt war ihm neu. Ihnen allen war der Ursprung in Seegurken anzusehen, ihre Größe variierte jedoch von einem kleinen Finger bis zu einem Meter. Einfarbig braune Exemplare lagen in der Nährflüssigkeit neben welchen, über deren runzelige Haut sich rote Spiralen zogen.

Zudem gab es hier Fische, Oktopusse, Terrarien mit Insekten und Echsen, ein Gehege mit so etwas wie Schakalen, eine

Kolonie fetter Würmer in Humus. Am merkwürdigsten fand Yul tierische Körperteile, die zu leben schienen, obwohl sie nicht mehr mit einem Gesamtorganismus verbunden waren. Eine gigantische Krebsschere, die auf- und zuklappte, ein mit Kabeln versehenes, zuckendes Stück Fleisch und so etwas wie eine mit Fell überzogene Fettschicht, bei der unterschiedliche Muster wellenartig durch das Haar liefen.

»*Biomedizin* – was genau bedeutet das?« Das Laufen verlieh den Silben einen eigentümlichen Rhythmus, und Yuls Maske gab ihnen einen Hall, als spräche er in eine leere Dose.

»Wir beschäftigen uns mit den Gesetzen, denen alles Lebende folgt«, antwortete Evra.

Sie setzte Pilgrim eine Spritze. Der Hund hatte sich nicht beruhigen lassen, also hatte sie ihn betäubt. Es beruhigte Yul, im Holo neben ihm die gleichmäßigen Ausschläge für Herzschlag und Atemzüge zu sehen.

»Warum habt ihr ihm keinen Symbi in den Pelz gesetzt?«, fragte Reja feindselig.

»Zwei Gründe.« Evra warf die leere Spritze in einen Abfalleimer. »Erstens haben wir keine Symbis, die auf diese Hunderasse justiert sind.«

»Eigentlich ist Pilgrim ein Mischling«, sagte Yul.

»Das hätte es noch schwieriger gemacht. Keine eindeutigen Referenzdaten. Aber bei Tieren ist es ohnehin kompliziert. Wahrscheinlich hätte er versucht, den Symbi abzukratzen.«

»Ich würde ihn mir auch am liebsten von der Schulter reißen«, murrte Reja.

»Die Biomedizin beschäftigt sich also allgemein mit der Biologie, nicht nur mit der Humanmedizin?«, versuchte Yul, vom Reizthema abzulenken.

»Die komplette Biologie von Aniz ist auf den Menschen hin geschaffen.« Evra zog ihre Einmalhandschuhe aus und warf sie weg. »Und zwar von meinen Vorgängern. Sie haben dafür gesorgt, dass die Biokreisläufe, die sie eingeführt haben, ineinandergreifen und letztlich den Menschen nützen, die diesen Planeten bevölkern. Meine Aufgabe besteht darin, dafür zu sorgen, dass es so bleibt. Es gibt Schwankungen, Ozeane und Inseln sind keine Labore mit kontrollierten Bedingungen. Zudem kann man optimieren. Ein Arbeitsfeld, in dem es immer etwas zu tun gibt.«

»Und Patienten behandelst du nebenbei?«

Lächelnd schüttelte sie den Kopf. »Ich versuche, nie zu vergessen, dass am Ende alles dem Menschen dient. Wir kreuzen die Symbis mit wilden Formen, um sie zu optimieren und noch umfassender einsetzen zu können. Damit ich weiß, wo der Bedarf liegt, behandle ich auch immer persönlich Patienten.«

Sie studierte das Messgerät neben Yul. »Ihr könnt jetzt aufhören. Dein Symbi kann ab, er würde sich ohnehin bald lösen. Das Immunsystem ist auf der Höhe, den Rest schafft es ohne Unterstützung.«

Reja lief auf dem Band aus. »Und was ist mit mir?«

Evra ging zu ihr hinüber und sah sich die Daten an. »Noch nicht. Übermorgen wahrscheinlich.«

»Zwei Tage noch?«, rief Reja.

»Yul hat eine robustere Grundkonstitution.«

Reja schnaubte. »Was ist, wenn ich das Risiko selbst übernehme und mir das Ding einfach abreiße?«

»Das kann ich nicht empfehlen. Erstens würdest du dir die Haut aufreißen, und zweitens müsste ich das der Konsulin melden.«

Mit einem Handtuch rieb Reja den Schweiß ab. »Oh, du müsstest petzen. So, wie du auch gepetzt hast, dass Koss uns sprechen wollte.«

Yul war froh, dass Pilgrim aufwachte. Er kümmerte sich

lieber um den Hund als um das Gezänk. »Na, wie geht es dir, Kleiner?«

Die schwarzen Knopfaugen blickten ihn durch einige lockige Strähnen hindurch an, die violette Zunge leckte über die Lefzen.

Er kraulte Pilgrims Bauch.

»Halt mal einen Moment still.« Evra schüttete ein gelbes Pulver aus einer Dose auf Yuls Symbi. »Das bringt ihn dazu, die Verankerung zu lösen.«

An mehreren Stellen in der Schulter spürte Yul ein kurzes Ziehen. Schmerzhaft war es nicht, aber so ungewohnt, dass er sich unwohl dabei fühlte.

»Eure Grundfitness ist erstaunlich gut, wenn man bedenkt, wie lange ihr reglos gelegen habt«, sagte Evra. »Knochen, Muskeln, Lunge, Kreislauf ... alles im gesunden Normbereich.«

»Dann haben die Cryoliegen der PONTIFESSA gute Arbeit geleistet.«

»So muss es sein. Die Technomedizin ist nicht mein Fachgebiet, wie ihr wisst.«

»Dafür sollten wir dann wohl mit Koss sprechen«, provozierte Reja.

»Da du es erwähnst ...« Evra nahm den Symbi von Yuls Schulter und legte ihn in einen eckigen Behälter ohne Nährflüssigkeit. »Koss könnte heute Abend bei einer Party von Henk Oll sein. Du kennst ihn, Reja.«

»Ich habe mit ihm über Kleinraumschiffe gesprochen.«

»Die ersten Konsultationen zwischen PONTIFESSA und Aniz?«, fragte Yul. »Die Funkverbindung nach dem Erstkontakt?«

»Natürlich.«

»Er hat angekündigt, dass er euch beide ebenfalls einladen wird«, sagte Evra. »Ich habe ihm davon abgeraten. Es wäre gut, wenn ihr euch noch ein paar Tage von solchen unkontrollierten Begegnungen fernhalten würdet.«

»Aber *biomedizinisch* spricht nichts dagegen?«, fragte Reja.

Evra legte den Kopf schräg. »Es ist ein Graubereich. Die Kontraindikation ist nicht stark genug, um euch eine Teilnahme zu verbieten. Die Konsulin hat entschieden, dass Henk euch die Einladung schicken darf. Aber ich fände es gut, wenn ihr nicht hingehen würdet.«

»Und ich hätte es gut gefunden, heute den Schleimklumpen loszuwerden«, versetzte Reja. »Ich hoffe, du kannst uns erklären, wo ich Partykleidung bekommen kann, die dieses Viech verdeckt.«

Risse

Der Stil des *Reflections* stand in starkem Kontrast zur naturintegrierten Bauweise, die Yul Debarra überall sonst auf Peniona fand. Der Club erinnerte an ein verlassenes Industriegebäude. Gerüste aus schwarzem Eisen füllten das Innere eines mehrstöckigen Betonturms mit quadratischer Grundfläche. Der zentrale Hof öffnete sich zu einem Schacht über die gesamte Höhe, Treppen und Emporen aus Metallrosten zogen sich an den Wänden entlang. Handläufe, Tischplatten und Abstellflächen für Getränke und Snacks bestanden aus poliertem Chrom.

Schwarz und Chrom… Offenbar war Yuls Design für Chrome Castle doch nicht so einmalig, wie er es empfunden hatte. Aber dies war die Wirklichkeit, keine Wunschwelt. In den silbrigen Flächen spiegelten sich die Partygäste und die Einrichtung. Die meist stabförmigen Leuchtelemente waren so geschickt an der Decke oder in den Verstrebungen installiert, dass ihr weißblaues Licht selten blendend zurückgeworfen wurde.

Leuchtquallen gab es hier nur vereinzelt. Yul vermutete, dass die Tiere nicht zur Einrichtung gehörten, sondern durch das in der Mitte offene Dach hereingeschwebt waren. Dort fiel auch der Niederschlag senkrecht herab, an Yul vorbei, der an einem Geländer lehnte, und plätscherte in das quadratische Becken, das in den mit Kies bedeckten Boden eingelassen war.

Eine Weile sah Yul den Regenfäden zu. Er nippte an seinem roten Cocktail, legte den Kopf in den Nacken und blickte hinauf zur Öffnung im Dach, über der die Wolken im dunklen Himmel bloß zu erahnen waren. Auf den seitlich angebrachten Transplastelementen, die den Regen von den Emporen abhielten, leuchteten dagegen fahlblaue Kreise bei jedem Tropfen auf, der sie traf.

Yul drehte sich um und kehrte zurück in den Raum, in dem er Pilgrim zurückgelassen hatte. Der Hund genoss die allgemeine Aufmerksamkeit. Jeder wollte sein Fell kraulen, man überbot sich in Beschreibungen, wie klug und niedlich er aussähe. Er hatte sich jahrelang gemeinsam mit seinem Herrchen in Librevilles Straßen durchgeschlagen, also würde er auch in dieser Gesellschaft zurechtkommen, entschied Yul.

Die Musik, die die etwa fünfhundert Gäste berieselte, fand er gewöhnungsbedürftig. Keine elektronischen Instrumente, kein Gesang, sondern nur Harfenspiel, vorgetragen von Musikerinnen und Musikern, die in vielen Räumen auf indirekt beleuchteten Podien saßen. Die Perlenvorhänge in den Durchgängen schluckten den Schall, sodass sich die Melodien nicht überlagerten.

Die Gäste dagegen nahmen keine Rücksicht auf die künstlerischen Darbietungen. Sie unterhielten sich ungeniert, womit es die leiseren Töne schwer hatten, gegen den Klangteppich anzukommen. Zumindest die Harfnerin in diesem Raum schien das nicht zu stören. In einem silbernen Paillettenkleid auf einem Hocker sitzend, wirkte sie völlig selbstversunken. Die Lider öffnete sie beim Zupfen der Saiten nur selten. Der Rahmen des Instruments überragte ihre Schulter. Ihre bloßen Arme sahen schwerelos aus, während sie vor und zurück griff. Die Fingerkuppen rissen mal energisch über mehrere Saiten, dann wieder schien sie sich kaum zu trauen, einen der glänzenden Drähte zu berühren.

Mit einem Blick versicherte sich Yul, dass Pilgrim die Aufmerksamkeit noch immer genoss. Dann schob er den Vorhang beiseite und ging in den angrenzenden Raum.

»Yul!«, rief Koss Terrunar. »Da bist du ja wieder!« Einer seiner Freunde schlug ihm auf den Rücken, während er an einer korkenzieherartigen Chromskulptur vorbeitaumelte. Sein violettes Hemd war zerrissen, eine grüne Flüssigkeit klebte auf seiner Glatze. »Du musst es endlich auch probieren! Sonst denkst du noch, auf Aniz kennen wir gar kein Vergnügen.«

Yul sah den Symbi an, der halb auf Koss' Schulter, halb auf dem Nacken saß. Es war ein großes Tier, und es pulsierte, als würde es tief Atem holen.

Jeder der sechs Männer in diesem Raum trug einen Symbi. Weitere lagen in Kästen mit Nährflüssigkeit.

»Nein, danke«, wehrte Yul ab. »Ich will erst abwarten, ob meine Immunisierung Nebenwirkungen zeigt.«

»Ach was!« Weil er kleiner als Yul war, musste Koss sich verrenken, um den Arm um seine Schultern zu legen. Er roch merkwürdig, nach ätherischen Ölen, die Yuls Nase weiteten. »Du musst mal etwas wagen.« In einem schwungvollen Bogen stieß er den freien Arm aufwärts. »Ins Unbekannte gehen! Nicht nur durch eine physische Reise. Auch hier.« Verschwörerisch sah er zu ihm auf und tippte sich an die Schläfe. »Hier ist …« Er blickte umher. Seine Freunde waren keine Hilfe. Zwei sprachen miteinander, die anderen lagen mehr auf den an der Wand angebrachten Bänken, als dass sie saßen. »Hier ist alles drin. Alles, worauf es wirklich ankommt. Was wir in unserem Leben …«

»Hier bist du also«, sagte eine Frauenstimme hinter Yul.

Er drehte sich um, was eine willkommene Gelegenheit war, Koss' Arm loszuwerden. Ihr weißer Anzug machte Evra Malter in dieser Umgebung zu einer Leuchtgestalt. Hinter ihr stand eine deutlich jüngere Frau, die Yul interessiert musterte. Beinahe ihr gesamtes Haupthaar war raspelkurz geschoren, nur an den Seiten trug sie es so lang, dass es auf die Schultern fiel.

»Ich sehe, du hast Koss gefunden«, stellte Evra fest.

»Ja …«, sagte Yul gedehnt. Skeptisch musterte er den Mann, der ihn nun schwankend anstierte.

Evra trat dicht an Yul heran. »Sie tränken Symbis in eigenen Mixturen«, raunte sie. »Das hat manchmal eine überwältigende Wirkung.«

»Das sehe ich.«

»Darf ich dich retten?« Evra deutete auf die junge Frau. »Niquolett ist bestimmt eine ergiebigere Konversationspartnerin als Koss. Nicht nur, aber insbesondere, wenn er in diesem Zustand ist.«

Yul zögerte. »Glaubst du nicht, dass er bald ausnüchtert?«

Koss ballte die Hände zu Fäusten. »Ihr sollt nicht über mich sprechen, als wäre ich nicht dabei.«

»Ich hätte gern mit dir über Technomedizin gesprochen.«

»Ach!« Abfällig winkte er ab. »Dazu musst du erst deinen Verstand erweitern. Sonst begreifst du nichts! Lass mich einen Symbi mit einer guten Mischung für dich aussuchen.« Koss drehte sich sehr schwungvoll um, sodass Yul froh war, dass es ihn nicht von den Füßen riss. Unschlüssig blickte er in die Behälter mit den Weichtieren.

»Niquolett ist ein gutes Beispiel für angewandte Technomedizin.«

Yul musterte die junge Frau mit neuem Interesse. Entweder besaß sie ein außergewöhnliches Gespür dafür, sich vorteilhaft zu präsentieren, oder sie hatte eine Traumfigur mit ausgeprägten Rundungen, einer engen Taille und langen Beinen. Ihre dünnen Brauen waren doppelt geschwungen, die Augen mandelförmig, die Nasenspitze ein wenig keck und die Lippen voll. Natürlich war ihre Stirn nackt, ohne Balancechip, wie bei allen Bürgern von Aniz.

Die Besonderheit, auf die Evra anspielte, bemerkte er erst, als Niquolett die linke Hand hob. Zunächst vermutete er einen Handschuh mit Metallic-Effekt. Aber das Klackern, mit dem sich die Finger schlossen und öffneten, ließ ihn begreifen, dass er eine Prothese sah.

Niquolett grinste. »Macht was her, oder?«

»Das kann man wohl sagen.«

»Ich hab jetzt …«, brummte Koss. »Das hier sollte ein guter Symbi für dein erstes Mal …«

»Kommst du?« Niquolett ging zurück in den Raum mit der Harfenspielerin.

Yul folgte ihr hindurch und auf die Empore. Hier war es heller, sodass er besser sah, wie die weißen, keilförmigen Akzente in Niquoletts Kleidung ihre Figur betonten. Sie bewegte sich auf der linken Seite etwas abgehackt, mit kurzen Unterbrechungen, vor allem auf der Treppe.

»Du bist also der Mann von der Erde«, stellte sie fest.

»Und du die Frau mit der eisernen Faust.«

»Habe ich mir nicht ausgesucht«, sagte sie. »Ist aber okay. Das Beste, was ich kriegen konnte, nachdem mein Flieger an einem Asteroiden entlanggeschrammt ist. Das war meine eigene Blödheit. Ich hatte Glück, dass die Büchse dicht geblieben ist und die Atmosphäre gehalten hat. Nur unangenehm eng ist es geworden mit dem eingedrückten Rumpf.«

»Du bist Asteroidenschürferin?«, vermutete Yul.

»Wir sagen *Astrofliegerin* dazu«, präzisierte sie. »Aber das ist vorbei. Ich bin nicht mehr sensibel genug. Körperlich, meine ich. Ansonsten eigentlich auch nicht.« Sie lachte.

»Taktile Sensoren sind sicherlich eine Herausforderung.«

»Es gibt Sperren, damit ich niemandem versehentlich die Hand zerquetsche«, erklärte sie. »Die muss ich aktiv übersteuern, wenn ich doch einmal extreme Kraft aufwenden will.«

»Ich glaube, für eine solche Prothese würden sich einige Gardisten auf der PONTIFESSA freiwillig einen Arm abnehmen lassen.«

»Beim Arm bringt es mehr als beim Bein«, meinte Niquolett. »Vor allem bei der Hand. Schau! Ich kann den kleinen Finger als zweiten Daumen benutzen.« Er schnappte herum, sodass er den drei mittleren Fingern gegenüberstand.

»Das gibt bestimmt einen besonders sicheren Griff.«

Sie grinste. »So werden die Technomediker es sich gedacht haben.«

»Leider kann ich keine solchen Extras aufbieten.«

»Du hast einen niedlichen Hund.«

»Der gehört sich selbst, nicht mir. Wir sind nur Kumpels.«

»Verstehe.«

Nebeneinander stützten sie sich auf ein Geländer und sahen dem Regen zu. Yul dachte darüber nach, wie groß der Unterschied war, den einhundertfünfzig Jahre Isolation hervorgebracht hatten. Nicht nur technologisch und wissenschaftlich, sondern auch gesellschaftlich.

»Wie wird Ratio dich jetzt einsetzen?«, fragte er.

»Hm?«

»Ich meine, wenn ich es richtig verstanden habe, teilt Ratio euch doch allen die Aufgaben zu, die ihr übernehmen sollt. Eure Berufe.«

»Ja, das stimmt. Einen Flieger werde ich nicht mehr steuern. Aber ich überlege, mich für Arbeiten in der Terraformung zu qualifizieren.«

»Du willst daran mitwirken, ganz Aniz zu einem Paradies zu machen.«

»Das ist lyrisch ausgedrückt. Ich wäre schon zufrieden damit, das Gefühl zu haben, niemandem zur Last zu fallen.

Besonders nicht meinem Vater.« Sie zeigte durch die Regenfäden in eine Bar ein Stockwerk tiefer. Die Front war zur Empore hin offen, sodass man hineinsehen konnte. In blauem Licht, das eine Unterwasseroptik erzeugte, saß Reja Gander an einem Tisch. Aber Niquolett meinte wohl den Fünfzigjährigen, mit dem sie sprach.

»Henk Oll ist dein Vater?«, fragte Yul überrascht. »Unser Gastgeber, der heute feiert, ein halbes Jahrhundert auf der Welt zu sein?«

»Gestatten: Niquolett Oll.« Sie streckte ihm ihre natürliche Hand hin.

Er schüttelte sie. »Yul Debarra, der nicht nur lange gereist ist, sondern auch eine lange Leitung hat. Deswegen hat Evra uns also vorgestellt.«

»Ich habe sie darum gebeten«, gab Niquolett zu. »Ich bin neugierig darauf, wie man auf der Erde lebt.«

»Ich kann dir auch nur sagen, wie es war, als wir aufgebrochen sind. Aber das wirst du schon aus Aufzeichnungen wissen, wenn du dich dafür interessierst.«

»Das sind nur Fakten. Daraus erkennt man nicht, wie es sich anfühlt.« Sie seufzte tief. »Bei uns ist alles so leer. Wir kennen keine Abenteuer, in denen unsere Fähigkeiten den Unterschied zwischen Erfolg und Scheitern bestimmen. Sex und Drogen sind ein schaler Ersatz.«

»Ich dachte, die Symbis sorgen dafür, dass Drogen keinen Schaden bei euch anrichten?«

»Dann wären sie kein Abenteuer mehr.« Sie lächelte freudlos. »Man kann Symbis bekommen, die außerhalb der offiziellen Linien gezüchtet wurden.«

»Auf der Erde gibt es Wunschwelten ohne Sperren. Man muss die Traumalkoven ein bisschen manipulieren, aber das ist nicht schwierig. Dann erzeugen sie intensive Rückkopplungen im Hirn.«

Neugierig sah sie ihn an. »Hast du das ausprobiert?«

»Nein, nie.«

»Wieso nicht?«

Er überlegte. »Der Kick war mir das Risiko nie wert, schätze ich.«

»Risiken … Möglichkeiten …«, überlegte Niquolett. »Auf Aniz gibt es Bürger, die sich wünschen, dass ihr die Sternenbrücke baut. Schon vor eurem Eintreffen wollten sie die Verbindung zur Erde wiederherstellen, aber ihnen fehlten die Mittel dazu.«

»Sobald die Brücke etabliert wäre, würde *Starsilver* hier wieder übernehmen«, mahnte Yul. »Wenn sie die Möglichkeit hätten, unbegrenzt Gardisten hierherzuschicken, würden sie auch nicht mehr verhandeln.«

Er sah hinüber zu Henk und Reja. Ob die beiden gerade über ähnlich Grundlegendes sprachen? Oder blieben sie bei den Flugeigenschaften verschiedener Raumschiffmodelle?

»Die Leute, von denen ich spreche, wünschen sich die Rückkehr der Konzerne«, sagte Niquolett.

»Aber wieso?«, fragte Yul.

»Ersehnt nicht jeder das, was er nicht hat?«

»Und was vermisst ihr?«

»Vielleicht ist es nur eine verklärte Vorstellung, aber … einfach das Recht, über sein eigenes Leben zu bestimmen. Dinge auszuprobieren, auch wenn sie gefährlich sind. Und die Belohnung dafür zu behalten.« Sie öffnete und schloss ihre Metallhand. »Die Prothese hat Ratio mir gewährt. Von den Gewinnen, die ich als Astrofliegerin erwirtschaftet habe, ist nichts bei mir angekommen.«

»Das ist wohl auch schwierig, wenn es hier kein Geld gibt.«

»Ist Geld nicht nur geronnene Wertschöpfung?«, fragte sie. »Und ich habe mehr zum Wohlstand auf Aniz beigetragen als jemand, der Getränke serviert.« Sie nickte zu dem

Kellner, der die Gläser vor Reja und Henk durch volle ersetzte. »Er muss nicht fürchten, einen Arm und ein Bein zu verlieren. Aber er bekommt von Ratio ebenso zugeteilt wie ich. Vielleicht sogar mehr, wenn Ratio beschließt, dass es ihm guttut.«

»Du willst dein eigenes Glück schmieden«, erkannte Yul. »Ein Werbespruch, den die Konzerne auf der Erde gern benutzen.«

»Lügen sie damit?«

Er wiegte den Kopf. »Je nachdem, wie man es sieht. Gerecht ist es nicht.«

»Wer kann schon sagen, was Gerechtigkeit ist?«

»Dasselbe kannst du zur Freiheit fragen. Wie frei ist jemand, der von Geburt an nur einen Arm und ein Bein hat? Sollte es nicht einen Mechanismus geben, der die Unfairness der Natur ausgleicht?«

»Vielleicht.« Versonnen sah Niquolett hinab in das Becken, in das der Regen fiel. »Ich bin ja auch keine Konzernerin. Wäre ich eine, würde ich wohl anführen, dass es schön wäre, sich selbst auszusuchen, wo man wohnt, anstatt den Platz dafür zugewiesen zu bekommen.«

»Reja wünscht sich eine Residenz in den Ringen des Saturn.«

»Solche Träume sind zu groß für ein Leben, das eine kalte Rationalität regiert. Ebenso, wie eine große Familie zu haben.«

»Das könnt ihr nicht?«

»Nur die Fruchtbaren.«

»Ach ja, ich erinnere mich, dass Evra uns das erzählt hat. Überzählige Kinder werden von den terraformten Inseln verwiesen. Aber führen sie dann nicht ein Leben, wie du es nun anstrebst? Indem sie an der weiteren Bewohnbarmachung von Aniz arbeiten?«

»Ich würde es wählen – in den Grenzen, die Ratio steckt. Sie haben keine Wahl.«

»Das ist ein Punkt«, gestand Yul zu.

»Und ich würde nicht unter Drogen gesetzt werden.«

Verständnislos sah Yul sie an.

»Das hat Evra wohl verschwiegen.«

»Ich erinnere mich jedenfalls nicht, dass sie etwas in dieser Richtung erwähnt hätte«, überlegte Yul.

»Man könnte sagen, dass die Fruchtbaren vergiftet werden. Das Antidot bekommen sie nur von den Bürgern. Eine Hauptaufgabe der Biomediker.«

Ungläubig schüttelte Yul den Kopf. »Ich glaube, ich verstehe dich nicht richtig.«

»Wer aus der Bürgerschaft ausgeschlossen wird, bekommt ein Giftdepot eingesetzt. Die Leber reproduziert das Toxin und speist es in den Blutstrom ein. In kleiner Dosis ist es harmlos, es erhöht sogar die Aufmerksamkeit. Aber wenn man einen Monat kein Antidot bekommt, wird man nervös. Nach drei oder vier Monaten ist man zu keiner koordinierten Aktion mehr fähig. Nach einem halben Jahr kollabiert man.«

»Was ... wieso ...?«

»Um die Fruchtbaren gefügig zu halten. Sie müssen auch ihre Kinder zur Behandlung bringen, wenn sie zehn Jahre alt werden. Evra hat es euch wirklich nicht gesagt?«

»Nein. Sie sprach nur davon, dass man auf Aniz die Todesstrafe abgeschafft hat, weil man sie inhuman findet.«

Niquolett lachte auf. »Als ob es milder wäre, jemanden jahrelang in Albträumen zu halten.«

»Aber die Fruchtbaren ... sie sind doch keine Verbrecher?«

»Ihr Verbrechen ist, dass sie zu zahlreich sind. Sie würden die Balance auf den optimierten Inseln zum Kippen bringen. Und wenn sie sich zusammentäten, wären sie nicht zu stoppen.«

»Ich kann kaum glauben, dass ...«

Niquolett trat einen Schritt zur Seite und sah an ihm vorbei. »Evra! Alles in Ordnung mit Koss?«

Die weiß gekleidete Ärztin kam die Treppe herunter. »Sein Körper braucht ein bisschen Zeit zum Ausnüchtern. Aber unseren Neubürger muss ich dir leider wieder abnehmen. Die Konsulin will uns sprechen.«

»Weswegen?«, fragte Yul.

»Um deinen ehemaligen Mitreisenden den Angriff auf unseren Weltraumfahrstuhl auszureden.«

»Bestätige: Die Bodenstation ist gesichert, die Kabinen stehen still«, drang die Funkstimme aus den Kopfhörern, die zugleich als Ohrenschützer dienten. »Alle zehn Kabinen befinden sich am Boden.«

Das Flappen der beiden Rotoren und der gegen die Scheiben peitschende Regen waren nur gedämpft zu hören. Yul Debarra versuchte, den Weltraumfahrstuhl zu erkennen. Die dünnen Kabel waren im verregneten Grau jedoch nicht auszumachen. Anders als die Frachtverladestation, die wie ein gigantischer Seestern unter ihnen lag. Sie glich einem Meeresungeheuer, das an Land kroch. Der größte Teil befand sich unter Wasser, aber die Aufbauten ragten noch weit von der Küste entfernt aus den Wellen. Positionslichter warnten Helikopter und andere Flugzeuge, wie auffällige Farben giftiger Fische ihre Fressfeinde auf Abstand hielten. Es wirkte wie eine Stadt, die vom Meer verschlungen worden war, sodass nur noch die Spitzen der höchsten Gebäude zu sehen waren.

»Ich frage mich, wie man so eine Anlage halbwegs in einem Stück hier runtergebracht hat«, murmelte Yul. »Ich meine, sie ist doch für den offenen Weltraum konstruiert. Ich hätte erwartet, dass sie beim Atmosphäreneintritt verglüht oder spätestens bei der Landung auseinanderbricht.«

»Ratio bietet umfangreiche Aufzeichnungen dazu«, erklärte Niquolett Oll. »Dass die Frachtverladeeinheit überwiegend im Wasser liegt, ist wohl günstig für die Stabilität. Aber ich bin keine Ingenieurin.«

»Ich schon.« Das Kehlkopfmikro nahm Reja Ganders Worte auf, Yul hörte sie über den Kopfhörer. Dadurch klangen sie technisch verzerrt. Ihre Eifersucht vernahm er dennoch. Reja mochte die junge Frau nicht. »Das Wasser sorgt für Auftrieb und wirkt damit dem Gravitationssog entgegen«, sagte sie. »Aber vor allem erzeugt es Druck auf die Hülle. Das sollte eigentlich Probleme machen; im All drückt die Atmosphäre nach außen.«

Beschwichtigend hob Niquolett die Hände – die biologische rechte und die linke, die aus einem eisernen Skelett bestand. »Davon verstehst du mehr als ich.«

»Allerdings.« Reja machte über dem Holo, das zwischen den Passagieren leuchtete, eine Bewegung, als würde sie über einen Tisch wischen. »Man sieht auf den ersten Blick, dass umfangreich umgebaut wurde. Eine Frachtverladeeinheit ist eigentlich eine dreidimensionale Struktur, mit Auslegern, die weit in sämtliche Richtungen ausgreifen. In diesem Fall wurde nahezu alles gekappt, was nach oben ragen sollte. Vermutlich wegen der Einsturzgefahr.«

»Und weil es für diese Module keine Verwendung gibt«, warf Evra Malter ein. »Wir haben genug Landeplätze. Es ergäbe keinen Sinn, ein Dutzend Türme schräg in den Himmel stechen zu lassen.«

»Das Material wurde anderweitig verbaut«, erklärte Niquolett.

»Die gegenüberliegenden Ausleger sind weitgehend erhalten.« Reja verschob die Darstellung im Holo. »Ich nehme an, um die Konstruktion im Untergrund zu verankern.«

»Sie dienen auch als Lager, vor allem für Flüssigkeiten«, sagte Evra. »Schließlich sind sie vakuumdicht.«

»Also nehmen nur noch die Ausläufer, die in der waagerechten Hauptachse liegen, ihre ursprüngliche Aufgabe wahr?«, fragte Yul.

»Das ist noch immer eine Infrastruktur, die es mit dem Hafen von Libreville aufnehmen kann.« Reja drehte die Darstellung und hob unterschiedliche Sektionen farblich hervor. »Andockschleusen, inzwischen wohl auf den Wasserbetrieb umgestellt.«

Evra nickte.

»Be- und Entladekräne«, zeigte Reja. »Prüfstationen. Lagerhallen. Transportröhren. Routing-Logik. Hallen für das Um- und Verpacken der Fracht. Verschiedenartige Habitate für verderbliche und exotische Ware, mit Kühlmöglichkeiten bis minus einhundertfünfzig Grad und Druckatmosphären bis zu zehn Bar, Dauerzentrifugen und Schwenkern. Fabriken für Montage und Demontage, mit programmierbaren Konstruktionsrobotern und flexiblen Werkzeugmagazinen. Dazu Räumlichkeiten, die man für die Besatzung von Frachtschiffen vorgesehen hat. Unterkünfte, Restaurants, Casinos, Konferenzräume. Alles koordiniert von einem selbstlernenden und ständig optimierenden Rechnerverbund.«

»In Ordnung.« Yul lachte. »Ich bin beeindruckt. Das ist ja eine echte Raumstation.«

»Was habt ihr mit den Manöverdüsen gemacht?«, wollte Reja wissen. »Den Triebwerken, die eigentlich dafür gedacht sind, die Einheit auf ihrer relativen Position nahe dem Stern zu halten?«

»Ich weiß nicht.« Evra sah zu Niquolett hinüber.

Die junge Frau zuckte mit den Achseln, wodurch die Haare auf ihren bloßen Schultern tanzten. »Keine Ahnung.«

»Die sollten außer Betrieb sein«, überlegte Reja. »Damit dürften die Protactinium-Generatoren einen ordentlichen Energieüberschuss erzeugen.«

»Ich erinnere mich dunkel, dass sie etwas in den Weltraumfahrstuhl einspeisen«, sagte Evra.

Yul beugte sich vor, um durch das Fenster der Pilotenkanzel zu spähen, die sich links von ihm befand. Mittlerweile glaubte er, die schwarzen Kabelstränge ausmachen zu können, die senkrecht im Wettergrau standen. Es mochte auch Einbildung sein, weil ihm durch das Holo klar war, wo sie sich befinden mussten.

Die Andockstationen befanden sich hoch über den Wolken, wie er wusste. Die Gardisten der PONTIFESSA hatten sie im Handstreich genommen, aber ihnen fehlte die Möglichkeit, auf den Planeten herabzukommen. Das Brückenbauschiff führte keine Landefähren mit. Im Ergebnis war die Hauptverbindung von Aniz in den Weltraum blockiert, die Asteroidenschürfer konnten ihre Fracht nicht länger löschen. Andererseits konnte die PONTIFESSA die Sternenbrücke auch nicht mehr errichten, wenn die von der Konsulin entsandten Schiffe die Bauteile zerstörten, die nahe dem Stern zurückgelassen worden waren. Langfristig hatte die Kolonie noch immer das stärkere Blatt, fand Yul.

Dennoch galt es, die eigenen Vorteile zu wahren und es der PONTIFESSA zu verwehren, selbst welche zu erringen. Deswegen waren sie hier. »Weißt du schon, wo du die Minen platzieren wirst?«, fragte Yul.

Ratio hatte Reja als Expertin identifiziert. Wer einen Brückenkopf bauen konnte, der wusste auch, wie man die entscheidenden Komponenten am besten zerstörte, bevor sie in Feindeshand fielen.

»Ratios Vorschläge sind sehr gut.« Das Holo zeigte die gesamte Verladestation. Rote Punkte leuchteten darin auf. »Explosionen an diesen Stellen werden komplette Sektionen abtrennen. Damit wäre die Einheit nicht mehr in einem Stück in den Orbit zu bringen, auch nicht unter Zuhilfenahme der Manövertriebwerke, falls die noch existieren.« Feindselig sah sie zu Niquolett hinüber. »Die Schäden wären aber mit planetaren Mitteln zu reparieren, wenn die Gefahr abgewehrt ist. Die zweite Welle«, die Punkte erloschen, neue erschienen an anderen Positionen, »würde wesentliche Funktionalitäten zerstören. Wir würden sie selektiv zünden, nämlich dann, wenn die PONTIFESSA versucht, die entsprechende Sektion abzutransportieren.«

»Man wird keine Freude mehr daran haben«, sagte Niquolett.

»Ganz sicher nicht«, versetzte Reja scharf.

Anfangs hatte Yul ihre Eifersucht geschmeichelt. Inzwischen fand er sie peinlich.

Er war froh, dass der Pilot die Landung ankündigte.

»Hätte man die Kontrollen nicht einfach auf ebenerdige Terminals umleiten können?«, fragte Yul Debarra mit in den Nacken gelegtem Kopf.

»Sicher.« Niquolett grinste. »Aber dann hätte sie jetzt nicht halb so viel Spaß.«

Reja Gander lachte vergnügt. Offensichtlich genoss sie die Umbauten in Steuerzentrale 17 Alpha der Verladestation. Da es im Schwerefeld des Planeten unmöglich war, zwischen den Kontrollarmaturen hin- und herzuschweben, gab es Sessel, die an einem Gitter umhersausten. Vier waren gerade in Betrieb, und Reja hatte sich in einen davon geschnallt. Hoch über Yuls Kopf vollführte sie mit ihrem Sessel Manöver, die an einen Flugsimulator erinnerten.

»Evra muss nicht so oft die Station wechseln«, stellte Yul fest.

Die Ärztin befand sich ebenfalls in acht Metern Höhe. Ihr Sessel war gekippt, weil sie in der Schräge leichter die an der gewölbten Wandung angebrachten Kontrollen bedienen konnte. Sie benutzte ein halbes Dutzend Holos, die sie mit maßvollen Positionswechseln erreichte.

Helle Paneele in unterschiedlichen Höhen spendeten Licht. Auf Leuchtquallen verzichtete man innerhalb des riesigen Moduls.

Niquolett Oll winkte Yul zu sich. »Schau einmal hier.«

Seine Stiefel klackten auf dem metallischen Boden. Trotz der Schwerkraft blieb die Anmutung einer Raumstation erhalten. Zudem bekam er den Grundriss der Anlage nicht aus dem Kopf. Obwohl die Steuerzentrale ihrer groben Form nach eine Röhre war, blieb sich Yul bewusst, dass sie sich in einem tentakelartigen Ausleger befanden. Wenn er sich nicht täuschte, lag dieser Teil der Frachtverladeeinheit an Land.

Durch eine offene Tür zeigte Niquolett in einen Saal, auf dessen Boden eine offensichtlich nachträglich angebrachte Treppe hinabführte. Etwa einhundert junge Leute standen dort in mehreren Reihen und sichteten Ausrüstung, die sich in Rucksäcken vor ihnen befand. Alle trugen grüne Jacken. Manche hatten sie ordentlich geschlossen, andere waren nur in die Ärmel geschlüpft.

»Glaubst du, sie werden gegen die Gardisten von der Pontifessa bestehen können?«, fragte Niquolett.

»Diese halben Portionen?« Yul lachte auf.

Spöttisch sah sie ihn an. »Du wirkst auch nicht gerade wie jemand, der eine ordentliche Hantel stemmen kann.«

»Dafür kann ein hochgezüchteter *Starsilver*-Konzerngardist mit jeder Hand einen von denen am Gürtel packen und die beiden in Standardschwerkraft hundertmal anheben, während er nebenbei die Firmenhymne pfeift.« Yul lachte auf. »Du machst dir kein Bild davon, wie diese Leute leben. Sie kennen nichts als Drill und Kampf. Denen ist es gleich, jemanden zu erschießen, die sind im Kopf völlig anders als wir. Und ihre Körper sind verändert. Optimiert, mit Training und mit Drogen.«

»Das fängt bei denen auch an.« Niquolett zeigte auf zwei Frauen, die durch die Reihen gingen und Spritzen in die Oberarme verabreichten.

»Keine Symbis?«, fragte Yul.

»Ein Symbi ist für Schockbehandlungen ungeeignet. Das kommt sicherlich auch noch, aber erst einmal geht es um schnelle Wirkung. Signaltransmitter, die die Reflexe beschleunigen, und Muskelaufbaupräparate. Die Leute hier werden in den nächsten Tagen eine Menge Hunger haben, aber kaum Verdauung. Sie werden jede Kalorie verwerten.«

»Woher weißt du so viel darüber?«

Sie seufzte. »Solche Informationen sind öffentlich. Anders als die Prognosen über die gesundheitlichen Folgen. Man vermutet Hypernervosität und Störungen im Herzrhythmus und ist gespannt, was sich sonst noch zeigen wird.«

Yul schüttelte den Kopf. »Das ist unverantwortlich.«

»Bei Bürgern würde es nie gestattet«, sagte sie. »Aber das da sind Fruchtbare.«

»Und was bekommen die für ihre Dienste?«

Niquolett wandte sich ab. »Andere Drogen.«

»… ist eine Planänderung!«, rief Evra. »Wir brauchen eine der Bomben hier. Weise das Logistiksystem an, sie hierher zu liefern.«

»Dazu finde ich keine Spezifikation.«

Yul sah zu den beiden Frauen auf.

»Du benutzt die Transportröhren doch schon die ganze Zeit.«

»Ja, aber alle Bomben sind verplant. Es gibt keine Freikapazität.«

Evra steuerte ihren Sessel neben den von Reja. »Nimm eine, die nicht allzu schwer ist. Nicht mehr als ein Zentner.«

»Aber dafür müsste ich eine Sollposition aufgeben«, sagte Reja.

»Du könntest doch an einer Stelle, wo mehrere Bomben positioniert werden sollen, eine abziehen«, schlug Niquolett vor.

»Ach ja? Und was ist, wenn die Sprengkraft dadurch nicht mehr ausreicht? Dann fällt nicht die Verladestation, sondern der Plan in sich zusammen!«

»Immer mit der Ruhe«, mahnte Yul. »Vor allem, wenn es um Sprengkörper geht.«

»Na klar, du bist ja nicht der, an dem es hängt!«

»Und da bin ich froh«, sagte er sanft. »Du wirst das hinkriegen. Das weiß ich.«

Rejas Sessel zischte an eine neue Position. »Lasst mich schauen, wo der Abzug einer Bombe am wenigsten ausmacht.«

Drei Polizisten in voller Uniform mit türkisfarbenen Akzenten auf dem Grün und einem stilisierten Krebs auf der Brust führten einen zehnköpfigen Trupp herein, in dem Yul Rekruten vermutete. Sie trugen die grünen Jacken, die er auch im Nebenraum gesehen hatte. Die meisten von ihnen wirkten verunsichert, manche sahen sich nach allen Seiten um. Zwei blickten stoisch geradeaus. Diese Reaktionen mochten auf die Drogen zurückzuführen sein.

»Halt!«, befahl ein Polizist, dem ein Grübchen das Kinn nahezu spaltete. Er sah nach oben. »Bist du Evra Malter?«

»Genau die.«

»Der angeforderte Trupp ist zur Stelle. Was ist denn zu transportieren?«

»Die Fracht kommt gleich.«

»Das dauert noch ein bisschen«, dämpfte Reja die Erwartung. »Welchem Zweck soll die Bombe genau dienen?«

»Wir platzieren sie im Orbit«, erklärte Evra.

Reja wechselte die Eingabestation. »Wenn du die Pontifessa sprengen willst, muss sie groß sein. Jenseits der Atmosphäre gibt es kein Medium, das eine Druckwelle weiterleiten würde.«

»Die Pontifessa sprengen?«, rief Yul. »Seid ihr verrückt geworden? Da sind Unschuldige an Bord.«

»Nur Leute, die uns die Art nehmen wollen, auf die wir leben«, versetzte der Anführer der Polizisten verächtlich.

Yul starrte ihn an. »Wie heißt du?«

»Uver«, antwortete er widerstrebend. »Uver Thurm. Warum?«

»Uver…« Yul bemühte sich, den Namen ruhig auszusprechen, mit etwas abgesenkter Stimme. Als Arzt hatte er gelernt, die Nervosität von Patienten zu reduzieren. »Dort oben gibt es auch Ingenieure. Und eine Flugmannschaft. Die wollen einfach ihren Job machen.«

»Für Profit!«

»Zugestanden. Aber bislang hat ihnen auch noch niemand erklärt, dass es einen anderen Weg gibt. Bestimmt könnten sie Aniz mit ihrer Fachkenntnis nützen. Sie sind hervorragende Techniker.«

»Vor allem sind sie Menschen.« Reja hob die linke Hand und spreizte die Finger, obwohl wahrscheinlich niemand außer Yul die Geste der Human-Unitarier zu deuten vermochte. »Ich finde hier auch keinerlei Auftrag, eine Bombe zu verwenden, um die Pontifessa zu zerstören.«

»Diesen Auftrag habe ich doch gerade erteilt!«, schnappte Evra.

»Müsste er nicht auch irgendwo im System stehen?«

»Das ist oberhalb deiner Freigabestufe.«

»Außerdem hat doch niemand gesagt, dass es darum geht, das Brückenbauschiff zu zerstören«, sagte Niquolett.

»Nicht?«, fragte Yul verblüfft.

»Es geht nur darum, eine kleine Bombe hochzuschicken. Wie Reja richtig sagt, könnte ein solcher Sprengkörper die PONTIFESSA gar nicht vernichten. Wohl aber die Kabel der Weltraumfahrstühle. Ich schätze, darum geht es. Oder, Evra?«

Die Grauhaarige grinste. »Ertappt. Aber eigentlich soll das geheim bleiben.«

»Dafür werde ich sorgen«, versprach Uver. »Ich habe Befehl, euch zu begleiten.«

Evra fuhr ihren Sessel zum Boden herab und stieg aus. »Das wird nicht nötig sein. Wir brauchen nur den Transporttrupp.«

»Das sind Fruchtbare«, sagte der Polizist verächtlich. »Denen ist nicht zu trauen. Wir werden ein Auge auf sie haben.«

»Das bindet zu viele Ressourcen.«

»Zum Weltraumfahrstuhl sind es nur fünf Minuten. Das ist kein Problem.«

»Doch.« Evra zog eine Pistole aus ihrem Jackett. »Ihr seid das Problem.«

Die Fruchtbaren stürzten sich auf die Polizisten. Uvers Begleiter gingen überrascht zu Boden, er selbst jedoch kämpfte sich frei und zog seine Waffe.

Evra schoss ihm in den Bauch.

Er krümmte sich zusammen und stürzte. Sofort breitete sich eine Blutlache um ihn aus.

»So war das nicht verabredet!«, kreischte Niquolett.

»Er hätte nicht so stur sein sollen«, sagte Evra. »Fesselt und knebelt die beiden anderen.«

Die Polizisten leisteten keinen Widerstand mehr.

»Was geht hier vor?«, wollte Reja wissen.

»Komm runter. Wir gehen zum Fahrstuhl. Sofort.«

»Und die Bombe?«, fragte Yul.

»Vergiss die Bombe.«

»Aber wieso...« Yul runzelte die Stirn. »Ihr wollt die Pontifessa nicht sprengen. Ihr wollt uns zurückbringen.«

»Du bist ja ein ganz Schlauer«, sagte ein kahlköpfiger, bulliger Mann.

Uver hustete und stöhnte.

Yul kniete sich neben ihn. Der Bauchschuss sah nicht gut aus. »Wir müssen einen Druckverband anlegen.«

»Falsch«, versetzte Evra. »Wir müssen zum Weltraumfahrstuhl.«

»Aber wir müssen diesen Mann doch wenigstens versorgen.« Tränen standen in Niquoletts Augen. »Sonst hat er keine Chance.«

»Und unsere Chancen schwinden mit jeder Sekunde, die wir hier noch herumstehen. Reja! Entweder du kommst freiwillig runter, oder ich zwinge dich dazu.« Evra zielte mit der Pistole.

»Das haben wir anders besprochen«, stammelte Niquolett.

»Eine Revolution«, sagte Evra, »ist keine Debattierveranstaltung.«

Eine Alarmsirene schrillte.

Rüde packte jemand Yul an den Schultern, riss ihn auf die Füße und stieß ihn in die Richtung, aus der der Trupp gekommen war. »Los jetzt!«

Yul Debarra schämte sich für seine Feigheit. Er hätte sich um den Polizisten kümmern müssen, der an seinem Bauchschuss verblutete. Stattdessen ließ er sich von Evra und diesen zehn Milizionären mitziehen. Was war er eigentlich für ein Arzt, wenn er sich nicht um Menschen kümmerte, die ohne seine Hilfe sterben würden?

»Schneller!«, rief Evra Malter. »Nicht trödeln!«

Über ihrem Handgelenk leuchtete ein Holo, das den Weg durch das Labyrinth der metallenen Gänge wies. Sie ging neben Reja Gander und Yul in der Mitte der Gruppe, aber nicht als Gefangene. Die Männer und Frauen in den grünen Jacken wirkten eher wie ihre Leibwache. Die Pistole, mit der sie den Polizisten angeschossen hatte, steckte in ihrem Hosenbund.

Das unverkennbare Geräusch von Schüssen hallte durch die Gänge. Die Richtung war nicht auszumachen, es gab viele Echos. Die Gruppe blieb stehen. Man blickte sich um, einige aktivierten ihre Kommunikatoren.

Ein hagerer Mann reichte ihr ein rotes Band. Auch an die anderen teilte er welche aus.

Im Gehen knotete sie es sich um den Kopf. Zu Yuls Überraschung legte Niquolett Oll ebenfalls ein solches Stirnband an.

»Was geht hier vor?«, zischte Reja.

»Das sind Konzerner«, sagte Yul. »Siehst du die goldenen Rauten, die auf die Bänder gedruckt sind? Sie ahmen die Balancechips nach. Und du gehörst zu ihnen, nicht wahr, Niquolett?«

Die junge Frau senkte den Blick, sodass ihr an den Seiten langes Haar ihr Gesicht vor Yul verbarg.

»Diese Leute, die sich die Herrschaft der Konzerne in den buntesten Farben ausmalen?« Rejas Stimme kippte. »Das darf ja wohl nicht wahr sein! Und du auch, Evra?«

»Das versteht ihr nicht.«

»Du bist sogar ihre Anführerin!«, rief Reja. »Und uns willst du der PONTIFESSA ausliefern.«

»So, wie die befreiten Polizisten unser Passierschein nach Aniz waren«, stellte Yul nüchtern fest.

»Sie befreien aber niemanden. Sie setzen uns gefangen! Sie entführen uns!«

Immer wieder krachten Schüsse. Yul fragte sich, wie nah die Kämpfe wohl waren. Er glaubte, auch Schreie zu hören, wusste aber nicht, ob sie von Schmerz oder von Wut rührten. Oder waren es gebrüllte Befehle?

Evra zog die Pistole und wedelte damit grob in Yuls und Rejas Richtung. »Weiter jetzt!«

»Lift Sieben ist umkämpft«, sagte der Dürre. »Wollen wir wirklich dorthin?«

»Wir werden nicht aufgeben!«, rief Evra.

»Das meine ich auch nicht. Aber Lift Zwei wäre eine Alternative. Gleich hier«, er zeigte auf eine Fuge im Boden, »ist der Einstieg zu einem Wartungstunnel für das Kühlsystem. Damit kämen wir unter den Kämpfen durch und nahe an Lift Zwei wieder heraus.«

»Wenn alle Kabinen am Boden sind, spielt es doch keine Rolle, welche wir nehmen«, sagte eine untersetzte Frau.

Evra seufzte. »In Ordnung. Wir gehen durch den Wartungstunnel zu Lift Zwei.«

Der Dürre bediente eine Schalttafel an der Wand. Die Bodenklappe wurde entriegelte, ein Schacht mit einer Leiter kam zum Vorschein. Die Ersten stiegen hinab.

»Wusstest du von dieser Sache?«, fragte Reja vorwurfsvoll.

»Nein«, antwortete Yul. »Was denkst du denn?«

»Ich weiß nicht mehr, was ich denken soll.«

Sie stieg ihm voran auf die Leiter, dann kam Yul.

Unten erfasste die Beleuchtung nur den Bereich, in dem sich die Gruppe sammelte. Sie standen in einem Tunnel, durch den man kaum zu zweit nebeneinandergehen konnte. Den meisten Platz beanspruchten unterschiedlich dicke Rohre, die sich waagerecht an den Wänden entlangzogen. Sie strahlten Wärme ab.

Niquolett wartete, bis Evra bei ihnen ankam. »Wir wollten keine Verletzten.«

»Wir wollen auch nicht mehr unter Ratios Knute vegetieren«, gab Evra zurück. »Hast du nur so dahergesagt, dass die Freiheit, unsere Träume zu leben, das höchste Gut wäre?«

»Was ihr hier aufgebaut habt, ist für viele Menschen auf der Erde ein Traum«, gab Reja zu bedenken. »Keine Angst vor Hunger, medizinische Versorgung für jeden, ein Platz im Trockenen …«

»Aber es ist nicht unser Traum«, unterbrach Evra sie. »Mit welchem Recht werden wir verdammt, den Traum von anderen zu träumen? Und jetzt weiter. Marsch!«

Sie drangen tiefer in den Gang vor. Zusätzliche Lichter flammten auf, vermutlich von Bewegungsmeldern aktiviert. An der Leiter erloschen sie wieder.

Niquolett griff mit ihrer Metallhand eines der Rohre. Ihre Finger schlossen sich, drei von oben, zwei von unten. Ihr Stahl war härter als das Kupfer der Leitung, und die künstlichen Muskeln zwangen sie unbarmherzig hinein.

Zischend trat heißer Dampf aus, der sofort den Bereich um Yul füllte und ihm die Sicht nahm. Zudem schlug er die Hände vors Gesicht und wandte sich ab, um die empfindlichen Partien so gut wie möglich zu schützen. Er hörte Schreie, auch von Evra. Ein Schuss krachte, die Kugel prallte mit hellen Geräuschen mehrfach von den Wänden ab.

Yul fühlte, wie jemand an seinem Arm riss. »Weg hier! Schnell!«

Die heiße Luft schmerzte in Rachen und Kehle. Stolpernd folgte er der Führung durch den Dunst.

»Komm!« Reja war neben ihm. »Eine zweite Chance zur Flucht kriegen wir nicht!«

Ein weiteres Rohr brach. Etwas schepperte auf den Boden.

—

Yul Debarras Hände schmerzten, wenn er sie um die Sprossen schloss, aber darauf konnte er keine Rücksicht nehmen. Reja Gander war hinter ihm auf der Leiter. Sie mussten so schnell wie möglich raus aus dem Tunnelsystem. Dass sie überhaupt so weit gekommen waren, ohne eine Kugel in den Rücken zu bekommen, lag nur an dem heißen Dampf, den Niquolett freigesetzt hatte. Der hatte nicht nur Yuls Hände und Gesicht verbrüht, sondern auch die Konzerner beschäftigt. Aber ihr Vorsprung würde nicht lange halten.

Über ihm stieß Niquolett die Klappe auf. Flink kletterte sie hinaus und reichte ihm die Hand, um ihm zu helfen. Er griff sie. Es war ein Schmerz, als rammte ihm jemand mehrere Gabeln durch die Haut, aber sie riss ihn heraus.

Schüsse krachten. Sie wurden jedoch in einiger Entfernung abgegeben und galten nicht ihnen. Dieser Gang war leer.

Gemeinsam halfen sie Reja herauf. Erst dachte Yul, sie sei den Verbrühungen entgangen, weil in ihrem braunen Gesicht keine Anzeichen zu erkennen waren. An ihren Händen wölbten sich jedoch die ersten Brandblasen auf.

Sie beschäftigte etwas anderes. »Könnt ihr mir mal erklären, was hier passiert?«

»So eine Art Bürgerkrieg, wenn ich es richtig verstehe.« Fragend sah Yul Niquolett an.

Sie warf die Klappe zu und verbog den Riegel mit ihrer Metallhand so stark, dass er sich nicht mehr bewegen ließ.

»Die Konzerner erheben sich gegen Ratio. Sie glauben, der Zeitpunkt sei günstig. Die Pontifessa ist die beste Chance seit Generationen, um den Anschluss zur Erde wiederherzustellen. Ohne sie währt unsere Isolation vielleicht für immer.«

»Und du willst uns sagen, dass du es dir anders überlegt hast?«, fragte Reja.

Niquolett zog das Stirnband ab und betrachtete es nachdenklich. »Wir können nicht Freiheit für uns fordern und dafür euch die Freiheit nehmen. Ihr habt hiermit nichts zu tun. Ihr habt niemanden unterdrückt.«

Rejas Augen funkelten zornig. »Das fällt dir reichlich spät ein, Mädchen!«

Etwas donnerte von unten gegen die Klappe.

»Wir beeilen uns besser«, schlug Yul vor.

»Ja, bevor der Helikopter weg ist.« Niquolett ließ ihren Armbandkommunikator das Holo mit dem Schema der Verladestation projizieren. »Dort entlang!« Sie zeigte in einen Gang.

Gemeinsam rannten sie durch die Frachtverladestation, durch Korridore und Säle, Gittertreppen hinauf und zwischen Gefahrgutkisten hindurch. Die Kampfgeräusche nahmen zu, nicht nur Schüsse, sondern auch Schreie.

In einer Halle trafen sie auf eine Gruppe von etwa einhundert Rekruten, erkennbar an einfarbig grünen Jacken. Sie trugen Rucksäcke und sollten wohl an einem Tresen ihre Gewehre empfangen. Etwa ein Viertel von ihnen war bereits bewaffnet. Bei den übrigen zögerten die Uniformierten an der Ausgabe. Die Unruhe in der Menge entlud sich in Rangeleien und Beschimpfungen.

»Stehen die auf unserer Seite oder auf der anderen?«, fragte Reja.

»Weder noch«, gab Niquolett zurück. »Das sind Fruchtbare, keine Bürger. Aber für den Wehrdienst vorgesehen. Von unserer Bewegung dürften sie nichts wissen, sie denken, sie sollen gegen eine Invasion aus dem Weltall kämpfen. Manche werden sich freiwillig gemeldet haben, andere hat man gezwungen oder mit Drogen gefügig gemacht.«

»Diese Drogen …«, überlegte Yul. »Du hast gesagt, sie sollen sie zu guten Soldaten machen?«

»So habe ich es verstanden.«

»Gute Soldaten verlieren unter Stress ihre Furcht.« Das war genau das, was Yul beobachtete. In der Erregung gingen die Milizionäre aufeinander los. Eine Frau, die ihr rotes Haar zu einem langen Zopf gebunden hatte, riss einen Mann an seinem schwarzen Bart. Die Antwort war eine schallende Ohrfeige. Daraus entwickelte sich ein Handgemenge mit einem Dutzend Beteiligten, um das sich ein Kreis bildete.

»Wenn ihr mich fragt«, sagte Yul, »sollten wir sehen, dass wir so schnell wie möglich zum Heli kommen.«

»Dafür müssen wir einmal quer durch die Halle zum gegenüberliegenden Ausgang.«

»Na klasse«, kommentierte Reja. »Außen an der Wand entlang?«

»Klingt vernünftig.«

Sie hatten erst die Hälfte geschafft, als ein Trupp Polizisten durch die Tür kam, die sie ansteuerten. »Sofort entwaffnen!«, rief der Offizier, dem Yul die Nervosität anzusehen glaubte. »Gebt eure Gewehre wieder ab!«

Für einen Moment herrschte erstarrte Stille im Saal. Von außerhalb drangen Kampfgeräusche herein.

»Waffen abgeben, habe ich gesagt!«

»Niemals!«, brüllte ein Mann mit schweißgebadetem Gesicht. Yul befürchtete, dass sein Körper auf eine zu hohe Dosierung reagierte. »Ihr wollt uns umbringen!« Er legte sein Gewehr an und schoss auf die Polizisten.

Diese waren nur mit Neuroschockern bewaffnet. Sie zogen sich sofort zurück, aber nicht alle von ihnen erreichten die Tür rechtzeitig. Einer brach mit einem Durchschuss im Bein zusammen.

Yul eilte zu ihm, kam aber nicht durch, weil sich die Milizionäre vor dem Verwundeten und der geschlossenen Tür drängten, die sie aufzubrechen versuchten.

»Was hast du vor?«, rief Niquolett ihm nach.

»Ich habe heute einen Menschen verbluten lassen. Das ist mehr als genug für einen Tag.« Er quetschte sich durch die Menge. »Lasst mich durch, ich bin Arzt!«

Er bekam einige Stöße ab, doch er erreichte sein Ziel. Immerhin trampelten die Milizionäre nicht auf dem zu Boden Gegangenen herum. Eine Frau hatte sogar eine Sanitätstasche in der Hand, wusste allerdings offenbar nicht, wie sie damit umgehen sollte.

»Gib her!« Yul riss sie an sich. Er fand eine Binde aus einem Material, das sich enger zog, wenn es trocknete. Das war ideal, um die Beinwunde zu verschließen, die der Polizist mit beiden Daumen abdrückte.

»Hast du Schmerzen?«, fragte Yul, während er den Verband anlegte.

»Nein, ich fühle nichts. Bin ich gelähmt?«

»Kannst du den Fuß bewegen?«

»Ja.«

»Es ist nur der Schock. Aber der Schmerz wird kommen. Bald.«

Furchtsam sah der Polizist in die grimmigen Gesichter über sich. »Was wird aus mir? Bin ich ein Gefangener?«

»Das weiß ich nicht«, gestand Yul.

»Und was wird aus uns?«, murmelte Reja. Sie trug eine Salbe, die sie wohl in der Sanitätstasche gefunden hatte, auf ihre verbrühten Hände auf. »Den Helikopter können wir vergessen. Die werden nicht im Traum daran denken, die Tür wieder aufzumachen.«

Yul verknotete den Verband. »Der Blutverlust wird kein Problem sein«, versprach er. »Steckt die Kugel noch?«

»Weiß ich nicht.«

»Das muss sich schleunigst jemand ansehen. Bis dahin beweg dich möglichst wenig. Ein Fremdkörper im Fleisch könnte die Wunde weiter aufreißen.«

Der Polizist schluckte. »Ich glaube, jetzt kommen die Schmerzen.«

Yul suchte in der Tasche. »Hier ist bestimmt auch ein Mittel dagegen.«

»He!« Ein Mann, dessen buschige Brauen zusammengewachsen waren, riss ihn an der Schulter herum. »Ihr gehört doch zur PONTIFESSA!«

»Wie kommst du denn darauf?«, wehrte Yul ab. »Du verwechselst uns.«

»Ach, und was ist das da in deiner Stirn?«

Unwillkürlich bedeckte Yul den Balancechip mit der flachen Hand, als ob das jetzt noch etwas genützt hätte.

»Ihr Schmuck geht dich gar nichts an!« Niquolett stieß den Mann zurück.

Die Milizionäre, gegen die er prallte, brummten unwillig.

»Schmuck? Seht alle mal her! Die Invasoren sind schon da! Sie müssen den Weltraumfahrstuhl erobert haben! Deswegen die Schüsse.«

Böse starrte die Menge sie an.

»Na und?«, rief einer. »Das ist nicht mein Kampf! Du hast gehört, dass sie uns die Waffen wieder abnehmen wollten. Da kennt sich doch keiner mehr aus.«

»Ach!« Der Mann mit den buschigen Brauen stemmte die Fäuste in die Hüften und drehte sich um. »Und du weißt es wohl besser?«

»Ich weiß, dass du eher eine Tracht Prügel verdient hättest als irgendjemand, den ich noch nicht einmal kenne.«

»Aber sie haben wirklich Rauten in der Stirn«, mischte sich eine Frau ein.

»Wir verschwinden besser«, schlug Niquolett vor.

»Wohin?«, fragte Reja.

»Zurück. Den Heli können wir vergessen, aber in der Nähe gibt es einen Hafen. Vielleicht kriegen wir ein Schiff.«

Yul gab dem Verwundeten die Sanitätstasche. »Du wirst allein klarkommen müssen.«

»Sicher. Danke für das, was du getan hast, Yul.«

Unter den Bürgern war das Paar von den Sternen wohl eine Berühmtheit.

»Es geht ziemlich tief runter«, stellte Reja Gander fest.

In der Tat folgten sie bereits eine geraume Weile einer abwärts führenden Schräge. Geriffeltes Blech war auf den Boden geschweißt, um den Sohlen Halt zu geben. Die Führungsschienen an den Seiten der Gänge waren für den Transport von Frachtbehältern gedacht, die immer wieder an ihnen vorbeizischten. Die Verladeeinheit arbeitete trotz der Kämpfe. Die Echos der Schüsse begleiteten sie weiterhin.

»Wir sind unterwegs zu einem Unterseehafen«, erklärte Niquolett Oll. »Und wir sind beinahe da.«

»Ist es ökonomisch, Waren mit U-Booten zu transportieren?«, wunderte sich Yul.

»Wenn man das Transportgut in der Tiefsee gewinnt, dann schon.« Niquolett grinste. »Manganknollen vom Meeresgrund zum Beispiel.«

»Sehr gute Energielieferanten«, warf Reja ein.

Sie erreichten das Ende der Schräge. In der Halle, die sie nun betraten, stapelten sich genormte Container. Sie bestanden aus einem trüben, halb durchsichtigen Kunststoff. Darin befand sich eine blaue Flüssigkeit.

»Das ist aber kein Mangan«, stellte Reja fest.

»Nein, das ist Blut von Riesenkalmaren«, erklärte Niquolett. »Sie müssen eine gute Jagd gehabt haben.«

»Soll das zu Tinte verarbeitet werden?«, fragte Yul.

»Dafür ist es ungeeignet.«

Die aufgestapelten Container bildeten ein schachbrettartiges Netz aus rechtwinklig aufeinandertreffenden Gängen. Unter der Decke verliefen Schienen, an denen Kräne hingen. Die Haken an ihren Ketten sahen bedrohlich groß aus; sie hätten Yuls Körper durchbohren können. Er war froh, dass sie nicht in Betrieb waren.

»Das Blut enthält perfekte Grundstoffe für viele Drogen.« Niquolett sprach leiser als zuvor. Ob ihr diese Umgebung unheimlich war?

»Man züchtet Riesenkalmare für Drogen?«

»Sie wurden genetisch optimiert, wenn du das meinst«, sagte sie. »Inzwischen leben sie wild in der Tiefsee, wo sie irgendeine ökologische Nische ausfüllen. Man erlegt sie erst, wenn sie ein paar Jahrzehnte alt sind. Bis dahin haben sich genug brauchbare Chemikalien in ihrem kupferhaltigen Blut angereichert. Es hängt wohl auch mit der Sauerstoffarmut dort unten zusammen und mit der Kälte. Oder mit besonderen Nährstoffen. Ich weiß es nicht genau.«

Hinter den Containern gab es nur einen schmalen freien Bereich, an den sich das Hafenbecken anschloss. Drei Anleger waren ungenutzt, aber an einem dümpelte ein U-Boot. Es hatte einen niedrigen Turm und zwei Ausleger, die ebenso stromlinienförmig waren wie der Hauptkörper. Sie waren zu schmal, um Passagiere aufzunehmen. Daher vermutete Yul, dass sie Instrumente beherbergten – und vielleicht Waffen für die Jagd auf Riesenkalmare.

Vor jedem Anleger gab es ein abgeschrägtes Steuerterminal. Reja nahm sogleich eines davon in Augenschein.

»Du kannst schon mal die Schleuse öffnen«, schlug Niquolett vor.

»Mit Vergnügen.« Reja schien wirklich glücklich über das neue Spielzeug zu sein. Sie ließ einige Holos erscheinen und fand auch gleich dasjenige, mit dem sie die transparente Trennwand am Ende des Beckens in die Decke ziehen lassen konnte. Verborgene Ketten rasselten, das Hindernis hob sich. Dahinter hatte das Wasser dieselbe Höhe wie im Becken.

Der Lärm des Öffnungsvorgangs hätte beinahe die Stimme hinter ihnen übertönt. Aber nur beinahe.

»Ihr enttäuscht mich«, sagte Evra Malter.

Yul wirbelte herum.

»Es war arg vorhersehbar, dass ihr hierherkommen würdet.« Die Frau im weißen Anzug hielt ihre Pistole auf sie gerichtet.

Ihr folgten drei Männer, die ebenso wie sie ein Stirnband mit einer Raute trugen.

»Dieser Hafen ist der nächstgelegene. Der offensichtliche Fluchtpunkt.«

»Eigentlich wollten wir unser Glück mit dem Helikopter versuchen«, sagte Niquolett.

Evra lachte. »Deswegen habt ihr so lange gebraucht! Da hätten wir uns gar nicht so abzuhetzen brauchen. Aber der Heli ist schon seit einer Stunde wieder weg.«

»Ich kann ja nicht alles wissen«, verteidigte sich Niquolett.

»Du ganz bestimmt nicht. Obwohl du mich lange getäuscht hast, das muss ich dir zugestehen. Wieso hast du dich jetzt für die falsche Seite entschieden? Du bist doch eine von uns!«

»Und wer bestimmt, wer das ist – *uns*? Du etwa? So, wie auch mein Vater bestimmen wollte, wie ich sein musste, um dazuzugehören?«

»Nimm schön die Hände hoch«, forderte Evra.

Sie war nicht die einzige Bewaffnete. Einer der Männer hatte ein Gewehr.

Niquolett gehorchte, klang aber immer wütender. »Ich sage dir was: Wenn ich mich anpassen muss, will ich nicht dazugehören. Ich will frei sein. Wirklich frei!«

Die Trennwand erreichte ihren oberen Haltepunkt, der Lärm verstummte. Der Weg in die Schleuse war offen.

Reja warf immer wieder einen Blick auf das Kontrollterminal.

Hatte sie etwas vor?

Evra schritt selbstbewusst auf Niquolett zu, als wollte sie ihr den Lauf der Pistole in den Bauch rammen.

»Du bist doch Ärztin!«, rief Yul. »Wie kannst du das tun?«

Sie wandte sich ihm zu. »Was? Auf Menschen schießen? Glaub mir besser, dass ich es kann. Stell mich nicht auf die Probe.«

Er musste Zeit für Reja gewinnen! »Und die Drogen?« Er ließ die Hände über dem Kopf, nickte aber zu den Behältern. »Wie läuft das? Sind dir die Fruchtbaren nichts wert?«

»Du weißt nicht, wovon du sprichst!«, zischte sie.

»Ich weiß genug«, hielt Yul dagegen. »Du machst sie doch abhängig, oder nicht? Weil sie als Drogensüchtige leicht zu kontrollieren sind.«

»Bestimmt braucht auch dein Sohn regelmäßig einen Schuss von dem Zeug, das ihr in euren Labors zusammenmischt«, sagte Niquolett.

Böse starrte die Grauhaarige sie an.

»Für dich dreht sich alles um dein drittes Kind, nicht wahr?«, spie Niquolett ihr entgegen. »Dasjenige, das du abgeben musstest. Das man dir genommen und zu den Fruchtbaren geschickt hat. Deswegen hasst du Ratios System so sehr. Hast du deinen Jungen eigentlich gefunden?«

»Was zwischen mir und meinem Sohn ist«, schrie Evra, »geht dich nichts an!«

Plötzlich rasselte die Kette eines Krans herab.

Erschrocken richteten sich die Blicke nach oben.

Der Kran glitt an einer Schiene heran, was die länger werdende Kette mit Verzögerung nachvollzog. Durch das Gewicht des über einen Meter durchmessenden Stahlhakens an ihrem Ende bildete sich ein Bogen. Als der Schlitten abrupt stoppte, schwang der Haken vor.

Die Kette war inzwischen so lang, dass er am tiefsten Punkt beinahe den Boden berührte. Mit seiner ganzen zerstörerischen Wucht hielt er auf die drei Konzerner zu, die mit Evra gekommen waren.

Sie sprangen aus dem Weg. Einer von ihnen stürzte dabei.

Der Haken schwang weiter und schlug in einen Flüssigkeitsbehälter. In einem dicken Schwall spritzte das blaue Blut heraus und spülte über die Menschen.

Yul sprang auf Evra zu, griff mit beiden Händen ihren rechten Unterarm und zog ihn herum, während er zugleich um seine eigene Achse wirbelte. So fest er konnte, riss er den nach unten weisenden Ellbogen seiner Gegnerin auf seine Schulter.

Er hatte einmal gesehen, wie ein Straßenschläger jemandem auf diese Weise den Arm gebrochen hatte. Dafür reichte es bei ihm nicht, aber er schleuderte Evra vor sich auf den Boden, wo sie hart aufschlug. Die Pistole fiel klappernd auf den Beton.

Yul griff zu.

Dabei stellte er sich wohl ungeschickt an, denn ein Schuss löste sich und schlug in einen weiteren Flüssigkeitscontainer.

Die Pistole war entsichert, durchzuckte Yul die Erkenntnis! Evra war tatsächlich bereit gewesen, auf sie zu schießen, um ihren Willen durchzusetzen. Er war so wütend, dass er überlegte, die am Boden Liegende zu treten.

Niquolett warf sich über die ältere Frau. Ihre Eisenhand fand Evras Hals. »Wenn jemand versucht, uns aufzuhalten, breche ich ihr das Genick!«

Die drei Konzerner wirkten geschockt. Der Gestürzte stand wieder auf. Er war überall mit dem blauen Blut besudelt.

Yuls Blick suchte Reja.

Sie stand grinsend neben dem Kontrollterminal und reckte einen Daumen nach oben. »So einen Kran zu steuern macht Spaß.«

»Ich hätte jetzt endlich Lust auf eine Bootsfahrt«, sagte Yul.

Er zielte auf die Konzerner, während Niquolett Evra mitzog. Reja sprang zuerst auf das Boot. »Wartet, bis ich die Magnetklammern gelöst habe!«

Der Mann mit dem Gewehr legte auf sie an.

Yul schoss. Das blaue Blut spritzte einen Meter vor dem Konzerner auf, der aber dennoch in die Knie brach. Er ließ das Gewehr fallen und griff sich an die linke Wade.

Ein Querschläger, dachte Yul und erschrak darüber, wie sehr es ihn befriedigte, den Gegner leiden zu sehen. Vielleicht war er auch nicht besser als Evra.

Er hörte, wie die Maschinen des U-Boots ansprangen.

»Sie lernt schnell«, kommentierte Niquolett.

»Dann lass mich jetzt endlich los«, forderte Evra. »Verschwindet von hier!«

»Wir werden verschwinden«, stimmte Yul zu. »Aber du begleitest uns. Sonst kommt noch einer von deinen Freunden auf die Idee, uns einen Torpedo hinterherzuschicken.«

Entscheidungen

»So ein U-Boot lenkt sich ganz ähnlich wie ein Asteroidenschürfer!«, rief Reja Gander vergnügt. »Und doch völlig anders. Dieses Treiben gegen den Wasserwiderstand und dennoch in drei Dimensionen ... daran könnte ich mich gewöhnen.«

Yul Debarra hielt sich an den Armaturen vor seinem Sitz fest. »Versuch bitte nicht noch mal einen Unterwasserlooping.«

Sie lachte. »Keine Sorge, dafür ist es zu spät. Wir tauchen auf.«

Die Steuerkanzel befand sich in der Bugspitze. Durch die Sichtluken sah Yul die Helligkeit der Wasseroberfläche. Kurz darauf stieß das Boot durch die Wellen.

Die Akustik änderte sich. Die dumpfen Geräusche der Unterwasserwelt wichen dem Prasseln des Regens und dem Heulen des Windes, begleitet von den Wellenschlägen gegen den Rumpf. Der Bug stieg noch ein paar Meter auf, bevor er auf die Wasseroberfläche zurückschlug. Trotz der beiden Ausleger schaukelte das Boot hin und her.

Yul hatte es genossen, allein neben Reja zu sitzen, während der Adrenalinspiegel in seinem Blut gesunken war. Der Ozean war eine fremde und dunkle, aber auch friedliche Umgebung. Ein paar Fische und Quallen waren durch ihre Scheinwerferkegel gezogen, sonst nichts. Keine Menschen, die auf sie hatten schießen oder die sie hatten entführen wollen.

Niquolett Oll zerstörte die Zweisamkeit, indem sie sich zwischen ihre Sitze drängte. »Habt ihr das Funksignal aktiviert?«

Reja drückte den Schalter für den Notruf. »Jetzt schon.«

»Wie lange wird es dauern, bis sie uns abholen?«, fragte Yul.

»Schwer zu sagen«, gestand Niquolett. »Ich weiß nicht, wo die nächste Helibasis liegt.«

»Wir befinden uns dreihundert Kilometer nördlich der Frachtverladeeinheit«, las er ab.

»Hauptsache, die Konzerner haben den Laden nicht inzwischen unter Kontrolle gebracht und kommen uns doch noch holen«, sagte Reja düster.

»Selbst wenn sie Erfolg hatten, ist das zu weit«, meinte Niquolett. »Andere werden schneller sein.«

»Warten wir einfach ab«, schlug Yul vor. »Etwas anderes bleibt uns ohnehin nicht übrig, wenn wir nicht den gesamten Weg nach Peniona fahren wollen.«

»Das würde …«, begann Niquolett.

»… mehrere Tage dauern, jaja.« Demonstrativ nahm Reja die Hände von der Steuerung. »Wir warten einfach ab.«

»Wenn ihr nichts dagegen habt, lege ich mich schlafen«, sagte Niquolett.

»Mach nur«, stimmte Yul zu.

Sie zog sich zurück, und auch Reja und Yul verließen die Sessel in der Kanzel. Sie nahmen am runden Tisch in der halbwegs gemütlichen Messe des Boots Platz, wo er ihre Verbände löste und frische Salbe aus dem Bordverbandskasten auf die verbrannten Hände auftrug. »Tut das weh?«

»Nicht, wenn du es machst.« Sie grinste.

»Nein, ernsthaft. Ich frage als Arzt.«

Munter schüttelte sie den Kopf, was ihre Mähne fliegen ließ. »Es kitzelt nur ein bisschen.«

»Das ist gut. Sag Bescheid, falls es anders wird.« Die Haut an seinen eigenen Händen spannte unangenehm, wenn er sie ballte.

Evra Malter schien um ein Jahrzehnt gealtert zu sein. Sie hatten sie nicht gefesselt, aus dem U-Boot konnte sie ohnehin nirgendwohin fliehen. Jetzt schlurfte sie mit heruntergesackten Schultern zu ihnen in die Messe. »Darf ich mich zu euch setzen?«

»Sicher«, lud Yul sie ein, was ihm einen grimmigen Blick von Reja einbrachte.

»Ich mag dich auch nicht«, sagte Evra zu ihr. »Und ich habe mehr Grund dazu als umgekehrt. Immerhin hast du es geschafft, mein Leben zu zerstören.«

»Dazu wäre es nicht gekommen, wenn du nicht zuerst dasselbe bei mir versucht hättest«, versetzte Reja.

Sichtlich erschöpft lehnte sich Evra zurück. »Lass uns nicht streiten. Auch wenn wir Feinde sind. Ich werde nicht mehr oft unter Menschen sein.«

»Du meinst die Traumstrafe«, erkannte Yul.

»Ein anderes Urteil können sie gar nicht fällen. Sie werden mich in einen durchsichtigen Sarg stecken, mich schlafen schicken und nie wieder aufwecken. Ich kann nur hoffen, dass sie meine Verdienste hoch genug gewichten, um mich nicht auch noch mit Albträumen zu quälen.«

»Wenn du Mitleid suchst, bist du bei uns falsch«, stellte Reja klar. »Du wolltest uns in die Sklaverei zurückstoßen, der wir entkommen sind.«

»*Sklaverei* nennst du die Welt der Konzerne?« Versonnen sah Evra auf ihre Finger. »Ich glaube, diesmal kann ich mit mehr Recht davon sprechen.«

Schnaubend verschränkte Reja die Arme.

»Ich will mich meines eigenen Verstands bedienen«, flüsterte Evra. »Selbst denken. Selbst Risiken abwägen, meinen eigenen Pfad durchs Leben wählen. Es macht so müde, dass Ratio alle wichtigen Dinge für mich entscheidet. Wo ich wohne. Wie ich arbeite. Was ich essen darf und was nicht. Mit wem ich zusammenleben darf und wer Hunderte von Kilometern weiter weg eingeplant ist.«

»Die Bedürfnisse der Gemeinschaft sind wichtig«, sagte Reja. »Für alle. Wenn jeder nur das Beste für sich selbst herausholen will, geht es am Ende allen schlecht. Auf der Erde haben sie das vergessen.«

»*Das Gemeinwohl*«, sagte Evra ironisch. »Das große Ganze. Der Plan, der zu komplex für einen menschlichen Verstand ist. Sind wir denn Ameisen?« Träge schüttelte sie den Kopf. »Am Ende träumt jeder für sich allein. Ganz selten vielleicht zu zweit, obwohl ich das nie erlebt habe. Es mag nur ein Märchen sein. Aber in einem Kollektiv von Tausenden träumen wir nun einmal nicht. Nur wenige werden glücklich als Null in einem Programmcode, dessen Früchte irgendwo in ferner Zukunft blühen sollen.«

»Ich glaube, du idealisierst die Gesellschaft der Erde«, sagte Yul. »Nimm die Mission der PONTIFESSA: Für diejenigen, die das Brückenbauschiff vor eineinhalb Jahrhunderten auf die Reise geschickt haben, hat sie keinerlei Ertrag gebracht. Sie sind längst gestorben.«

»Ebenfalls Früchte einer fernen Zukunft«, stellte Reja fest. »Und besonders unglücklich sehen die Menschen in Peniona für mich nicht aus.«

»Du würdest dich wundern«, entgegnete Evra. »Die Drogen decken vieles zu. Ein Rausch nach dem anderen ... sogar ein brillanter Technomediker wie Koss Terrunar ist dem erlegen.«

»Das hätte ihm auch in den Mühlen von *Starsilver* passieren können«, meinte Reja.

»Aber dort hätte er die Chance gehabt, sich für einen anderen Konzern zu entscheiden, oder? Wenn er sich anstrengt, wenn er klug agiert, wenn er Mut hat und sein Glück versucht...«

»Oftmals eine leere Hoffnung«, fand Reja.

»Aber immerhin eine Hoffnung. Hier auf Aniz gibt es nichts außer Ratios Entscheidungen.«

»Mag sein, dass das für die brillantesten und ehrgeizigsten Köpfe schlecht ist«, räumte Yul ein.

»Aber nicht für die Masse!«, insistierte Reja. »Nicht für die Gemeinschaft als Ganzes!«

»Und wer bestimmt, wer dazugehört, zu dieser Gemeinschaft?«, fragte Reja. »Muss ich für den gesamten Staat aufkommen? Und nicht für meine Familie?«

»Deine Familie ist doch Teil deines Staates«, meinte Reja. »Jedenfalls war es auf der Erde so, als das noch etwas bedeutet hat. Bevor die Konzerne alles übernommen haben.«

»Hier war es nie so.« Evra blickte ihr in die Augen. »Bürger sind nur die, die Ratio dazu macht. Die anderen...«

»Du meinst dein drittes Kind«, erkannte Yul.

»Die Fruchtbaren werden wie Werkzeuge behandelt«, sagte Evra. »Vereinzelt werden einige einem Einbürgerungstest unterzogen, um Lücken zu füllen, die durch statistisch zu frühe Todesfälle entstehen. Aber auch da legt Ratio die Kriterien fest. Werden Bauingenieure oder Laboranten gebraucht? Künstler oder Landschaftsgärtner? Danach wird ausgewählt. Das Verdienst der Einzelnen spielt keine Rolle. Die Fruchtbaren beschaffen Rohstoffe und terraformen Aniz, und so wird es für viele Generationen bleiben.«

»Glaub mir«, bat Reja, »die meisten auf der Erde werden auch niemals in Reichtum leben.«

»Viel mehr vegetieren von einem Tag auf den nächsten

dahin«, bestätigte Yul. »Ich weiß das. Ich habe lange auf der Straße gelebt.«

»Und wieso tust du das nicht mehr?«

»Weil ich Glück hatte.«

Forschend sah Evra ihn an. »Nur Glück?«

»Und einen einflussreichen Freund.«

»Wo hast du den kennengelernt?«

»Auf den Sternenreisen, die ich für *Starsilver* unternommen habe.«

»Und wie bist du zu diesen Reisen gekommen?«

»Ich habe einen Abschluss als Arzt gemacht und... Ich weiß, was du meinst: Ich habe dafür gearbeitet. Studiert, wenn andere Partys gefeiert haben. Schon richtig. Aber diese Chance bekommt nicht jeder.«

»Und als du *Glück* hattest... Das hatte nichts mit einer Entscheidung von dir zu tun, auf der Pontifessa anzuheuern?«

»Doch, natürlich.« Er dachte an Chrome Castle. »Ich hatte meine Gründe dafür.«

»Du hast selbst entschieden.« Es klang wie eine Anklage. »Bei uns entscheidet Ratio.«

»Ich dachte, er berät nur?«

»Nur sehr selten entscheiden die Konsulin und die Interpreten gegen Ratios Empfehlung«, erklärte Evra. »Sie wissen, dass er Aniz gelenkt hat, bevor sie geboren wurden, und es noch tun wird, wenn sie längst gestorben sein werden. Ratio bestimmt auch, dass Reja und du behandelt werden, als gehörten sie zur Bürgerschaft. Und mein Sohn nicht.«

Wieder sah sie auf ihre Finger. Sie sammelte sich, bevor sie weitersprach. »Ich durfte ihn noch nicht einmal halten, als ich ihn geboren hatte. Sie haben ihn sofort zu den Fruchtbaren gebracht.« Sie lächelte freudlos. »Ihr könnt das nicht verstehen, ihr habt keine Kinder.«

»Doch«, widersprach Yul. »Ich hatte eine Tochter: Jinna.«

»Wieso ist sie nicht hier bei dir? Hast du sie freiwillig zurückgelassen?«

»Wir haben uns gegenseitig verlassen, glaube ich.«

»So wie meine älteren Kinder und ich. Sie konnten nicht verstehen, dass ich Tertius nicht vergessen wollte.«

Yul setzte sich neben Evra auf die Bank und umarmte sie.

Reja sah ihn verständnislos an. Aber er konnte die Verbundenheit, die er zu der Frau spürte, die seine Feindin war, nicht erklären. Darüber konnte er nur schweigen.

Draußen näherte sich das Geräusch eines Helikopters.

Die Mosaike, die sich an den geschwungenen Wänden entlangzogen, hätte Yul Debarra nicht in einem medizinischen Fertigungslabor erwartet. Die Grundfläche der Halle war eine Halbellipse, er betrat sie durch eine Tür in der geraden Wand, die ihre beiden Schenkel miteinander verband. An dieser Stelle befand sich die sanft blau leuchtende Decke fünf Meter über ihm. Sie stieg kontinuierlich an, sodass sie fünfzig Meter entfernt, am Scheitelpunkt der Halbellipse, dreimal so hoch war.

Auf der linken Seite zeigte ein durchgängiges Mosaik aus Abertausenden von Steinchen die Evolution des Lebens. Die Darstellung begann mit Einzellern, die im Ozean an heißen Schloten trieben. Fische und Quastenflosser, die an Land krochen, folgten, dann Reptilien und Säugetiere bis zu Affen und schließlich einem Menschen, der dem Betrachter überlebensgroß entgegenblickte.

Rechts begann alles mit einem Faustkeil. Ein Speer folgte, ein Hammer, ein Karren. Über eine Dampfmaschine und einen mechanischen Webstuhl gelangte man zur Schreibmaschine und einem Computer. Im Scheitelpunkt war ein

Rechner in einem Kranz von Atomsymbolen zu sehen. Vom Menschen trennte ihn ein gelbweißes Licht, eine ovale Erscheinung mit gleißender Aura, die auch ein sich öffnendes Tor sein mochte, hinter dem es sehr hell war.

»Herzlich willkommen«, begrüßte ihn Koss Terrunar.

Der kleine Mann mit der Glatze und dem Knebelbart sah viel besser aus als bei ihrer letzten Begegnung auf der Party von Niquoletts Vater. Yul entdeckte keine Spuren des Drogenmissbrauchs an ihm; weder Schweiß noch zittrige Finger oder ungewöhnlich verengte Pupillen.

»Ich freue mich über deine Einladung«, sagte Yul.

»Und deinen Freund hast du auch mitgebracht.« Koss kraulte Pilgrim zwischen den Ohren.

»Ich hoffe, es ist in Ordnung, dass er mich begleitet. Auf unserem Ausflug zum Weltraumlift habe ich ihn vermisst.«

»*Ausflug* ist gut. Ich bin froh, dass ihr heil zurückgekommen seid.«

»Ich auch.« Yul setzte Pilgrim auf die weißen Bodenfliesen. »Sind wir allein?«

»Ja, mitten in der Nacht arbeitet hier niemand. Nur ein paar Maschinen laufen.«

Innerhalb des Produktionslabors waren runde Arbeitsbereiche abgeteilt. Konstruktionsanlagen und Holotische waren darin zu sehen, vereinzelt auch Pflanzen und Apparaturen, deren Zweck Yul nicht erkannte.

»Das Material, das du mir zu euren Stasisliegen geschickt hast, finde ich sehr interessant.«

Koss ging voraus durch den Saal. »Dann hast du die Unterlagen studieren können?«

»Auf der Reise bin ich nicht dazu gekommen, und der eine Tag seit unserer Rückkehr hat nur für einen ersten Überblick gereicht. Jedenfalls finde ich eure Fähigkeiten bei der Erhaltung des Körpers erstaunlich.«

»In diese Forschungen ist viel Energie geflossen.«

In einem Bereich, der mit einem Quadratmuster im Boden markiert war, standen Robotmodelle auf hüfthohen Podesten. Manche waren menschlichen Körperteilen nachempfunden, wie ein Arm und ein muskulöser Torso. Andere hatten tierische Gestalt. Eine metallische Fledermaus hing kopfüber an einer Stange, eine Art Tintenfisch hockte auf einem Knäuel von mindestens zwanzig Fangarmen, und auch eine Art Schakal war darunter, bei dem jedoch nur Skelett und Muskelstränge nachgebildet waren. Fleisch und Fell fehlten.

»Der gefällt Pilgrim doch sicher.« Mit einem unsicheren Lächeln tippte Koss auf eine Schaltfläche im Sockel des Schakals.

Das künstliche Tier erwachte scheinbar zum Leben. Es drückte die Vorderläufe durch und sah sich um. Die Augen waren Kameras, deren Linsen sich drehend verstellten.

In der Tat wedelte Pilgrim mit dem Schwanz und beobachtete den Schakal interessiert. Als die Menschen weitergingen, lief er ihnen jedoch nach.

»Ich denke, er hat mich ebenso vermisst wie ich ihn«, sagte Yul.

Ein menschenähnlicher Roboter mit bronzen schimmernder Oberfläche stand nicht auf einem Sockel, sondern auf dem Boden. Dadurch überragte er Koss zwar immer noch, befand sich aber mit Yul auf Augenhöhe.

»Das ist unser Experimentaltyp H3«, stellte Koss vor. »Die Abkürzung steht für Humanhauptreihe 3. Nicht unser erster Versuch. Intern nennen wir ihn Herkules.«

»Weshalb baut ihr Lebewesen nach?«

»Die Imitation ist nur ein Mittel zum Zweck«, erklärte Koss. »Letztlich geht es um Verständnis. Wir müssen begreifen, wie der Organismus in seiner Gesamtheit funktioniert, ebenso wie die einzelnen Teile. Nur dann können wir überzeugende Prothesen bauen.«

»Bei Niquolett scheinen sie sehr gut zu funktionieren«, meinte Yul.

Koss sah ihn seltsam an.

»Der Arm und das Bein auf der linken Seite«, erklärte Yul. »Die bei ihr ersetzt wurden. Nach dem Unfall im Astroflieger.«

»Ein Jammer. Ausgerechnet sie …« Koss wandte sich wieder Herkules zu. »Optik, Akustik, Geruch, Gleichgewichtssinn … das haben wir alles gemeistert. Aber taktile Impulse …«

»Ich nehme an, dafür bräuchte man zu viele Sensoren.« Yul rieb die Handflächen aneinander. Dort war seine Haut nicht verbrüht. »Allein in den Fingerspitzen … und wenn man ihm am gesamten Körper Gefühl geben will …«

»Ganz genau. Dafür brauchen wir einen neuen Ansatz, fürchte ich. Aber manche Sachen funktionieren schon.« Er berührte den Roboter unter dem linken Ohr. »Gib unserem Gast die Hand, Herkules!«

Mit abgehackten Bewegungen winkelte die Maschine den rechten Unterarm an, drehte in der Hüfte und streckte Yul die Hand entgegen.

Yul ergriff sie.

Das Metall fühlte sich kalt an, aber es erwiderte den Händedruck.

»Er misst die Stärke, mit der du zupackst, und spiegelt das exakt«, erklärte Koss.

Yul dachte daran, wie Niquolett mit dem Rohr und der Bodenklappe in der Frachtverladeeinheit umgegangen war. »Ich nehme an, wenn er wollte, könnte er mir die Hand brechen.«

»Zweifellos. Und beim Armdrücken könnte er jeden Menschen schlagen. Aber was die feinen Dinge angeht, da hat Herkules Probleme. Eine Oberflächenbeschaffenheit zu erfassen … all die Abstufungen von glatt und rau, körnig, geriffelt …« Koss schüttelte den Kopf. »Aussichtslos. Vorerst jedenfalls.«

Yul löste den Griff, und Herkules gab seine Hand frei.

Sie gingen weiter. Koss zeigte auf einen der runden Bereiche. Durch die dunkle Wandung erkannte Yul nur eine chaotisch anmutende Ansammlung von Aufbauten.

»Herz, Leber, Nieren, Lunge«, zählte Koss auf. »Inzwischen können wir jedes Organ ersetzen. Es ist mehr oder minder aufwendig, aber eigentlich in allen Fällen möglich.«

»Damit könnt ihr Unfallopfer am Leben erhalten, bis ihr ihre Glieder durch eure Prothesen ersetzen könnt«, überlegte Yul.

»Solange du nicht tot bist, bekommen wir dich repariert«, versprach Koss. »Überhaupt kriegen wir viel wieder hin. Ich habe mir zum Beispiel Blutfilter in die Nieren und in die Leber einsetzen lassen. Die bauen sämtliche Drogen schnell ab, wenn ich sie mit ein paar Triggern aktiviere. Deswegen kann ich mir mehr genehmigen als andere.«

»Ich verurteile nicht, was du tust«, beteuerte Yul. »Es ist dein Leben.«

»Ich weiß nicht, was Evra über mich erzählt hat. Aber inzwischen wirst du ja wissen, dass ihr ohnehin nicht zu trauen war.«

Diese Einschätzung teilte Yul nicht in letzter Konsequenz. Er nickte trotzdem.

»Den Körper haben wir weitgehend im Griff«, nahm Koss den Faden wieder auf. »Aber der Zugriff auf den Geist …«

»Ah, jetzt sind wir bei den Cryoliegen«, erkannte Yul.

Koss knetete seinen eng gebundenen Bart. »Wir würden gern die Träume der Schlafenden auslesen. Aber das klappt noch nicht so, wie wir es uns vorstellen.«

»Ihr seid viel weiter, als ich dachte«, sagte Yul. »In den

Traumalkoven, die ich von den Wunschwirklichkeiten her kenne, geht es mehr um bewusst formulierte Gedanken. Der Benutzer visualisiert seinen Traum wie eine Geschichte, und die wird ausgelesen, als würde er sie jemandem erzählen. Im Prinzip, jedenfalls. Aber ihr seid über solche Kommandos hinweg, habe ich gesehen. Ihr übersetzt Gedanken in eine Symbolsprache, oder?«

»So ungefähr. Gedanken sind letztlich elektrische Ströme, Übersprünge zwischen Synapsen. Jede sprachliche Interpretation ist eine Übersetzung, weil das Original keine Sprache ist, sondern ein Wechsel von Energiezuständen. Aber die Symbolsprache, die wir verwenden, ist näher an diesen Spannungswechseln als jedes menschliche Idiom. Sie alle haben Redundanzen und Ambivalenzen, die wir weitgehend zu eliminieren versuchen. Das macht unsere Kommunikationsform zudem leichter interpretierbar für die Computer, die wir mit dem Gehirn verbinden. Aber wenn wir auch nur ein bisschen tiefer gehen wollen, in die Schichten, wo Intuition entsteht...« Er seufzte. »So viele Fehlschläge. Das erscheint hoffnungslos.«

»Wieso wollt ihr die Intuition entschlüsseln?«, fragte Yul.

»Weil sie die meisten Entscheidungen treibt. Selbst das, was wir für logisch hergeleitet halten, ist oftmals nur eine nachträgliche Rationalisierung. Oder wenn du nach einem Insekt schlägst, das dich sticht, zum Beispiel... Hinterher denkst du, du hättest den Stich gefühlt und darauf reagiert. Deine Hand bewegt sich jedoch schon vorher. Erst recht die vielen unbewussten Dinge... du kannst deine Beine willentlich steuern, aber das tust du nur selten. Meistens denkst du nur: *Ich will zur Tür gehen,* und die gesamte Muskelkoordination läuft von allein. Du hältst das Gleichgewicht, du passt die Schrittlänge an... Wenn man dich hinterher fragt, wirst du noch nicht einmal wissen, welchen Fuß du zuerst vor den anderen gesetzt hast.«

»Und das braucht ihr zur Optimierung eurer Prothesen?«

»Die sind nahezu ausgereift. Ratio geht es um andere Dinge. Er will noch tiefer. Herausfinden, wie Fehlverhalten entsteht.«

Verwirrt runzelte Yul die Stirn. »Wie meinst du das?«

»Nimm die Traumstrafe, das ist das Extrembeispiel. Wir füttern die Hirne derer, die wir ruhiggestellt haben, mit Gedankenbildern. Aber es wäre spannend, zu wissen, wie sie veranlagt sind. Was sie zu ihrem Fehlverhalten motiviert hat. Wodurch wird ein Mörder zu einem Mörder? Oder ein anderer Schwerverbrecher? Das ist selten eine rationale Entscheidung. Oft steckt ein Trieb dahinter. Und den könnte man behandeln, um Verbrechen zu verhindern, bevor sie überhaupt begangen werden.«

Yul schauderte. »Das hört sich danach an, als wolltet ihr den Menschen fügsame Charaktere anzüchten.«

»Nur die negativen Extreme kappen«, versuchte Koss, ihn zu beruhigen. »Für Mörder, Vergewaltiger und Räuber ist ohnehin kein Platz in einer zivilisierten Gesellschaft. Sobald wir sie schnappen, werden sie aussortiert. Aber dann gibt es schon Opfer.«

»Die es nicht gäbe, wenn ihr die angehenden Verbrecher vorher kurieren würdet.«

»So ist es. Und dazu müssen wir die Exemplare untersuchen, bei denen es zu einem solchen Fehler gekommen ist.«

»Weitere Optimierungen hat Ratio nicht im Sinn?«, fragte Yul. »Fleißigere Menschen? Welche, die sich besser konzentrieren?«

»Später vielleicht, davon sind wir weit entfernt.«

Schweigend gingen sie am Wandmosaik mit der Evolutionsgeschichte entlang. Yul überlegte, welche Eigenschaften ein ausschließlich rational denkender Supercomputer eliminieren würde. Gehörte seine Trauer um Iona dazu? Sie hatte ihn abstürzen lassen, jahrelang war er unproduktiv gewesen. Und wohl auch unglücklich, meistens jedenfalls. Hätte er ein besseres Leben gehabt, wenn man ihm die Erinnerung genommen hätte?

Eigentlich hatte er genau das selbst vor. In den Traumalkoven, in Chrome Castle, mit den fortgeschrittenen Simulationen, die ihm ein Gedächtnis mit einer erfundenen Biografie vorgaukeln würden. War das nicht dasselbe?

Aber das wäre seine Entscheidung gewesen ...

Und gegenwärtig hatte er starke Zweifel, ob er noch wollte, was er sich so lange gewünscht hatte. Reja brachte ihn durcheinander. Und das war etwas Gutes, fühlte er.

»Ich bin übrigens der Meinung«, sagte Koss, »dass Evra und Niquolett nur bekommen haben, was sie verdienen.«

Yul brummte zustimmend.

Erst drei Schritte später drang das Gehörte vollständig in sein Bewusstsein. Abrupt blieb er stehen. »Wieso Niquolett?«

—

Pilgrim zappelte in Yul Debarras Armen. Er wollte selbst durch den Regen springen, statt getragen zu werden.

Aber dafür fehlte Yul die Geduld. Er hastete die Stufen hinauf, dem Weg folgend, den das Navigationsholo über seinem Handgelenk vorgab. Die Regentropfen fielen ohne Widerstand durch den Würfel aus Licht, in dem ein Ring seine Position markierte. Die Entfernungsangabe versprach, dass sie die Galerie der Mahnungen bald erreichen würden.

Er rutschte auf einer nassen Stufe der endlos erscheinenden Treppe aus. Beinahe wäre er gefallen, nur einige schnelle Schritte bewahrten ihn davor. Der Lichtkegel, der ebenfalls von seinem Handgelenk ausging, zitterte durch die Dunkelheit.

Yul atmete hastig und tief. Fast eine halbe Stunde war er unterwegs. Mit der Röhrenbahn wäre es sicherlich schneller gegangen, aber er kannte sich mit dem Transportsystem noch nicht gut genug aus, und ihm fehlte die Geduld, sich mit dem Routenplan auseinanderzusetzen. Also rannte er zu Fuß durch den Niederschlag, mit seinem Hund auf den Armen.

Er setzte den Weg den Hügel hinauf fort. Oben auf der Kuppe strahlte rotes Licht den Regen an. Dadurch ähnelte sein Ziel einem Vulkan.

Erschöpft, mit zitternden Beinen, trat er auf das Pflaster des runden Platzes. Er setzte Pilgrim ab, stützte sich auf seine Knie und versuchte, zu Atem zu kommen.

Das rote Licht ging von Stasisliegen aus. Jeder Sockel bildete eine schräge Ebene, sodass sich das Fußende tiefer befand als der Kopf. Die Deckel waren gerundet und transparent, die Innenbeleuchtung schien heraus.

Pilgrim erfasste die morbide Atmosphäre dieses Orts nicht. Er freute sich am Regen und sprang zwischen den Liegen umher, die in geraden Reihen aufgestellt waren. Diese Anordnung erinnerte Yul an die Rekruten der Miliz bei der Einkleidung. Allerdings wuchsen auf diesem Platz Pappeln, die die Aufstellung zumindest ein wenig auflockerten.

Sein Kommunikator meldete, dass er sein Ziel erreicht hatte. Zugleich zeigte er das Angebot an, Informationen über die Galerie der Mahnungen zu erhalten. Yul bestätigte.

Im kleinen Holokubus erschien ein Plan der Anlage. Es gab 225 Liegen, erfasst in einem Raster von eins bis fünfzehn und von A bis O. Ein Menü bot eine Komplettführung an und eine weitere, die sich auf die spektakulärsten Exponate konzentrierte. Man konnte auch nach Missetätern suchen, entweder in einer Liste der Verbrechen oder indem man einen Namen eintippte. Yul entschied sich für die letzte Option und gab *Niquolett Oll* ein.

Er folgte dem Pfad durch die Liegen, der ihm vorgeschlagen wurde. An der ersten hielt er inne, um den Mann zu betrachten, der darin lag. Das rote Licht beschien einen völlig abgemagerten Körper in einem knöchellangen Hemd. Die dürren Arme kreuzten sich über der Brust. Die Wangen waren eingefallen, die Augen lagen tief in den Höhlen. Sie bewegten sich unter den geschlossenen Lidern, was auf eine starke Traumaktivität hinwies.

Seitlich aus dem schütter behaarten Kopf kam ein Dutzend fingerdicker, metallisch schimmernder Leitungen. Unwillkürlich fragte sich Yul, ob sie nur Kabel enthielten, die eine Interaktion mit dem Hirn ermöglichten, oder den Schläfer auch ernährten. Er sah keine Schläuche in den Ellbogenbeugen, wie es sie in den Cryoliegen gab, was sowohl wegen der Armhaltung als auch wegen des Hemds schwierig gewesen wäre. Möglicherweise gab es Verbindungen im Rücken.

Das Holo fragte, ob Yul Informationen zur Biografie des Straftäters und seinem Verbrechen wünschte.

Er eilte weiter. Pilgrim hielt sich in der Nähe. Er sprang mit ungebremster Energie durch den Regen und kläffte vergnügt, wenn er eine besonders große Pfütze fand.

Evra Malter und Niquolett Oll waren nebeneinander aufgebahrt, unmittelbar neben einer Pappel, die einen Teil des Niederschlags abhielt. Irgendwann sähen sie wohl ebenso mumifiziert aus wie der Mann, den Yul betrachtet hatte, aber momentan konnte man noch den Eindruck gewinnen, dass sie sich nur schlafen gelegt hätten. Jedenfalls, wenn man sich die Leitungen wegdachte, die man auch bei ihnen in die Schädel gebohrt hatte. Evra lächelte sogar, als hätte die alte Frau endlich einen Frieden gefunden, der ihr nach der Trennung von ihrem dritten Kind nicht mehr vergönnt gewesen war. Ob Ratio ihre Verdienste um die Gemeinschaft mit angenehmen Träumen belohnte?

An ihr sah das knöchellange Gewand weniger unpassend aus als an Niquolett. Es wirkte wie ein Hohn, dass ihr blau gefärbtes Seitenhaar sauber gekämmt auf den Schultern der jungen Frau lag, als hätte sie sich für die Ewigkeit, in der man sie begaffen würde, hübsch machen wollen. Ansonsten nämlich war ihre Schönheit entstellt. Das Skeletthafte ihrer linken Hand und des Fußes, der aus dem Gewand herausschaute, schien die spezielle Art des Todes vorwegzunehmen, der sie nun ereilt hatte.

Zitternd bestätigte Yul, dass er Informationen über Niquoletts Verbrechen wünschte.

Im Jahre 149 nach der Befreiung, verkündete eine Laufschrift, *kam es zu einer Revolte der Reaktionäre. Ziel war der Sturz der rationalen Lenkung und die Wiederherstellung der überkommenen Konzernherrschaft – siehe ›Konzerner‹. Niquolett Oll beteiligte sich durch Agitation innerhalb der Bürgerschaft an der Verbreitung zersetzenden Gedankenguts. Bei einem Versuch, den Weltraumlift gewaltsam ...*

»Ich hasse dich!«, rief jemand.

Yul wirbelte herum. »Henk?«

Niquoletts Vater stapfte mit geballten Fäusten auf ihn zu. Sein Haar klebte nass an seinem Kopf. Im roten Licht der Liegen sah er aus wie ein Dämon.

»Ich habe euch auf meine Party eingeladen«, rief er, »und das hast du meiner Tochter angetan!«

»Ich wollte nicht ...«, setzte Yul an.

Vielleicht hätte er Henks Schwinger abfangen können, aber er unternahm nur einen halbherzigen Versuch dazu. Die Faust krachte in Yuls linke Wange. Er wurde herumgeschleudert, stolperte gegen Niquoletts Liege. Der nächste Schlag traf ihn unter die Rippen. Nach langer Zeit protestierten die alten Brüche wieder, obwohl sie auf der anderen Seite lagen.

»Weg von ihr!«, forderte Henk, packte ihn und schleuderte ihn fort.

Yul fiel nur deswegen nicht, weil er sich am Stamm der Pappel festhielt. Pilgrim hüpfte nicht mehr, er trippelte zu ihm und blickte mit seinen Knopfaugen zu seinem Herrchen hoch.

Henk sah seine Tochter an. »Sie träumt süß. Immerhin das haben sie ihr zugestanden.«

»Das muss ein Missverständnis sein«, brachte Yul heraus. »Ohne deine Tochter wären Reja und ich jetzt wieder auf der Pontifessa. Sie hat uns gerettet.«

»Das hätte sie nicht tun sollen«, versetzte Henk. »Geh jetzt.«

―

Mit einem kühlen Tuch tupfte Reja Gander die Schwellung in Yul Debarras Gesicht ab. »Das hat Niquolett nicht verdient«, flüsterte sie. »Das nicht.«

Yul versuchte, sich möglichst wenig auf dem Sofa zu bewegen. Es war, als ob die warme Dusche auch das Adrenalin aus seinem Körper gespült hätte, sodass nun Platz für die Schmerzen war. Henk hatte einen harten Schlag.

Pilgrim lag eingerollt auf dem Teppich und schlief selig. Für ihn war es wohl ein gelungener Regenausflug gewesen.

»Ich habe mir Sorgen gemacht«, sagte Reja. »Koss hat angerufen und mir gesagt, dass du überstürzt aufgebrochen bist.«

Yul schauderte bei der Vorstellung, wozu die Forschungen an den Stasisliegen dienten. Menschen über Jahrzehnte mit Albträumen zu quälen und ihnen dabei die persönlichsten, die tiefsten Gedanken zu entreißen … »Ich weiß noch nicht einmal, ob es überhaupt möglich wäre, sie wieder aufzuwecken«, überlegte er. »Je nachdem, wie brutal die Konnektoren ins Hirn getrieben werden, wird man sie nicht mehr ohne fatale Schäden entfernen können.«

Reja tunkte das Tuch in die Schale mit dem medizinischen Öl und widmete sich wieder seinem Gesicht.

»Sie wollte anders leben«, sagte Yul. »Das war ihr Verbrechen. Koss würde *Fehlfunktion* dazu sagen. Eine Regung, deren Ursprung Ratio finden und eliminieren will.«

»Das klingt für mich unmöglich.«

»Nikotin beruhigt dich, Alkohol setzt deine Hemmschwelle herab«, gab Yul zu bedenken. »Was wir als Charaktereigenschaften wahrnehmen, ist zu einem hohen Grad eine Frage des Mischungsverhältnisses von verschiedenen Chemikalien in unserem Gehirn.«

»Auch wenn man jemanden liebt?« Tief sah sie ihm in die Augen.

Er seufzte. »Ich bin froh, dass ich das nicht beantworten kann. Das lässt mir wenigstens die Illusion von Freiheit.«

»Du hattest schon romantischere Momente.«

»Entschuldige. Gerade bin ich wohl zu sehr Mediziner. Ich versuche, zu verstehen, was sie vorhaben. Ob sie allen Ernstes fügsame Untertanen züchten wollen.«

»Zu welchem Zweck?«

»Wie meinst du das?«

»Na ja …« Reja legte das Tuch in die Schüssel und sah ihn an. »*Starsilver* will möglichst hohe Profite. Ob der Konzern einen neuen Asteroidenschürfer entwickelt, Schürfrechte handelt oder ein Schiff wie die Pontifessa auf die Reise schickt – alles wird letztlich danach entschieden, ob das Management glaubt, damit den Profit zu steigern. Beförderungen, Einstellungen, Entlassungen – für den Profit. Neue Produkte, Handelslinien, sogar die Terraformung weiterer Planeten …«

»Ich weiß, was du sagen willst. Rhodium kann für Ratio kein Antrieb sein, weil es das hier«, er tippte sanft gegen Rejas grünen Balancechip, »auf Aniz nicht gibt.«

»Rationalität ist in sich ziellos«, behauptete Reja. »Sie braucht immer eine Zielvorgabe.«

Fragend sah er sie an.

»Wenn du von der Erde zur Venus fliegen willst, kannst du dafür nach rationalen Kriterien einen Kurs berechnen lassen. Aber du musst vorgeben, was dabei optimiert werden soll: Willst du möglichst schnell ankommen? Soll es möglichst wenig kosten? Oder willst du besonders komfortabel unterwegs sein?«

»Schnelligkeit, Preis und Komfort können zu verschiedenen Routen führen.«

»Und zu unterschiedlichen Transportmitteln«, spann Reja den Gedanken weiter. »Ein Luxusliner ist vielleicht teuer und langsam, mag jedoch trotzdem die richtige Wahl sein. Aber wem nützt auf Aniz eine fügsame Bevölkerung?«

»Denen, die hier das Sagen haben, nehme ich an. Der Konsulin und ihren Interpreten.«

»Dann meinst du, sie tun nur so, als ob sie sich nach Ratios Empfehlungen richten würden? In Wirklichkeit machen sie die Vorgaben?«

»Es könnte so sein.« Er spreizte die Finger der rechten Hand.

Sie schob ihre Finger dazwischen und drückte die Handflächen gegeneinander. Die Verbrennungen schmerzten kaum noch.

»Vielfalt«, flüsterte sie.

»Kyles Traum«, sann er. »Gemeinsam vorwärtsgehen, aber ohne Zwang.«

»Wo kann es das geben?«, fragte Reja. »Wir beide haben doch auch bei den Konzernen so viel Zwang erlebt. Und andere noch mehr als wir, weil sie zu allen Konditionen arbeiten müssen, nur um etwas zu essen zu kriegen.« Sie schluckte. »Ich weiß nicht mehr, was ich glauben oder mir wünschen soll.«

Yul küsste ihre vollen Lippen.

Sie erwiderte die Zärtlichkeit, strich sanft über seinen Nacken.

Seine freie Hand suchte den Weg unter ihr Hemd. Vielleicht war es dumm, Träume zu hegen, die allzu weit über die Gegenwart des eigenen Lebens hinauswiesen. Waren solche Sehnsüchte nicht auch bei Niquolett der Grund dafür, dass sie nun alles verloren hatte? Sogar die Freiheit ihrer Gedanken?

Der Bronzerahmen des Hauskommunikators machte mit einem Pfeifen auf sich aufmerksam. Ohne auf eine Bestätigung zu warten, leuchtete ein Holowürfel vor der Wand auf. Er zeigte das von blonden Locken gerahmte Gesicht von Konsulin Amika Telora.

Reja und Yul ließen voneinander ab.

»Die P\ONTIFESSA lässt Trümmer unserer Satelliten ins Meer stürzen«, sagte Amika ohne Begrüßung. »In einer Stunde wird eine Flutwelle auf die Küste von Peniona treffen. Wir evakuieren. Sucht das Nötigste zusammen. Man wird euch abholen und zum Forum der Klärung bringen.«

Schon ertönte der Summer an der Haustür.

Bündnisse

Eine Flotille von zehn Unterseebooten steuerte die Zuflucht an. Die turmartige Form, die Yul Debarra anhand der verschwommenen Lichter ausmachte, war offensichtlich technischen Ursprungs.

Die Spitze des Bauwerks lag in völliger Dunkelheit einhundert Meter unter der Wasseroberfläche, was einen guten Schutz gegen Geschosse darstellte, die aus dem Orbit herabgeschleudert werden mochten. Andererseits setzte dieser Standort das Gebäude immensen Belastungen durch die Meeresströmungen aus.

Die U-Boote schleusten auf unterschiedlichen Höhen ein. Magnetzangen stoppten den letzten Vortrieb, um die Gefährte daraufhin ins Innere zu ziehen. Das Wasser wurde abgepumpt, die Passagiere konnten die Zuflucht betreten.

Yul trug Pilgrim über den Steg, damit der Hund nicht von einem Unachtsamen ins Hafenbecken gestoßen werden konnte. Gemeinsam mit Reja Gander folgte er Konsulin Amika Telora, die ein ausladendes Gewand mit goldenen Borten trug. Sie wirkte, als sei sie nicht etwa auf der Flucht, sondern auf dem Weg zu einem Hofball.

»Hier sieht es aus wie in der Pontifessa«, raunte Yul Reja zu. »Leuchtelemente statt Quallen, Stahl als hauptsächliches Baumaterial, ein Verladekran ... das dort vorn könnte der Endpunkt eines Container-Transportsystems sein.«

»Es sieht nicht nur so aus, das ist es«, befand Reja. »Wir befinden uns in einem weiteren Modul des alten Brückenkopfs, darauf würde ich wetten. Wenn auch einem, das man mit einigem Pomp veredelt hat.« Sie nickte zu einer vergoldeten Wendeltreppe, die in einen Schacht eingesetzt war. Edelsteine verzierten das Geländer.

Hinter ihnen strömten die Passagiere über den Steg. Eine Lautsprecherstimme mahnte, sich zu beeilen. Das U-Boot sollte so bald wie möglich nach Peniona zurückkehren, um weitere Bürger zu evakuieren.

Als eine Tür vor der Konsulin aufglitt, zeigte sich eine überwältigende Pracht. Ein halbes Dutzend Kristallleuchter hing von der Decke des Saals, rote Korallen setzten Akzente an den goldenen Wänden. Weiße Stehtische waren im Raum verteilt, darauf standen Porzellanplatten mit Häppchen aus aufgespießten Garnelen, klein geschnittenem Fisch und Trauben. Diener warteten mit Tabletts, auf denen Getränke in Sektkelchen perlten.

Amika ignorierte das alles. Sie verlangsamte ihren Schritt auch nicht für die Männer und Frauen, die sie mit Fragen bestürmten. Stattdessen nickte sie nur freundlich und überließ die allzu Aufdringlichen den Polizisten, die sie abzuschirmen begannen.

Yul hatte keine so edle Einrichtung erwartet, aber schließlich repräsentierte Amika die Oberschicht des Planeten. Die Stellen, an denen die anderen U-Boote eingeschleust waren, mochten bescheidener ausgestattet sein. Eine wirklich erstaunliche Einzelheit entdeckte er erst, weil Pilgrim erfreut kläffte und auf seinen Armen zappelte.

Ein rotes Seidenband, zehn Zentimeter breit, hing neben dem Ausgang, durch den Amika den Saal verließ. Über der Tür bog es nach rechts ab und zog sich zwischen einem und drei Metern unter der Decke um den halben Raum. In dieser formalen Umgebung wirkte es verspielt, wie es sich von einer Koralle zu einem Bolzen schwang, der von der ursprünglichen Gestaltung des Saals übrig geblieben und lediglich golden angestrichen sein mochte. Es war niemals straff gespannt, sondern hing immer locker durch. Nachdem es sich um den halben Raum gezogen hatte, wurde es unter der Decke entlang geführt. Dort erkannte Yul einige Haltegriffe, wie man sie in der Schwerelosigkeit benötigte. Das Band war darumgeschlungen, zog sich von einem Leuchter zu einem zweiten und dritten und hing am letzten herab, sodass sich das Ende zwischen den Kristallen verlor.

Yul folgte Amika nach nebenan. Dieser Raum wirkte wie eine Kontrollzentrale, mit mehreren Holoterminals an den Wänden, vor denen Spezialisten saßen. Die meisten trugen Kopfhörer. Sie beobachteten nicht nur, sondern wurden auch ihrerseits beobachtet. Unter der Decke waren Kameras angebracht. Die Konsulin setzte sich auf einen Thron mit einer weit ausladenden, fächerförmigen Rückenlehne. Dahinter schlängelte sich ein roter Schal an der Wand entlang.

Eine Polizistin hielt Yul auf Abstand, aber er war nah genug, um Amika anzusprechen. Sie hob den Blick vom Eingabefeld in der Lehne des Throns und sah ihn an. »Was gibt es, Yul?«

Er merkte, wie aufgeregt er war, weil Pilgrim in seinem festen Griff protestierend jaulte. Er setzte den Hund ab. »Was ist das für ein Modul, in dem wir uns befinden?«

»Ahnst du es nicht?«, fragte Amika.

»Das ist kein Modul des Brückenkopfs«, sagte Reja hinter ihm. »Du siehst doch die Bauweise: keine vielflächigen Hohlkörper, sondern Räume mit Boden, Decken und vier Wänden. So, wie man baut, wenn man von einem Schwerefeld ausgeht. Oder der Simulation von Gravitation, zum Beispiel durch Beschleunigung. Ich wette, in diesem gesamten Turm liegen die Stockwerke fein säuberlich übereinander, wie Bretter, die man stapelt. Und ganz unten könnten wir ein Triebwerk finden. Oder habt ihr es demontiert?«

»Es wäre Verschwendung gewesen, es im Felsgrund einzuschließen«, sagte Amika. »Es leistet im Asteroidengürtel gute Dienste.«

Yul wusste nicht, welche Raumschiffe sich zu dem Zeitpunkt, als die Sternenbrücke nach Anisatha zusammengebrochen war, in diesem System aufgehalten hatten. Sicherlich nicht allzu viele, aber eines oder zwei hätten es schon sein können. Sie wären hier gestrandet, nutzlos, weil sie es ohne Sternenbrücke nicht mehr verlassen konnten. Das hier mochte eines davon sein. Das war die wahrscheinlichste Erklärung.

Es waren die roten Schals, die den Puls in Yuls Hals pochen ließen. Nicht umsonst waren sie auch in der Wunschwelt von Chrome Castle allgegenwärtig. Iona hatte sie geliebt. Er schob eine Hand in die Tasche und befühlte die spitze Pyramide des Speichers. »Welches Schiff?«, fragte er mit rauer Stimme.

»Das weißt du doch«, tadelte Amika.

»Ist es die Echion?«

Sie grinste schief, eine Mimik, die nicht zu ihrem sorgfältig gepflegten Gesicht passen mochte. »Natürlich die Echion. Das Schiff, auf dem deine Frau gereist ist.«

»Aber die wurde zerstört! Sie hat sich auf dem Hyperraumflug befunden, als der Brückenkopf explodiert ist.«

»So hätte es laut Flugplan sein sollen, aber so war es nicht. In der letzten Sekunde ist sie hier angekommen, praktisch gleichzeitig mit der Explosion. Dabei wurde sie schwer beschädigt, aber den Weg zum Planeten hat sie noch geschafft.«

»Das kann nicht sein!« Die Polizistin musste Yul zurückhalten, damit er sich nicht auf Amika stürzte. Er wollte die

Konsulin nicht angreifen. Aber alles andere in diesem Raum – die ganze Welt, in der Yul lebte – verlor seinen Halt. Schien zu schwanken, sich zu drehen, sich aufzulösen. Yul hatte das Gefühl, dass seine Knie nachgaben, und zugleich fühlte er eine wilde Kraft in seinen Gliedern. Er wollte sich an Amika festhalten, dem einzigen Punkt, der Festigkeit und Rettung versprach. »Die ECHION kann noch nicht so weit gewesen sein!«

Reja legte ihm einen Arm um die Schultern. »Haben sich die Sternenlotsen vielleicht verrechnet?«

»Das ist unmöglich!« Er schüttelte sie ab. »Ich habe es überprüft. Wieder und wieder. Es kann nicht sein. Die ECHION muss im Hyperraum verloren gegangen sein.«

»Ist sie aber nicht«, versetzte Amika.

»Wie ist denn der Brückenkopf zerstört worden?«, fragte Amika. »War das ein längerer Prozess, sodass auf der Erde das Signal der Gegenstelle schon verloren ging, hier aber noch genug intakt war, um die ECHION durchzuleiten?«

»Das geht nicht!«, rief Yul. »Wenn ein Brückenkopf kein Signal von seiner Gegenstelle erhält, dann empfängt ein Schiff, das auf dieser Brücke reist, auch nichts mehr. Die ECHION kann ihr Ziel nicht gefunden haben. Sie muss im Hyperraum verschollen sein.«

»Es ging sehr schnell«, erklärte Amika. »Unsere Vorfahren wollten sich von der Dominanz der Konzerne befreien. Sie haben den Brückenkopf klug vermint und alle Ladungen gleichzeitig gezündet. Ein paar Sekunden, dann war die Funktionalität zerstört.«

»Und die Menschen, die im Brückenkopf gelebt haben?«, fragte Reja. »In den Verladeeinheiten? Den Hotels? Den Kontrollstationen?«

»Sie wurden weitgehend geschont. Aber Opfer mussten gebracht werden.«

»Was ist mit der Besatzung der ECHION geschehen?«, fragte Yul.

»Sie hat uns geholfen, unsere Gesellschaft aufzubauen.«

Yul wagte nicht, zu atmen. Pilgrim sah zu ihm auf und winselte, wobei er mit dem Schwanz wedelte. Der Hund spürte, welcher Widerstreit aus Furcht und Hoffnung in Yul tobte. Die roten Schals. Der Name *Peniona*. Der Titel *Interpret* für die Führungsebene des Planeten. Ratio, ein Supercomputer, dessen Leistungsfähigkeit alles übersteigen musste, was man auf der Erde kannte. Die Frage, die Yuls Brust schmerzen ließ, konnte er nicht stellen.

Reja tat es für ihn. »Und Iona Debarra?«

Amika schürzte die Lippen. Ihre Miene zeigte jetzt wieder die freundliche Neutralität einer Diplomatin. »Iona hat sich besonders verdient gemacht. Eine einmalige, eine herausragende Frau hat dich geliebt, Yul. Eine Frau, der Aniz mehr verdankt als jedem anderen Menschen.«

Ihre Unterkunft in der Zuflucht war nicht mit der Villa in Peniona zu vergleichen. Sie bestand nur aus einem Schlaf- und einem Wohnzimmer sowie einer Nasszelle. Die Einrichtung war eher prächtig als luxuriös. Bis auf die halbe Höhe waren die Wände mit Gold verkleidet, darüber weiß gestrichen, was insgesamt eine kalte Atmosphäre erzeugte. Echte Fenster gab es nicht. Neben Unterhaltungs- und Informationsprogrammen konnte man verschiedene Aussichten auf die Wandbildschirme legen. Unterwasserlandschaften wurden ebenso angeboten wie die Illusion, sich auf einem Berggipfel oder in einem grünen Tal zu befinden. Immer war der Himmel bedeckt, das Fehlen von Wolken hätte einen Bürger von Aniz wohl ebenso befremdet, wie es Yul Debarra mit dem Anblick einer Stirn ohne Balancechip ergangen war.

Er lag angezogen auf dem Bett, einen Arm hinter dem Kopf angewinkelt, und zupfte am frei herabhängenden Ende eines roten Schals. Pilgrim lag neben ihm, mit dem wuscheligen Kopf auf seiner Brust, und schnarchte leise.

»Komm mal her!«, rief Reja Gander aus dem Wohnzimmer. »Das musst du dir ansehen.«

Yul fand den Schal interessanter. Er wickelte den Seidenstoff um seine Finger, ließ ihn hindurchgleiten.

»Die Basisstation des Weltraumlifts wurde überrannt«, sagte Reja nebenan. »Irgendwie muss die Pontifessa ihre Gardisten auf den Planeten bekommen haben.«

Yul stand auf, was ihm ein protestierendes Brummen von Pilgrim einbrachte, und zog seine Schuhe an.

Reja lehnte sich in den Türrahmen. »Wo willst du hin?«

»Ich habe beschlossen, etwas Dummes zu tun.«

»Dann komme ich mit.«

»Jemand, der einem Dummen folgt, ist noch dümmer als dieser selbst.«

»Klugheit ist oft ein sicherer Weg in die Langeweile«, behauptete sie. »Außerdem muss ich schließlich auf dich aufpassen. Besonders dann, wenn du eine Dummheit begehst.«

Seufzend sah er sie an. Sie war eine wirklich schöne Frau. Ihre samtige Haut, ihre wachen Augen, der Schalk, der auch jetzt in ihrer Miene stand … Eine Frau, mit der man glücklich werden konnte, wenn man sie gut behandelte. Aber Yul war dabei, sie schlecht zu behandeln. Und er konnte nichts dagegen tun.

»Ich traue Amika nicht.« Er kratzte sich am Hinterkopf. »Ich will herausfinden, was wirklich mit der Besatzung der Echion passiert ist. Und es gibt jemanden, der damals dabei war.«

»Ratio.«

»Genau.«

»Dann los.«

Yul warf einen Blick auf Pilgrim, der nun das gesamte Bett für sich hatte und friedlich darin schlummerte. Man sagte, dass Tiere ausschließlich in der Gegenwart lebten, ohne die Bürde der Vergangenheit mit sich herumzuschleppen, ohne sich um die Zukunft zu sorgen.

Aber Yul war ein Mensch.

Gemeinsam mit Reja verließ er die Wohnung. In den Gängen und Sälen herrschte rege Betriebsamkeit. Die vielen Neuankömmlinge versuchten, sich zu orientieren. Unterkünfte mussten gefunden werden, die Essensausgaben nahmen ihre Arbeit auf. Viele verspürten ein Bedürfnis, sich mit anderen zu treffen und über die Bedrohung durch das Orbitalbombardement und die Einnahme des Weltraumlifts auszutauschen. In der Unsicherheit suchte ein Paar Halt aneinander. Yul vermutete, dass sich die beiden gerade erst gefunden hatten. Jetzt fielen sie im Schatten einer Wendeltreppe übereinander her.

Nach dem Zusammenbruch der Sternenbrücke hatte sich Yul so intensiv mit allem auseinandergesetzt, was mit der ECHION zu tun hatte, dass er den Bauplan des Schiffs noch immer exakt im Gedächtnis hatte. Es war eine kümmerliche Art gewesen, sich an den Ort zu begeben, an dem Iona ihre letzten Atemzüge getan hatte, aber eine bessere hatte er nicht gefunden. Wenigstens wusste er dadurch genau, wo sich der Experimentalrechner befand.

»Iona hat diese roten Schals geliebt«, sagte Yul. Auch um das Geländer der Treppe, die sie abwärts stiegen, wand sich ein Seidenband. »Ich frage mich, ob sie wirklich bedeuten, dass Iona Einfluss auf die Einrichtung der ECHION hatte, nachdem sie auf Aniz gelandet war.«

»Was siehst du als Alternative?«

»Dass sie zu einer Legende gemacht wurde, weil sie den Computer so gut kannte«, sagte er. »Offensichtlich ist dieser Rechner ein bestimmendes Element in der planetaren Kultur geworden. Und sie hat ihn mitkonstruiert. Vor allem war sie die Interpretin, die seine Reise hierher begleitet hat.«

»Man könnte sie auf einen Sockel gehoben haben«, überlegte Reja. »Und dazu eignen sich am besten Menschen, bei denen man sicher ist, dass sie keine Dummheiten mehr begehen. Dann braucht man nicht zu fürchten, dass es peinlich wird, vor ihrem Denkmal zu stehen.«

»Standbilder errichtet man am liebsten für Tote«, stimmte Yul zu. »Wir sind da. Hinter dem Schott dort vorn beginnt der Rechnerkomplex. Deine letzte Chance, umzukehren.«

»Und den ganzen Spaß verpassen? Vergiss es.«

Hier unten war die Zuflucht weniger prächtig eingerichtet als in den oberen Stockwerken, aber selbst in dieser Umgebung wirkte das aus grauem Stahl bestehende Schott abweisend. Yul wusste, dass es nicht nur gegen Druckabfall, sondern auch gegen Gewalteinwirkung gehärtet war. Ein Mikrometeorit, der den Rumpf durchschlagen hätte, wäre hier vielleicht noch aufgehalten worden. Die eigentliche Sorge der Konstrukteure hatte wohl dem Enterkommando eines gegnerischen Konzerns gegolten oder auch eingeschleusten Saboteuren mit dem Auftrag, den teuren Prototypen zu zerstören.

»Wie kommen wir da durch?«, fragte Reja.

»Mit meinem Dickschädel.« Yul ließ eine Gruppe Passanten mit ihren Taschen vorbei, dann schritt er auf das Schott zu.

Daneben leuchtete ein Scannerfeld, auf dem der Umriss einer Hand eingezeichnet war. Aber darüber gab es auch noch den Lesestab mit viereckigem Querschnitt, wie man sie auf der Erde überall an gesicherten Türen fand, ebenso wie auf jedem Raumschiff, auf dem Yul gereist war. Er nahm ihn aus der Halterung und drückte ihn gegen den Balancechip in seiner Stirn.

Ein Piepton begleitete das Erscheinen eines Holos, das sich wohl seit über einem Jahrhundert nicht mehr aufgebaut hatte. Es war ein kleiner Würfel, in dem eckige Elemente mit deutlich unterscheidbaren Symbolen schwebten.

»Ich bin Arzt«, erklärte Yul. »Schon vor dem Abflug der Echion war ich bei *Starsilver* autorisiert. Es gibt Vorrangcodes, die in einem Notfall Zutritt zu jedem Bereich verschaffen.«

»Und das wird nirgendwo registriert?«

»Eine Abmahnung wegen Kompetenzmissbrauch ist im Moment nicht meine größte Sorge.« Entschlossen tippte er die Symbole in der notwendigen Reihenfolge an.

Zischend zog sich das Schott in die Decke zurück.

»Dein Code funktioniert tatsächlich noch!«, rief Reja erstaunt. »Nach all der Zeit!«

»Das ist das Gute an Computerspeichern: Sie vergessen nichts.«

»Aber die Menschen auf Aniz hätten die Codes doch ändern können.«

»Wieso hätten sie das tun sollen, wenn sie ohnehin niemand auf dem Planeten kennt?«

Sie betraten einen Kontrollraum, der dem eigentlichen Rechner vorgelagert war, aber einen unmittelbaren Zugriff ermöglichte. Sessel mit Eingabefeldern in den Armlehnen standen um einen sechseckigen Besprechungstisch. Die in mehrere Segmente unterteilte Wand gegenüber dem Schott beherrschten große Fenster, hinter denen der Hauptraum mit dem Rechner in rotem Licht lag. Schwarze Strukturen beherbergten Prozessoren und Speicherbänke, Logikeinheiten und dialektische Contracomputer. Kühleinheiten und

Magnetfeldgeneratoren schufen ein Umfeld, in dem Quanten halbwegs stabil gehalten, bewegt, getrennt und wieder zusammengeführt werden konnten. Moduliertes Laserlicht etablierte den Datenaustausch zwischen den Komponenten. Manche der roten, blauen und gelben Lichtbahnen blieben stabil, aber die meisten blitzten nur für Sekundenbruchteile auf. Es sah aus, als würden die schwarzen Blöcke einander beschießen. Yul erkannte alle Bauteile und wusste um ihre grobe Funktion, auch wenn sein Verstand daran scheiterte, ihre Wirkmechanismen zu begreifen. Ihm war klar, dass er nur einen kleinen Teil des Komplexes sah, der sich noch weit fortsetzte. Der Hauptraum durchmaß achtzig Meter, aber die längste Sichtlinie endete nach zwanzig an einer aufragenden Komponente.

An den Seiten des Vorraums waren Arbeitsstationen angebracht. Von hier aus konnte man Rechenaufträge erteilen, Anfragen stellen, Auswertungen fahren lassen, Sicherungskopien beauftragen, Datenbestände überspielen, Baugruppen desaktivieren oder hochfahren und alles andere tun, was für Test und Betrieb des Rechners notwendig war.

Zwei Techniker taten hier Dienst. Einer von ihnen war so dick, dass Yul sich wunderte, wie er in den Sessel passte; über den Armlehnen quoll seine Körperfülle hervor. Der andere trug eine spiegelnde Brille. Sein Haar war bis auf einen blonden Kreis aus senkrecht nach oben stehenden Stacheln kahl.

»Wie kommt ihr denn hier rein?«, fragte er.

»Das sind Yul und Reja«, sagte der Dicke. »Schau dir die grünen Rauten in den Stirnen an.«

»Mir egal, wer das ist! Die haben hier nichts zu suchen.«

»Wir wollen uns nur den Bordrechner ansehen.« Yul zeigte auf die silberne Tür zum Hauptraum. Sie war so schmal, dass der Dicke sie sicher noch nie durchschritten hatte. »Es geht ganz schnell.«

»Zu Ratio?«, fragte Stachelhaar mit heller Stimme. »Sicher nicht! Das wäre uns angekündigt worden.«

»He, Bjell, die beiden hängen doch ständig mit der Konsulin rum.« Der Dicke sah besorgt aus. »Bist du sicher, dass sie nicht autorisiert sind?«

»Das werden wir sofort herausfinden.« Bjell schwenkte den Sessel zu seinem Eingabeholo.

»Moment!« Yul sprang zu ihm und riss seinen Sitz zurück. Die Rollen klapperten.

»Was soll das?«, rief Bjell.

Yul griff beide Lehnen, sodass der Techniker den Sessel nicht verlassen konnte. »Ich habe meiner Freundin gesagt, dass ich etwas sehr Dummes tun werde. Ich werde mich nicht davon abbringen lassen. Ich werde durch diese Tür gehen und mir Ratio ansehen. Daran wirst du mich nicht hindern. Die Frage ist nur, wie unfreundlich ich werden muss, bevor ihr die Tür aufmacht.«

Bjell verschränkte die Arme. »Vergiss es. Ich riskiere doch keine Traumstrafe!«

»Traumstrafe?«, echote der Dicke besorgt.

»Begreifst du nicht, was die beiden vorhaben?«, rief Bjell über die Schulter. »Die haben so getan, als würden sie von der PONTIFESSA fliehen. In Wirklichkeit wollen sie sich einschleichen, um Ratio zu zerstören. Aber das läuft nicht!«

»Am besten kommt ihr erst mal von den Kontrollen weg«, schlug Reja mit einem Lächeln vor, das einem Zähnefletschen gleichkam.

Die beiden gehorchten.

Yul suchte ein Lesegerät neben der silbernen Tür. Es war in der Wanddekoration verborgen, aber schließlich fand er es. Nur zeigte sich kein Effekt, als er es gegen seinen Balancechip hielt.

»Die Notverriegelung braucht nur einen einzigen Tastbefehl«, stellte Bjell hämisch fest.

»Dann braucht die Entriegelung sicher auch nicht mehr«, grollte Reja.

»Zeitschloss«, sagte der Dicke. »Nach der Notverriegelung akzeptiert das System eine Stunde lang keine Eingabe, die sie rückgängig machen würde.«

»Ist das so? Habe ich jetzt eine Stunde Zeit, Spaß mit euch zu haben?« Sie versetzte ihm einen leichten Wangenstreich.

»Reja, komm mal her«, bat Yul.

»Ihr bleibt, wo ihr seid!«, machte sie den Technikern klar. »Schön weit weg von den Kontrollen.«

»So sollten wir mit den beiden nicht umgehen«, flüsterte Yul ihr zu. »Sie haben uns nichts getan.«

»Willst du dir jetzt Ratio aus der Nähe anschauen oder nicht?«

»Schon, aber ...«

»Aber – was?«

»Es muss einen anderen Weg geben.«

Reja seufzte.

Bjells Gesicht wirkte hart und entschlossen, wohl auch wegen der Spiegelbrille. Der Dicke dagegen schwitzte, seine Unterlippe zitterte.

Rejas Zeigefinger schoss auf ihn zu. »Wie heißt du?«

»Orman«, krächzte er. »Orman Tullim.«

»Also gut, Orman. Komm her, hier zum Terminal. Du drückst keine Schaltfläche, bevor du mir nicht erklärt hast, was sie bewirkt. Und versuch nicht, mich zu veralbern. Ich bin Ingenieurin.«

»In Ordnung.«

Yul deutete auf ein Holo. »Was ist das da?« Das Bild zeigte eine Übertragung aus dem Freien. Im Hintergrund war das Meer zu sehen, eine große Struktur kam daraus hervor und ragte auf dem Ufer auf. Das mochte ein Ausläufer der zentralen Frachtverladeeinheit sein. Zwei Personen standen davor.

»Tanarra und John«, erkannte Reja.

Die dürre Managerin sprach, und der schwarzhäutige Koloss von einem Gardisten starrte in die Kamera.

»Ich weiß nicht, das muss eine Nachrichtenübertragung sein«, wimmerte Orman. »Ich habe den Ton ausgestellt. Soll ich ihn aktivieren? Das wäre dieser Schalter.«

»Nicht jetzt«, entschied Yul. »Und beruhige dich. Wir wollen dir nichts antun.«

»Nicht, solange du machst, was wir dir sagen«, präzisierte Reja.

»Was spielt ihr euch eigentlich so auf?« Bjell sprang mit geballten Fäusten aus seinem Sessel.

Ansatzlos schlug ihm Reja ins Gesicht. Etwas krachte, wahrscheinlich Bjells Nase. Er bedeckte sie mit beiden Händen und taumelte zurück.

»Setz dich schön wieder hin«, riet Reja. »Die Welt, in der ich aufgewachsen bin, war nicht so friedlich wie die, die du kennst.«

»Das glaube ich auch«, sagte Yul verblüfft. »Was ist denn los mit dir?«

»Du bist doch derjenige, der Antworten will. Und die holen wir uns jetzt. Orman, muss ich dir auch die Nase brechen, oder entriegelst du die Tür freiwillig?«

»Es geht nicht!«, rief er verzweifelt. »Wirklich nicht! Man kann das Zeitschloss nicht umgehen.«

»Ich glaube ihm!« Yul stellte sich zwischen Reja und den beleibten Techniker. »In Ordnung? Ich glaube ihm.«

»Was dann? Sollen wir die Fenster zum Hauptraum einschlagen?«

»Das könnt ihr vergessen!« Bjells Stimme klang hohl, weil er die Hände noch vor Mund und Nase hatte. »Das Transplast ist stabil wie Stahl.«

»Da hat er recht«, beschied Yul.

»Ach, hat er das?« Reja stemmte die Fäuste in die Hüften. »Und was schlägst du dann vor?«

Yul befeuchtete die Lippen. »Es gibt doch bestimmt Kameras da drin. Kannst du uns den Raum zeigen, Orman? Mehr, als man von hier aus sieht?«

»Sicher. Klar. Das geht ganz schnell.« Die aufgequollen wirkenden Finger huschten durch die Sensorfelder. Anzeigen erloschen und wurden durch Aufnahmen ersetzt, die die schwarzen Rechnerkomponenten im roten Licht zeigten, verbunden durch gleißende Laserbahnen.

»Stopp!« Yul wählte ein Holo, in dem sechs längliche Gebilde zu sehen waren. Sternförmig umstanden sie eine senkrecht aufragende Einheit, die in drei Spitzen auslief. Sie waren über Kabel damit verbunden. Yul hatte erwartet und befürchtet, so etwas zu sehen, obwohl die Pläne, die er studiert hatte, es nicht verzeichneten. »Was ist das?«

»Das sind die Stasisliegen.« Orman klang, als sorgte er sich, mit einer Fangfrage in eine Falle gelockt zu werden. »Ratios sechs Bioeinheiten.«

Der Begriff hallte in Yul nach. »Bioeinheiten. Und wer liegt da drin?« Soweit er erkannte, waren die Liegen komplett undurchsichtig.

Hilfesuchend sah Orman zu Bjell.

»Antworte!«, forderte Reja.

Plötzlich zischte das Schott auf.

Eine Polizistin kam herein. Ejena Zuol, die Kommandantin des Trupps, der auf die Pontifessa gekommen war. Sie sah den angeschlagenen Bjell an, dann Yul. »Also doch kein Probealarm.«

»Nur noch eine Minute, dann sind wir hier fertig«, sagte Yul. »Ich muss nur etwas klären. Wer liegt in …«

»Hast du den Verstand verloren?« Ejena löste die Schockpistole von der Magnethalterung an ihrer Hüfte. »Ihr habt hier nichts zu suchen! Raus hier!«

So nah an der Gewissheit ... Wütend schleuderte Yul einen leeren Sessel auf die Polizistin.

Der Angriff überraschte sie ebenso sehr wie die Tatsache, dass Yul sofort nachsetzte. Er griff die Hand mit der Pistole.

Sie schlug ihre Faust in seine linke Seite. Der noch immer nicht verheilte Rippenbruch schickte stechenden Schmerz durch seinen Rücken.

Yul ignorierte es. Er rang seine Gegnerin zu Boden, wo sie sich wälzten, sich schlugen, mit den Knien zustießen. Yul wusste selbst nicht, wie es ihm gelang, aber schließlich hatte er die Pistole in der Hand.

Doch Ejena ließ nicht nach. Sie versuchte, ihm die Waffe wieder zu entwinden, und gewährte seinen Armen kaum Spielraum. Er konnte nur das Handgelenk drehen.

So weit, dass die Mündung auf Ejenas Gesicht zeigte. »Ergib dich!«

»Vergiss es, Konzerner!«

Die Pistole war nur eine Betäubungswaffe. Aber wenn die Nadeln aus kaum einem halben Meter Entfernung in das ungeschützte Gesicht schlügen ... in die Augen ... und dann noch Stromstöße und lähmendes Gift hineinjagten ...

Der Arzt wusste, dass ein solcher Schuss die Frau blenden würde. Ejena könnte nie wieder in ihrem Leben etwas sehen.

Er musste eine andere Stelle finden. Den Rumpf am besten, die Brust. Er versuchte, den Winkel zu verändern, verlagerte sein Körpergewicht.

Ejena setzte einen Hebelwurf an, der Yul vollkommen überraschte. Er wirbelte über sie hinweg und schlug hart mit Rücken und Hinterkopf auf. Für einige Sekunden war ihm schwarz vor Augen.

Danach hielt Ejena wieder die Pistole in der Hand, ihr Fuß stand auf Yuls Brust. »Du hast Glück, dass Ratios dringender Rat lautet, dich nicht zu verletzen.«

Ächzend sah Yul zu Reja. Sie lag ebenfalls auf dem Boden, und Orman hatte es irgendwie geschafft, aus seinem Sessel zu kommen. Er saß jetzt auf ihr. Eine bei Weitem weniger elegante Methode als Ejenas Kampfkunst, aber ebenso effektiv.

»Wie meinst du das?«, ächzte Yul. »Ratio hat befohlen, dass ich nicht verletzt werden soll?«

»Eine solche Anweisung ist einmalig. Die kam, bevor wir zur Pontifessa aufgebrochen sind. Aber ich habe keine Lust, mich von dir aushorchen zu lassen. Gleich ist meine Verstärkung hier, und dann geht es für euch in eine Zelle. Da hättet ihr von Anfang an hingehört.«

»Hier komme ich mir vor wie ein Insekt.« Yul Debarra steckte drei Finger durch eines der Löcher in der Transplastscheibe, die eine Wand ihrer Doppelzelle bildete. Für die Hand war die Öffnung zu klein.

»Viel mehr als ein paar Fliegen haben wir auch nicht ausgerichtet.« Reja Gander lag auf einer der beiden Pritschen und hatte einen Unterarm auf ihrer Stirn abgelegt.

»Willst du dir nicht die Hände waschen?« Bjells Blut klebte an Reja Knöcheln. Inzwischen war es getrocknet.

»Wieso soll ich mich hübsch machen? Willst du mit mir auf eine Party gehen?«

Lachend setzte er sich auf die zweite Pritsche. »Immerhin hast du deinen Humor nicht verloren.«

»Den kann mir keiner nehmen.«

Schritte näherten sich im Gang, der quer vor den Zellen

verlief. Ein Polizist trug Pilgrim, ein zweiter hatte eine Schockpistole in der Hand. »Bleibt von der Tür weg«, forderte der Bewaffnete.

Er öffnete mit seinem Handabdruck. Pilgrim lief schwanzwedelnd zu Yul.

»Na, Kleiner?«

Der Hund schnupperte an seiner Hand, dann lief er zu Reja, bellte, damit sie ihn zwischen den Ohren kraulte, und kehrte zu Yul zurück.

»Braucht ihr noch etwas?«, fragte der Polizist, der Pilgrim getragen hatte.

Reja stand auf. »Ich muss mal auf die Toilette.«

»Dann komm mit.«

Sie verschlossen die Tür und ließen Yul mit Pilgrim allein zurück.

Der Hund war leicht zufriedenzustellen. Er wollte nur Aufmerksamkeit. Yul schnippte mit den Fingern, zupfte ihn am Schwanz und kämmte durch sein Fell. Pilgrim hechelte und leckte Yuls Hände. Die sterile Umgebung der Zelle störte ihn nicht.

Yul dagegen fragte sich, welche Strafen die Justiz von Aniz kannte. Die Stasisliegen in der Galerie der Mahnungen hatte er gesehen. Gab es auch Gefängnisse? Zum hiesigen System hätte Zwangsarbeit gepasst, die man für die Gemeinschaft ableistete. Dort eingesetzt, wo man den meisten Nutzen brachte, nach Ratios Ermessen. Eine Ingenieurin und ein Arzt … würde man Reja und ihn trennen?

So viele unfertige Gedanken umkreisten einander in Yuls Kopf, dass er noch nicht einmal zu entscheiden vermochte, ob ihn die Vorstellung störte. Er war sehr gern mit Reja zusammen, aber er konnte sich nur schwer eine Zukunft mit ihr ausmalen. Oder überhaupt eine Zukunft. Die ECHION schleuderte ihn in die Vergangenheit zurück, die er nicht hatte abschließen können. Die offenen Enden, wo das Schicksal die Fäden seines Lebensplans zerschnitten hatte.

Er beneidete Pilgrim darum, ganz in der Gegenwart sein zu können. Yul versuchte, seinen Kopf zu leeren und sich nur auf den Hund zu konzentrieren. Es gelang leidlich.

Wie viel Zeit war vergangen, als Reja zurückkam? Yul wusste es nicht. Die Polizisten ließen sie zu ihm in die Zelle, schlossen ab und entfernten sich.

Sie setzte sich ihm gegenüber, lehnte sich an die Wand und stellte eine Ferse auf die Pritsche. Das Blut war noch immer an ihrer Hand. »Was hast du vor, Held?«

»Unsere Optionen sind auf zehn Quadratmeter geschrumpft, scheint mir.«

Reja legte den Kopf schräg und zupfte an ihrer Unterlippe. »Wieso hast du Ejena nicht ins Gesicht geschossen?«

»Sie macht nur ihren Job. Sie kann nichts für unsere Probleme. Oder meine.«

»Glaubst du jetzt an eine Märchenwelt, in der nur Schuldigen schlimme Sachen passieren?«

»Wenigstens will ich mich bemühen, nicht zu den üblen Typen zu gehören.«

»Also willst du ein Opfer sein.«

»Das habe ich nicht gesagt«, stellte Yul fest.

»Es wird immer Opfer geben, und zwar mehr oder weniger unschuldige«, legte Reja unbeirrt nach. »Womit hast du verdient, unglücklich zu sein?«

»Bin ich das?«

»Wem willst du etwas vormachen?«

Seufzend schloss er die Lider und lehnte den Hinterkopf an die Wand.

»Wieso musst du das Opfer sein, Yul? Du hättest schießen können...«

»Dann wäre Ejena jetzt blind.«

»… stattdessen hast du nicht abgedrückt, und deswegen hast du deine Antworten nicht bekommen. Wir sind hier eingesperrt. Wer weiß, was noch mit uns passiert? Und falls wir beide dir egal sind: Was wird aus Pilgrim, wenn sich niemand mehr um ihn kümmert? Hat er es verdient, dass du ihn ebenfalls opferst?«

»Ich habe nichts getan, um ihm zu schaden.«

»Genau«, sagte sie zynisch. »Du hast *nichts* getan, und damit hast du ihm geschadet. Und mir und dir selbst.«

Schweigend lauschte er auf seine Atemzüge.

»Wieso bist du weniger wert als Ejena? Weshalb kämpfst du nicht für dich?«

»Schon vergessen? Ich habe versucht, zu Ratio vorzudringen.«

»Halbherzig«, urteilte sie. »Die Rebellen von Aniz hatten Erfolg, weil sie entschlossener vorgegangen sind. Oder glaubst du, es gab keine unschuldigen Opfer, als sie den Brückenkopf gesprengt haben?«

»Darauf wäre ich nicht stolz gewesen.«

»Aber auf dein Scheitern bist du stolz?«

»Das nun auch nicht gerade.«

»Wenn du selbst nicht entschlossen für dich kämpfst – wer soll es dann tun? Ejena hat sich entschieden, eine Uniform anzuziehen.«

»Nicht unbedingt«, widersprach er. »Ratio entscheidet über Eignungen und Bedarf.«

»In Ordnung. Dann ist es eben Schicksal, dass sie zwischen dir und deinem Glück steht. Dafür kannst du nichts.«

»Und darum darf ich ihr die Augen aus dem Kopf schießen?«, fragte Yul.

»Wer wollte darüber urteilen?«, hielt sie dagegen. »Du misstraust der Konsulin und wolltest deine eigenen Regeln aufstellen. Du bist den Weg nicht zu Ende gegangen.«

»Wäre ich das, säßen wir jetzt trotzdem hier.«

»Aber du hättest geklärt, was zu klären ist. Auch wenn ich nur ahne, was das sein könnte.«

Er atmete tief durch und sah Pilgrim an, der geduldig neben der Pritsche saß. »Iona ...«

»Sie ist nicht tot, oder?«

Er schwieg.

»Yul, ich habe gerade den Kopf für dich hingehalten. Jetzt sitze ich mit dir in einer Zelle und erwarte eine ungewisse Strafe. Findest du nicht, ich habe verdient, zu wissen, ob ich wegen einer anderen Frau hier bin? Einer Frau, die du nicht vergessen kannst?«

Er atmete durch. »Ich weiß nicht, ob ich mich in etwas hineinsteigere, weil ich es glauben will. Oder weil ich es fürchte, noch nicht einmal das weiß ich. Aber es könnte sein, dass Iona noch lebt.«

»In einer dieser Liegen im Hauptraum des Computers.«

»Offensichtlich sind sie mit den Prozessoren gekoppelt. Dadurch ergeben die Diskussionen, die ich mit Koss hatte, einen ganz neuen Sinn. Er hat von den Traumliegen gesprochen und von intensivmedizinischen Behandlungen. Aber im Kern geht es ihm um diese Kopplung, glaube ich.«

»Sie haben menschliche Gehirne mit diesem Supercomputer der ECHION verbunden?«

»Das nehme ich an.« Yul lehnte sich vor und stützte sich mit den Ellbogen auf den Knien ab. »Natürlich rechnet ein Computer viel schneller als der menschliche Verstand. Vor allem Quantencomputer. Aber Koss hat von der Intuition gesprochen, an die sie ranwollen. Da gibt es vieles, das wir noch immer nicht verstehen. Solche Sachen wie den *gesunden Menschenverstand*. Die Fähigkeit, abwegige Optionen sofort auszusortieren, ohne dass uns das überhaupt bewusst wird. Ein Computer arbeitet im Rahmen eines vorgegebenen

Regelwerks, aber unser Verstand kann Regeln fundamental infrage stellen.«

»So wie die Irren, die glauben, sie würden in einer Simulation leben?«

»Diese Gedankensprünge können schädlich sein«, räumte Yul ein. »Aber vor allem sind sie faszinierend. Bis hin zum sechsten Sinn, zu Vorausahnungen und solchen Dingen. Ich nehme an, Ratios Schläfer steuern genau das bei. Oder sie übersetzen zwischen Computer und Menschen. Jedenfalls sind sie auf Aniz noch nicht so weit, dass sie diesen Anteil künstlich nachbauen könnten.« Er richtete sich auf und klatschte in die Hände. »Das ist nur eine wilde Theorie. Vielleicht ist alles ganz anders.«

»Aber die roten Schals, die hier überall hängen, hätten Iona gefallen?«

»Ganz sicher. Und dass Ratio offenbar dringend empfohlen hat, mich beim Überfall auf die Pontifessa zu schonen... Na ja, vielleicht ist es nur eine Erinnerung, die auch nach Ionas Tod noch im Speicher herumspukt.«

»Oder es ist die Liebe einer Frau, die seit eineinhalb Jahrhunderten von dir träumt«, sagte Reja. »Wow.«

»Auf jeden Fall ist jetzt klar, wieso sich die Angreifer so gut auf der Pontifessa auskannten. Mit Sicherheit hat die Echion den Bauplan in ihren Datenbanken.«

»Lenk nicht ab. Es geht um Iona.«

»Du hast recht«, räumte er kleinlaut ein.

Sie schnaubte. »Tu mir einen Gefallen und lauf nicht länger weg! Finde heraus, was du wirklich willst – und dann tu es auch!«

»Kann ich ja nicht mehr.« Er zeigte auf die Wände. »Wir sind gefangen.«

»Aber wir kriegen bald Besuch. Überleg dir schon mal, was du ihm sagen willst.«

Er runzelte die Stirn. »Wer soll uns denn besuchen kommen? Amika?«

»Nein. Ich habe jemanden eingeladen, und er hat versprochen, dass er kommt. Unsere netten Bewacher haben mich gerade ein Gespräch führen lassen.«

»Wie hast du sie denn dazu bekommen?«

Sie zupfte an ihrem Hemd. »Sie durften ein bisschen mit meinen Brüsten kuscheln.«

»Was?«

Sie verdrehte die Augen. »Reg dich nicht auf. Ich habe Erfahrung mit Männern in Uniform. Es war wirklich nur ein bisschen Kuscheln. Und jetzt lass uns rausfinden, was wir anzubieten haben ...«

»Danke, dass du gekommen bist«, sagte Reja Gander.

»Glaubt ja nicht, ich wäre hier, um über Astroflieger zu sprechen«, spie ihnen Henk Oll entgegen. »Ich will nur etwas zu lachen haben. Euch in diesem Käfig zu sehen ist noch amüsanter, als ich gehofft habe.« Tatsächlich grinste er breit durch die transparente, mit Löchern versehene Wand. »Das macht mich wirklich froh.«

»Ich schätze«, sagte Yul Debarra, »es würde deine Fröhlichkeit noch steigern, wenn du Niquolett zurückbekämst.«

Mit einem Schlag ergriff seine Wut Besitz von Henks Miene. »Das ist unmöglich! Sie stirbt, wenn man die Drähte aus ihrem Hirn zieht!«

»Ist das so?«

Er atmete tief und ballte die Hände zu Fäusten. »Du bist doch selbst Arzt. Du weißt, dass Niquoletts Hirnstruktur zerstört ist. Nur die Maschine, die Stasisliege, hält sie am Leben. Vor allem die Drähte in ihrem Hirn. Sie verhindern Blutungen, und wenn du sie herausziehst, ist das so, als würdest du ein Messer aus einer Wunde ziehen. Dann sprudelt das Blut.«

»Ich kenne mich nicht genau mit euren Liegen aus«, gestand Yul. »Aber Ratio weiß um jedes Detail. Er ist ein Computer, und Computer lösen die Aufgaben, die man ihnen stellt. Ratio kann eine Möglichkeit finden, Niquolett aus der Liege zu befreien, sie aufzuwecken und ihre Wunden zu heilen.«

Henk bebte vor Wut.

Yul sah ihn offen an. Er konnte nur hoffen, dass Henk in seiner Miene las, dass er nicht Niquoletts Feind war.

»Ich höre«, presste der Vater heraus.

»Im Moment reden die falschen Leute mit Ratio. Nämlich diejenigen, die für das System stehen, das Niquolett so ungerecht und unmenschlich bestraft hat.«

»Ich zähle selbst zu den Interpreten«, wandte Henk ein.

»Umso besser. Dann frage Ratio, ob es möglich ist, Niquolett aus der Liege zu befreien.«

Henk presste die Zähne aufeinander. »Das würde auffallen. Alle Anfragen werden aufgezeichnet. Ich müsste mich für eine solche Fragestellung rechtfertigen.«

»So, wie du das sagst, hätte das unangenehme Konsequenzen«, meinte Reja.

»Ein Interpret, der seine Macht für persönliche Zwecke missbraucht ...« Henks Miene sprach Bände.

»Also entscheiden am Ende doch dieselben Machthaber, die Niquolett verurteilt haben, über den Einsatz von Ratio.«

Er nickte. »Und das kann ich weder ändern noch umgehen.«

»Nicht, ohne Schaden für dich selbst zu riskieren, meinst du«, sagte Reja verächtlich.

»Es würde auch nichts nützen. Ich könnte die Anfrage stellen und vielleicht käme eine Antwort darauf. Aber ich bräuchte jemanden, der die empfohlene Operation durchführt.« Er kniff die Augen zu Schlitzen zusammen. »Moment. Kommt hier die Stelle, an der ihr mir erzählt, dass ich euch aus dem Gefängnis befreien muss, weil Yul ein Arzt ist?«

»Das reicht noch nicht«, sagte Reja.

Yul verschränkte die Arme. »Selbst wenn du eine Anleitung für die Operation hättest, bräuchten wir einen Ort, an dem wir sie in Ruhe durchführen könnten. Und danach wären wir alle auf einem feindseligen Planeten auf der Flucht.«

»Mit Niquolett auf der Flucht zu sein wäre mir lieber, als ohne sie leben zu müssen«, beteuerte Henk.

»Es gibt einen anderen Weg«, sagte Yul, »aber für Feiglinge ist auch der nichts.«

»Ich bin immer noch hier und höre zu.«

»Die Konsulin muss weg«, sagte Reja. »Die Interpreten auch.«

»Anwesende ausgenommen.« Yul grinste.

Reja stützte sich an die Wand. »Und die Polizei muss in ihre Grenzen gewiesen werden.«

»Das ganze System muss weg«, schloss Yul. »Nur dann kann Niquolett in Freiheit leben. Und wir alle.«

»*Freiheit.*« Henk lachte auf. »Davon faseln die Konzerner immerzu.«

»Woher weißt du das?«, fragte Reja lauernd. »Hast du von Niquoletts Umtrieben gewusst? Bewegst du dich etwa selbst in diesen Kreisen?«

»Das tut nichts zur Sache«, entgegnete Henk barsch. »Ihr redet von einem Hirngespinst.«

»Von einem Risiko«, korrigierte Yul. »Ich kann dir nicht versprechen, dass du deine Tochter zurückbekommst oder dass sie hinterher gesund sein wird. Aber die Chance besteht. Und ganz sicher würdest du den Leuten einen Schlag versetzen, die ihr das angetan haben.«

»Das klingt gut«, räumte Henk ein.

»Wir brauchen eine massive Ablenkung und erhebliche Schlagkraft. Beides könnten wir bekommen, wenn du jemanden kontaktierst...«

Reja unterbrach ihn. »Aber heul nicht rum, falls etwas zu Bruch geht! Wir reden von einem Umsturz, das ist dir hoffentlich klar.«

Henk atmete durch. »Ich will nicht mit dem Wissen weiterleben, dass meine Tochter die Traumstrafe durchleidet. Sagt mir, was ich tun soll.«

Wandel

Seit einer Stunde waren Explosionen zu hören, mal näher, dann wieder weiter entfernt. Ab und zu zitterte der Boden. Pilgrim verkroch sich wimmernd unter eine der Pritschen. Yul Debarra hätte das Tier gern beruhigt, aber dazu war er selbst zu aufgeregt. Wie er aus Erfahrung wusste, übertrugen sich seine Stimmungen auf den Hund. »Ich begreife nicht, wie du so gelassen bleiben kannst«, giftete er Reja Gander an.

Sie lag auf ihrer Pritsche, die Beine angewinkelt, die Hände unter dem Kopf verschränkt, und sah an die Decke. »Wir befinden uns in einer ausbruchssicheren Zelle«, erinnerte sie. »Wir haben keinerlei Werkzeug. Die Wachen haben wir seit einer Weile nicht gesehen. Wahrscheinlich sind sie abgezogen, um unterstützend in die Kämpfe einzugreifen. Jedenfalls ist keiner hier, der uns rauslassen würde. Wenn du einen Vorschlag hast, was ich produktiv unternehmen könnte, bin ich offen dafür. Ansonsten spare ich meine Kraft. Ich hoffe nämlich, dass ich sie bald brauchen könnte.«

Yul nahm seine ruhelose Wanderung durch die Zelle wieder auf. Immer wenn er an die transparente Wand kam, schlug er mit der Faust dagegen. Nicht, dass das etwas genützt hätte, aber der Schmerz in den Knöcheln lenkte ihn wenigstens ein bisschen ab.

»Willst du auch Blut an den Händen haben?«, fragte Reja.

»Lass mich einfach.«

Irgendwann blieben tatsächlich rote Spuren auf dem Transplast zurück.

Yul hörte Schüsse und verharrte.

Das Blut rauschte in seinen Ohren.

Eine Tür öffnete sich, Stimmen und Schritte waren zu vernehmen.

Er eilte an die transparente Wand und hakte seine Finger in zwei Löcher.

Es war Tanarra deFuol. Die grauhaarige Managerin war tatsächlich gekommen. Er lachte beim Anblick der goldenen Raute in ihrer Stirn. Sie trug eine offene Wildlederjacke und eine eng sitzende Hose. Die übergroße Pistole steckte im Holster an ihrer Hüfte.

Franc Thatch und ein weiterer Gardist folgten ihr. Sie gingen hintereinander, ihre Schulterbreite beanspruchte den gesamten Gang. Einer von ihnen stieß einen Polizisten vor sich her, der aus einer Platzwunde an der Stirn blutete. Den Abschluss bildete Henk Oll, der den linken Arm in einer Schlinge trug.

»Yul, Reja.« Tanarra nickte ihnen zu und hakte die Daumen in ihren Gürtel. »Habt ihr einen guten Grund, aus dem ich euch nicht einfach über den Haufen ballern sollte?«

»Es würde deinen Profit mindern«, sagte Yul.

»Das bezweifle ich. Mit ziemlicher Sicherheit ist aus dieser gesamten Misere ohnehin kein Gewinn zu schlagen. Andererseits wird es hier bald niemanden mehr geben, der irgendwelche Forderungen an mich stellen könnte. Ich werde also bei null rauskommen.« Sie zog ihre Waffe. »Über die Kosten für zwei Kugeln sehe ich großzügig hinweg.«

Unwillkürlich machte Yul einige Schritte zurück. »Du kannst hier alles zerstören, aber das wird einen wertlosen Schrotthaufen hinterlassen.« Es klang in seinen eigenen Ohren schlapp.

Der Lauf von Tanarras Pistole reflektierte das Licht der Deckenbeleuchtung. »Ich hätte nicht übel Lust dazu.«

»Natürlich gibt es eine lukrative Alternative«, sagte Reja.

»Genau!«, fiel Yul ein. »Du übernimmst den Laden.«

»Von welchem Laden sprecht ihr?«

»Was wird *Starsilver* wohl für diesen Planeten zahlen?« Yul sprach schneller, als er wollte. Er konnte sich nicht von der Vorstellung lösen, was für eine Wunde eine großkalibrige Waffe wie Tanarras Pistole in seinen Körper reißen würde. Sie konnte den Lauf durch eines der Löcher in der transparenten Wand stecken, um freies Schussfeld zu erhalten. In der engen Zelle würde er weder ausweichen noch Deckung finden können.

»Hier gibt es Korallen, Mangan und Drogen in rauen Mengen«, sagte Reja. »Natürlich ist das alles viel mehr wert, wenn die Infrastruktur, um die Ernte einzubringen, noch existiert.«

Tanarras Lider sanken halb herab, sie verzog den Mund.

»Außerdem brauchst du intakte Industrieanlagen, um die Sternenbrücke zu reparieren«, sagte Yul. »Ihr müsst ersetzen, was auf der Pontifessa zerstört wurde.« Ob die Planetarier die zurückgelassenen Bauteile in den Stern hatten stürzen lassen, wagte er nicht zu fragen. War das der Fall, wäre eine Rekonstruktion auf Aniz wohl ausgeschlossen. Selbst unter günstigsten Voraussetzungen würde sie Jahre dauern.

»Unsere Gardisten finden hier nirgendwo Gegner, die sie ernst nehmen müssten«, sagte Tanarra. »Sie können jeden Widerstand brechen. Aber mit ein paar Dutzend Soldaten kann man keinen Planeten unterwerfen. Sie können nicht überall sein. Wie stellt ihr euch vor, dass ich die Kolonisten dazu bringe, für mich zu arbeiten? Hier gibt es noch nicht einmal Geld.« Sie tippte gegen ihren Balancechip. »Womit sollte ich sie motivieren?«

»Es gibt eine Opposition, eine Untergrundbewegung, die sich den Anschluss an die Erde wünscht.«

Sie sah Henk an. »Stimmt das?«

»Die Konzerner«, bestätigte er. »Was meinst du, wieso ich euch in die Zuflucht gelassen habe?«

Sie wandte sich wieder Yul zu. »Weiter.«

»Das Beste habe ich noch gar nicht erwähnt«, sagte er. »Du weißt doch, dass es auf der E CHION einen Experimentalcomputer gab, der allen Modellen seiner Zeit überlegen sein sollte.«

»Ich erinnere mich dunkel an eine Akte, in der das erwähnt wurde.«

»Er existiert noch, und er ist intakt. Stell dir vor: Hier auf Aniz haben sie ihn eineinhalb Jahrhunderte lang weiterentwickelt. Fehler ausgemerzt, Optimierungen vorgenommen. Sachen, an die auf der Erde niemand gedacht hat.«

»Wer weiß, was in der Zwischenzeit dort passiert ist?«, wandte sie ein.

»Glaub mir, dieses Quantengehirn war einmalig. Und das Experimentierfeld hier war optimal. Die Verwaltung eines ganzen Planeten. Von der Koordination der Terraformung über die Effizienzsteigerung in sämtlichen Wirtschaftssektoren bis zur Beantwortung unzähliger Anfragen aus allen Lebensbereichen. Ein Expertensystem lernt bei jedem Einsatz, und dieses wurde unendlich oft eingesetzt. Es ist universell geschult.«

Sie wirkte nachdenklich. Yul sah ihr an, dass sie in ihrem Kopf Rhodiumgramm-Äquivalente abwog. Aber persönlicher Reichtum war nicht ihr Antrieb, wie er wusste. Sie wollte Macht in der Konzernhierarchie.

»Du könntest Chok ausstechen«, sagte er eindringlich. »Dein jüngerer Management-Kollege hat dich auf den Planeten geschickt, damit du hier unten verreckst, richtig?«

»Es war nicht unbedingt feinfühlig von ihm, uns in einem Frachtcontainer abzuwerfen«, antwortete Tanarra. »Wenigstens haben unsere Ingenieure ihn mit Fallschirmen, Bremsdüsen und einem Hitzeschild landetauglich gemacht.«

»Wohl dem, der einen Ingenieur zu seinen Freunden zählt.« Reja grinste.

»Wer den Computer, Ratio, kontrolliert, beherrscht den gesamten Planeten«, behauptete Yul. »Aber einem Computer kannst du nicht einfach eine Pistole an die Schläfe halten.«

»Ich könnte damit drohen, ihn zu sprengen.«

»Wenn du dir sicher bist, dass er so etwas wie einen einprogrammierten Selbsterhaltungstrieb hat, kannst du das versuchen«, gestand Yul zu. »Aber wenn du einen Computer programmieren würdest ... wäre deine Priorität dann nicht eher Loyalität? Eine Selbstzerstörungsroutine, die einsetzt, bevor er in feindliche Hände fallen könnte?«

»Schon möglich«, knurrte sie.

»Du hast nur einen Versuch, es herauszufinden. Oder du lässt mich zu ihm. Zu Ratio. Ich habe so etwas wie eine persönliche Beziehung zu ihm. Die Chancen stehen gut, dass er auf mich hört.«

»Du willst mit einem Superrechner reden wie mit einem alten Freund?«

»Was hast du zu verlieren?«, fragte Yul. »Wenn es sein muss, kannst du mir die ganze Zeit deine Knarre gegen die Schläfe drücken.«

Tanarra lachte auf. »Ich habe schon viel erlebt, aber das hier macht mich nun doch schwindelig. Was hältst du davon, Reja?«

»Lass ihn gehen«, empfahl sie, ohne zu zögern.

Tanarra musterte sie beide.

»Ein risikoreiches Geschäft«, gestand Yul zu. »Aber wo

kein Risiko ist, da findet sich auch kein Profit, oder wie sagt ihr Manager?«

Tanarra griff den Unterarm des Polizisten, zog ihn heran und drückte seine Hand auf den Scanner, der die Zelle öffnete.

Der Zielsucher von Yul Debarras Gewehr zeichnete ein rotes Kreuz aus haardünnen Linien auf den Hinterkopf eines Gardisten, der vergrößert im Holowürfel über dem Lauf erschien. Yul lehnte ab. Er spürte in den Händen, wie sich die Waffe minimal neu ausrichtete. Der Sucher fand das Gesicht einer Polizistin, die ihrerseits auf jemanden zielte. Vermutlich auf einen der Gardisten in der ersten Angriffswelle. Yul bestätigte, das Zielkreuz blieb zwischen den Augen der Frau kleben, auch wenn sich ihre Position im Holo leicht veränderte. Der flexibel auf der Führungsschiene gelagerte Lauf glich sowohl ihre Bewegungen als auch jene, die durch Yuls Atemzüge entstanden, durch millimeterkurze Verschiebungen aus.

Yul drückte ab.

Eine Serie von einem halben Dutzend Schüssen krachte. Leere Patronenhülsen wurden ausgeworfen und klackerten auf den Boden. Die Waffe ruckte in Yuls Händen wie eine Schlange, die sich losreißen wollte, aber er hielt fest.

Der Kopf der Polizistin zerplatzte.

Das Holo färbte sich für eine Sekunde grün. *Ziel ausgefallen.* Die Gesichts- und Mustererkennung des Suchers machte sich von Neuem an die Arbeit.

Die Polizisten zogen sich jedoch unter dem Druck zurück.

»Guter Schuss.« Reja Gander wechselte das Magazin. »Hätte nicht gedacht, dass aus Yul, der Taube, ein Falke wird.«

Er sah auf das Gewehr in seinen Händen. Die Polizistin

hatte er getötet. Bei anderen war er nicht sicher. Nicht jeder Treffer war so eindeutig gewesen, und manchmal waren außer seinen noch weitere Geschosse eingeschlagen.

Er wusste, dass er sich in seinen Albträumen an dieses Gefecht auf den Decks der ECHION erinnern würde. Aber er wusste auch, dass er diesen Angriff heraufbeschworen hatte. Es war seine Idee gewesen, Tanarra und die Gardisten zu rufen. Henk hatte diesen Vorschlag nur ausgeführt. Jetzt musste Yul den Weg auch zu Ende gehen. Er durfte die moralische Last, die die Opfer seiner Entscheidung bedeuteten, nicht ausschließlich von anderen Schultern tragen lassen. Er musste mittun.

Tanarra deFuol befahl den Gardisten, vorzurücken. Sie schien keinerlei Skrupel zu empfinden; im Gegenteil, die Managerin wirkte so jung wie nie. Sie schwenkte die Pistole mit dem blitzenden Lauf wie ein Schwert, mit dem eine Feldherrin ihren Truppen die Richtung vorgab.

»Na los!« Reja sprang auf und rannte den Gardisten hinterher.

Yul folgte und auch Pilgrim. Der Hund wirkte eingeschüchtert, aber das führte nicht dazu, dass er geflohen wäre. Er hielt sich in der Nähe seines Herrchens, und Yul fiel kein Ort ein, an dem er ihn sicher hätte zurücklassen können. Soweit er wusste, wurde überall an Bord gekämpft.

Zwei Decks tiefer verschanzten sich die Polizisten hinter Barrikaden aus Metalltischen, Türen und der demontierten Theke einer Essensausgabe.

Ein Gardist rannte auf dieses Hindernis zu. Mehrere Kugeln schlugen in seine Körperpanzerung, aber er zeigte sich unbeeindruckt. Selbst wenn die Geschosse den Schutz durchdrungen hatten, blockierten die Kampfdrogen wohl den Schmerz. Brüllend sprang der titanische Soldat über die Barrikade und nahm die Gegner unter Feuer.

Er und die anderen professionellen Kämpfer schalteten die Polizisten so schnell aus, dass Yul kein Ziel fand. Er war froh darum.

»Weiter!«, befahl Tanarra.

Yul sprang auf.

Reja blieb zurück.

Erschrocken sah Yul, wie sie ihr Bein abdrückte.

»Querschläger«, ächzte sie. »Die sind tückisch.«

Er lehnte das Gewehr an die Wand und half ihr, das Medopack zu öffnen. »Das sieht nicht allzu schlimm aus«, sagte er.

»Tut aber ziemlich weh. Den Rest wirst du ohne mich schaffen müssen.«

Er schnitt ihre Hose am Einschuss ein Stück weit auf und sprühte antiseptisches Gel auf die Wunde, bevor er den Verband anlegte.

»Danke, aber jetzt komme ich allein klar«, sagte sie.

Er sah den Gang hinunter. Eine Schneise klaffte in der verlassenen Barrikade, an der einige reglose Körper lagen. Sie alle trugen die grünen Uniformen der Polizisten. Schüsse und Schreie hallten durch die Gänge, aber ihren Ursprung vermochte Yul nicht auszumachen.

Reja griff seinen Hinterkopf, zog ihn zu sich und küsste ihn leidenschaftlich. »Und jetzt geh endlich zu Iona und hol dir deine Antworten. Oder muss ich dich dorthin tragen?«

»Ich lasse dich ungern allein zurück.«

»Ich bin schon groß.« Sie legte ihr Gewehr auf ihre Oberschenkel. »Und ich kann auf mich aufpassen. Weg mit dir, bevor ich auf die Idee komme, Zielübungen mit dir zu veranstalten.«

Er nahm seine eigene Waffe und lief los. Erst hinter der Barrikade, auf der Wendeltreppe, fiel ihm ein, dass er Pilgrim vielleicht bei Reja hätte zurücklassen können. Aber ihm schien, dass der Hund momentan völlig auf ihn fixiert war.

Er erreichte das Deck, auf dem sich Ratio befand. Tanarra stand inmitten von einem Dutzend gepanzerten Gardisten – dem Großteil des Stoßtrupps – an der Einmündung des von der Treppe kommenden Gangs. Von dort aus musste sie das große Schott sehen können, das zum Rechnerkomplex führte. Aber sie rückte nicht weiter vor.

Yul schlängelte sich zu ihr durch. Er atmete heftig, der Lauf hatte ihn angestrengt, zumal er das Gewicht seiner Schutzweste nicht gewohnt war. Er hatte sie einem Polizisten abgenommen, der sich ergeben hatte, und vorne und hinten mit medizinischem Gel ein großes X aufgetragen, um nicht im Eifer des Gefechts für einen Gegner gehalten zu werden. Den Helm hatte er zurückgelassen, er hatte ihn zu sehr irritiert.

Tanarra sah ihn kommen. »Ich habe Kundschafter ausgeschickt«, sagte sie. »Unsere Gegner haben sich sofort zurückgezogen, als sie uns gesehen haben. Ich verstehe nicht, wieso sie die wertvollste Einrichtung auf diesem Schiff unbewacht zurücklassen sollten.«

»Das finde ich auch merkwürdig.« Yul lugte um die Ecke zum Schott. Im Gang gab es einige Blutspritzer.

»Es könnte natürlich sein, dass sie es einfach mit der Angst zu tun bekommen haben«, überlegte Tanarra.

»Oder mit der Klugheit«, warf ein Gardist ein. »Wenn sie eingesehen haben, dass sie gegen uns nur sterben können, ohne irgendetwas auszurichten.«

Die anderen lachten röhrend.

»Mag sein.« Tanarra grinste. »Warten wir ab, was unsere …« Sie griff sich ans Ohr und drückte den Kommunikator hinein.

Einige der Gardisten schienen eine Funknachricht zu empfangen. Vielleicht auch alle. Wegen der geschlossenen Helme konnte Yul nur ihre Körperhaltung beobachten, nicht die Mienen hinter den Visieren.

»Was meinst du mit *Rauschen*?«, fragte Tanarra. »Drück dich deutlicher aus! Nein, ich höre nichts. Immer noch nicht. – Doch, jetzt. Wasser? Wie viel Wasser?«

Ein Gardist griff Yul. »Halt dich gut fest, Doktorchen. Und atme tief durch. Gleich wird die Luft hier knapp.«

»Warte! Pilgrim …«

Treu mit dem Schwanz wedelnd sah der Hund zu ihm auf.

»Wie lange kann der die Luft anhalten?«

»Woher soll ich das wissen?«

Das Rauschen war jetzt zu hören. Es wurde rasch lauter.

»Verdammt!«, schrie Tanarra. »Ich will, dass ihr die verfluchte Schleuse wieder schließt! Sofort! Wie kann die überhaupt auf beiden Seiten offen sein? Haben die das Schiff aufgesprengt?«

»Wir müssen auf ein höher gelegenes Deck!«, rief Yul. »Sofort!«

»Fantastische Idee, Laserhirn. Aber von dort kommt das Wasser.«

»Reja ist da oben!«

»Dann sucht sie sich jetzt besser einen trockenen …«

Das Rauschen wurde zu einem Donnern, als das Wasser in ihren Gang brach. Ihr Glück war, dass es einige Biegungen nehmen musste und dadurch an Wucht verlor. Dennoch füllte es den Platz bis zur Decke aus. Yul erschien es als schäumende, tosende Wand, die ihn in Sekundenschnelle erfasste. Selbst der Gardist, der ihn hielt, wurde von den Füßen gerissen und mitgezogen.

Yul versuchte, den Atem anzuhalten, aber der Aufprall drückte bereits die Hälfte der Luft aus seiner Lunge. Er prallte gegen etwas Hartes, vermutlich eine Wand. Seine Rippen fühlten sich an, als wollten sie sich quer durch seine Brust bohren. Er sah nur noch blauschwarze Schatten. Rauschen und dumpfes Dröhnen füllten seine Ohren.

Der Gardist fand Halt. Er schützte Yul mit seinem breiten Körper vor der Strömung, aber Luft konnte er ihm nicht verschaffen.

Wo war Pilgrim? Konnte der Hund dieser Gewalt widerstehen?

Gegen alle Vernunft versuchte Yul, sich nach ihm umzusehen. Die Sicht reichte noch nicht einmal einen Meter weit. Über ihm schickte die Deckenbeleuchtung ein diffuses Licht ins Wasser, das aber zu sehr gestreut wurde, um hilfreich zu sein.

Yuls Brust begann zu brennen. Er verspürte den Drang, auszuatmen und frische Luft in seine Lunge zu saugen. In dem Versuch, an etwas anderes zu denken, umklammerte er die Armpanzerung des Gardisten.

Er musste die Luft so lange halten, wie es ging. Zehn Minuten, ohne dass die Lunge Sauerstoff ins Blut schickte, führten zum Exitus. Aber die irreparable Schädigung wäre bereits nach der Hälfte der Zeit erreicht. Wie jeder Raumfahrer hatte sich Yul schon gefragt, wie es wäre, im Vakuum des Alls zu ersticken. Darauf, dass er auf einem fremden Planeten in einem Raumschiff, das sich unter Wasser befand, ertrinken könnte, war er nie gekommen.

Seine Sicht wurde noch schlechter, die Schmerzen in der Brust nahmen zu. Nicht mehr lange …

Der Gardist stieß ihn aufwärts.

Zwischen dem Wasser und der Decke gab es Luft! Nicht viel, ein paar Zentimeter nur, aber es reichte. Gierig schöpfte Yul Atem.

Das Wasser sank! Sein Gurgeln hörte sich zornig an, aber es sank tatsächlich!

Yul hörte ein Lachen.

Tanarra wurde ebenfalls von einem Gardisten über Wasser gehalten. »Es läuft ab!«, rief sie. »Wir haben ein paar Löcher in den Boden gesprengt! Jetzt fließt es schneller in die tieferen Decks, als neues nachkommt.«

»Aber irgendwann werden die doch volllaufen«, gab Yul zu bedenken.

»In einer halben Stunde vielleicht. Bis dahin haben wir die Schleusen unter Kontrolle und wieder geschlossen.« Tanarra war jetzt schon bis zur Brust über dem Wasser. »Das war ein guter Zug unserer Gegner. Respekt! Die Militärtechnologie haben sie vernachlässigt, aber uns absaufen zu lassen... darauf muss man erst mal kommen!« Sie lachte noch immer.

Yuls Anspannung wich mit einem fröhlichen Kläffen, das er hinter sich hörte.

Pilgrim paddelte auf ihn zu. Der kleine Racker hatte es geschafft! Dieser Hund und das Wasser... sie waren einfach Freunde. Die Schnauze stieß gegen Yuls Wange und leckte ihn ab.

»Wie hast du das nur fertiggebracht?«, fragte Yul.

Der Wasserspiegel sank rapide. In weniger als einer Minute reichte es nur noch bis zu den Fußgelenken. Die Schritte der Gardisten platschten, während sie ihre Sicherungspositionen bezogen.

Yul versuchte, das Schott zum Computerraum mit den Codes zu öffnen, die er als Arzt erhalten hatte. Offensichtlich waren sie gesperrt.

»Macht nichts.« Ein Gardist schleifte einen toten Polizisten heran. »Bei irgendeinem von denen wird der Handabdruck dem Scanner schon gefallen.«

»Dort war das Lesegerät.« Yul Debarra zeigte neben die silbrige Tür, die in den Hauptraum des Rechners führte. »Sie haben es abmontiert.«

»Schwachpunkte werden hier schnell eliminiert«, stellte Tanarra deFuol fest. »Gefällt mir.«

Mit drei Gardisten standen sie im Vorraum. Das Schott musste wasserdicht sein, Einrichtung und Terminals waren trocken und voll funktionstüchtig. Hinter den Scheiben beschien rotes Licht die schwarzen Blöcke der Rechnerarchitektur, zwischen denen farbige Laserstrahlen zuckten. Alles so wie bei Yuls erstem Aufenthalt hier, nur die Techniker fehlten.

»Habt ihr Reja gefunden?«, fragte er.

»Nein.« Tanarra schüttelte den Kopf. »Aber das muss nicht schlecht sein. Immerhin hat auch kein Gardist gemeldet, dass ihre Leiche an ihm vorbeigeschwommen wäre.«

»Glaubst du, sie hat sich in einen versiegelten Raum retten können? Oder auf ein höheres Deck?«

»Das weiß ich nicht, und im Moment interessiert es mich auch nicht. Wir müssen da rein«, sie zeigte auf die Silbertür, »und dann überzeugst du Ratio hoffentlich, dass dieser Planet mir gehören sollte, mit allen Profiten, die er abwirft. Also: Wie kriegen wir die Tür auf?«

»Sprengstoff«, schlug einer der Gardisten vor.

»Das würde Ratio nicht unbedingt davon überzeugen, dass wir seine Freunde sind«, gab Yul zu bedenken. »Dieser Teil unseres Vorhabens ist nicht militärisch, sondern diplomatisch.«

»Mag sein«, gestand Tanarra zu. »Was schlägst du vor?«

»Wir haben zwar keinen Zugangscode, um die Tür von unserer Seite aus zu öffnen – aber Ratio kann sie bestimmt von innen entriegeln. Möglicherweise kann ich den Rechner überzeugen, genau das zu tun.«

»Dabei haben wir nichts zu verlieren«, urteilte Tanarra. »Falls es nicht klappt, können wir immer noch sprengen. Versuch dein Glück.«

Yul blickte in eine der Kameras, die den Vorraum überwachten. Er fühlte sich von den Gardisten beobachtet, als wollten sie ihn erschießen, sobald er etwas Falsches sagte. Aber dies war kein Moment, in dem er sich zurückhalten durfte.

»Iona.« Der Name kratzte in seinem Hals. »Iona Debarra, ich weiß, dass du da drin bist. Ich bin es, Yul. Ich bin einen weiten Weg gekommen, um mit dir zu sprechen. Lichtjahre und Jahrhunderte weit. Jetzt fehlen mir nur noch ein paar Schritte. Willst du mich nicht einlassen?«

Er wartete einige Atemzüge. Unsinnig, wie er selbst wusste. Ein Superrechner wie Ratio traf Entscheidungen augenblicklich, er brauchte nicht sekundenlang abzuwägen.

»Iona.« Yul stellte sich die sargähnlichen Stasisliegen vor, die er in der Übertragung aus dem Hauptraum gesehen hatte. »Ich weiß, dass ihr über lange Zeit mit sehr vielen Daten versorgt wurdet. Niemand kennt Aniz und das Anisatha-System so gut wie ihr. Aber was gerade passiert – den Verlust des Weltraumfahrstuhls, all die Kämpfe in der Zuflucht –, habt ihr offensichtlich nicht vorhergesehen. Das bedeutet, dass euch Informationen fehlen. Daten, die diejenigen, die euch informiert haben, euch nicht geben konnten oder wollten. Ich kann eure Entscheidungsgrundlage vervollständigen. Ich habe einen anderen Hintergrund, eine andere Sicht. Mir kannst du vertrauen, Iona. Das konntest du immer. Lass mich ein. Mich allein.«

Die Silbertür glitt auf.

Yul blickte sich nicht zu Tanarra um, er schritt zügig hindurch. Mit einer Hand hielt er den Gurt des Gewehrs, das er auf dem Rücken trug. Neben ihm trippelte Pilgrim, seine Krallen klackten auf dem metallenen Boden. Hinter ihnen zischte die Tür wieder zu.

Er nahm sich einen Moment, um sich zu orientieren. Die

schwarzen Komponenten des Rechners ragten nicht nur aus dem Boden empor, sondern hingen auch aus der Decke herab. Die meisten waren Quader mit kleinen Aufsätzen, die wie Antennen wirkten oder aus ihnen herauszuwachsen schienen wie bei Kristallen. Geschwungene Formen waren selten.

Yul beobachtete, wo die Laserstrahlen zuckten, und wählte einen Weg, auf dem sie ihn nicht treffen würden. »Bleib nah bei mir, mein Freund«, raunte er Pilgrim zu.

Er versuchte, sich zu erinnern, wo die Stasisliegen standen. Im hinteren Bereich, weit von der Tür entfernt, glaubte er. Immer wieder blieb er stehen und beobachtete die Laserstrahlen, bevor er seinen Weg fortsetzte. Mehrfach musste er die Richtung wechseln. Bald kam er sich vor wie in einem Labyrinth aus bizarren Statuen.

Als Koss Terrunar ihm entgegentrat, beschien das rote Licht den kahlköpfigen Mann wie einen Dämon in seinem unterirdischen Reich. Das Hemd verdeckte den Symbi auf seiner linken Schulter nur unvollständig. »Du solltest nicht hier sein, Yul.«

»Wer entscheidet das?«

»Amika persönlich hat mich hierhergeschickt. Ich soll Ratio betreuen, bis sich die Unruhen legen.«

»Sie werden sich nicht mehr legen«, prophezeite Yul. »Die Macht der Konsulin schwindet.«

Koss legte den Kopf in den Nacken und lachte schallend. Unvermittelt verstummte er und starrte Yul an. »Konsuln kommen und gehen. Ratio bleibt. Das haben die anderen nicht verstanden. Sie denken, die Ökonomie, die Terraformung oder die Kultur seien entscheidend. Aber das stimmt nicht. Die Technomedizin bringt mich so nah an das Hirn, das alles lenkt, wie niemand anderen. Mein Leben lang habe ich studiert, wie Quanten, Prozessoren und Drähte zu etwas

Lebendem geworden sind. Etwas, das dem hier«, er kniff in seinen Unterarm, »überlegen ist. Die nächste Evolutionsstufe. Vielleicht die letzte.«

»Du bist wahnsinnig«, sagte Yul ruhig.

»Du bist zu dumm, zu begreifen, was ich verstanden habe. So wie alle anderen auch. Deswegen bin ich der Einzige, der hier sein darf! Hier, in dieser heiligen Geburtsgrotte, in der die Menschheit endlich etwas hervorbringt, das in diesem Universum einen Unterschied macht. Verschwinde!«

Yul presste die Zähne aufeinander, bevor er antwortete. »Wir sind beide Ärzte, Koss. Wir wollen heilen, nicht verletzen. Ich genauso wie du. Aber ich will nicht mehr umkehren. Ich muss das hier tun. Ich muss mit Iona sprechen.«

»Dazu bist du viel zu primitiv!«, spie Koss ihm entgegen.

Yul schluckte. Damit hatte der andere bestätigt, dass sich Iona wirklich in einer der Liegen befand. »Sie scheint anderer Meinung zu sein, sonst hätte sie mich nicht eingelassen.«

»Ein Fehler irgendwo in einer der Myriaden Schaltungen.« Koss' vage Geste umfasste die Baugruppen des Rechners. »Ich werde ihn finden und beheben. Dazu brauche ich meine Ruhe. Also verschwinde jetzt!«

Yul nahm das Gewehr vom Rücken. »Du bist derjenige, der geht.«

»Wenn du hier drin eine Waffe abfeuerst«, sagte Koss abfällig, »wird Ratio dich erledigen.«

»Ich würde nie riskieren, Iona mit einem Querschläger zu verletzen.« Yul fasste das Gewehr nahe der Mündung und benutzte es als Keule. Das Schulterstück schlug unter das Kinn von Koss. Sein Kopf flog in den Nacken, ächzend machte er ein paar Schritte rückwärts, bis er gegen die Wand stieß.

»Das wirst du büßen!« Mit geballten Fäusten kam er auf Yul zu.

Der rammte ihm das Schulterstück nun gegen die Brust.

Eine dumme Idee, wie er sofort erkannte, als Koss die Waffe griff. Die Mündung zeigte in Yuls Richtung, und der Abzug befand sich bei seinem Gegner.

Noch schien Koss dieser Umstand zu entgehen, vielleicht, weil der Symbi zu viele Drogen in ihn hineinpumpte. Statt abzudrücken, versuchte er, Yul das Gewehr zu entreißen.

Yul kam ihm einen weiten Schritt entgegen und rammte ihm den Ellbogen ins Gesicht.

Koss' Griff löste sich.

Yul setzte nach. Es war eine dreckige Angelegenheit, kein Knock-out, sondern ein Hagel von Schlägen. Falls Koss Schmerzen spürte, zeigte er es nicht. Aber die Drogen mochten ihm die Pein auch nehmen.

Yuls Rippen dagegen protestierten bei jedem Treffer, den er einsteckte. Das konnte ihn jedoch nicht mehr stoppen.

Irgendwann war Koss am Boden und wehrte sich nur noch schwach. Yul kniete auf seinem Rücken, zwang seine Ellbogen zusammen und fesselte sie mit seinem Gürtel.

»Ich rate dir gut: Bleib liegen und mach keinen Ärger mehr!«

Yul stand auf.

Koss Terrunar wimmerte, aber Yul Debarra konnte ihn nicht mehr sehen. Er stand vor dem Kreis aus Stasisliegen, die Kabel mit einem Zentralblock verbanden.

»Wo bist du, Iona?«, fragte er.

Auf der rechten Seite öffnete sich eine der Liegen, indem sich der Deckel in der Mitte teilte und die Hälften in die Seitenwände glitten.

Im Näherkommen gewann Yul den Eindruck, in einen

Sarg zu blicken. In einen sehr alten, einen Sarkophag, denn der Körper darin war eingefallen wie eine Mumie. Er suchte Ionas Züge in den hohlen Wangen, den tief liegenden Augen oder der Form des kahlen Schädels, in den knochigen Schultern, in den Armen, bei denen alles Fleisch unter der Haut verschwunden zu sein schien. Er glaubte, tatsächlich etwas von seiner Frau wahrzunehmen, obwohl diese Erscheinung sehr fremd war. Noch mehr Leitungen als bei denen, die zu einer Traumstrafe verurteilt waren, führten in ihren Körper. Nicht nur in den Kopf, sondern auch in die Arme, den Rumpf, die Hüfte. Dafür gab es Öffnungen in dem knöchellangen, schwarzen Hemd, das die Mumie trug.

»Ich will ehrlich zu dir sein, sonst können wir uns nicht vertrauen«, eröffnete Yul. »Ich habe eine andere Frau kennengelernt, Reja Gander. Diejenige, mit der ich auf diesen Planeten gekommen bin. Ich weiß nicht, ob sie noch lebt, aber es gibt nichts, was ich mir so sehr wünsche.«

»Wieso bist du dann hier und nicht bei ihr?« Ein rotes Licht leuchtete an den Innenseiten der Liege, während die Worte ertönten.

»Das weiß ich nicht«, gestand Yul. »Sie hätte hier sein sollen. Wir wurden getrennt. Nun ist sie möglicherweise ertrunken, und vielleicht sollte ich nach ihr suchen. Aber jetzt besteht auch die einzige Möglichkeit, mit dir zu sprechen, ohne dass jemand kontrolliert, was wir sagen und was der andere hört. Und ich muss mit dir reden, unbedingt. Sonst werde ich nie verstehen, wer ich bin. Wer der Mann ist, für den ich mir wünsche, dass Reja mit ihm lebt. Denn das will ich: mit Reja leben. Sie hat mir in Erinnerung gerufen, was das ist: leben. Dazu gehört auch Ungewissheit. Ich weiß nicht, ob ich überhaupt eine Zukunft habe oder in einer Stunde vor einem Erschießungskommando stehe. Ich weiß nicht, wie lange ich noch leben werde und wo. Aber ich will diesen Weg mit Reja zusammen gehen, egal, wie lang oder wie kurz er ist. Ich weiß, dass ich an ihrer Seite sein will, und ich hoffe, sie wird auch an meiner sein wollen.«

»Gibt es Faktoren, die dich daran zweifeln lassen?«

»›Faktoren‹.« Er schmunzelte. »So hast du früher auch gesprochen. Technisch …« Sachte schüttelte er den Kopf. »Nein, es gibt nichts, was mich an ihr zweifeln lässt. Ich glaube sogar, dass sie mich sehr gut versteht. Sie hat mich zu dir geschickt, weißt du? Ich wäre auch so gekommen, da bin ich mir sicher. Aber ihr ist klar, dass ich mit dir sprechen muss, um Ruhe zu finden. Wir lieben uns.«

»Gefühle kann ich nicht berechnen.«

Yul legte das Gewehr auf den Boden und nahm Pilgrim auf. »Schau mal, ich habe jemanden mitgebracht.«

»Der Hund«, stellte die Stimme emotionslos fest.

Er hockte sich neben die Liege. Pilgrim zeigte keine Reaktion. Wohl nicht nur das Äußere, sondern auch der Geruch von Iona hatten sich verändert.

Yuls Enttäuschung überraschte ihn selbst. Hatte er sich zu viel Hoffnung gemacht, nachdem er Iona so lange für tot gehalten hatte? Dass sie drei wieder Zeit miteinander hätten verbringen können, Pilgrim, Iona und er, wenn auch anders als früher?

»Gibt es hier ein Datenlesegerät?« Er setzte den Hund ab. »Ich würde dir gern etwas zeigen.« Yul löste die Schutzweste und holte die blaue Pyramide aus der Innentasche seiner nach dem Wassereinbruch durchnässten Jacke.

In der Zentraleinheit, mit der die Liegen verbunden waren, öffnete sich ein Fach.

Yul stellte den Datenspeicher hinein, woraufhin es sich wieder schloss.

»Eine Wunschwelt.« Noch immer begleitete ein rotes Leuchten an den Innenseiten von Ionas Liege ihre Worte, wenn sie sprach. »*Chrome Castle* ... Da bin ich eine Erinnerung, die niemals zu sehen ist.«

»Es ist nicht fertig geworden«, sagte Yul. »Vielleicht wäre es das auch nie, trotz des schweren Rhodiums, das ich für diese Mission bekommen hätte. Ich weiß nicht, ob es jemals einem Codemonger gelungen wäre, dich so zu modellieren, dass seine Simulation meiner Liebe gerecht geworden wäre.«

»Dafür kann ich auch keine Wahrscheinlichkeit berechnen.«

Yul sah auf das geschlossene Fach. Er erinnerte sich daran, wie kostbar ihm der Datenspeicher gewesen war, wie sehr er ihn verteidigt hatte. Jetzt verspürte er kein Verlangen danach, ihn zurückzuerbitten. Als hätte sein Zweck darin bestanden, ihn als Liebesbeweis zu Iona zu bringen.

»Ich habe mich wie ein Rest gefühlt, als die Echion verschwunden ist«, sagte er. »Wie etwas, das versehentlich übrig geblieben ist. Alle Experten waren vollkommen sicher, dass dieses Schiff im Hyperraum verschollen sein musste. Die Reisezeit konnte nicht ausgereicht haben, um Anisatha zu erreichen.«

»Das stimmt, wenn man konventionelle Methoden zugrunde legt«, räumte Iona ein. »Aber durch den Quantencomputer der neuesten Generation ist ein Gesamtsystem mit unbekannten Parametern entstanden. Er hat die Zerstörung des Brückenkopfs vorausberechnet.«

Yul blinzelte verwirrt. »Auf welcher Grundlage? Wurde er nicht von Revolutionären hier im Planetensystem gesprengt?«

»Doch, das stimmt.«

»Welche Hinweise konnte die Echion darauf haben?«

»Hinweise waren nicht unbedingt nötig. Die Sternenbrücken umgehen die von Einstein beschriebenen Grundelemente des Universums. Wer den Raum krümmt, verändert auch die Zeit. Mit konventionellen Raumschiffen und ihren Sensoren ist das nicht zu erfassen. Aber der Bordrechner der Echion war dazu in der Lage. In der Welt der Quanten kann gleichzeitig sein, was makroskopisch sequenziell abläuft.«

»Willst du mir sagen, dass der Computer in die Zukunft schauen kann?«

»Auf einer Reise durch den Hyperraum ist das so«, bestätigte Iona. »Wenn auch in engen Parametern.«

»Er hat also vorausgesehen, dass der hiesige Brückenkopf explodieren würde.«

»Daraufhin hat er den Kurs geändert. Das hat das Flugteam nicht verstanden. Weder den Grund dafür noch die Art und Weise, wie der Computer unseren Weg durch den Hyperraum optimiert hat. Er hat die Pfade verlassen, auf denen man sicher navigieren kann. Das erschien so risikoreich, dass die Mannschaft ihn abschalten wollte.«

»Was offensichtlich nicht gelungen ist.«

»Ich habe es verhindert«, sagte Iona. »Gemeinsam mit einigen anderen. Man kann es eine Meuterei nennen. Wir waren lange genug erfolgreich, um durch den Brückenkopf zu kommen.«

Es fiel Yul leicht, sich Iona als Revolutionärin vorzustellen. Sie war immer entschieden für ihre Überzeugungen eingetreten. »Hat man euch sofort willkommen geheißen? Immerhin kamt ihr von *Starsilver,* und den Konzern wollte man doch loswerden.«

»Nur eine radikale Gruppe war an der Sprengung beteiligt«, erklärte Iona. »Sie war sehr unbeliebt, die Angehörigen von vielen Kolonisten sind ums Leben gekommen, weil sie am Brückenkopf gearbeitet haben.«

»Also hat man die Terroristen verhaftet und euch als Verbündete gesehen?«

»Man war unentschieden«, sagte Iona. »Wir bezogen einen Orbit um den Planeten. Eine Woche nach unserem Eintreffen begannen die Vulkanausbrüche. Drei nacheinander, entlang einer tektonischen Kante. Unterseeisch, was den Auswurf begrenzte, aber die Beben erschütterten die nahe gelegenen Inseln, und die Flutwellen rasten um den gesamten Globus.«

»Die Verheerung muss gewaltig gewesen sein«, vermutete Yul.

»Natürlich. Eine Hungersnot drohte und Seuchen, weil die sanitäre Infrastruktur zusammengebrochen war. Wir boten unsere Hilfe beim Aufbau an.«

»Mit welchen Ressourcen?«

»Mit denen des Planeten«, erklärte Iona. »Die ECHION hatte wenig Materielles anzubieten. Unser Beitrag war intellektuell. Der Bordrechner konnte seine Kapazität einsetzen, um die optimale Verteilung der noch vorhandenen Güter zu organisieren. Er hat den Wiederaufbau geleitet, danach den weiteren Ausbau des Planeten. In einer Geschwindigkeit, die Aniz nie erfahren hatte. Das hat uns viele Sympathien eingebracht. Auch nach dem Notstand wollte man den Rechner in die Entscheidungsprozesse einbinden. Er wurde zu einem Regierungsorgan. Und ich als Interpretin wurde bei allen wichtigen Beratungen hinzugezogen.«

»Wer hat diese Änderung in der Regierungsarbeit autorisiert?«

»Die damaligen Manager der Kolonie.«

»Und woher hatten die ihre Autorität?«

»Die meisten von *Starsilver*«, sagte Iona. »Einige waren in der Katastrophe umgekommen. Ihre Posten wurden neu besetzt, vorläufig. Der Generaldirektor der Kolonie hat sie berufen. Dieses System wurde fünf Jahre nach unserer Ankunft aufgehoben. Jetzt entscheiden die Menschen, die hier leben.«

»Welche Menschen?«, hakte Yul nach. »Alle?«

»Mit *Mensch* habe ich einen unscharf definierten Begriff verwendet«, räumte Iona ein. »Mein Körper, so, wie du ihn jetzt vor dir siehst – ist das ein Mensch? Oder ist der Mensch die Maschine, in der nun der Großteil des Geistes wohnt, den er zuvor beherbergt hat?«

»Was meinst du mit dem Großteil des Geistes?«

»Die Denkvorgänge, die vorher im biologischen Gehirn abliefen, durch Spannungswechsel in den Synapsen, oder im Nervensystem, sind jetzt zum überwiegenden Teil in die Quantenfluktuationen des Rechners verlagert. Zudem wurden sie erweitert. Wenn du das, was in einem Gehirn geschieht, als *Denken* bezeichnest, dann denkt der Computer. Deswegen habe ich mich auch im Hyperraum mit einer Waffe vor ihn gestellt. Es wäre schon damals Mord gewesen, ihn auszuschalten. Heute wäre es das noch vielfach mehr.«

»Ich verstehe, dass dieser Rechnerkomplex das Recht hat, über die Welt mitzubestimmen, in der er existiert«, sagte Yul. »Aber was ist mit den überzähligen Kindern, die zu den Fruchtbaren geschickt werden? Dass sie ihre Rechte verlieren, ist unlogisch.«

»Rechte können nur garantiert werden, wenn die Existenz fortbesteht«, sagte Iona. »Angesichts knapper Ressourcen vermögen die vollständig terraformten Inseln nur eine begrenzte Bevölkerung zu tragen. Das Wachstum muss daher limitiert werden. Nur innerhalb dieser Grenzen können Rechte gewährt werden. Da keine Kriterien dafür definiert sind, wer optimalerweise daran partizipiert, kann eine beliebige Auswahl unter den Individuen getroffen werden.«

»Wieso sind die beiden erstgeborenen Kinder von Bürgern dann immer ebenfalls Bürger?«, fragte Yul. »Weshalb wird nicht aus allen Abkömmlingen ausgewählt? Auch aus denen der Fruchtbaren?«

»Das würde zu Unruhen führen, die dem gemeinsamen

Überleben hinderlich wären«, antwortete Iona. »Zudem werden die Kinder der Bürger, eingebunden im Familienverbund, auf hochwertige Aufgaben vorbereitet. Sie sind daher statistisch nützlicher für die Erweiterung und sinnvolle Verwendung der planetaren Ressourcen.«

»Die Ressourcenknappheit könnte durch eine Reparatur der Sternenbrücke behoben werden. Mit dem Eintreffen der Pontifessa ist die Wiederherstellung der Sternenbrücke möglich.«

»Das ist ein neuer Parameter«, sagte Iona. »Ich leite eine Neuberechnung ein. Die Neuberechnung ist abgeschlossen.« Zwischen diesen beiden Statusmeldungen nahm Yul keine Pause wahr. »Jeder Mensch muss dazu befragt werden, ob diese Option realisiert werden soll. Eine Entscheidung allein durch die Bürgerschaft ist nicht rational zu begründen.«

Yul lächelte. »Ich bin froh, dass du das so siehst.«

»Wir alle sehen das so«, präzisierte Iona. »Ratio in seiner Gesamtheit.«

Yul nickte nachdenklich. »Und was ist mit dir, Iona?« Er betrachtete den Körper, der mehr einer vertrockneten Leiche ähnelte als einem lebenden Menschen. »Hast du noch Wünsche?«

»Was meinst du damit, Yul?«

»Gibt es etwas, das dich freuen würde? Empfindest du überhaupt noch etwas?«

»Auch ›Empfindung‹ ist ein nicht berechenbarer Begriff. Weißt du selbst, was du empfindest?«

»Manchmal ja«, sagte er. »Oft wundere ich mich auch über mich selbst. Bei Reja etwa weiß ich nicht, wann ich begonnen habe, sie zu lieben. Aber das tue ich, also muss es irgendwann angefangen haben. Und wenn ich dich ansehe ... Du warst eine so elegante Frau, Iona. Die Art, wie du deine roten Seidenschals getragen hast ...«

»Sie dekorieren die Zuflucht damit, weil sie glauben, dass ich sie mag.«

»Stimmt das nicht?«

»Ich trage keine Schals mehr«, erklärte Iona. »Bis auf einen notwendigen biologischen Anker existiere ich nun geistig.«

Yul schluckte beim Gedanken daran, dass eine ähnliche Existenzform auf Peniona als Höchststrafe verhängt wurde. »Willst du das?«, fragte er mit zitternder Stimme. »Oder soll ich versuchen, dich aufzuwecken? Ich weiß, es könnte dich töten. Aber vielleicht willst du … nach so langer Zeit …« Die einhundertfünfzig Jahre mussten Iona noch viel länger vorkommen, als diese Zeitspanne ohnehin schon war. Schließlich schlief sie wahrscheinlich nicht mehr, und ihre Denkvorgänge verliefen exponentiell schneller als die in einem menschlichen Gehirn.

»Kein Aufwecken, kein Töten«, sagte Iona zu Yuls Beruhigung. »Ich bin, wie ich bin. So will ich existieren.«

»Wirst du …« Yul setzte neu an. »Wird Ratio den Menschen auf Aniz helfen, selbst zu entscheiden, wie sie leben wollen?«

»Ja.«

Drei Monate später

Wahl

Niquolett Olls Befreiung aus der Traumstrafe forderte einen Preis: Sie konnte ihre Beine nicht mehr bewegen. Das war kein Problem der Nervenbahnen, sondern auf die permanente Schädigung einer Hirnsektion zurückzuführen. Es betraf ihr biologisches Bein ebenso wie die Metallprothese, die sie bereits bei Yuls erster Begegnung mit ihr genutzt hatte.

Er bewunderte sie dafür, wie sie mit dieser Einschränkung umging. Sie trainierte hart und ausdauernd, um sich auf ein Leben in der Schwerelosigkeit vorzubereiten, wo der Gebrauch von Beinen überflüssig war. Als Astrofliegerin konnte sie wegen der fehlenden Feinmotorik ihrer Handprothese nicht mehr arbeiten, aber in der orbitalen Dockstation des Weltraumfahrstuhls kamen viele Aufgaben infrage.

Dass sie sich jetzt als Interviewerin betätigte, hing allerdings nicht mit ihrer Zukunftsplanung zusammen. Es hatte sich nur ergeben, weil Yul Debarra und Reja Gander auf ihrer Tour rund um Aniz auf der Orbitalstation haltmachten. Sie redeten nun schon beinahe eine Stunde darüber, wie eine Öffnung der Sternenbrücke aussehen könnte und welche Vor- und Nachteile sie mit sich brächte. Der geplante Zeitrahmen war nahezu ausgeschöpft.

»Wir können nur informieren.« Yul griff Rejas Hand.

Sie verschränkten die Finger ineinander. Auch drei Monate nach der Erstürmung der Zuflucht fühlte Yul eine Wärme in seiner Brust, wenn er in ihr Gesicht sah. Sobald sie lächelte, verblassten alle Sorgen und die Welt schien eine zusätzliche, wunderbare Farbe zu bekommen. Er glaubte, dass das immer so bleiben würde. Es war anders als damals bei Iona, aber nicht schlechter. Yul war kein Rest mehr.

Sie drückte seine Hand.

Natürlich, die Sendung war noch nicht zu Ende. Er lächelte. »Unsere Aufgabe besteht darin, allen die Optionen und ihre Konsequenzen klarzumachen«, erklärte er. »Wir entscheiden nicht. Jedenfalls nicht mehr als jeder andere auch. Jeder, der auf Aniz lebt, hat eine Stimme.«

»Auf Aniz oder sonst wo in diesem Planetensystem«, präsizierte Reja. »Auch die Besatzung der PONTIFESSA, denn die Folgen dieser Abstimmung betreffen sie ebenso wie alle anderen. Jeder hat eine Stimme.«

»Ratios Empfehlung, auch kleine Kinder einzubeziehen, hat für Irritation gesorgt«, sagte Niquolett. »Viele befürchten, dass ein Fünfjähriger nicht überschauen kann, welche Auswirkungen seine Wahl hat.«

»Deswegen stimmt der Fünfjährige auch nicht selbst ab«, erklärte Yul. »Für ihn erhalten seine Eltern jeweils eine halbe Stimme zusätzlich. Wir – und Ratio – halten es für plausibel, dass sie die Interessen ihrer Kinder im Blick haben werden.«

»Und die Kinder haben noch mehr Lebenszeit vor sich als die Erwachsenen«, sagte Reja. »So gesehen müssen sie länger mit der Entscheidung zurechtkommen und sind sogar stärker betroffen als die Älteren.«

»Aber ist das Problem nicht noch grundsätzlicher?«, fragte Niquolett. »Wieso darf überhaupt jeder mitstimmen? Sollte ein solcher Sachverhalt nicht von Experten entschieden werden?«

»Leuten wie uns?«, fragte Reja spöttisch. »Yul und ich kennen beide Welten: die Gesellschaft der Erde und die, die sich auf Aniz entwickelt hat. Wer kann das schon von sich behaupten?«

»Guter Punkt!« Niquolett lachte.

Yul liebte die unbeschwerte Art der jungen Frau. »Spaß beiseite«, forderte er trotzdem. »Wenn nur Experten abstimmen sollen – um was für eine Expertise geht es dann? Wollen wir die Ingenieure fragen, weil sie am besten beurteilen können, vor welche Herausforderungen die Reparatur der Sternenbrücke uns stellen wird? Oder Ökonomen, damit sie ausrechnen, wo wir uns dafür einschränken müssten und wie sich der Kontakt zu den Konzernen der Erde auf die hiesigen Ressourcen auswirken könnte?«

»Psychologen?«, schlug Reja vor. »Terraformer? Oder diejenigen, die die größten Befürchtungen hegen, dass die Konzerne Aniz brutal ausbeuten werden?«

»Sollen die schwerer wiegen als die Hoffnung derjenigen, die von den Sternen träumen?« Yul dachte an die kleine Xanna, die genau das vor eineinhalb Jahrhunderten in einer Suppenküche von Libreville getan hatte.

»Aber kann denn ein einfacher Bürger bei klarem Verstand bleiben, wenn Argumente aus all diesen Bereichen auf ihn einprasseln?«, fragte Niquolett.

»Wenn es nur eine Entscheidung des Verstands wäre«, meinte Yul, »könnte Ratio sie für uns treffen. Aber so ist es nicht. Argumente haben Gewicht, doch die Waage, auf die man sie legt, sind unsere Gefühle. Wir müssen uns mit dem Ergebnis wohlfühlen. Wir müssen glücklich damit werden. Aber Glück ist individuell.«

»Was mich glücklich macht, kann dein Unglück sein«, ergänzte Reja.

»In einem Jahr können wir die Brücke wieder in Betrieb nehmen«, sagte Yul. »Vielleicht eine Woche früher, vielleicht eine später. Ratio kann dabei unterstützen, das effizient zu tun. Oder die Pontifessa zu zerlegen und ihre Komponenten sinnvoll für andere Zwecke zu nutzen. Ratio garantiert auch, dass jeder gehört wird und die Abstimmung fair abläuft. Das ist ein Rahmen. Welches Bild in diesem Rahmen hängen soll, entscheiden wir alle gemeinsam.«

»Wenn wir nicht öffnen – wie wollen wir dann künftig auf Aniz zusammenleben?«, fragte Reja. »Soll es wirklich noch Bürger und Fruchtbare geben?«

»Dieses Konzept ist gestorben«, sagte Niquolett. »Die Fruchtbaren haben viel mehr Stimmen als die Bürger.«

»Was nicht bedeutet, dass sie das System als solches ablehnen«, meinte Yul. »Ein isoliertes Aniz muss mit seinen Ressourcen haushalten. Aber vielleicht könnten alle die gleichen Chancen bekommen, Bürger oder Fruchtbare zu werden.«

»Ratio könnte in einem bestimmten Alter Prüfungen durchführen, nach denen sich der weitere Lebensweg entscheidet«, schlug Reja vor.

»Und wenn wir öffnen – wie bereiten wir uns darauf vor?«, fragte Yul. »Welche Position soll Aniz gegenüber *Starsilver* einnehmen?«

»Ich habe eine Reihe von Sicherungen vorgeschlagen, die verhindern, dass der Konzern uns über den Tisch zieht«, sagte Reja. »Die Dokumente dazu sind für jedermann frei zugänglich.«

»Für heute ist unsere Zeit um.« Wieder grinste Niquolett breit. »Aber lass mich noch sagen, dass es mir gefällt, wie ihr das sagt.«

»Was?«, fragte Yul.

»*Wir*. Ihr sagt ständig *wir auf Aniz*. Ihr seid welche von uns geworden.«

Elf Monate später

Heilung

Nach einigen unbemannten Sonden war die ASTRELLA das erste Schiff, das über die Sternenbrücke kam. Sie war ein wunderschöner Raumer. Ihre Designer mussten sich dieses Umstands bewusst gewesen sein, denn nie hatte Yul Debarra ein Schiff mit so opulenter Außenbeleuchtung gesehen. Die Scheinwerfer ließen nichts von der lang gestreckten, schlanken und mit zahllosen Spitzen und Antennen versehenen Form im Ungewissen. Durch die Weißkeramik, das Silber und das Glas ihrer Hülle wirkte die ASTRELLA wie ein Schneejuwel in der Schwärze des Weltraums.

Niemand im Ballsaal sagte etwas, nur Pilgrims metallene Stulpen klackten leise. Alle beobachteten nahezu andächtig, wie das Schiff mit wohldosierten Schüben der Manöverdüsen das Andockmodul ansteuerte, bis die Magnetausleger zugriffen und es heranzogen.

»Du wirst das hervorragend machen«, flüstere Reja Gander ihm zu und küsste ihn auf die Wange.

Die Mitglieder der Empfangsdelegation schwebten an die vereinbarten Positionen. Die drei weißen Tische im annähernd kugelförmigen Raum sahen aus wie Sterne. Jeder von ihnen hatte zwölf Platten, auf denen Snacks aus Meeresfrüchten und Getränke in geschlossenen Behältern warteten. Leise, aber beschwingte Musik sollte eine lockere Atmosphäre für den Erstkontakt schaffen. Mit geräuschlos pumpenden Schirmen zogen Leuchtquallen durch die Luft. Kameras zeichneten alles auf, primär für Ratio, auch wenn die Signallaufzeit zum Planeten mehrere Minuten betrug.

Yul schwebte neben Tanarra deFuol vor der runden Schleuse, deren ineinandergreifende Flügel sich mit einer Drehung öffneten.

Sechs Personen bildeten die erste Gruppe der Gäste, die anderen folgten in einem ungeordneten Pulk. Die sechs trugen schwarze Anzüge, was den silbernen *Starsilver*-Kometen, den jeder von ihnen an die Brust geheftet hatte, betonte. Ein Mann mit kurz gestutztem Resthaar reichte ihnen zuerst die Hand.

Nach Art der Raumfahrer schüttelten sie einander die Hände nicht, das hätte in der Schwerelosigkeit unerwünschte Bewegungsimpulse weitergegeben. Stattdessen strichen sie einander entlang der Unterarme vom Ellbogen bis zum Mittelfinger.

»Kal Hemester«, sagte Tanarra. »Ich habe unseren Funkaustausch genossen. Es freut mich, dir persönlich zu begegnen.«

»Ganz meinerseits«, behauptete Kal. »Und du bist Yul Debarra, der Bordarzt der PONTIFESSA?«

»Der Name stimmt, aber meine Aufgabe ist jetzt eine andere.«

»Verstehe. Euer Informationspaket hat uns überrascht.« Kal klang amüsiert, nicht verärgert. »Wieso habt ihr alles vermint?«

»Wir wollen mit euch Handel treiben.« Tanarra drehte sich und deutete einladend auf das Büfett mit den Meeresfrüchten. »Aniz hat viel zu bieten.«

»Daran zweifle ich nicht. Aber was hat das mit den Minen zu tun?«

»Bloß eine Vorsichtsmaßnahme. Wir wollen nur sicherstellen, dass wir einen fairen Preis für unser Angebot bekommen.«

Kal lachte. »Wir sind nicht gekommen, um euch auszurauben.«

»Ich freue mich darauf, die Rahmenverhandlungen mit dir zu führen.«

»Das dürfte interessant werden.«

Die anderen Mitglieder der Führungsriege stellten sich vor. Zwei Juristen, eine Terraformerin, zwei Kaufleute. Tanarra führte sie zu einem der Tische und eröffnete das Büfett.

Zufrieden beobachtete Yul, dass die Delegationen nicht unter sich blieben, sondern sich mischten. Nach ein paar Minuten übertönten die Gespräche die Musik.

»Ich glaube, die Alte will etwas von dir«, raunte Reja ihm zu. »Sie sieht die ganze Zeit herüber.«

Die grauhaarige Frau kam ihm bekannt vor, auch wenn sie zweifellos von der ASTRELLA kam. Zwar trug sie nicht die schwarze Uniform, aber an ihrem roten Jackett funkelte der *Starsilver*-Komet.

Nun, da sie bemerkt war, stieß sie sich von der Wand ab und schwebte auf ihn zu. Ihr Lächeln nahm Yul sofort für sie ein.

»Ich bin Lylian«, stellte sie sich vor.

»Freut mich.« Sie strichen einander über die Unterarme.

»Lylian Debarra. Deine Urenkelin, wenn du mir die Vereinfachung erlaubst. Ich habe ein paar *Urs* weggelassen.«

Verdutzt sah Yul in das faltige Gesicht. Dann lachte er. »Das ist mir sehr recht, sonst komme ich mir vor wie ein Urmensch.«

Sie hatte dieselben Augen, die er sah, wenn er in den Spiegel schaute, aber das graue Haar, die Flecken auf der Haut, die Falten ... »Wie alt bist du?«

»Vierundsiebzig. Und seit ich mit zwölf herausgefunden

habe, dass einer meiner Vorfahren so tapfer war, mit einem Unterlichtschiff ins Ungewisse zu fliegen, will ich ihn kennenlernen.«

»Das freut mich sehr.« Verwundert schüttelte er den Kopf. Vierundsiebzig... Seine Urenkelin war beinahe doppelt so alt wie er, was die körperliche Biologie anging. Die Zeit lief weiter, dem Cryoschlaf zum Trotz.

»Ich habe dir etwas mitgebracht.« Sie gab ihm eine Münze.

»Ist das ein Holoprojektor?«, fragte er.

»Genau. Du musst den Rand drehen, dann ...«

Ein rundes Bild erschien. »Jinna!«, rief er.

Sie lachte in die Kamera. Das Bild bewegte sich ein paar Sekunden, dann sprang es zurück.

»Ist das deine Tochter?«, fragte Reja hinter ihm.

»Und ob!«

»Kaum zu erkennen«, urteilte Reja. »Von dir kann sie das gute Aussehen jedenfalls nicht haben.«

»Bevor wir uns kennengelernt haben, war ich ein echter Schuss!«, behauptete Yul.

»Dann habe ich ja das Beste verpasst.«

»Ich kann immer noch gut mithalten.«

»Stimmt.« Sie küsste ihn auf die Wange. »Aber wer ist der Typ im Hintergrund?«

»Jinnas Mann«, sagte Lylian. »Die beiden haben dafür gesorgt, dass ich auf der Welt bin. Nicht direkt, natürlich.«

»Klar, da sind noch ein paar *Urs* dazwischen«, erkannte Reja.

»Richtig, eine ganze Kette.«

Die beiden Frauen lachten. Sie schienen sich auf Anhieb zu mögen.

»Moment.« Mit gerunzelter Stirn betrachtete Yul das Holobild genauer. »Das ist doch nicht etwa Clarque? Der Manager?«

»Doch, so hieß er«, sagte Lylian. »Ich habe nicht herausgefunden, ob ihr euch vor deinem Abflug noch getroffen habt.«

»Das haben wir.« Yul erinnerte sich an seine letzte Begegnung mit den beiden. Seine Tochter war nicht nur mit Clarque, sondern auch mit einem Freund von ihm beschäftigt gewesen. »Ich hätte nie gedacht, dass das hält … Weißt du, ob sie glücklich geworden sind?«

Lylian zuckte mit den Achseln. »Immerhin waren sie etwas länger als einhundert Jahre miteinander verheiratet.«

»Klingt gut.« Reja lächelte ihn an. »Werden wir auch ein glückliches Leben haben?«

»Das«, er nahm ihre Hand und küsste die Finger, »liegt vor allem an uns.«

Glossar

Anisatha: Ein sonnenähnlicher Stern. Oft auch für das Planetensystem dieses Sterns verwendet.

Aniz: Der zweite Planet, der um den Stern Anisatha kreist. Bis auf einige Atolle ist die gesamte Oberfläche von Wasser bedeckt.

Astroflieger: Ein Kleinraumschiff mit einer Besatzung von einer oder zwei Personen.

Balancechip: Ein rautenförmiger, in die Stirn implantierter Chip, auf dem die Identität und der Kontostand des Trägers gespeichert sind. Die Farbe des Balancechips gibt die Kreditwürdigkeit und den sozialen Status des Trägers an.

Biomediker: Jemand, der sich mit der biologischen Komponente der Medizin beschäftigt. Das umfasst auch Fachgebiete wie allgemeine Genetik.

Brückenbauschiff: Ein Raumschiff, das dafür ausgerüstet ist, Brückenköpfe für Sternenbrücken zu bauen. Sehr groß und für Unterlichtflüge ausgelegt.

Brückenkopf: Der Endpunkt einer Sternenbrücke.

Bürger: Ein Bewohner von Aniz, der volle Rechte genießt und in den voll terraformten Bereichen des Planeten lebt.

Codekristall: Ein hocheffizientes und dauerhaftes Speichermedium, bei dem die Informationen in Kristallstrukturen abgelegt werden.

Codemonger: Ein Programmierer, insbesondere für hochkomplexe Programme.

Cryoliege: Eine Vorrichtung, in der die Körperfunktionen eines Menschen bei Temperaturen nahe dem Nullpunkt nahezu zum Stillstand kommen. In diesem schlafähnlichen Zustand ist die Alterung praktisch angehalten. Die Cryoliege kann den Benutzer dadurch jahrhundertelang am Leben erhalten.

g: Eine Maßeinheit für die planetare Anziehungskraft. 1 g entspricht der von der Erde auf Höhe des Meeresspiegels durchschnittlich ausgeübten Anziehungskraft.

Hartplast: Ein Sammelbegriff für steife, besonders widerstandsfähige Kunststoffverbindungen.

Holo: Ein dreidimensionales Lichtbild. Es kann sich um ein Stand- oder ein Bewegtbild handeln. Bewegtbilder sind dabei meist mit einer Tonwiedergabe kombiniert.

Human-Unitarier: Eine philosophische Richtung, die die Einheit aller Menschen propagiert.

Hyperraum: Ein höherdimensionales Kontinuum, in dem die Gesetze des von Einstein beschriebenen Universums – insbesondere die Lichtgeschwindigkeit als höchstmögliche Geschwindigkeit – nicht gelten.

Interpret (allgemein): Ein Wissenschaftler, der die ›Denkvorgänge‹ eines fortgeschrittenen Computers versteht und als Mittler zwischen Rechner und Menschen fungiert.

Interpret (auf Aniz): Ein Angehöriger des Regierungsgremiums, vergleichbar mit einem Minister.

Konsul: Das Regierungsoberhaupt von Aniz.

Konzerner: Ein Anhänger einer radikalen Untergrundbewegung auf Aniz, die zurück zur Herrschaft der Konzerne will.

Lichtjahr: Die Entfernung, die das Licht im Vakuum in einem Jahr zurücklegt; etwa 9,46 Billionen Kilometer.

Nach demselben Prinzip können Entfernungen angegeben werden, die das Licht in kürzeren Zeiträumen überbrückt: Lichtsekunde (300 000 Kilometer), Lichtstunde (1,1 Milliarden Kilometer) etc.

Lizzard's Den: Eine Traumherberge in Libreville.

Noodlempire: Ein auf Nudelgerichte und Suppen spezialisiertes Fast-Food-Restaurant in Libreville.

Ratio: Ein Supercomputer, der auf Aniz faktenbasierte Entscheidungshilfen anbietet; wird insbesondere bei allen Regierungsentscheidungen einbezogen.

Raumer: Ein Großraumschiff.

RhoGra: Die Abkürzung für *Rhodiumgramm* oder *wertmäßiges Äquivalent zu einem Gramm des Elements Rhodium*. Nach mehreren Finanzkrisen die Grundlage für die Einheitswährung der Menschheit.

Starsilver Corporation: Ein Megakonzern.

Stasisliege: Eine Vorrichtung, in der menschliche Körperfunktionen in Tiefschlaf versetzt werden und der Alterungsprozess angehalten wird; in der Regel eine Cryoliege.

Sternenbrücke: Eine durch den Hyperraum führende Verbindung zwischen zwei Brückenköpfen, über die die Reisezeit zwischen Planetensystemen, die mehrere Lichtjahre voneinander entfernt sind, innerhalb weniger Tage absolviert werden kann.

Symbi: Ein biologischer Symbiont, der dazu gezüchtet wurde, chemische Substanzen kontrolliert in einen menschlichen Körper abzugeben. Anwendungen dienen sowohl der Medizin als auch dem Genuss.

Technomediker: Jemand, der sich mit der technologischen Komponente der Medizin beschäftigt. Das umfasst auch die Anfertigung von Prothesen und Implantaten.

Terraformung: Die Umwandlung eines Planeten in einer

Weise, die ihn erdähnlich und damit für Menschen bewohnbar macht. Das beinhaltet mechanisch-chemische Disziplinen, wie die Gewinnung und Freisetzung atmosphärischer Bestandteile aus den vor Ort vorhandenen Gasen, Flüssigkeiten und Feststoffen. Hinzu kommen biologisch-genetische Disziplinen zur Ansiedlung von Lebensformen, die in der Regel auf irdischen Vorbildern basieren.

Transplast: Ein durchsichtiger Kunststoff.

Traumalkoven: Eine Liege, die den Körper des Benutzers mit allem Lebensnotwendigen versorgt, während sein Geist über Synapsenkopplungen in einer Wunschwelt agiert.

Traumherberge: Eine Lokalität, in der man Aufenthalte in Traumalkoven mieten kann.

Traumstrafe: Die Höchststrafe auf Aniz. Der Verurteilte wird in einer Stasisliege eingeschlossen. Sein Verstand wird mit Träumen versorgt, die oftmals unangenehm sind.

Unterlichtflug: Die Bewegung eines Raumschiffs mit Geschwindigkeiten unterhalb der Lichtgeschwindigkeit. Darunter fallen sämtliche Flüge innerhalb eines Planetensystems. Gemeint sind jedoch meist Flüge zwischen verschiedenen Planetensystemen über eine Entfernung von mehreren Lichtjahren, die oft Jahrhunderte dauern.

Weltraumfahrstuhl: Eine Konstruktion, die den energieeffizienten Transport zwischen einer Planetenoberfläche und dem offenen Weltraum ermöglicht. Sie besteht aus einer Bodenstation nahe dem Äquator eines Planeten, einer Gegenstation im geostationären Orbit (im Fall der Erde in 35 786 Kilometern Höhe), einer Kabelverbindung zwischen beiden, verschiedenen Andockstationen auf der Strecke und Aufzugkabinen, die am Kabel auf- und absteigen.

Wunschwelt: Eine virtuelle Realität, die nach den Wünschen des Benutzers gestaltet wird. Er agiert über Gedankenimpulse in ihr.

Dramatis Personae

Alica Quolar (43): Die Kapitänin der PONTIFESSA.

Amika Telora (42): Die Konsulin (Regierungschefin) des Planeten Aniz.

Bjell Tammiela (30): Ein schlanker Techniker, der an der Infrastruktur von Ratio arbeitet.

Bran Aluzman (22): Ein Schläger, der auf den Straßen von Libreville lebt.

Chok Myuler (29): Ein junger Manager, der das Kommando für die Brücken-Reparaturmission im Anisatha-System übernommen hat.

Clarque Smarden (27): Ein junger Manager mit glänzender Karriereperspektive.

Ejena Zuol (24): Die Kommandantin eines Polizeitrupps.

Ern Lestona (75): Ein Hypernavigator in den Diensten der *Starsilver Corporation*.

Evra Malter (65): Eine führende Biomedikerin auf dem Planeten Aniz.

Franc Thatch (28): Ein Gardist der *Starsilver Corporation*.

Gorilla (28): Ein kräftiger Schläger in den Diensten eines Unterweltbosses in Libreville.

Henk Oll (50): Ein führender Konstrukteur von Astrofliegern und Interpret in der Regierung von Aniz.

Iona Debarra: Yuls verstorbene Frau. Eine unerreichbare Erinnerung.

Jinna Debarra (17): Eine Studentin auf der Suche nach einem Leben im Wohlstand.

John Broto (33): Der Kommandeur der Raumgardisten an Bord der Pontifessa.

Kal Hemester (62): Der leitende Manager einer Anschlussmission.

Koss Terrunar (44): Ein führender Technomediker auf dem Planeten Aniz.

Kyle Groane (62): Ein Human-Unitarier, der als Funkspezialist auf der Pontifessa angeheuert hat.

Lizz (40): Die Besitzerin des *Lizzard's Den*.

Lylian Debarra (74): Eine alte Frau, die weit reist, um ihren Ahnen kennenzulernen.

Maurice Debois (29): Ein High Potential.

Niquolett Oll (23): Eine ehemalige Astrofliegerin, die überlegt, Terraformerin zu werden.

Orman Tullim (34): Ein etwas ängstlicher Techniker, der Ratios Infrastruktur betreut.

Pilgrim (11): Ein treuer Hund, der Freude am Regen hat.

Reja Gander (33): Eine Ingenieurin, die sich besonders mit Kleinraumschiffen auskennt und von einer Residenz in den Saturnringen träumt.

Rhesus (26): Ein rattengesichtiger Gauner im Dienst eines Unterweltbosses in Libreville.

Ron Greatjoy (21): Ein mäßig begabter Einbrecher.

Sarra Mirell (19): Eine Frau, die gern einen Hund hätte, um Wärme in ihr Straßenleben zu bringen.

Tanarra deFuol (63): Eine erfahrene Managerin, die als Beraterin an der Mission der Pontifessa teilnimmt.

Tem Bloster (27): Ein Polizist mit großen Händen.

Ulumba Tanesa (39): Die Betreiberin des *Noodlempire* in Libreville.

Uver Thurm (40): Der Anführer eines Polizeitrupps auf Aniz.

Xanna Tanesa (8): Ulumbas Tochter. Ein Mädchen, das von den Sternen träumt.

Yul Debarra (37): Ehemals einer der besten Bordärzte der *Starsilver Corporation*. Am Tod seiner Frau zerbrochen.

Zilita Ouletter (35): Eine Polizistin in Ejena Zuols Trupp.

Der Kampf ums Überleben beginnt …

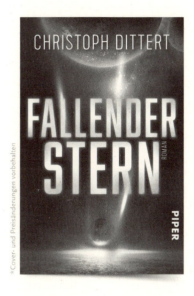

Christoph Dittert
Fallender Stern
Roman

Piper, 448 Seiten
€ 16,00 [D], € 16,50 [A]*
ISBN 978-3-492-70537-0

Am zehnten Geburtstag der Zwillinge Amy und Eric wird ein Funksignal von einem Asteroiden empfangen: der Beweis für außerirdisches Leben! Auf der Erde entbrennt ein Wettlauf gegen die Zeit. Internationale Entwicklungsteams bereiten eine Raumfahrtmission vor, denn in 30 Jahren wird der Asteroid erreichbar sein – die Möglichkeit für einen Erstkontakt. Doch die Gesellschaft ist gespalten. Nicht alle blicken dem Ereignis zuversichtlich entgegen. Auch Amys und Erics Familie droht zu zerbrechen …

PIPER

Leseproben, E-Books und mehr unter www.piper.de

Ein kosmisches Abenteuer!

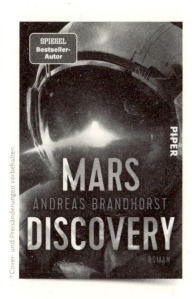

Andreas Brandhorst
Mars Discovery
Roman

Piper, 464 Seiten
€ 18,00 [D], € 18,50 [A]*
ISBN 978-3-492-70513-4

Eleonora Delle Grazie verlor ihre Eltern früh bei einem tragischen Raumfahrtsunglück der NASA. Die Welt ahnt nichts von der geheimen Mission ihrer Eltern, und Eleonora ist fest entschlossen, diese fortzuführen. Als sie Jahre später an Bord der »Mars Discovery« ins All aufbricht, scheint sie dem Ziel nah. Kurz nach dem Start erfährt sie von einem außerirdischen Artefakt auf dem Mars. Doch was Eleonora tatsächlich auf dem Roten Planeten findet, übersteigt die Vorstellungen der Menschheit.

Leseproben, E-Books und mehr unter **www.piper.de**

»Der Meister der Sci-Fi auf dem Höhepunkt seiner Kunst!«

SFF World

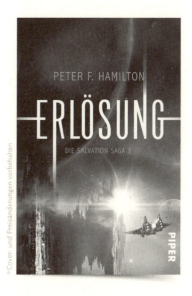

Peter F. Hamilton
Erlösung
Die Salvation-Saga 3

Aus dem Englischen von
Wolfgang Thon
Piper, 688 Seiten
€ 20,00 [D], € 20,60 [A]*
ISBN 978-3-492-70516-5

Seit Jahren belagern die Olyix, eine feindliche Alienrasse, die Erde und ernten Menschen für ihren Gott. Eine Stadt nach der anderen fällt ihren verheerenden Waffen zum Opfer. Als das Ende der Menschheit unausweichlich scheint, gelingt es einer Gruppe von Freiheitskämpfern, das Schiff der Olyix zu infiltrieren. Ihre einzige Hoffnung liegt darin, eine Tausende Lichtjahre entfernte verborgene Enklave zu erreichen und von dort aus zukünftigen Generationen den geheimen Standort der Feinde zu senden.

PIPER

Leseproben, E-Books und mehr unter www.piper.de

PIPER

BESUCHE FREMDE WELTEN

Piper Science-Fiction.de